武満徹 エッセイ選

言葉の海へ

小沼純一 編

筑摩書房

目次

武満徹　エッセイ選

各作品が収録された単行本を、文末にアルファベットで表記した。
A『音、沈黙と測りあえるほどに』新潮社　一九九一年
B『樹の鏡、草原の鏡』同　一九七五年
C『音楽の余白から』同　一九八〇年
D『音楽を呼びさますもの』同　一九八五年
E『遠い呼び声の彼方へ』同　一九九二年
F『時間の園丁』同　一九九六年
無印は単行本未収録作品

ピアノ・トリステ

ピアノという楽器には悲しい思い出がある。

終戦から二年して、私は駐留軍のキャンプに働くことになった。音楽によって自分は生きたいのだと家人に告げた時から、私は生活のいっさいを自分の手でしなければならなかった。学校からは卒業とも退学ともつかないかたちのままに遠退いていた。階段教室の埃っぽい床におかれてあったピアノは、不謹慎な生徒である私をかたくなに拒みつづけた。鍵をこわすこともおっくうになり、学校はもうどうにもならないほどに私を嫌い、私もまたそうなっていった。生活して行くことは容易でなかった。労働には不慣れだったし、私の肉体はそのことにむかなかった。

いくつかの理論書を読み、いくつかの作品を書いた。しかし、私はピアノをもたなかったので、それがいったいどんなに響くものなのかを想像できずにいた。暗算するように、みすぼらしい音符のひとつひとつを頭のなかで追っていった。

友人の家が経営する工場の事務机で、仕事の合間をみては譜面を書いた。その頃、知合いのつてで一台のフランスピアノが借りられることになった。マホガニーというのか、チークというのか、そのプレイエルは美しい外観をもっていた。そのピアノは私の狭い部屋には不似合いな気品をもたらした。音はちょうどフランス語の会話のように、いくぶん鼻にかかって響くのだった。私はどうしてもそのピアノでエチュードを弾く気もちになれず、ドビュッシーとフォーレを多く弾いた。ただ、他人《ひと》にはそれらがきちんとした楽曲として聴えたかどうか、私は知らない。私の演奏は貧しかった。当時まだ学生だった友人の一柳慧がやって来て、ラヴェルを流暢に弾いた。私はそれを聴きながら、このピアノは値打物にちがいないと思った。そして、一柳に妬ましさを感じもした。ついでながら、私は一柳によってメシアンという作曲家の存在を知り、その作品の魅力にとらえられたのだった。

月ぎめで払うピアノ代が滞るようになってしまった。私はピアノの所有者に会って、なんとか無理をきいてもらいたいと思っていたが、間に人がたっていたので思うようにならず、そうこうするうちにピアノ代は相当の額にまで嵩んでしまった。

私はそのピアノで、『二つのレント』という作品を書いた。新作曲派協会の演奏会に提出し、山根銀二氏から音楽以前の作品というありがたくない批評をいただいた。だが、私は他のどの作品にもましてそれに愛着がある。その演奏会をきっかけに、私は多くの友人たちを知ることができた。秋山邦晴、湯浅譲二もそれらの人のなかにあった。

やがてピアノを手離さねばならなくなった。返す時になって、そのピアノは、安川加寿子さんがまだ草間という姓のときに、パリ留学からもって帰られたものの一つだということを知った。ピアノ代は依然として滞ったままであった。

私はそのピアノと悲しい別れかたをしたが、私は働かなければならなかった。友人の家が経営する工場をやめて、他の仕事を探した。ピアノに触れる機会のある仕事はないものだろうかと考えた。

その頃の私の収入のなかでもっとも多かったのは、駐留軍の闇煙草売りであった。私は週に一日ほど、キャンプのあった座間とか相武台へでかけて行った。小田急の連結機にぶらさがってキャンプに着くころに、相模はいつも夜になっていた。

煙草やキャンディを売りながら、G・Iたちはきまったように、お前にはシスターがあるかと訊ねた。取引きは全く簡単だったし、M・Pをごまかすことにもじきに馴れた。キャンプに潜りこむことを覚えて、一人の兵隊と親しくなった。

彼らはいちように教養も低く下卑ていたが、ミッチェルは他の兵隊とどこかちがっていた。しきりと私に、大学へいかなければいけないと言った。その兵隊の名から、私は、マーガレット・ミッチェルの『風と共に去りぬ』を思いうかべたものだから、お前の国はジョージアかと訊ねてみた。彼がジョージア出身だったので、私は偶然にも職を得ることができた。その兵隊が横浜のキャンプの中にある、ホールの主任となって行く時に、私はそのホールのボーイになった。

そのホールには、ヤマハのグランドが弾き手もないままに置いてあった。

私は夜だけ働けばよかった。それで、昼は思いきり自分の仕事にうちこめた。

私が、作曲家になりたい希望を話すと、それでも兵隊はあきらめずに、大学へ行くことをすすめるのだった。どういうわけでかその兵隊は、トンボ鉛筆とか貿易とかいう言葉を口にした。

日雇労務者たちの奇異な眼を背中に感じながら、私はピアノに向っていた。そしていくつかのデッサンを書いた。私が昨年（一九六〇年）発表した『ランドスケープ』は、そのころのデッサンによったものだ。

もう闇商売は止めていた。そこのキャンプが接収解除になり、兵隊たちは本国へ引揚げて行った。ミッチェルはジョージア・アトランタへ帰った。私の仕事もおわってしまったが、その頃から、私は、なんとか音楽の道で生きて行けそうだと思うようになっていた。私は結婚した。二階借りの小さな部屋には未だピアノはなかった。

或る朝、なんの前触れもなしに一台のスピネットピアノが私たちの家に運ばれて来た。それが、未だ面識のない黛敏郎氏から送られて来たものだと知ったときに、私は音楽という仕事の正体に一歩ちかづいたように直感した。もういい加減の仕事をしてはならないのだと思った。私の家の近くに住む芥川也寸志氏の口添えがあって、黛氏が貸してくださったピアノだった。

あれから十年近い日が経った。私にははたして友人の恩に報いるだけの仕事ができただろうか。

黛氏のゴルブランセン・スピネットは、現在《いま》も私の部屋にある。

（一九六一年）A

音楽、土地と方位

Mirror

影絵《ワヤン・クリット》の鏡

私がこれまでに作曲した音楽の量は数時間あまりにすぎない。たぶんそれは、私がひととしての意識を所有しはじめてからの時間の総量に比べれば瞬間ともいえるほどに短い。しかもそのなかで他人にも聴いて欲しいと思える作品は僅か数曲なのである。私は、今日までの全ての時間を、この無にも等しい短い時のために費やしたのであろうか。あるいは、私が過ごした時の大半が、宇宙的時間からすれば無にちかい束の間であり、この、惑星のただ一回の自転のために必要な時間にも充たない数時間の作品と、これからの僅かな時が、ひととしての私を定めるのであろうか、などと考えるのであるが、それは、もうどうでも良いことであり、いずれにせよ私がすることなどはたかが知れたことであり、それだから後ろめたい気分にたえず落ちいることもなしにやっても行けるのだろう、と思うのである。

寒気の未だ去らない信州で、棘のように空へ立つ裸形の樹林を歩き、頂を灰褐色の噴煙にかくした火山のそこかしこに雪を残した黒々とした地表を凝視《みつ》めていると、知的生物として、宇宙そのものと対峙するほどの意識をもつようになった人類も、結局は大きな、眼には感知しえない仕組の内にあるのであり、宇宙の法則の外では一刻として生きることもなるまいと感じられるのである。

生物としての進化の階梯を無限に経て、然し人間は何処へ行きつくのであろうか。

八年程前、ハワイ島のキラウェア火山にのぼり、火口に臨むロッジの横長に切られた窓から、私は家族と友人たち、それに数人の泊り客らとぼんやりと外景を眺めていた。日没時の窓の下に見えるものはただ水蒸気に煙る巨大なクレーターであった。朱の太陽が、灰色の厚いフェルトを敷きつめた雲の涯に消えて闇がたちこめると、クレーターはいっそう深く黯《くら》い様相をあらわにしてきた。それは、陽のあるうちは気づかずにいた地の火が、クレーターの遥かな底で星のように輝きはじめたからであった。

誰の仕業であろうか、この地表を穿ちあけられた巨大な火口は、私たちの空想や思考の一切を拒むもののようであった。それはどのような形容をも排《しりぞ》けてしまう絶対の力をもっていた。今ふりかえって、あの沈黙に支配された時空とそのなかに在った自分を考えると、そこでは私のひととしての意識は少しも働きはしなかったのである。しかし私は言いしれぬ力によって突き動かされていた。あの時私の意識が働かなかったのではなく、意識は意識それ自体を超える大いなるものにとらえられていたのであろうと思う。私は意識の彼方からやって来るものに眼と耳を向けていた。私は何かを聴いたし、また見たかも知れないのだが、いまそれを記憶してはいない。

その時、同行していた作曲家のジョン・ケージが私を呼び、かれは微笑しながら nonsense！と言った。そして日本語で歌うようにバカラシイと言うのだった。そこに居合せた人々はたぶんごく素直な気持でその言葉を受容れていたように思う。

そうなのだ、これはバカラシイことだ。私たちの眼前にあるのは地表にぽかっと空いたひとつの穴にすぎない。それを気むずかしい表情で眺めている私たちはおかしい。人間もおかしければ穴だっておかしい。だが私を含めて人々はケージの言葉をかならずしも否定的な意味で受けとめたのではなかった。またケージはこの沈黙の劇に註解をくわえようとしたのでもない。周囲の空気にかれはただちょっとした振動をあたえたにすぎない。

昨年の暮れから新年にかけて、フランスの学術グループに加わり、インドネシアを旅した。デンパサル（バリ島の中心地）から北西へ四十キロほど離れた小さなヴィレッジへガムランの演奏を聴きに行った夜のことだ。寺院の庭で幾組かのグループが椰子油を灯してあちこちで一斉に演奏していた。群衆はうたいながら踊りつづけた。私は独特の香料にむせながら、聴こえてくる響きのなかに身を浸した。そこでは聴くということは困難だ、音の外にあって特定のグループの演奏する音楽を択ぶことなどはできない。「聴く」ということは（もちろん）だいじなことには違いないのだが、私たちはともすると記憶や知識の範囲でその行為を意味づけようとしがちなのではないか。ほんとうは、聴くということはそうしたことを超える行為であるはずである。それは音の内に在るということで音そのものと化すことなのだろう。

フランスの音楽家たちはエキゾチックなガムランの響きに夢中だった。かれらの感受性にとってそれは途方もない未知の領域から響くものであった。そして驚きのあとにかれらが示した反応は〈これは素晴らしい新資源《ニュー・ソース》だ〉ということだった。私は現地のインドネシアの人々とも、またフランスの音楽家たちとも異なる反応を示す自分を見出していた。私の生活は、バリ島の人々のごとくには、その音楽と分ちがたく一致することはないだろう。かといってフランスの音楽家のようには、その異質の音源を自分たちの音楽表現の論理へ組みこむことにも熱中しえないだろう。

通訳のベルナール・ワヤンが寺院の隣の庭で影絵《ワヤン・クリット》が演じられているというので、踊る人々をぬけて石の門をくぐった。急に天が低く感じられたのは、夜の暗さのなかで星が砂礫のように降りしきって見えたからであった。庭の一隅の、そこだけはなおいっそう夜の気配の濃い片隅で影絵《ワヤン・クリット》は演じられていた。奇異なことに一本の蠟燭すら点されていない。影絵《ワヤン・クリット》は精緻に切抜かれた型をスクリーンに映して宗教的な説話を演ずるものである。事実、その後ジャワ島のどの場所で観た影絵《ワヤン・クリット》も灯を用いないものはなかった。私は、演ずる老人のまぢかに寄ってゆき、布で張られたスクリーンに眼をこらした。無論なにも見えはしない。老人の側に廻ってみると、かれは地に坐し、組まれた膝の前に置かれた多くの型のなかからひとつあるいはふたつを手にとっては呟くように説話を語りながらスクリーンへ翳《かざ》していた。私は通訳のワヤンに訊ねた、老人は何のためにまた誰のために行なっているのか。ワヤンの口を経て老人は、自分自身のためにそして多くの精霊のために星の光を通して宇宙と会話《コレスポンデンス》しているのだと応えた。そして何かを、宇宙からこの世界《ユニヴァース》へ返すのだと言ったらしいのだ。たぶん、これもまたバカラシイことかもしれない。だがその時、私は意識の彼方からやってくるものがあるのを感じた。私は何も現われはしない小さなスクリーンを眺めつづけた。そして、やがて何かをそこに見出したように思った。

樹の鏡、草原の鏡

かなり以前からそうではあったのだが、近頃は殊に、音楽会場《コンサート・ホール》での音楽についてまじめに考えることが煩しくなってきた。音楽芸術そのものについては、インドネシアを旅行してから、以前にもまして突詰めて考えるようになったと自覚しているのだが、自分の音楽を確かめる場として既存の音楽会場は適《ふさわ》しいものであるとは思えない。容器《うつわ》は盛られる内容によってその形態を変えるものではあろうが、しかし、眼に見える形としてある限りそれは媒体としてあるのであり、架空のものではない。精密に構造された能楽堂とその舞台なしには、能楽の様式は完成され得なかったであろう。演ぜられるもの——performing arts——は、演じられる時と空間を求める。それは人間の想像力に正確に働きかける機能としての重要な役割を果たすものである。日本の、私たちの周囲にある劇場は、多様な物理的機能を備えていながら、私たちの想像力を刺激する機能として働きかけては来ない。これはかならずしもわが国の特殊な事情ではなく、今日、世界的に言及しうる事柄でもある。

バロックの建築様式が音楽に及ぼした影響、あるいはノートルダム寺院の完成がノートルダム楽派という独自のゴシック様式を産みだしたような、集会場と音楽芸術との活々《いきいき》とした想像的な相互関係というものは、現在では殆ど死に絶えている。

わが国の劇場は、能楽堂、歌舞伎座、文楽座、及びそれに類する極めて少数の伝統芸能のためのものを除けば総てが西欧的なものを基準にして建築されている。この現象は、もちろん明治以降に起ったことであり、その後邦楽の演奏のうえにあらわれた顕著な変化は、たとえば邦楽器による合奏《アンサンブル》、楽器の改良――これは音量を大きな会場《ホール》に適しいものにしたいという要求から行われた――、西洋楽器との合奏等という、それまでには例を見なかった演奏様式上の変化としてあらわれる。必然的に、主として口伝にたよっていた演奏上の約束は、より緻密な記譜法《ノーテーション》を必要とすることになったが、邦楽の微妙さは私が説明するまでもなく、記譜に書き表わせる性質のものではなく、記号的に体系化を図れば自《おの》ずから失うものは多い。不幸なことに表記の狭間を滑り落ちた底に、その独特な香気は失われてしまうことになる。

しかし、西洋音楽というものに初めて接した明治の楽人にとって、たしかにその構築的な美は強烈なものであったろうと思われる。訓練された合奏技術、また邦楽器とは較べようもない音量の相違ということに、幾人かの天才の鋭敏な感性は激しく揺り動かされた。西欧近代に追い着こうとする社会的政治的気運も強く作用していたであろうが、閉ざされたわが国の音楽の在りようを国際的なものにしたいという内的な要求については理解に難くない。普遍的な音楽言語を掌にしたいという明治近代人の意識は現実的ではなかったが、それはまた避けようもない私たちの道程でもあった。混乱期に天才は生れ、わが国の音楽は大正から昭和にかけて急速に変化した。

宮城道雄や永田錦心の業績を否定することは、今日の時点、つまり西欧の専制が死に瀕している現在でこそ容易ではあるが、それは慎重になされなければならないであろう。つまり、この問題はたんに音楽芸術に留まる事柄ではないからである。私は宮城道雄等が行った邦楽器の改良と発明、大型の琴や胡弓等に関して、つねづね否定的な見解を述べている者ではあるが、それは現在の時点で、しかも私が彼等の拓いた道を経た者であり、また西欧的な訓練《トレーニング》を受けた音楽家であるがために言いうるのである。そして、私が邦楽の現状を否定する際には、なぜかつねに重苦しい気分に充たされる。前《さき》に、先人の意識を現実的ではなかったと記したのは、西欧的な伝達の手段に依っては日本の伝統音楽はその姿を伝えようもない、という認識に脚《た》たずに、外側からの物理的な方法によって音楽を革《あらた》めようとした誤りを指摘したかったからに他ならない。西洋音楽のサイズに伝統音楽を当嵌めることは不可能であり、またそのことに意義を見出すことはできない。

私が邦楽器を用いて作曲するのは、たぶん私の内で解かれぬままにある重苦しい気分の故でもあるが、また、なにものにも害われない音楽の発生の起源《オリジン》を想像するために、私にとってはどうしても純粋な伝統楽器としての一管の竹が必要なのであった。

インドネシアを旅して、私の内で曖昧であった考えは、その輪郭をいくらか明瞭《あきらか》にしたように思う。それは、たぶん音楽は、この地上に異った二つの相としてあらわれたのではないかということである。一つは運搬可能なものとして、別の一つは、特定の土地と時間を住居《すまい》とするそこから動かすことは不可能であるような音楽として。

この全く異る二つのものは、永い時をかけて交りあって行くであろうが、それはかならずしも安全無害な中和状態を創りだすものではないかもしれない。西欧の芸術音楽は天才とそれを支える土壌にその歴史を展開したが、非西欧音楽は草原の草のように生え育って来た。西欧の個性尊重《インディヴィジュアリズム》と、たとえば、日本の芸における名人の存在というものを較べて考えるならその相違の甚だしさに気附く。それは比較しようのない二つのことであるだろう。西欧の個性尊重は、その論理の当然の帰結として普遍化を求め、音楽芸術は記号的に体系化され、誰によっても演奏できる運搬可能なものとなる。

非西欧的な音楽においては、一本の天才と名指される樹を見つけることはできない。なぜなら音楽は地上を覆う草々のように全体はひとつの緑のように見え、陽を受けて雨を浴びてその緑はまたさまざまの緑をあらわす。他の土地へ搬ぶことはできないし、そうすると姿を変えてしまうのである。

私が一般的に非西欧的音楽と称《よ》ぶもののなかにも、それら相互に貸し借りの関係において成立ってはいるが、また様々な独特のものがあることは言うまでもない。とりわけわが国の芸術的伝統音楽は特殊な在りようをしめしているように思われる。

私は江戸音曲には通じていないが、それでも、奈良、室町から継がれた音楽の形態は、江戸期において著しい変化を遂げたように思われる。様式の上に顕われた変化は無論のことであるが、三味線音楽の系統だけをとりだしてみても、そこには数多くの流派がうまれている。竹本義太夫のような、ある意味では天才的なプロデューサーがあらわれて、諸地方に散在している音楽を——それは主として琵琶うたや一中節、河東《かとう》節等であったが、——綜合折衷して義太夫節を創りあげたという稀れな例はあるが、それでも、音楽は個別に、それぞれは草のように地を覆った。

江戸期の音楽は、私には、それが庶民の芸能であったような印象を受けるのであるが、西欧における音楽と市民社会の関係を想起するならば、その在りようはとうぜん西欧と区別して考えられるべきであると思う。たしかに江戸音曲は一般庶民のなかで育ったのだが、それは地を突抜けて立つ一本の樹を生むことは無かった。大地は、つまり、市民社会は個々の「人間」によってではなく、「家《いえ》」によって構成されていたのである。たとえば、光崎検校のような稀有の天才の創造性について邦楽の現況に照らして考えるなら、それは他に対して量りしれない影響力をもつものであったと想像されるのであるが、それとても、社会的な意味での普遍性を獲得しえずに、「家」のなかでの特殊な例外として完結してしまったように思われるのである。

つねづね、私は感じ、また述べていることでもあるが、労働のうた、としてあった民謡の類《たぐい》ですらが、わが国では極めて洗練された音楽的形態として自己完結しており、それは既に醱酵を了えたもののようで、そこに手を加うべき余地はない。ひとは、主張したり語ったりするためにうたうのではない。また、その時に音楽はその最初の姿をあらわすのでもなく、もはや手を加えようもない透明な、その底にはどのように暗い念《おも》いが秘《か》くされていたとしても、音としての形は既に醱酵を了えたもののように完結した美としてある透明な上澄みに、ひとはその境遇や心情をうつし見るにとどまる。そのようなうたいかたは、たぶん邦楽だけのことであるように思える。昔から日本人は、物事に托したり擬《なぞら》えたりして——その殆どが自然の事象であったが——語ることを好んだが、これはまた日本音楽の殊に江戸期の音楽的特徴でもあった。

　非西欧的音楽の全ては自然と深く関わるものであり、それを「自然の音楽」と呼ぶことができる。しかし、それは概括して言えることで、そのなかでひとつひとつの音楽は個別の特徴をそなえている。ただ、私の乏しい知識と経験の範囲で、アジアの他の音楽と日本音楽を比較すると、そこにはたんなる表現様式上の相違を超えた隔たりがあるように思えてならない。邦楽との交渉を重ねる度に私のこの感じかたは少しずつ確かになっているが、インドネシアを旅行してガムランやケチャックを聴いたことで、この感じかた、むしろ疑問のようなものはいっそう深まったのである。

　以前、尺八の演奏者横山勝也氏から、楽器としての尺八そのものがもつ音、つまり管に開けられた五孔それ自体の音は底抜けに陽気なものだが、尺八音楽はそれを唇や指の技術、呼吸の仕方で抑制しその明るさを殺してゆく、という話を聞いたことがある。結局、尺八の名人が期《のぞ》む至上の音は、自然の風が無作為に朽ちた竹の根かたを吹きぬけるような音、ということにまで到ってしまうのである。尺八の場合は日本音楽のなかでは例外的に宗教性をもつものであり、これを他の江戸音曲と同一に比較してはならないであろうが、それにしても、このような日本人の音の好みというものは何に起因しているのであろう。尺八に限らず殆どの音楽が抑制することを尚び、またそれを美としている。私は不用意に「家」ということばを用いたが、邦楽における個別性は「家《いえ》（元）」や「流《りゅう》」あるいは「風《ふう》」のものであって、個人のものではない。「家」と、この表現上の抑制ということとの間には深い繫がりがあるに違いないが、日本人のこのような特別の感性が「家」というものをつくりだしたのか、そうではなくて、この感覚は「家」によって強いられたものなのであろうか、と考えたりする。これについては私はなお学ばなければならない。

当然のことだが私のなかで邦楽は、この「日本」と切離してあるものではなく、そのためであると思うが、邦楽のことを考えるといつでも余分な苦さが私を充たす。だが、それは避けようもないことなのだ。

ジャワ島やバリ島で聴いたガムランの、あの空の高みにまで昇るような音の光りの房は何なのだろうか、と思う。私たちの音楽のどの部分にあのような眩いかがやきを見ることができるだろうか。陽光《ひかり》の木魂のように響くガムランの数々の銅鑼を聴きながら、私は邦楽器の音について考えていた。私が感じたことを率直に表わせば、ガムランの響きの明るさとその官能性は、「神」をもつ民族のものであり、日本音楽の響きは「神」をもたない民族のものなのではないか、ということであった。

ジャワ島の西、ティレボンからバンドンへかけてのスンダの高原には、バリ島やジョクジャカルタとはやや趣を異にする独特のガムランがあった。私は、その簡素な気品高い音楽を愛した。

ジャワのガムランには、基本的に二つの種類があり、その一つは青銅の銅鑼を主とした響の大きなもので、他のひとつはレバブ(胡弓)、スリン(笛)やケチャピ(琴)を主とする極めて繊細な合奏音楽である。スンダニーズの音楽は、私の印象では、その二つの中間のもののように思われた。トールという山間の聚落で、サルタンの家族によって演奏されたガムランに、私はしばしば日本音楽との近親性を感じたのだが、それは聴こえてくる音階の相似によるので、音楽そのものの本質にはやはり大きな距たりがあるように思った。演奏する人達の容貌もその皮膚の色合いも、また、うたいかたの抑揚等にも私たちと共通のものが多くあるのだが、この高原の音楽は、その地方の緑に似合う明るい色で濃く彩られていた。床に直接《じか》に腰をおろし、組まれた脚に挟むようにして掌で打たれるクンダン(両面太鼓)の律動から導かれる舞踊の音楽は、かなり即興性に富むもので、吹奏されるスリンの響が翔ぶように大気に透明な襞をよせた。それはペログ(音階)の枠組の内にありながらも、たえずそれを超えようとする目に感知しえない意志によって操られているものようであった。そこでは、私たちを包む空気の全体がうち顫えているように感じられた。

クンダンの刻むリズムは、私たちを地に繋ぎ留めてはいるが、それは生命の浮標《ブイ》のようで、私たちの肉体と精神はより大きな生命圏に向って浮揚して行くことができるのだ。私は、〈解放〉と〈祝福〉という言葉について思い、それと同時に、物質的にはけっして恵まれているとは言えないジャワ島の山間の聚落にあって、人間が音楽することの〈悲しみ〉についても考えたのであった。

これは、私ひとりの感じかたというものであるかも知れないが、私には、音楽のよろこびというものは究極において悲しみに連らなるものであるように思える。その悲しみとは、存在の悲しみというものであり、音楽することの純一な幸福感に浸る時、それはさらに深い。

私は、自分の深部において悲しみに目覚めながらも、魂が高揚するような祝福の裡に在った。少くともその時の私は、ガムラン音楽を研究するために訪れた一人の異邦人であることを忘れていた。

私が日本音楽（邦楽）に抱いている感情は、それを客観化して文に表わすことは不可能なことであるが、重苦しいambivalentなもので、そうした感情を育くんだ歴史との関わりをなおざりにしては解明しえないものである。私は、邦楽から、西欧《ヨーロッパ》音楽とは異った質の多くの音楽的感動を受けたし、また、その音色感は比類なく高いものであることを疑うものではない。しかしスンダの山間での、あの魂が高揚するような祝福された時間＝空間と同質のものを経験としてもったことがあったであろうか、と思う。

私は、やや不用意に邦楽と呼んだが、主としてここで論じられているのは、町《まち》＝都会の性格が強い芸術的伝統音楽のことであって、それに対して村《むら》の音楽である民謡等の民俗的な音楽がある。この二つのものを念頭に置いて、なお、率直な感想を記せば、能楽と雅楽のきわめて例外的な一部を除いて、私は、日本音楽からあの時のような全的な〈解放〉を経験したことは無い。

私は、日本の音が遂に至る地点は〈無〉であるように思うが、それはあの〈解放〉とは同質ではなく、あるいは全く逆のことであるように思える。いささか直観的な表現になるが、**邦楽のなかでの音は、その所属する音階を拒む**もののようである。一音一音は磨きこまれ、際立つことで、反って音階の意味は希薄になり、それによって音そのものも無に等しく、自然の音――固有の音によって充たされていながら全体としては無であるところの音――と見分けがたい状態にまで近づいて行く。

この事については後に触れるつもりである。

私は、スンダニーズの音楽に日本音楽との近親性を感じたと書いたが、それは音感上のことで、二つの音楽が志向する世界は異質のものである。たとえば、スンダニーズの音楽にある即興性というものを邦楽においてみることはできない。邦楽では、「原曲を変奏することはあっても、それは曲を即興演奏するというのではなく、作品の演奏解釈は正確にされなければならず、同じ作品で個々の人が別な解釈をすることは許されないのである[1]」即興性ということは、ひとつの大きな規律のなかで行われるものであり、そこに面白さや意味があるのである。スンダニーズの音楽に限らず、アジアの音楽、殊に印度音楽やガムラン音楽にはそれが著しい。ガムラン音楽では、現在でも毎日のように新しい音楽がその演奏から創りだされている。それらは民族の固有の感性に強く支えられて古典性を失ってはいないが、字義的な古典とはならずに、生きたものとして地に殖えて行く。

即興は、旋律とリズムの音階（旋法）に魂を委ねてはじめて可能になる。そして、音階はまたその時にはじめて姿を顕わす。それは日々生まれ変り、特定の日や時間、特定の場所、また特定の内的な場景と深く結びつく。音階は人間《ひと》が歩む道であり、果てしないが、その無数の葉脈のような道は、いつか唯一の宇宙的《コスミック》な音階へ合流する。それは「神」の名で呼ばれるものであり、地上の音階は、「神」の容貌《すがた》を映しだす鏡の無数の細片なのである。

かつて、私は西欧という一枚の巨大な鏡に自分を映すことが音楽することであると信じていたのだが、邦楽を知ったことで、鏡は一枚ではなく他にも存在するものであることに気付いた。

やがて西欧という巨大な鏡の崩壊する音が、私の耳にも響いてきた。私は、現在《いま》このような文を書きたどってきて、思考は一向に整えられず反って複雑に錯綜しているのを感じるのだが、それは、自分が単純な二者択一の論理に頼ることができないためである。私にとっては、西が駄目なら東というようなことは考うべくもなく、それに、西欧文明・文化の凋落の劇は、私（たち）の内部において既に起ったことなのである。

私にとって、それは「発見」と呼ぶことができるが、非西欧的音楽の異種の草原の鏡は、巨大な西欧の鏡とは本質的に異る原理をもつものであり、それら多くの鏡が微妙に反射し合う光の屈折の中に身を置いて、私は自分の聴覚的想像力を更に新たなものに鍛えたいと望んでいる。その後で、夜に向う黄昏の底にあってなお残照に映える巨大な鏡の破片のひとつひとつを、私は再び自分の内部に一枚の鏡として組立てたいと思う。それは、たぶんかつての巨大な鏡とは別のものであろう。しかも、それがどのようなものであるかをいま予想することはできない。

私は、河を遡るために冒険を試みようとは思わず、また、この停滞に身を任せようとはさらに思わない。共通に語る言葉をもたない異ったものが、互に触れあうことができるかくれた境界は、何処かにあるはずである。そこへ至る路を見出すためには一枚の鏡ではなく多くの鏡に自分を投射してみることが必要であろう。東と西、というような雑駁な思考操作を追いやるためにも、束の間は、自分自身を見失うほどの光の乱反射に身を曝してみることだ。径は各個の内部にやがて細い血管のようにたち現われて、いつかそれらは偉大な創造力によってひとつの大きな流れへと収斂されるであろう。

インドネシアを旅行して、同じアジア地域にありながら、邦楽とガムラン音楽との差異の深さに私は衝撃を受けた。多くの共通の要素を有しながらも、音楽として迫るものは違う。私が直観的に感じたものは何であったろうか？

前《さき》に私は、邦楽のなかでの音は、その所属する音階を拒むもののようである、と書いたが、以下そのことについて書きたい。

江戸時代の音楽の主だったものは劇場と結びつくことで発展した。わが国の伝統芸能は江戸時代に大成したのであり、このことは邦楽を知るうえにおいて重要な事柄である。そうすると、劇場というものが音楽に及ぼした影響について考えることは、あながち意味のないことでもない。

江戸時代の音楽は主として三味線によるものであり、人形浄瑠璃劇のための義太夫節その他、歌舞伎芝居の長唄、常磐津、清元、富本と列べてみると、いずれも劇に深い関係《かかわり》がある。そして、その芝居のもつ劇的性格によって、音楽の性格もそれぞれに特徴づけられていった、と判断することができる。

邦楽にはめずらしい義太夫節の深刻な誇張された表現は、生命のない人形を操るうえで欠かせないものであり、それは金《きん》(公)平《ぴら》浄瑠璃の架空な豪傑物語の伝統を継ぐものであった。先述したように、竹本義太夫は、他の諸流派の表現技巧を折衷綜合して義太夫節を創りあげたが、そこには当然一理があったのである。たとえば、三味線（太棹）技巧の定型化《パターン》、そのミニマルな構造は、喜怒哀楽の感情表現を極度に様式化したものであり、それが人形の動きと相俟ってあの直截な表現を生んだのであるが、そのためには他流の既成の特徴的な技《て》を摂りいれることはきわめて有効なのであった。

邦楽においては、義太夫節にかぎらず、定型化した技《て》をそのつづり（連結）を変化させることだけで新しい曲をこしらえあげるというような例が多々ある（俗にめりやすと称ばれているようなもの）。これとても、音楽が劇場と結びついて発展したことと不可分であるように思われる。それの最も具体的な例は、歌舞伎の下座にみられる、水や雪を表わすために打たれる太鼓等であるが、一般的に、邦楽において器楽のはたす役割は、定型化された技《て》が音楽的表象として具体的なかたちで劇に結びつき、それの感情や場景を説明することにある。これは、西洋の器楽音楽の、それ自体において自立する抽象性とは全く逆のことだと言える。

このような音楽のあらわれかたが、民族の感受性に根ざしたものであるのは言うまでもないことだが、それが歴史のなかでどのように培われてきたかを考えるのは興味深いことである。いずれにせよ、江戸時代に確立された封建的階級制度が、江戸期の音楽の、それもその性格の特徴的な面に大きな影響を及ぼしていることは否めないであろう。「家《いえ》（元）」や「流《りゅう》」、あるいは「風《ふう》」というような、制度や美的な観念が具体的なかたちとして明瞭《あきらか》になったのは江戸時代においてであり、それらは、今日に至ってもなお邦楽において支配的な影響力を保っている。

義太夫節は空想的な荒事から、やがて近松門左衛門のような傑出した劇作者をえたことで人間の内面の劇を演ずるようになり、浄瑠璃のふしまわしは洗練された微妙な抑揚をもち、それにつれて三味線も多くの情感的な技《て》を加えていったが、やはりそれも具体的な表象として定型化され、あくまでも（劇に）附随するものとしてあった。

歌舞伎芝居は、生身《なまみ》の役者によって演じられる科白《せりふ》劇であったために、音楽は主として劇中に挿入される所作事（舞踊劇）のために演奏された。義太夫節に較べて、長唄や清元等の表現が、誇張を抑えた淡泊なものであるのはそのためである。

いずれにせよ、関東と関西での音楽的性格の相違と謂うようなことはかならずしも本質的な事柄ではなく、私が問題にしたいのは、江戸時代に大成された邦楽の表現が、一音において充足するような特殊な様式を目指したことにある。

徳川三代、家光の時代には、音楽芸能の階級区分は、法令によってかなりはっきりとした形をとり、またそれに伴って、邦楽の今日に至る家元制度や流派の確立が次第にみられるようになる。

吉川英史氏によれば、

もともと前代までの能楽は、神社に所属した座によって演じられた芸能で、いわば神事能が本体であったが、江戸幕府は、これを幕府の、そして武家の、式楽とした。そのために、能楽は次第に剣術や武術と同様の鍛錬を受け、武士的芸能に変わって行った。

幕府は能楽を保護し、能楽人の生活を保証した代りに、芸については厳しく監督し、金春元信のごときは、「その芸が未熟であるから今後努力せよ、また一座の老輩も心を入れて補導せよ。今後も怠るようなことがあれば、重大な結果になるぞ」というような意味の戒告を受けている。そして、同じ戒告の中に、「万事大夫の命令に従え。もし、訴訟の儀があるなら、その座の大夫をもって役人に申し出よ。ただし、大夫に悪いことがあれば直接役人に届け出よ。」というような箇条があるが、この中に、すでに能楽の家元制度の確立を見ることができよう。これは三代将軍家光の時代、正保四年（一六四七）六月九日付けの、能役者への戒告文である。

前時代から能には観世・宝生・金春・金剛の四座があったが、二代将軍秀忠の時代に喜多流が独立の流儀として認められた。かくして四座一流となったが、やがて、四座も江戸幕府によって整理されて、座から流儀に変わり、結局、能は五流となったわけである。(2)

以上の引用に見られるように、徳川初期において、能は武士階級に所属する芸能としての位置を保ち、また一方、雅楽は朝廷に所属する音楽として、一般庶民の音楽とは別の世界に、特殊に保存されて行ったのである。

朝廷雅楽の源である上代支那楽が、つねに政治と結びつき、そのポリシーに反映していたものであることを考えると、日本での雅楽の在りようは特殊な変態を遂げたと考えざるをえない。雅楽が、多くの儒家に愛好されながらも、真に儒教を活かしえずに、閉鎖的な世界に留まったのは、不思議である。武家政治の介入ということが、その要因であるとは考えられるが、かならずしもそれのみではあるまい。ともかく、政治が音楽に言及しながらも、音楽は政治と結びつくことはなく、また、音楽に政治が反映されることは無かった。

支那古代の政治思想は、『以礼治為本』に要約され、〈礼〉をもって実行されることに重きが置かれていた。そして、この〈礼〉は、実践的な〈楽〉と同義のものであり、〈礼〉と〈楽〉はつねに一体のものとして認識されていた。わが国の儒者達は、しばしば多くの誤まりや矛盾を犯すのであるが、――これはかならずしも日本だけのことのようではなく、中国においてもそうであり、そのことに就いては、中国の作曲家江文也氏もその著書[3]のなかで慨嘆されている。――〈礼〉を実践的なもの、つまり術（芸術）として捉えずに、道徳的な観念として受けとめてしまったことに、今日に至ってもなお邦楽がかかえている問題の一つの根があるように思う。私は、独特な芸道というものの意味を、私なりに評価したいと考えてはいるが、これはまた別の事柄であろうか。

図らずも道と謂う言葉を書いたので、江文也氏が昭和十七年に著わされた、前述の著書から、「黄土と文化」なる短文（の全文）を引用したいと思う。

一度、この大陸に渡つて、この見渡すかぎりの黄い土に被はれた土地を見たものには、ほんたうにひとびとは何を思ふであらうか。勿論、眼前に展開された風景は、と言へば、

黄い土――地平線――大空

だけである。

その上を、誰もまだ踏み歩いたことのないこの黄い平原に立つて、ひとは

道

といふ言葉を、果して思ひ浮ぶものであらうか。その時、「道」といふ文字から受ける感覚なり、観念なりとは、一体、どんなものとなるのであらうか。

道――道

だが、実際ではそこには何ものもないのだ。この黄い土の大自然にあつては、ひとがただ歩けば、そこに残されたひとびとのあしあと、それがすなはち、所謂「道」となつたのだ。ただ歩けば、そこに残つたし、残るのだ。このとりつく島のない大海のやうな黄い土の上を、ひとが意志さへあれば、どういふ風にでも歩き方があつたやうだ。涯しのない土の上に涯しのない歩みを。それは直線でも、曲線でも、或ひはもつと複雑な幾何学的模様にでも……（原文のママ）

少なくともこの文のかぎりでは、一人の中国人の道に対しての考え、あるいは感じ方と

いうものは、道は定まったものとしてあるのではなく、人間の歩行によって生まれ、日々新たに踏み固められて行くもののようである。それは、個人と関わり、それ故に社会と関わるものなのであり、政治に密接する。礼楽の一致ということも、本来はこのような実践の思想であった筈である。

ひとつの生命が他の別の生命を呼ぶ時に音が生まれる。その、沈黙を縁どる音の環飾りが音階となり、やがて、音階のひとつひとつは光の束となって大気を突き進み、あるいは、河の流れのようにほとばしる飛沫となって大洋へ解き放たれる。それは、無音の巨大な響きとしてこの宇宙を充たしている。

バリ島北西部の山間に在る寺院の庭を覆っていた静寂の夜の黒い布は、私の眼前から、全ての事物の姿を消してしまったので、私は、いっそう注意深く音を耳にすることができた。私は、老人の演じる無灯の影絵《ワヤン・クリット》が意味するものを理解したいと思ったが、いつか、その考えを抛棄して、ただ、静寂の高揚に身を任せていた。そして、土に滲みやがて天空へ昇るサロン（金属打楽器）の響きが消え去る高みに、巨大な無音の響きがうねるような超速度で走るのを感じた。私は、意識の彼方から、私へ向って幾つかの問いを発しつづける存在があることに気附いたが、しかし、それらの問いは知覚される瞬間には波のようにすばやく遠退いてしまうのだ。いまは、砂紋のような痕跡を記憶に残し去ったそれらの問いに答えることはできない。それよりもむしろ、私は、原信号のように意識の奥底から問いかけてくる声を待ち期《のぞ》んでいるのであり、私の作業は、その問いを問いつづけることであるように思う。

ふと気附くと、私は流れのなかの三角州に脚《た》って、測り知れない海の拡がりを前に、唯一の声を聴こうとしていた。西欧《ヨーロッパ》音楽とアジアの音楽と、またそれらとは異った在りようをしている日本の音楽の触れあい響きあう烈しい風に晒された場に脚って、すべてのものが注がれる海に向い、いつかはそれに身を躍らせることを知りながらも、暫くはこの場に耐えようと考えていた。海は多くの異る思想や感情を呑んで、しかし、どの岸へ行着くのであろうか。

ケチャックを聴いた夜は雷雨が激しく、樹皮で編まれた屋根を打つ音は、歌う声を消すほどに強かった。雨のなかを、それぞれのバティック[4]に下半身をかくした半裸の男たちが、夜の黒い穴からひとりひとり、椰子油の点《とも》された集会場の明りの下に集って来た。土の上に円形に座して、何程のものものしさもなくいつかそれは歌いだされたのだった。私は、ケチャックの内容について知ることは少いが、バリ島にだけ在る独特のもので、チャック・チャックという猿の擬声を叫び歌うことにその名は由来している。すべては人間の声だけによって歌われ、音頭とも称ぶべき数人によって神話的な説話が微妙な抑揚で誦われる。他の数十人もの群衆は、ある身振りを交えながら猿のように叫び、特に一斉にひとつの音階を唱和するのだった。(何故かそれは沖縄音楽を私に想起させた。インドネシアの音楽について、私は屢々、北から南下したものであるような印象をもった。）その呼吸は測られたものであるよりは、直観的であり、野獣の跳躍のような撓《しな》やかさで突然に起るのである。いつか私は、それが人間によって歌われているということを忘れて、土そのものの音であるような錯覚に陥っていた。そうした状態、空間では、声と雷雨は別のものではなく、それぞれに宇宙的《コスミック》な場を形成する力であると言えよう。

　私は次第に雷雨に消されがちであった声の微細な部分までも聴きだせるようになっていた。すると、数十人もの円陣に座した群衆のひとりひとりにはそれぞれの役割があることに気附いた。例えば、猿の声のように叫ばれる律動《リズム》の型《パターン》は、数人の声の掛合いによって成立っているのである。つまり、四つの音からなる律動の型  は、たとえば  のように分けられて歌われる。しかし、実際ははるかに複雑であり、ある瞬間は運動の限界を超えるような速度でそれが行われるのである。果してそれは訓練によってのみ習得されるものであろうか？

　私が聴く傍らで演奏していた老人は、遂に最後まで——それは一時間を超えていた——規則的なリズムを、声を吸う息にのせて刻んでいたのであった。大地の音のように響くケチャックを形づくる無数の個別の役割。私はその事の意味の深さを、いま、殊更に強く感じている。

　最近、ある雑誌のために杉浦康平氏とガムラン音楽について話す機会があった[5]。そこで氏は多くの示唆に富んだ発言をされている。

もう一つ重要なことは、そういうパフォーマンスがあるときに、それを取り巻いている人たちが、実に（演奏に）同化しているわけですね。自分たちの親族がやっているということだけではなしに、その話のなかに没入してね。ケチャックは、いまラーマーヤナの話が取り入れられているらしいんだけれど、途中で科白が入ったりする（これは元来あったのか、途中から入ってきたのかは分からないけれど）。話の筋で悪役が出てくると、ちょうどひところ、高倉健が斬りかかられると、場末の映画館の観客が〝健さん、後ろ！〟と叫ぶように、子供を中心にした観客が本当に声を掛けたり飛びあがったりしているでしょう。（笑）何遍もみているのにね……。そういう人たちは裏方であって同時に表方なんですね。演っている人でもあり、見物でもある。もう他人事《ひとごと》ではないんですよ。それだからこそ、人が散ると土にしみついて音だけが残っている、というようなことがあるんだなあ。何かこう大地にパフォーマンスを焼きつけているような……。自然を主体にした逆の言い方をすると、精気を帯びた肉体がほんのり色づくように、風土から音がにじみ出、たちのぼって来たというか……。

インドネシアを旅して、幾つかの事柄に思い到った。それらは、はじめは脈絡もなく、個別の感想としてあるにすぎなかったのだが、時が経つとひとつの大きなうねりに収斂されて、私に強く作用するものになっていた。

いま私を奥底から突き動かしているこの力を解き明かしたいと思い、このような文を書きすすめて来たが、音楽の学術的な比較というようなことは私の分ではなく、またそれによってこのことは明瞭《あきらか》になる筈のものでもない。高橋悠治の言葉ではないが、伝統というやっかいなものとの関わりについて、あらためてやっかいであるなと思いなおし、しかしこのやっかいさを避けて通るべきではない、と考えさせるこの不分明な力を無意識に是認しては、私の問題はなにごとの展開もないであろうと考えたりしている。

音楽をはじめて二十数年になる。それは、ほぼ戦後の歴史に一致している。その間、私の意識のうちに、日本は幾つかの様相をいくつかの段階を経てあらわした。はからずもそれは、戦後起った多くの日本論の階梯を無自覚に上下するようでもあった。

まず、私にとって最初の日本は、ネガティヴな意味においてのみ存在したと言えるだろう。すくなくとも音楽（西欧近代）というものを知り、それによって生きようと決意したときに、日本は私のなかでは否定されるべきものであった。

変化への契機というものは、いつでも不意にやってくるものだが、しかしそれは時を住処《すみか》として眠るばかりではなく熟しつづけて、訪れる目醒めの機会を待っているのである。ただ、予期しえない出会いのように、それは激しく、それだからいつでも私たちにはそのことが偶然に思える。

文楽を観て強い衝撃《ショック》を受けたのは、音楽をはじめてから十年ほど経った後であった。日本というものをその時はじめて意識したのである。つまり、私は、私自身の貌《すがた》として日本をみたのではなく、全く別の他のものとして認識したのであり、そのことが少からず私を混乱させた。その感動を言表わすことは困難《むずかし》いが、その頃、ウェーベルンの音楽の虜であった私に、その時演じられた音楽は、ウェーベルンより凄いものという印象をあたえた。それはあの堀川の猿廻しの技巧がかった連弾《つれび》きで、現在《いま》思えばさほど好ましい音楽ではないが、私にとっては全く未知の世界であり、その異質の音楽の領域を前にして、しばらくは途方にくれた。しかし、このようなことはなにもひとり私の特殊な体験では無く、私の世代にとってはごく一般的のことであったように思う。それに西欧《ヨーロッパ》音楽を学ぶものであれば日本人でなくとも、先行《さきゆき》経なければならないことであったろう。偶々、私が日本人であったことが、いささか問題を（私にとって）やっかいにしたに過ぎない、とも言える。

いずれにせよ、日本というものがポジティヴに私の内にその容貌をあらわしたのは、私が西欧《ヨーロッパ》音楽を学んだからなのであり、さもなければ、私は日本というものに気附かなかったかも知れないのである。

私は、それから、かなり意志的に（日本の）伝統音楽と接した。そして、それが深まるにつれて、それに強く魅せられながらも、私の考えかたによっては解きえない多くの問題と当面することになる。つまり私の思考が、日本と西欧、あるいは東洋と西洋という、点対点的な型《パターン》に落ちこみがちであり、そのために、一面において日本を肯定するときには、それは半面において西欧を単純に否定するような結果にもなりかねない。私は、これまでに日本音楽について多くを識りまたそれを書きもし、私なりにその本質を把えたようにも思ったが、そしてそのことは幾らかは音楽することに役立ったであろうけれど、交渉が深まるにつれて、私には、日本音楽が次第にわからないものになってきた。これは逆に言えば、私は果して西欧というものをわかっていただろうか、また、ほんとうにそれの影響を受けたのか、という当惑であったかもしれない。

ただ、そんな混乱のなかで漠然とではあるが、日本というもの、それに西欧というものが、以前よりはある確かな手ごたえとして考えられるようになってきたのも、また事実である。しかし、それがどのように激しくおこなわれたとしても、このような二元的な思考のフィードバックでは、すべては逼塞してしまうのではないか。

私にとって、インドネシアを旅したことは、それもまた偶然のことではあったが、意味のあることであった。

それはたぶん、より多くの問題を私に抱えこませることになったが、私の考えに、ある動きと変化をもたらしてくれたように思う。現在《いま》は簡単にしか言いようがないが、私は当面している問題のすべてに耐え、それを受けとめようと考えるようになった。人間の生きざまには、パッシィヴな情熱だけがそれを支えている、というようなものがあっても悪くはなかろう。どうも私たちは、全身で受けとめるべきものを、いつも半身でしかしていなかったように思えてならない。それが、実は、インドネシアで私が感じたことの全体であったかもしれない。私がしたような、あるいは、おおかたの日本人がしてきたような西欧との附合いかたでは、日本ともほんとうには附合えないだろうと思う。点対点的な思考、つまり、西欧と日本、というような図式は、たんに論理の筋道を捏《こしら》えるにすぎない。それでは物事は本質的な展開をしない。

インドネシアの草原で、遠い土地に立つ樹のことを考えていた。西欧《ヨーロッパ》から私たちが影響を受けるとすれば、ほんとうはこれからなのではないか——。ふと、そんな気がしたのだった。

磨《ミ》かぬ鏡《ガカヌカガミ》

現在《いま》、自分がもっとも強く魅《ひ》かれている音楽について考えてみると、そこに共通するのは、それらの音楽の多くが、表記する文字を有《も》たない民族のものである、ということに気附く。

私は専門的に民族（俗）音楽を研究したわけではないので、私が感じたことは、学問的には的外れであり適切を欠くものであるかもしれない。ただ、文字を有つ民族の音楽は必ず抽象性へ向うようであり、文字を有たない民族のそれは、音のひとつひとつがかなりはっきりとした具体的事物（事象）と結びついていて、そのことが音楽表現上の特異な性格を定めているように思われる。そのような音楽は、例えば、アメリカ・インディアンのものであり、また、エスキモー、アイヌ、ポリネシア等の音楽である。

文字を有つことで人間の語彙は拡がり、それに従って言葉の意味は、ともすると単一の指示的な機能に限定され、抽象的になる。当然のことながら、言葉は発音されて伝達される側面をもっているが、そしてそれは音楽の発生と深く関わるのであるが、言葉を指示的な機能として用いる時には、どうしてもその響《ソノリティ》きは犠牲にされてしまう。その端的な例を私たちは空疎な演説《スピーチ》等に見ることができる。ただ、政治的アジ演説にあるような音声の呪術的力《スペル・パワー》というようなものを、私は問題にしたくはないのだが、しかしそれとても、言葉がたんに意味する機能としてばかりあるのではないということを証しているように思う。

これは余談であるが、私たち人間の言葉には詩（的言語）と政治的言語の二つが対立するものとして在り、その中間に民衆があって相互に影響され関係づけられた日常語を生きているのではないか――、ふと、そのように考えることがある。政治的アジ演説の空虚《むな》しさ（つまりそれがほんとうの説得性をかちえない場合）は、政治的言語が民衆を通過することなしに詩的昂揚を図ったからなのであり、それはあくまで擬似的なものであって、ほんとうに響くものではない。また、それと逆のことも言いうるように思う。私は三島由紀夫の死について考えているのだが、――私はなんらあの事件について言及する資格をもつものではないが――文学の高さからは想像もおよばないかれの辞世の低さについて考えてみると、その死は、やはり民衆とは関わりなくされた政治的（あるいは、詩的と呼ぶこともできる）事件にすぎなかったのだと思う。自決した三島由紀夫には、国家という観念は存在したかもしれないが、その時、民衆は無かった。

さて、文字を有たない民族に伝承されている、神話や民俗的説話には、単一の英雄《ヒーロー》というような存在が殆ど見られない、と謂う学者の指摘は、私にはたいへん興味深く思われた。

このことは、その音楽の在りようとも結びつけて考えられるように思う。英雄《ヒーロー》というような存在は、思考の抽象操作を経て産みだされる観念であるのかもしれない。譬えば、エスキモーの説話の主人公は、いつも時間的には三代位しか遡らない、というようなことを聞いたことがある。つまり、父あるいは祖父、せいぜい曾祖父というような身近な存在が、いつでも譚《ものがたり》の主人公として現われる。このような事柄を深く考えるならば、人類の本質に関わる諸問題にも行着くのであろう。そして、これまで私たちの音楽において考えられていたところの、時間や空間の問題においても新たな視界が展けるかもしれない。

だが私が、エスキモーやインディアン等の音楽に強く心魅かれるのは、そうした予備知識があってのことではない。

十年ほど前に、ハワイ大学で教鞭を執られていた人種音楽学者《エソノミユージコロジスト》として著名な、バーバラ・スミス女史に導かれて、原住民に伝わる数多くのフラ・チャントを聴くことができた。私はそのひとつひとつから強い印象を受けたのであるが、発音の多様な美しさ、独特の律動的有節音《リズミック・アーティキュレーション》 rhythmic articulation に感動したことを現在《いま》も忘れられない。奇妙な形容と思うが、ハワイ語がもっている、母音の中間的彩《いろど》りとそのグラデーション gradation の繊細な美しさは、他に類例を見出せないとも言える。私は率直な感想を女史に伝えたのだが、女史も同様の感想を表わされた。そして、ハワイ語は語彙が少く、そのために音声的《フォネティック》に多様な変化をもつのであり、また一語がきわめて多義的であるために、発音する際の呼吸までが重要なのだと説明された。フラ・チャントにおいては、ひとつのフレーズを一息でうたうか、途中で息を接ぐかによって、おなじ言葉の配列でもその意味は異なってしまうのである。掌にした黒い小石を擦り合わせながら、上体を波のように揺らしてうたわれるチャントを聞くと、私たちの会話がいかにも非音楽的に感じられてくる。

エスキモーの音楽も、またアメリカ・インディアンの音楽も、そのように発音されることによって（うたわれることで、と言換えても差支えないほどに、両者は分ちがたい）音楽としての、また言葉としての意味をはじめて獲得するのである。それゆえに、音楽や芸能はつねに社会的な役割、つまりインフォメーションとして存在するのであり、音楽それ自身として純化されることはない。

そしてまた、そうした社会（それを私たちは文明化されない未開《プリミティブ》と呼んでいるが）にだけ呪術的力《スペル・パワー》は顕在するように思える。いささか説明不足の気がせぬでもないが、文字、殊に印刷文字を所有してサイレント・インフォメーションを頼りとする社会では、音楽は純粋化（美学的に）を目指し、和声的には複雑さを増しながら、旋律的抑揚に乏しい、また無音の効果については考慮しないようなものになっていく。呪術的力《スペル・パワー》は、このように分化の過程を経た地点においては失われる。なぜなら、語彙の豊かさは音声的な表現を単純化するのであり（言葉のそれぞれの意味を区別して聞きとれるようにするためにそれは必要なのである。たとえばラジオのアナウンスにみられるような画一的な発音）、一方、呪術的力《スペル・パワー》は豊かな音声的表現として顕われるものだからである。

たとえば、ル・コルビュジエがその建築の基準《モデュール》に人体を用いたように、一般的な音響環境についての論においては、人間の耳と共に、人間の声を標準とし考察しなければならないだろう。たしかに、未開地域の人々の声は、文明人のそれよりはるかに色彩的な抑揚にとむものであることを研究者は記している。

マリー・シェーファー[6]が指摘しているように、中世においてさえも、未だ声は生きた楽器であったのだし、朗読は大声でなされ、人間は舌で言葉の形を感じていた。つまり言葉の意味と同様に、あるいはそれ以上に音声的な表情は重要であった。

ヨーギはその修行のために、一語を呪文のように繰返し発音することを行う。そうすることによって、その語の威厳《マジエスティ》や恩寵《カリスマ》、そしてそれが秘めている暗い催眠的な力を喚び醒まし肉体的に感じとる。チベットの喇嘛《ラマ》僧が、OMmm……と誦《とな》えるときに、かれの肉体は響きそのものとなる。実際に肋骨は音をたてて顫え、鼻翼が昆虫の翅のように震動するのを見ることができる。やがてかれは、はじめのoからつぎのmを発音するときに、その二つの音《おん》を距てる空間が百二十呎《フィート》も離れているような感覚に陥る。

印度の音楽家ラビ・シャンカルは、その著書[7]でつぎのように語っている。

> 古い書物を読むと、音には二つの種類——一つは天空の、または天に近い、いっそう澄んだ精気の振動、もう一つは地に近い、より低い大気の振動である。天空の振動については、ピタゴラスが紀元前六世紀に書き表わした天空の楽音と同様のものだと

考えている人もある。これは常に存在し、変わらない宇宙の音である。この音は何ら物理的な衝撃によって生まれたものではないので、アナハタ・ナーダすなわち「無為の音」とよばれている。もう一種類の音は常に物理的な衝撃によっているところからアーハタ・ナーダすなわち「有為の音」とよばれる。後者の場合には、ある瞬間に振動が与えられると音が作り出され、振動が止むと同時に音も消える。

無為の音はヨーギにとってはたいへん重要なものだ。それは彼らが内面から聞きたいと求めている永遠の音で、長年にわたる思索とヨーガの鍛錬を経て、はじめて達成可能となるのである。

そして、この実際には耳には知覚しえない形而上的な「音」の観念は、また、「有為の音」と切離して考えられるものではなく、ヨーガの冥想は、これらの「音」を超えた、つまり、思考（知）と感覚（情）のいずれにもとらわれることのない絶対の行為であると考えられる。その時、この肉の管は一個の簫《しょう》と化して、その「生」を響かせるのである。たしかに現在《いま》でも、印度人や喇嘛僧の多くが、そして、他の多くの東洋人が――未だ文明によって磨かれない、または汚されない地域にあっては――鍛錬によってその肉体を音そのものと化し、自然、あるいは宇宙と一体になることを無上の事としている。ラビ・シャンカルが述べているように[8]、音楽のもっとも高い目標は、宇宙が映し出しているその本質を示すことであり、ラーガはこうした本質をとらえるための手段である。そして、このように、音楽を通して神に到達することも可能なのである、と記している。そして、これは西欧音楽の在りかたとは本質的に異ることであるように思われる。それはまた、わたしたちの日本音楽とも異るのである。

タパシャすなわち冥想を通して、ヨーギは人間に備わっているクンダリーニすなわち神通力をよびさまそうと努めるのだ。中世の神秘的体系である密教哲学では、その神通力を、体の中心部にあってダイナミズムを象徴している、とぐろを巻いた蛇として説明している。ヨーギたちはまたエネルギーの根源であるチャクラを揺さぶり、精神でコントロールしようとする。これを「チャクラを突き刺す」といっている。ヨーギがこれをなし遂げたとき、彼は自分の肉体を完全にコントロールし、空中に浮いたり、姿を消したりする超自然の行為を行うことが可能となる。

このような超自然的な行為を目にしたことはないので、と謂うより、振幅の狭い音楽体験のなかに身を置くものには、そのようなことは視えもせず、また、聴こえようもない事なのであろうか。前《さき》にも記したことであるが、(印刷文字を所有して)サイレント・インフォメーションを頼りとする社会では、音楽は純粋化(美学的に)を目指し、和声的には複雑さを増して行くが、つまり、「音楽は数多くの雰囲気や調的色彩――しばしば非常に対照的である――に基くのに対して、印度の旋律は全曲を通じて一つの主要な雰囲気や情緒に集中し、そこにとどまって拡大し、精緻を極める、そして、その効果は集中的、催眠術的で、ときには魔術的にさえなる」のである。このことは、西欧と東洋的音楽における顕著な差異であろう。

喇嘛僧のあの低く地を匍うような声、中南米インディオの山脈《やまなみ》の稜線を刺繍するように響く声、潮のように緩やかに満干《みちひ》するフラ・チャントの声、それらの多くの異る声の響きがわたしたちに示しているのは、だが、ただ**ひとつの生命**なのである。

個人が音楽において果す役割について考えてみると、私が現在《いま》行っていることはいかにも傲岸に思われてくる。作曲の多様な手段で自己を主張し、自分を他と区別することにのみ腐心して来たのではないか、と暗然たる思いである。私は、何ほどのこともない生活の挙動のように音楽をしたいと望むものであり、ひとの考えおよばないようなことをしようとは、思ってもみない。音楽は生きることのひとつの形式にすぎないのだが、この、何でもないことを何でもなく為すことが、このように困難であるのはおかしなことだ。ある若い作曲家が、最近の新聞で、現代音楽は旋律《メロディー》や和声《ハーモニー》を失ったために一般的に親しまれないのであるから、それらを補うものとして、所作や映像を音楽の新しい媒体《メディア》として加えたい、というような意見を述べているが、わたしたちはなぜ（旋律《メロディー》を）うたえないのか、ということに気附かぬまでにこの病いは根深いのであろうか？

作曲家はその身構えが枷になって単純な一本の旋律を紡ぐこともできないでいる。音楽において果す役割ということは、他との相関において問わるべき事柄であって、単に個人の美学の問題として留まるようであってはならない。

人間の存在は、個々には音階のひとつの音のようなものであり、一個にしては完結するものでなく、だが、この自明のことを行いに反映することは、この社会（近代）においては極めて難しい。作曲家と謂う足萎えのわが身に苛立ちを覚えて、私はこのように書いているのであろうか？　私が奉仕すべき対象は何であろう――。自らを含むところの他者である、とも思うのだが、それは直ちに聴衆ということで置換えられるものでは、またないようにも思う。私は、たぶん、未だにひとつの歌――旋律《メロディー》をうたいたいと思いつづけているタイプの、あるいは古風な作曲家であるかもしれないが、旋律のひとつの持続によって到達したいのは、その持続のなかで味わう歓びや苦しみを超えた場処《ところ》なのであって、ただ、私はそれを素直に永遠とはよべないのだ。

ここに歌はんとて来し　わが
　歌を　唄はずなりぬ――
今はただ　調《しらべ》ととのへ　ただ
　唄はんとぞ思ふ
わが調　ととのはず　わが

ただ　この身のうちにあるは
　　詞《ことば》　綴りかねつ
　歌の悩み
今　花も咲かず　ただ
　一筋の風　吹く

われ　彼《かれ》の面《おも》を見ず　われ
　彼の声を聞かず
ただ時折に聞く　彼の
　足の響
わが門《かど》の前すぎて　かの人
　往《ゆ》きつ戻りつ

ただ　われ　席《せき》を設けぬ
　日の暮るるまで——
家に　燈明《ともしび》　燃えず　彼を
　如何《いか》に　喚《よ》ぶべき
遇《あ》はんと望みしに　彼に

われ遇はざりき

かなり長い詩句の引用になってしまったが、これは、タゴールの『ギーターンジャリ』からの一篇(9)である。この偉大な、詩人でもあり、また音楽家である存在の前では、私は卑小であるが、この詩に読みとれる、詩人の心の中にある欲求の苦しみは、だが私のものでもあるように感じられる。ただ、私には、詩人が待つ神はない。私たちは、現在《いま》、神がその相貌《すがた》をあらわすほどの連帯のなかにはない。私には、うたうことは何もないように思えるのだが、それでもその欲求を捨てきれずにいる。しかし、それは誰のためにうたわれるうたであるのか。青春の時期に、私は自分のためにしかうたわない、と書いたが、現在ではその不遜さが懐しくさえある。なぜなら、いま私ははるかにその時より傲岸であるように思うからだ。

インドネシアにはアンクルング anklung とよばれる竹製の楽器がある。ジャワ島のテイレボンでそれの演奏を聴いたが、曼陀羅図の細密に画かれた個々の輪円が、穏やかな陽光のなかに漂っているような響きで平坦な庭園は充たされた。それは、十数人もの老人や青年によって演奏された。アンクルングは、ほぼオクターヴに調律された二つの竹筒からなり、細長い孔をつけたもうひとつの竹筒でつくられている枠に吊られ、それを振ると調律された竹筒がその枠に触れて発音するような仕組になっている。これは、ただひとつの音高《ピッチ》を響かせるだけなので、音楽を演奏するためには、多くのアンクルングが必要とされる。つまり旋律が用いる音階の音と同じだけの数の演奏者が必要なのである。そこでは個々の役割は、ちょうど木琴やピアノの一個の鍵盤にすぎないと言える。しかし、疾走する律動に身を委ねるひとびとの表情は至福にかがやいて見えた。私は、タゴールが詠ったつぎのような大意の詩を思いだすのだ。

〈神というものは、人気《ひとけ》もない、往来の既に途絶えた、夕べの昏がりに遇えるものだと私は思っていたが、闇の中にまみえるものは夢にすぎない。

神は、人々が集い商いをなす市場の雑踏の中におわすのだ。〉

音楽は祈りの形式《フォーム》である、とひとりの友は言う。たぶん、私自身の音楽行為も、それを言葉にして整え表わすなら、その行為を支えている多層な感情は、祈りという一語に集約されるかもしれない。むしろ他の言葉によっては説明し得ぬものである、と言って差支えない。だが、祈りはここでは既に言葉では無いなにものかである。

自分の行為を捧げる対象というものが気がかりである。音楽という使用価値は無にも等しい行いを通して見ているものは、あるいは見ようとするものを、どう呼べば良いのか——。

バッハがそのマニフィカート Magnificat で描いたひとすじの旋律の線は、個人の感情の諸要素と全く一致しており、たんに音の機能の帰結としてのみそれを見ることは不可能である。近代西欧音楽においても、論理や音の物理学がはじめから音楽に先行することは無かったのだ。むしろそれが音楽というものの論理でもあり、機能であったはずである。バッハは、かれを内から突動かす不分明の力にたいして敬虔であり、その深さにおいて天才であったと言えよう。そして、その力が向うところには神があった。しかも、その個人の天才は、時代と地域社会の土壌に根差したものであり、たやすくは抽象しえないものであった。

だが、近代的な自我を獲得した後の文明社会は、個人の存在をできるだけ遠くへ拡散させる方向に進み、テレ・コミュニケーションは地域社会を都市化へ向わせ、多量な情報のなかで、ひとは一様に虚しさに囚われている。それを癒すために執られる手段は、またそれ自体が自立して人間ばなれしたものになる。人間の個性は極めてエキセントリックになり、社会的な繋がりは次第に失われて行く。人間は各個にはばらばらでありながら、個人の営みはかならずしも充実しない。そこではむしろほんとうの個人を保つことは難しい。

一九六八年の冬、マンハッタンの一二〇丁目にある聖ジョオン長老教会《プレスビテリアン》で、デューク・エリントンは「自由《フリードム》」という名の慈善《チャリティ》コンサートを行なった。当時、エリントンは、英国王室から Sir の称号を贈られたばかりで話題をあつめていた。その夜はハドソン河から吹きつける凍るような風のなかを七千を超える多数の聴衆が、一八九〇年代に建てられ現在もなお建築工事がすすめられているそのゴシック風の大伽藍《カテドラル》に集まった。演奏者たちはアフリカの諸地方の民族衣裳を纏い、視覚的にも色彩的《カラーフル》であった。しまいには聴衆のなかからも多数の黒人が口々に「自由《フリードム》」を叫び、長い列となって、会衆の間を歌い踊り、縫い歩いた。デューク・エリントンもまた、オルガンを叩きつけるように演奏しながら、かれの内面のもっとも深い部分から発せられていると思われる声で、「自由」という言葉を、世界各国の言葉で叫《シャウト》んだ。

その音楽は名付けようもない魂の状態であり、欲望の匂う祈《プレイヤー》りであった。

黒人哲学者サイラス・モズレー氏は、〈ジャズはリズムでもなく、またメロディーでもない、ジャズは次第に発展していくという形式でもない。ジャズは、演奏者が歌の途中、いかなる瞬間にでも感じたものを表現しようとする個人の自由というものであり、演奏されている間に想像もつかないほどの悲しみの底からつくりだされる感情なのだ〉と語っている。

孤独な感情が触れあうところに、音楽が形をあらわす。音楽はけっして個のものではなく、また、複数のものでもない。それは人間の関係のなかに在るものであり、奇妙に聞こえるかもしれないが、個人がそれを所有することはできない——。反響する伽藍の片隅で、私はそう思った。

インドネシアでの、あの溢れるようなガムランの響きのなかで感じたことも同じであった。音楽は個人がそれを所有することはできない、が、しかしまた、音楽はあくまでも個からはじまるものであり、他との関係のなかにその形をあらわす。しかもこれは社会科学的なテーゼではなく、むしろ神学的主題なのである。

友が言うように、音楽は祈りの形式《フォーム》であるとすれば、人間関係、社会関係、自然との関係、(そして、神との関係)すべてと関わる関係《リレーション》への欲求を祈りと呼ぶのだろう。たしかに私は、音楽がそこに形をあらわすような関係というものを待ちのぞんでいる。

こうした内面の問題では、バッハの音楽もジャズもガムランも、私にとっては実は区別して考えられるものではない。しかし、文明の質と性格の違いのなかでの、個の在りかたと、そこに生じる関係については考えなければならないだろうと思う。

私は日本人であり、それでかなり特殊な視点からこのような問題を考察していると思うのだが、またそれが思考を煩瑣にしているのでもあろう。殊に日本の伝統音楽について考えるときは、かなり屈折した回路に自らを追いやっているようにも感じる。半面では不自然でもあるなと思いながら、しかし避けられないことなのだと思う。

私は前に、邦楽のなかでの音は、その所属する音階を拒むもののようである、と書いたが、これはいま改めて書きなおせば、邦楽は関係のなかに在る音楽ではなく、反ってそうした関係を断つところに形をあらわすのだ、と言えるようにも思う。西欧の天才性とは全く異った意味において完結する個人芸、つまり名人の存在があり、しかもそれが「家(元)」や「風」あるいは「流」において閉ざされるのはなぜだろうか。私はその良否を問うものではない。しかし、気がかりなことではある。

スンダ地方、トールの聚落で出遇った老人はイギリス留学の経験があり、美しい英語を話した。ジャワ島特有の黒い洋風の詰襟服を着て、ズボンの代りに腰にしぶい柄の更紗を巻いていた。スカルノやスハルトが被るような、小さなつばの無い帽子を頭にのせている。温厚な眼差しと白い口髭が私に谷川徹三氏を聯想させた。身につけている衣服の相違ということを除けば、動作や風貌は日本人と何ら変るところは無い。異国人と話をしているというような違和感を少しも覚えずに会話を交わすことができた。

私は老人の孫娘がクンダンと笛《スリン》の単純な音楽にあわせて踊るのを見ながら、それでもこの老人の生活を支えているものは私とは全く違うものであるということを思いかえし、すると老人と私の間に埋めようもない空隙が黒い高い壁を築いていくように感じられるのだった。しかし、これは私の側だけの特殊な感じかたというものであろう。この老人には余程のことでは揺がぬ生活の基盤があり、それは度重なる侵略にも壊れることはなかった。

この時の私は、三週間近い旅行のなかで特別な感情に支配されていたかもしれない。それというのも、バリ島の中心地デンパサルの市場《バザール》で商われていた品々の多くが日本製のもので、それはまた見るからに粗悪であり製造元《メーカー》も判然としないようなものばかりなので、私はいささか憂鬱な気分になっていた。これは私が書こうとしていることとは関わりなさそうにも思えるが触れておきたい。

こういう日本の経済侵攻はジャワ島においても同じであり、いっそう激しかった。市街を走る車は、日本製かさもなければアメリカの、年代を過ぎた大型のポンティアックであったりする。ホテルの多くが日本とアメリカの資本によって経営され、山間の自然には企業の立看板が打込まれている。そして、日本企業が建設した工場に働くひとびとの賃金は異常に低い。これは様相を変えた侵略であり、少くとも日本は東南アジアにおいては経済的イニシアティヴを握っている。

バリ島北端の由緒あるシンガラジャの町の祭礼で、女たちが頭に塔のように高く積んだ彩色《いろどり》の鮮かな食物を、寺院の聖水によって浄めるのを見た。私はこうした習俗を讃美しながら、彼女等がその美しい供物に消費している多量の化学調味料のことを考えると、何ともいえない後ろめたさに捉えられてしまうのだ。この化学調味料を輸出している日本においては、少くともそれはとかくの問題がある食品のはずである。白い結晶を食物にまぶすようにして食べるのを目にしながら、私はその場を素通りして過ぎる。

これまで書きつづけてきたように、私はインドネシアの音楽そのもの、そしてその文化を創造している情熱の根底をなす強い宗教的感情というものに動かされたのであるが、そこで考え感じたことはかならずしも芸術的な事柄に限らない。ただ意識的に音楽外の事柄には触れまいと思っていた。しかし、ジャワ島やバリ島に営まれている美しい草の音楽の蔭に、往き場を失った変種の西欧文明が歪んだ貌《すがた》を曝しているのを見ると、歴史というものの醜悪な素顔に接したようでやりきれなかった。

日本は、たぶん自ら近代化を望んだのであり、その近代化の過程でアジアを切捨てたのだろう。そのことの当否を訊《ただ》す資格は私には無いが、現在《いま》になって日本がインドネシアに対して親切気にしていることが、インドネシア民衆の望むところと一致しているとはどうしても考えられない。もちろんそこには日本という国からは想像もしえない貧困があり、衛生思想もゆきわたってはいない。それに何よりも教育に関して行政は行届かない。インドネシアが多数の島によって成立ち、統一された言語をもちにくいからである。

トールの聚落で出遇った老人は、その地方の長《おさ》であり、富裕に育った。イギリスに留学して充分な西欧的教養を身につけることができた。このことはたいへんに稀なことである。しかし、それなのにこの老人は民族の衣装を着けて、私の傍で、舞いつづける孫娘を温厚な眼差しで追っている。手で膝を軽く搏ちながらクンダンの律動を楽しんでいる。私の眼に映ったのは、西欧的な教養によって民族の独自の思想がさらに深められ、それが揺ぎない生活の基盤として老人の全体を支えている落着きというものであった。

日本にもこういうタイプの教養人は少くはないと思う。しかし、全体としての日本というものを考えるときには、私たちが失っているのはこういう落着きではなかったか、と思う。

素朴な疑問なので記すことを憚るが、日本はなぜ開国に際して西欧と同時にアジアへの門をひらかなかったのだろうか、と思う。私たちは、漱石が言っているようには、既に西欧文明に対しては食客のような気後れを感じることもないように思う。ただ、現在の西欧思潮の表面《おもて》に色濃く滲みでている苦渋を他人事《ひとごと》のように見て、西欧文明は滅んだなぞとは言うまい。こういう落着きの無さが眼に余る。元は庇を借りていた身ではないか。そして、それで軽々しく東洋というのでは、私たちはこのうえに過ちを重ねることになる。

結局、インドネシア旅行で私が考えていたことは、日本のことであり、つまり否応なく自分が立たなければならない精神の風土としての日本のことであった。

自分の創造を根底で支えているものは何なのか？　私は自ら問いを発してそれに確かな答えがでず、谷川徹三氏に似た風貌の老人の傍で内心狼狽したのだった。

文を書くことの苛立ちに耐えながらそれでも少しずつそのなかで何かが見えて来たように思うが、やはり、明確にこの文を結ぶことはできない。旅は終らないのだ。

インドネシア旅行はフランスの学術グループによって計画され、私だけが、ひとり東洋人として参加することになったのだが、そのために、この旅の期間、私は二重のエトランジェ（異邦人）という奇妙な立場におかれてしまった。つまり異郷で、私は二枚の鏡にはさまれて、複雑に屈折された自分の像を眺め暮らすような日々を送ったのである。

幾らかの日時を経た現在、その時の私の立場を考えると、それは、そのまま今日、世界の中で日本が置かれている状況にあてはめて考えることができるように思われる。

フランスの音楽家たちにとっては、インドネシアの音楽の様相は異様なものとして映り、かれらの感受性にとって、それは途方もない未知の領域に響くものであった。私にとっても、インドネシアの音楽から受ける響きはけっして小さなものではない。むしろ、それに関してのいくばくかの知識を有《も》っているつもりであったのが、実際の音楽に触れて、それは所詮なきものにひとしく、己れの無知を恥かしくさえ思ったのである。

だが、それにもかかわらず、私とフランスの音楽家たちとの間には、インドネシアの音楽を聴く、その聴きかたの上においてかなりの相違があったように思う。私は、ガムランの響きやケチャピの音色、それを形づくる独特の音階や律動に、私の感受性の大きな部分を培ってきた日本の伝統音楽との関連を発見したし、インティメートなものとして、それらを私の全体で受容れることができたように思う。そのような、ある意味では、平静であった私に比べて、フランスの音楽家たちは、まるで飢《かつ》えたようにそれらの音楽と対していた。この言い回しは、あるいは正確さを欠くかも知れないが、かれらは、私のようには、その音楽の前で平静ではいられなかった。それは、かれらにとって余りにも異形であり、かれらの論理で尺《はか》るには、その距たりは大きすぎたのである。

まえにも書いたように、この「新しい資源《ニュー・ソース》」、新しい異質の音源を前にして、かれらは、それをいかに自分の論理に組み込むかということに熱中しているように、私には感じられた。かれらは、ガムランのリズムを克明に採譜しつづけ、極めて微細な音程の変化をも聴きのがそうとはしなかった。

私は、そのような態度を半面うらやましくも思いながら、かれら自身の音楽にやがて立ち現われるであろう、この民族の古い歴史を秘めた音楽の未来を想像すると、なぜか、しらじらしい不毛な結末を予感してしまうのだ。

しかし、私は、フランスの音楽家たちが見せてしまった戸惑いや狼狽を侮るものではなく、むしろ、かれらが立脚している歴史への強い肯定的な態度に、一面の感動をさえ覚えたのである。私は、フランスの音楽家たちと同様に、西欧近代の音楽を行なっているが、果たして私には、かれらのような論理への強い渇望があったであろうか、と思う。私の中で、西欧近代の音楽は知らぬ間に曖昧に風化してしまっている。しかもそれは、存外、私個人に限った問題ではなく、日本人全体に関わる事柄なのではないか。

今日、音楽は、ひとつの歴史と地理へ向かっての統合をめざして旅立ちをはじめた。それは、極度に発達した科学文明の下にあっての人間的要請であるだろう。少くとも今日では、旋法の音の数の少なさ（例えば五音音階《ペンタ・トニック》等）が、文化的後進性の表われであるというような乱暴な論を聞くことはまれであるし、西欧近代の音楽思想が唯一の尺度として在る、という考えについて疑いをもたない人はいない。芥川龍之介に倣って言うなら、〝小衆〟のためのものでしかありえなかった西欧近代の〝芸術〟音楽は、結局は大きな全人間的要請の前に、その専制の地位を明け渡さなければならなかった。今日の欧米での大衆音楽の現状、そこに見られるインドやアフリカ音楽等の強い影響が、たんに風俗的な流行現象である以上に、よりラディカル（根源的）な人間的要請がもたらしたものであることは、もはや否めない事実であろう。

私と一緒にインドネシアを旅したフランスの音楽家たちは、もっとも尖鋭な危機意識の所有者たちであった。かれらの感受性を培って来た風土とは全く異質の風土に立って、その時かれらの内面に起ったであろう激しい葛藤を思うと、私は、かれらがおかす試行錯誤をあざける気にはなれない。

結局、私は旅の期間を通じて、かれらフランス人ほどの危機感を所有しないだろうし、それならば、インドネシアの人々のように、生活と音楽を分ち難く一致させるまでに、無垢にひたすら感情のおもむくままに音楽することができるか、といえば、それもできないような自分を見出したにすぎない。

私は、二枚の鏡がつくりだした私の内面の無限の迷路を彷徨しつづけよう。そして、そこに起こるべき対立や矛盾を曖昧にやり過すことをせずに、いっそう激化したいと考えている。そのなかで、私は「音楽」というものを問いつづけよう。

日本人は、なぜ、宗教から離脱していったのか？　また、なぜ、日本人は無にまで凝縮された一音に無限定な全体を聴こうとするのか？　なぜ、邦楽は関係のなかに在る音楽ではなく、反ってそうした関係を断つところに形をあらわすのであろうか？

いま、この道は何処へ行くかは知らぬが、私はもはや歩きだしたのだ。

註

(1) W・P・マルム著『東洋民族の音楽』松前紀男・村井範子訳（東海大学出版会）からの引用。

(2) 吉川英史著『日本音楽の歴史』創元社刊。

(3) 江文也著『上代支那正楽考―孔子の音楽論―』三省堂刊。

(4) 一般的に呼ばれているジャワ更紗のこと。

(5) 「芸術倶楽部」一九七三年十月号。

(6) R. MURRAY SCHAFER はカナダの作曲家で、多くの前衛的な作品を発表している。ヴァンクーバーのサイモン・フレーザー大学の教授としてコミュニケーション理論を教える。《…When

Words Sing》《Composer in the Classroom》等の著書がある。

(7) ラビ・シャンカルの自伝的な『わが人生わが音楽』《My Music My Life》からの引用。音楽之友社刊。

(8) ラーガについて、ラビ・シャンカルは〈われわれの音楽用語の背景にある概念の多くを、西洋人に説明するのは困難である。そして今日、われわれの音楽にとってもっとも重要な特徴も、説明や理解をするにはあまりにこみ入っている。それはラーガであり、インド音楽の中心である〉と述べている。そして、〈ラーガは音階や旋法や調子、旋律などのそれぞれに類似性を持ってはいるが、それらのいずれかであると誤解されてはならない。ラーガとは伝統によって構築され、すぐれた音楽家の精神の中に生まれ、ひらめいた旋律的な枠のことなのである〉——前掲書、小泉文夫訳。

(9) 『タゴール著作集III』ベンガル語本による韻文訳、第三九篇。渡辺照宏訳。アポロン社刊。

(新潮社「波」'73年6月号〜'74年7月号) B

鏡と卵　a mirror and an egg

この文章は、一九七五年三月の初めにエール大学で行ったセミナーの草稿を元に、訂正加筆したものです。原文は英語で書かれ、作曲家志望の学生を対象としています。推敲するにあたり、専門用語の使用は努めて避けるよう留意しました。もともと特定少数を相手に行われた講演なので、文としての体裁を整えていくうえで、音楽の現場の空気というものは、あるいはいくらか薄れたかもしれません。しかし、かなり特殊な状況《シチュエーション》で行われた講演なので、現在《いま》の自分というものは、反って素直に表われたように思われます。

1　鏡と卵

私たちは、できあがった音楽作品を分析することはできます。だが、それでもなお分析し得ないなにかを、そこに残すことになるでしょう。その音楽が私たちを動かすものであれば、その謎はいっそう深いはずです。むろん、私は音楽作品を分析することが無意味な作業であろうとは考えていません。なぜなら、今日の医学が人体を分析した結果、人類が得たものは大きく、また、それが有用であることを知っているからです。

現在《いま》私たちは、微細なD・N・Aから、巨大な人間ひとりひとりの生命と関わりを有《も》つ宇宙のシステムを識りながら、人間を生かしている不可視の力については依然未知なのです。だが、その知らないということが、私たちを音楽へと赴かせます。そしてその行為は、やがて来たるべき新しい生命と知性によって引継がれるでしょう。

音楽には解らないことが多々あります。それは、つねに人間が自分自身を分らないように――。そして、民族によってそのことは、また複雑な様相を呈しています。

私はひとりの作曲家として、近代ヨーロッパに生まれた音楽を勉強してきました。私は、それが私が生まれ育った場所とは異った地域が生みだした、ひとつの偉大な成果であることを、多くの作曲家が書残した作品によって、また、それらの優れた演奏を通じて知りました。

私は、たんなる慰めのための音楽を作曲するのではなく、音楽行為を通して自分の存在を確かめたいと思い、そのことによって、人間としての自己と他との関係というものを考えて行きたいと思っています。当然、私は日本に生まれ育った音楽家として、私自身の民族の伝統から無縁でいられるはずはありませんでした。しかも、私が自国の伝統にひとつの自覚を伴って気付いたのは、ヨーロッパの近代音楽を学んでからであり、このことは格別の意味をもっていると思います。

バックミンスター・フラーが述べているように、今日地上の異った地域に生まれた多くの異質の文明と文化の成果は、今世紀初頭から、殊に一九三〇年以降の航空機の急速な進歩にともなって、一つの地理と歴史へ向っての統合の旅に立ったことは疑えません。そして、現在私たちの各々《それぞれ》が、宇宙的な規模の卵を妊っていると思います。

日本人としての私にとって、西欧は永いこと一枚の巨大な鏡でありつづけました。そして、その鏡の反射する強い光によって、他の異る文明文化の輝きを見失っていました。だが、私は日本の伝統に気付いたときから、自然の成行きとして、他の多くの鏡の存在に眼を向けなければなりませんでした。それらは、日本の伝統文化に多くの影響を齎《もたら》したところのものであります。

地上の文明文化は、既に永いこと相互に貸借の関係に置かれていたとは謂《い》いながら、西欧のそれとは全く異った論理構造と組織のうえに樹つ文明文化は、今日も少しも衰えることなく存在しているのです。

中国、朝鮮、印度、タイ、インドネシア、その他多くの民族が産みだした音楽は、私たちを限りなく魅了します。そして、それらの価値の優劣をヨーロッパの近代音楽と比較して問うことは無意味なことであります。これは、つまり、単純な東と西というような区分けは、また無意味であることを示してもいます。

一概に東洋音楽とは言っても、印度と日本ではかなりの相違があるのは謂うまでもありません。もちろん、各々は互いに牽《ひ》きあいながら、独自の発展と深化をみせています。

前《さき》に述べたように、私は日本に生まれ育ちながら、ヨーロッパ音楽を学んでいます。このことは諸君に較べて、私がかなり特殊な立場にある作曲家であるということになるでしょう。

現在から凡そ一世紀ほど前に、日本は西洋文明を受容れました。ヨーロッパが産業革命以来開発した近代的な技術を、日本人は積極的に自分たちのものにしようと努めました。それは驚くほどの駆け足でなされました。そのために、そこには当然ある種の歪《ひず》みが生じもしました。それは、国家の政治的企図が技術移入ということにのみ強く傾いたからであり、これは文化政策においても同様であります。音楽学校で、日本の伝統音楽が教えられるようになったのは、戦後も暫く経ってからのことです。そして、やはり今日になっても、音楽学校で琴を学んでいる生徒が、ピアノが演奏できないために卒業できないというような滑稽な現象があるのです。

しかし、日本の多くの知性が、西洋文明に対して深奥からの渇望を有っていたことは確かであり、永い封建制度のなかで、ひとびとは新鮮な外気を待ちのぞんでいました。それは歴史的趨勢です。

歴史は過去から現在への時間的な帰結ではなく、人間の記録であり、生きた人間の血液を運ぶ動脈のようなものでしょう。私は、私の国が西洋文明と接触したこの凡そ一世紀の歴史を、その方法については幾多の批判を抱くにはせよ、否定することはできません。それでは、私の現在を否定することになるからです。

日本も私も、大きな矛盾を孕んだまま、今日に至っています。この矛盾を政治的に解決しようと図れば危険な結果を招くであろうし、また、これは政治的手段によってはどうしようもないことなのです。

私は、自分の直観に従って言えば、私の内部にある矛盾、西欧と日本という対立関係を安直に溶解するのではなく、多様な作曲行為を通してさらに深め、いっそう激しく対立させたいと考えています。そしてこの矛盾が、私にとっては世界に対して有効な唯一の査証《ヴィザ》ではないかと考えます。それが私の表現行為です。

日本の伝統音楽を西洋音楽にアダプトすることは極めて安易なことであり、また、両者を巧みにブレンドすることもさほど困難ではありません。だが、私はそのいずれにも興味をもてません。

古風に響くでしょうが、私は、音楽はやはり人間の生の奥深い部分へ働きかける力であるのだ、と思っています。そして、それはまた極めて個人的なものでありましょう。表面的な西洋と東洋の和合からは、たぶん、本質的な喚起性に富んだ音楽は生まれないでしょう。それは、ただそこに立止まっているに過ぎないものです。

西洋近代の音楽が辿ってきた道程については、また、現在そこに生じている混乱については、私が説明するまでもないと思います。私もまたその混乱のさなかに在るのであり、あるいは、それについては微少ながら責任の一端を担ってもいます。

一九五〇年以降、西洋近代音楽に、東洋文化との関係において生じた顕著な変化と種々の現象について、私はそれを否定も肯定もしません。また、それとは異質のようにみえながら、実はそれとうらはらである一部の電気回路を信仰するロマン主義に対しても、同様であります。ただ私には、それらの多くの作曲家たちは、なぜか自分たちの過去、あるいは伝統というものにたいして怯懦でありすぎるように映るのです。

たしかに、いまやヨーロッパ近代という専制の地位は失われ、私がかつて自分を映していた巨大な鏡は崩壊しました。そして、それと同時に、これまで余り注意されなかった他の鏡が放つ光に、多くの欧米の作曲家たちの目は奪われました。それは必然的な帰結のようにみえながら、私には、いささか性急すぎるようにも感じられるのです。

否定には全否定しかありえないというのは政治の論理であります。芸術に政治の論理を当て嵌《は》めて考えることは、文化の本質を見失うことになります。折衷や修正という安易な考えや手段にたよらずに、いかに異質のものを共存させるか、——これは論理的には大いに矛盾することですが、だがそのことが重要なのです——ということが芸術というものの意味であると思います。しかも、それが感覚的な手段にたよってのみなされては、また、ならないのです。なぜなら、芸術はまた人間の科学であり、強靭な論理性をもたなければなりません。

私たちが妊っている宇宙的な卵をただしく孵化させるために、たぶん、現在のこの多くの試行錯誤は必要なことなのでしょう。

とにかく、ヨーロッパ近代音楽の数世紀の歴史は、全面的に容認するにしては未だ短い時間であり、かといって、全面的に否定するには、それはまたかなりの永い時間だといわなくてはなりません。

一昨年、フランスの音楽家たちと共にインドネシアを旅行しました。その時、かれらのひとりがバリ島のガムランを聞いたあとに、

「これは全く新しい資源だ！」

と、興奮しながら語りかけてきました。

ところで、かれのその興奮は、私にはたいへん奇異に感じられたのです。なぜなら、数十年も前に、同じフランス人のドビュッシーが、ガムランに触れた感動を、たいへん内省的にかれの音楽のうちに深めて行った事実を知っているからです。しかも、ドビュッシーの音楽はそのことによっていっそう論理性を強固なものにしました。

音楽的な未知に触れることの驚きや感動は、私たちにとって最もたいせつなことであると思います。音楽は固定したものではなく、たえず生まれつづける変化であるからです。

そうしてみると、印度音楽のドローン（旋法《モード》の核音を通奏する特殊な表現）を電気的にコピイすることも、かならずしも悪いことではないでしょう。それは幾らかは私たちの感覚を拡げることに役立ったかもしれない。しかし、それは結局、それだけのことでしかなかったように思います。

フランスの音楽家が私に話した言葉に倣えば、私たちにとって、西洋音楽は未だに新しい資源です。言いかたを変えれば、ヨーロッパの近代音楽は他の多くの異質の音楽と同様に、この地球上の音楽資源の一部であり、それはたぶん、そのこと以上のものでもなければ、また、それ以下のものでもないはずです。

ただ、私個人に関していえば、皮肉なことにこの認識はジョン・ケージのそれとは逆に、私が西洋音楽を学んだことによって得たものであり、そのために、私は、ジョン・ケージよりもいっそう西洋音楽の将来が気掛かりなのです。

これは、あるいは逆説的に聞こえるかもしれない。しかし、逆説であるにせよ、それは私にとって重い真実であります。

新しい音の世界へ立向うことが、古い世界を深めることと重ならなければ、その新しい音の世界は普遍性をもちえないでしょう。明確な意識をもってそれが為されないかぎり、音楽は、ただその場に立止まっている形骸にすぎないのです。

崩壊した西洋《ウエスト》という一枚の巨大な鏡を、他の多くの異質の鏡との反射作用によって、新しい形で再建することが、目下、私たちに課せられた仕事なのではないかと考えます。これは、音楽にこそゆるされた真に創造的な課題でありましょう。

私たちが妊っている宇宙的な卵《ユニヴァーサル・エッグ》は、無数の個性的な想像力が集積する地平に、はじめて孵化するのだと思います。

私の話は、いささか抽象的に過ぎたかもしれません。ともかく、私たちの想像力は、けっして、眼鏡をかけた呟き bespectacled murmuring からは開始されず、まず、音に手を触れることからはじまるのです。

それでは、つぎに、私の『独奏ピアノとオーケストラ群のための弧』《Arc for piano

and orchestra》という作品を具体例として、私の考えを述べようと思います。

2 音楽の庭

《Arc for piano and orchestra》は、一九六三年に作曲されました。この作品で、私は、古い日本の庭園から多くのことを作曲の手掛かりとして学びました。

私は庭が好きです。それはひとを拒まないからです。そこでは、ひとは自由に歩いたり、立止まったりすることができます。庭園の全体を眺めたり、一本の樹を凝視《みつめ》ることができます。植物や岩や砂は、さまざまな変化を見せています。それらはつねに変化しています。

この作品で、私は、オーケストラを四つの独奏楽器群（主として木管楽器と打楽器）と、弦楽器と、金管楽器群とに分けました。そして、各々に個別の役割がふり当てられています。

独奏ピアノが、そのオーケストラの庭を歩行する役割を受けもちます。

植物や岩や砂が、ひとつの空間のなかで、各々異った時間的周期をもって存在しているということ、《Arc》は、演奏されるたびにその貌を変える音楽の庭です。

私がここで試みた形而上的な庭園の写生 trace は、特にそのテンポの構造において、伝統的な能楽の、見計《みはから》いの間《ま》から大きな影響を蒙っています。また、独奏ピアノを歩行者（移動する視点）に見立てることで、作品全体を固定された枠から自由な、可動性をもつものにしたのは、これもまた平安期の絵巻物に強く暗示されたからであります。

そして、旋法《モード》や律動《リズム》に、劇の登場人物のような個別の役割をあたえるという考えかたは、ドビュッシーやメシアンの音楽の精神的な継承であります。

私のなかでは、こうした古いものと新しいものは、つねに同じ比重で存在しています。しかしそのことは、両者の安定した均衡に消極的に身を委ねてしまうと謂うことではなく、創作の各段階ごとに、二つのものの間に激しいフィードバックを積極的に発生させるということです。さもなくば、そのことにさしたる意味はありません。物を生みだす母胎は、外在するものではなく、内に在るのです。

私はそれを現実と呼びたいと思います。

C

グルート島素描

グルート島への旅で思い返されるのは、踊りや祭祀を含めた原住民《アボリジニ》の生活《くらし》だが、その未分化の名づけようもない巨大な自然空間が、わたしたちとおなじこの惑星のうえに存在しているということが、いまは異様にさえ感じられる。今日、わたしたちは、自然を失ったと口にするが、わたしがみたグルート島の自然は、わたしたちが相対概念として拵えあげた「自然」などではなく、大地そのものであり、そこでは生命《いのち》は相争うものではなく相互に生かし合い、自然は動いてやまない。

ゆたかな植物群、コウモリやネズミやオウムのような禽獣、それに種類がおおい魚類、また、ワニやトカゲのような爬虫類、そうしたすべての生命が、グルート島の自然を活気溢れるものにしている。原住民はそのただなかに在り、赤い砂地を強く打つようにして足踏むかれらの踊りには、友であるそれらの生命への敬虔な念いがこめられている。

グルート島の原住民は、かつてオーストラリア本島から島伝いに移動してきたと想像されている。かれらは、Anindilyakwa という変化のきわめて複雑な共通語をもち、本島の場合と同様に、ふたつの半族《モイエティ》をつくっている。オーストラリアの他のところとはちがって、このモイエティはとくに名前をもっていない。

宣教師としてこの島に住みついたある英国人の話では、かれらの結婚の制度《システム》は、現在《いま》でもかなり厳格に守られているようである。結婚は、かならず、反対のモイエティとおこなう。ふたつの片割れ同士の結婚は、あたかもひとつの完全をつくるようになされ、食料や物資も公平に分配されるという。

ケイト・コールという、ダーウィンに住む人類学者の著作によれば、かれらの親族関係の構造は、たいへん興味深いものである。グルート島においては、祖父が家長となる。子どもは、おおくの近い血族によって所有され、育てられる。子どもにとって、母の女の姉妹はすべて母であり、男の兄弟はおじである。また、父の男の兄弟はすべて父であり、女の姉妹はおばになる。親族関係は、結婚と行動のパターンを厳格に規定し、名前から、その特定の人間の親族関係での位置を知ることができるような構造になっている。

こうした複雑な婚姻の制度や、さらにいっそう複雑な構造の言語を使いこなしているオーストラリア原住民の文化は、わたしたちと異質ではあっても、きわめて奥深く、高度なものに思える。近年のおおくの変化、マンガン鉱の採掘等による白人との接触や、それにともなう破壊的、文化相互のプレッシャーにもかかわらず、この社会的行動のパターンは守られている。

結婚は通常、男と、その母親の母親の男兄弟の娘の娘、とのあいだでおこなわれる。

祖父が家族の長であり、家族に関する重要な事柄の決断はかれの手でくだされる。母親と父親は、かれらの子どもを仕付けるようには求められていない。この責任はおじ、つまり母方の兄弟にある。これなどは、未開の原始的習俗などではなく、かなり前進したアイディアのように、わたしには、思える。

ふたつの半族《モイエティ》は、グルート島東西の聚落、アングルグとウンバクンバに居住している。それぞれに四つの氏族《クラン》があり、各自のトーテムと地理的条件にしたがって、別れて居住している。オーストラリア原住民のトーテムは、かれらの神話「夢の時《ドリームタイム》」によってひろく知られているが、グルート島でもおなじように、川を創造したと語り継がれているヘビ(虹色のヘビ《レインボー・スネーク》)や、その他さまざまな想像上の生物、実際の動植物等が、かれらの種族の象徴とされている。それらのトーテムは木に彫られたり、樹皮やフカの皮のうえに、鉱物や植物から得た染料で描かれている。

たまたま(わたしが旅行したのは一九八〇年九月だったが)グルート島では、オーストラリア原住民《アボリジニ》によるはじめての交歓の集会が「オーストラリア原住民文化財団」と、「全欧州《ユーロビジョン》テレヴィ」の仲立ちでおこなわれた、この経緯《いきさつ》については省略するが、オーストラリア全域から、二十四ものことなった部族《トライブ》が相集《つど》い、グルート島西のアングルグの広場でおこなわれた祭祀や踊りは、わたしたちこの島をおとずれた者に、異常な感動を与えた。その際、かれらは、部族の聖なる象徴、平常は秘されて公開されることのないような装飾品の数かずを持ち寄ったのだった。抽象化された幾何学的図案のなかに、神話が物語られ、その美しさと新鮮な印象に、わたしは驚嘆した。

本島中央の砂漠地帯に居住する部族にとっては、太陽は悪魔であり、到底かれらのトーテムとなるものではないが、他の部族にとっては、太陽はかれらを守護するものであり、トーテムとなる。このトーテムの相違は、わたしたちが想像する以上に、かれら相互にはかなり重大な問題であるらしい。ともかく、オーストラリア原住民が示す、自然の営為に対する繊細な反応、想像力には、瞠目すると同時に、学ぶべき点が多々あるように思う。

グルート島原住民のトーテムには、眼にみえる自然物のほかに、形のない「眠り」や、「夜」のようなものがある。そのなかで、ことにわたしが美しいと感じたのは、三つの、風のトーテムで、それぞれは、優雅な踊りにもなっている。ひとつは、ジャラグバ半島からごくまれに吹いてくる北風である。他のふたつは、グルート島の支配的な風であって、ひとつは、乾期に南東から吹き、他は、雨期に吹く北西の風である。かれらにとってそれらの風が友好的な象徴であるのは、動物を獲る際、風下に立てば都合が良いし、疲れた重い足も、背に風を受けて歩けば軽くなる。それに、風が煙を運んで、みえない友の存在を報せるからだという。わたしたちは、残念ながらかれらほどには、ゆたかな感情で風をみないし、風を聴かない。

グルート島には、自然が与えてくれるディジャリドゥー（中空にした木で、息をふきこむ）のようなものはあっても、そのほかに、人為的な楽器というものはまったく無い。白アリがその髄を喰って空洞にしたマングローブやユーカリ樹の幹を、管《くだ》を吹くように息を吹きいれて音をたてる。それは、ちょうど、ディ・ジャ・リ・ドゥー、というように響くのだが、直接、大地から聴こえてくるような、低く唸るような音である。

グルート島の土は、鉱質の影響からだろうか、黒と赤のはっきりした二色《ふたいろ》にみえる。その上に、ユーカリ樹やオレンジ、パパイヤ、バナナのような植物が繁っている。その野生のオレンジを捥《も》ごうと枝に手をかけると、原住民がなにやら大声で叫んだので、手を停めたが、かれらが注意を促すように指し示したものをみると、それはオレンジの木に群がるアリであった。ところで、そのアリというのが、みたこともないような透き通る緑色の、三センチほどもある大きなアリで、原住民が手まねで示したことから想像すると、それに咬まれると、どうもとんでもない目に遇うような毒アリらしい。それから注意していると、赤、白、緑と、三種類のみなれないアリには出会ったが、ごく普通の黒アリをみなかった。大地はいかにも黒々としているのに、不思議でならない。

D

グルート島の祭典

この夏の終わりに、——南半球の季節では冬になるが——私は、オーストラリア北端のグルート島で、原住民《アボリジニ》の大規模な祭祀を目の当たりにした。オーストラリア全域から異なる二十四もの部族《トライブ》が、ダーウィンの東南六百キロの海上に浮かぶ、四囲およそ四十マイルほどのグルート島に会して、日夜、各部族の舞踏や歌に強烈に彩られた祝祭を繰り広げた。これは、オーストラリア原住民の永い歴史の上でもはじめてのことであり、たぶんこれが最後だろうと言われている。祭典は八月三十一日の夜半から九月六日の未明にかけて、島の西端アングルグのブッシュ（森林）を拓いた広場で行われた。

部族によって、膚を飾る彩色もその文様も様々である。河底の粘土で、髪から足の爪先までを白く塗りつぶしている部族もある。着衣はない。おおよそは腰に布を巻くだけだが、他の島からの部族は、ポリネシアやニューギニアの影響をおもわせるような、植物の繊維で編まれた腰蓑様のものを付けている。部族によって、言葉はかなり違う。若干の英語によってかれらは意思の疎通を図っているようにみえる。はじめはかれらの間にも幾らかの戸惑いが見えていたが、祝祭の気運が高揚するにつれて、空間は、かれらの身振りや激しい足踏みの律動によって、明らかに一体化していった。

私は、その情景に圧倒されながら、現在私が当事する音楽について、その疲弊を思わずにはいられなかった。だが、これは後になっての感想というものであろう。私は、その聖性と卑猥な力がたくまずも渾然と、身体の細部とその全体に豊かな表情として顕われる舞踏の前で、実は全く言葉を失っていた。

南半球の空は、（私たちが）見慣れている空よりも多くの表情をもっている。昼の空は高く、日が没してからは無数の星が掌が届くほどの近みに瞬いて、異常に低く感じられる。この天空の下では、人間の営みはいかにも小さなものに思えてくるが、だが同時に、この壮大な宇宙と人間生活とのかかわりというものを考えずにはいられない。

マンガン鉱が発見されて、その採掘のために白人が来島するまで、島の人口は原住民によって占められていた。現在でも半数以上は原住民であり、同一種族が島の東部と西部に別れて二つの半族《モイエティ》として暮らし、蜂蜜の採取や狩猟、近海での漁獲によって生活している。そして、昔ながらの婚姻のパターンはいまだに厳格に守られている。黒く底光りする膚と、固い琺瑯《ほうろう》質の大きな歯をもっている。発達した頭部と、奥深い眼窩に沈む眼差しは刺すように鋭い。

チェコスロバキア出身の（ダンス）振付家イリ・キリアンから、このグルート島への旅の招請を受けるまで、私はこの島についてはもとより、オーストラリア原住民について詳しく知ることはなかった。この旅行は、一九七二年に、たまたまキリアンが西ドイツで目にした短篇映画に端を発している。それは、オーストラリア西部砂漠地帯に居住する原住民の舞踏の記録で、その印象はキリアンにとって、言葉に表せぬほどに強烈なものであった。

キリアンは、民族の独自の文化が急速に失われつつある今日の現状を極度に恐れている。そして政治や近代社会の仕組み、また科学技術が、文化の根としてあるべきものを抹消してしまうことに憤りをもっている。キリアンが見た原住民のダンスは、文化のルート（根）そのものとして、かれの眼に映ったのだった。

永い白豪主義の下でオーストラリア原住民の生活は脅かされ続けた。かれらの生活の規律は「文明」の名で損なわれた。もちろん、知識人たちの多くが文筆を通して、また実践によって白人の専横に反省を促していた。そのために今日では、オーストラリアの白豪主義はかなり影を潜め、人々は原住民の文化を認識し、新たな尊敬を抱くようになった。それは、白人によってスポイルされた原住民自身にも、その永い歴史と文化に対する誇りと自覚を回復させた。幾多の部族の長老たちから、来たるべき世代に自己の文化を正しく受け継がせたいという声が起こった。

キリアンは、多くのヨーロッパの識者にかれの考えを諮《はか》った。それは、オーストラリアの広範な地域に分布して在る原住民の祭儀とダンスを、充分に、また正確にフィルムに記録すること。さらに、キリアン自身がそれに基づく新たな創作をすることであった。そのためには多くの人材を現地へ送り、実際に原住民の生活に接しながら集団的な討議を重ねて、この地上で最も古い文化に属するオーストラリア原住民が産みだしたものから喚起される想像力を、ひとつの舞台作品に向けて結実させる経緯が必要であった。スウェーデン王室バレエ団の監督であるファイト・ベトゥケは、キリアンの要請を受けて、オーストラリア政府との折衝を開始した。数年の日時を経て、かれらの熱意はオーストラリア政府を動かすことになり、「オーストラリア原住民文化財団」によって、当初の夢は期待を上回るほどの規模になって行った。

グルート島に、オーストラリア全地域から二十四もの異なる部族が集まったのは、キリアンとベトゥケの熱意が、原住民のこころのなかに眠っていたものをよび醒ましたからである。かれらは自らのためにキリアンとベトゥケに応えたのだった。部族の長老による会議がもたれ、かれらの聖なる秘儀は、「全欧州《ユーロビジョン》テレヴィ」によって記録されることになった。

この歴史的な祭典の模様は、一九八二年六月十三日に、ヨーロッパで同時に放映される。私は作曲家として、イタリアのルチアノ・ベリオ、ノルウェーのアルヌ・ノルドハイムと共にこのプロジェクトの一端を担うことになった。

グルート島での夏は、私にとって忘れえぬものとなった。部族相互の神話に基づいた舞踏や歌によって、言語の障害をこえた交感をかちとる有り様を目前にして、私の感情は揺れ動き、いまだにそれを整理できないでいる。激しい足踏みがまきおこす赤い砂塵と、様々に彩色された黒い膚が、地の響きのようなディジャリドゥーの音とともに、私の脳裏を離れない。

（「読売新聞」夕刊 '80年10月14日）D

グルート島紀行

昨夏オーストラリア北端のグルート島へ旅した記憶が、いま頃になって、反って鮮明に蘇ってきた。グルート島は、オランダ人に発見されたので、Groot Eylandt（大きな島）と似つかわしくない名で呼ばれる、ダーウィンの東南六百キロの海上に浮ぶ、全周およそ七、八十キロほどの鉱質が勝った島である。キャロル・リードの映画で、確かトレバ・ハワードが主演した『文化果つるところ』というのがあったが、風景の感じが酷似している。アンセット航空の四、五人乗りの単葉機で、幾つもの島を飛び石伝いに行くと、二時間ほどで、小さな掘立て小屋が赭い砂地にポツンと建った、飛行場に着いた。島の色彩はブッシュ（森林）の緑を除けば、赤と黒だけという印象である。マンガン鉱が採掘されるようになって白人がこの島へも入ってくるようになったが、島の殆どは原住民《アボリジニ》で、その皮膚の色は底光りするほど黒く、白い大きな琺瑯《ほうろう》質の歯が目に立つ。私たちとはまるで異種の生命体のように思える。

この島を訪れることになった経緯については長くなるので省く。この島に、オーストラリア全域から二十四の異る部族《トライブ》の原住民《アボリジニ》が集って、一週間、かれらの祭祀、うたや踊りによる交歓が行われることになっていた。オーストラリア政府の援助にもよるが、原住民《アボリジニ》の間に生じた、自己の文化への誇りと自覚が、それを実現させたと見るほうが正しい。それほどに、その一週間の祭りは熱気に溢れたものであった。

オーストラリア原住民《アボリジニ》の文化、殊にその「夢の時《ドリームタイム》」と呼ばれる神話については、これまでもかなり言及されていたが、音楽についてはごく限られていた。実際に二十四もの部族《トライブ》が一堂に会するようなことははじめてであったし、たぶん将来もないだろう。そうした僥倖に私はめぐまれたのだが、(私が)それまでに得ていた知識とはおよそ違う音楽の世界がそこにはあった。

最も興味深かったのは、各部族間のコミュニケーションに関わる事柄であった。部族によって言語はかなり異るようで、ごく限られた英語を媒介に意思の疎通を図っているように見えたが、それもきわめて覚束なげであった。随って、グルート島の北西部アングルグAngrugu のブッシュを切り拓いた広場での交歓は、各長老たちの努力にも拘らず、はじめはぎこちないものだった。部族間のトーテムの相違や、言語の違いは、私たちの想像以上の隔たりをもたらしているようであった。各部族の少人数のグループは、各自ブッシュの木陰に円座を組んで火を焚き、相互の交流を拒んでいるようにも見えた。

はじめの間は、名を呼ばれた部族の踊り手たちが広場の中央へ進み出て、いくぶん戸惑ったような面持ちで短いダンスを繰返していた。だが次第にかれらは、共通の身振りをそれぞれの踊りのなかに見出すようになると、それは実に激しい反応を示すようになった。

もちろん、オーストラリア原住民《アボリジニ》は文字をもたない。したがって、身振りや音声表現が、きわめて象徴性を帯びたものになる。かれらが共通のトーテムとして虹色のヘビ《レインボー・スネーク》を表す身ぶりや、また性的な表徴には、それ、と直覚できるような仕種があって、徐々にかれらは相互にダンスが叙事する内容を理解しあえるようになった。他部族の踊りに加わって行くものが、ひとり、ふたり増えていった。祭りの最後は夜を徹して、日没を過ぎると急激に冷えこむ大気のなかで、火を焚いて、続けられた。その時には、部族を隔てていたものが何であったかを憶いかえす者は、たぶん、ひとりも無かっただろう。

言語が発達して、ことばの指示機能が尖鋭になることで、(私たちが) 失ってしまったものは大きいように思う。たとえば、本来そうあるべきではない音楽ですらが、知的な細分化を繰返して、「私はどうも音楽は解りません」というような不可解なことを (私たちに) 言わしめ、それがまた当然のように聞かれている。音楽は知的に理解されるだけのものではない。音楽言語ということが言われるが、これは一般的な文字や言語と同じではないだろう。音楽には、ことばのように名指したり選別したりする機能は無い。音楽は、人間個々の内部に浸透していって、全体 (宇宙) を感じさせるもので、個人的な体験でありながら、人間《ひと》を分け距てるものではない。

さて、グルート島で見聞した原住民《アボリジニ》の音楽について記そう。かれらは、私たちが考えているような楽器というものを持っていない。ごく少数の例外は、ニューギニアに近い島からやって来た部族で、歌もポリネシア風の多声で、調律された金属と木の太鼓《ドラム》を持っていた。だが、他の部族はすべて西部砂漠地帯、北部アーネム・ランド及びクインズ・ランドから集った者たちで、西洋音楽の概念によって律せられる楽器というものを、かれらは全く持っていなかった。もちろん発音のために用いられる物はある。だがそれらは特に音楽のために作られたものではない。アフリカの原住民が、今日の音楽の立場から見ても、たいへん洗煉された楽器を創りだしていることと考えあわせると、些か奇異の念にとらえられる。

これまで音楽学者によって著わされた、オーストラリア音楽に関する文献では、——もちろん私の眼に触れた限りにおいてのことであるが——原住民《アボリジニ》がうたや踊りに用いる道具を、いかにも楽器のように説明しているが、例えば、最も特徴的な音色《ねいろ》を表しているディジャリドゥー Didgeridou と呼ばれる木の管《パイプ》にしても、それは少しも人為的に調律されたものではなく、自然環境が生んだ儘のものであって、楽器ではない。ディジャリドゥーは、白アリが喰いつくして空洞としたマングローブやユーカリ樹の幹に、息を吹きこんで音を出すのだが、その呼び名が示すように、ディ・ジャ・リ・ドゥーと、低く長く地を匍うように響く。他に打ち鳴らすものは、狩猟に使う槍やブーメラン等であるが、樹木の砕片を叩くことが多い。なによりも、かれらは自分たちの肉体を、極限まで発音体として用いている。信じえぬほどに強い足踏《フット・ステップ》みや、息を吸いこみながらつくりだす高音の叫び、柔軟な筋肉が造型する身ぶり。そこでは、うたも踊りも祭祀も未分化の総体としてあり、自然から分け隔てられたものではない。

かれら原住民《アボリジニ》にとって、すべては自然と大地が齎《もたら》すのであり、かれらの生は自然に支配され、かれらはけっして自然を支配しようなどと思わず、かれらのうたや踊りは、だから、かれらの肉体《からだ》を通して表象される自然そのものなのである。

（「文学界」'81年8月号）D

東の音・西の音——さわりの文化について

この世界には、音楽を通じて、言葉ではいい表せない個々の感情を表す人間の営みがあります。だが、民族や異なる地域によって、音に対しての感じかたというものはずいぶん違います。もちろん、今日では、交通機関の発達にともない、各地域の文化も、非常に緊密な交流がなされるようになりました。それによって、いずれは、人間が生みだす文化というものは統合されて、大きな地球的な規模での文化を人間は有《も》つようになるでしょう。自然科学の発達がそれを助長しているわけですが、そうした日がやってくるまで、私たちは、それぞれ異なった生活をしている人間、異なった思想・感情を有っている人間というものを、正確に見極めることが大事だろうと思います。私は、音楽を通して、人間の生きかたというものを考える立場にある芸術家のひとりですから、ただ慰めや娯楽のためだけに音楽をしているのではなく、音楽という手段を通して、つねに人間存在について考えています。

二十世紀もほどなく終わろうとしていますが、二十世紀の大きな特徴は、近代化がもたらしたさまざまな弊害、即ち、人間の想像力を超えるほどのテクノロジーの発達に因って生じた、ペシミズムが支配した時代ではないかと思います。

いま、私たちは、核によって象徴される、潜在的な戦争の危機の中に身を置いています。また、宗教に対する不信感、そうしたものが人間を大きなペシミズムに導いています。なにかしら無力感が支配している。

そのような状況の中で、私たち人間がどのように生き延びるかということは、たいへん大きな問題であり、それはまたいま最も身近な問題であるはずです。

私は音楽というものを通して、人間が当面しているさまざまな危機的状況の中で、「ちょっと待ってください。一緒に考えましょう」と言い続けているのです。だから、私の音楽は必ずしも楽しいだけのものではないだろうと思います。私も、マドンナやプリンスの音楽を聴いてそれを人一倍娯《たの》しんでいます。彼らは素晴らしい音楽家たちですが、私の音楽はそれとは少し違っているだろうと思います。私は音楽を通して、人間の問題を根源的な問題として考えたいと思っています。

先ほども述べたように、いずれは地球的な規模で、人類の文化は統合されていくでしょう。だが、日常生活では殆ど欧米人と変らない生活を送っているとはいいながら、私が生まれ育った日本には、西洋の音楽文化とはまた異なった伝統的な音楽文化があります。もちろん、今日日本人がテレヴィやラジオなどを通して聴いている音楽の殆どは、ヨーロッパやアメリカが生み出した音楽です。だが未だにこの地上には、西洋の近代音楽とは異なる、例えば、中国の音楽、インド、インドネシア、アフリカの音楽、というように、多くの異なった音楽が在り、しかもその密度はかなり大きなものです。そうした、西洋近代音楽とは異なるものに目を向けてみることは、ヨーロッパ近代を正しく理解する上においても、大事なことではないかと思います。

この文章のタイトルを、「東の音・西の音」としたのは、そうした地上にある、さまざまな顔かたちをした音楽について考えたいと思ったからに外なりません。

一口に「東」といっても、そこには既に多くの異なるものが存在しています。日本の伝統音楽、三味線、琴、尺八や琵琶等と姻戚関係にあるとはいいながら、中国やインドの音楽はまるで違う顔かたちをしています。日本の伝統的な音楽は、そもそも、中国大陸や朝鮮半島を経て、また、南からインドを経て日本に入ってきたものです。古来日本には、独自の音楽というものはなくて、他所から入ってきた音楽を永い時間をかけて日本化していったのです。

東の音と西の音には、どのような違いがあるのか？　もちろん音というものは、東西に関わりなく、ひとつの物理的な波長として把えることができるもので、音それ自体にはなんの相違もありません。だが、それぞれの民族が住んでいる場所や地域、またその習俗の違いの中で育《はぐく》まれる生活感情というものを音に託した際に、その姿はずいぶん変ったものになります。

天平、飛鳥の時代、およそ千二百年以上も前のことですが、日本には中国からいろいろな音楽が入ってきました。その際に日本にやってきた琵琶という楽器がありますが、その楽器が永い時を経て日本化されると、元の中国の琵琶とはずいぶん違ったものになりました。そうした変化は単に琵琶だけではなく、他の多くの楽器の上にも起こりました。尺八もそうです。中国から入ってきた尺八は、日本でずいぶん違ったものになっています。

琵琶や尺八の話をする前に、いまでも印象深く思い返される、或る体験について触れたいと思います。

一九八一年、オーストラリアの、小さな島に旅行したことがあります。オーストラリア北端ダーウィンから、軽飛行機で二時間ほど飛んだ、東南約六百キロの海上にある小さな島です。おかしなことにその島には、オランダ語で大きいを意味するグルートという名がついています。人種もまちまちの八人ほどのグループで、オーストラリア原住民《アボリジニーズ》の音楽調査のために出かけたのでした。日本人がその島を訪れたのは、私が初めてということでしたが、オーストラリアの白人でさえその島には滅多に入ったことがありません。ちょうど私たちが行った頃に、マンガンが出るということで、その採掘を原住民に行わせるために、監督としてごく僅かの白人が入っていました。その島には、約千人の原住民が、およそ五百人ずつの二つの半族《モイエティ》に分かれてブッシュの中で暮しています。私はたまたま、英国から来ていた若い宣教師の家、とはいっても粗末な小屋みたいなものですが、そこに滞在させてもらい、十日ほどを、原住民の人びとと一緒に暮しました。島の生活は、欧米先進諸国の人びとには想像も及ばないほどに、質素で、貧しいものでした。だが、島には、野生のオレンジやパパイヤ、いろいろな果物が豊富にありました。小川が流れていて、早朝、未だ暗いうちにカヌーで海へ出て、魚を獲るのですが、その魚を海水で煮て食べたりもしました。島の土は、鉱物のせいでしょうか、見たこともないほどの赫い色と、黒い色をしていました。原住民の殆どは、裸で、裸足の生活です。

だが彼らは、毎日、その日の労働が終わると、広場に集まって歌や踊りを楽しむのです。

私がオーストラリアの音楽に興味をもったのは、オーストラリア原住民が使う楽器について書かれた多くの書物を読んだことがきっかけです。その楽器というのはディジャリドゥーという木の筒っぽのようなもので、それを吹いて音を出します。また、ブーメランや狩猟に使う槍を叩き合わせてリズムをつくります。昔から語り継がれている、「ドリームタイム」と呼ばれる神話を音に託して、部落の長老が、若い人たちに語って聞かせます。

グルート島を訪れる以前に、あらかじめ予備知識として、それらのことを知っているつもりだったのですが、本の上で得た知識がいかに貧弱で誤ったものかということに気づきました。もちろん、そこには素晴らしい踊りや音楽があったのですが、だがそれらは、正確には、私たちが考えている音楽という概念からは、はるかに遠いものでした。ある意味では、彼らは、私たちが有っているような音楽という概念を有っていないのではないか、とさえ思いました。

オーストラリア原住民のうたや踊りは、彼らの生の挙動と見分けがたいほどに一致した、未分化なものです。楽器にしても、私たちが考えているような楽器、つまり、自分たちの手足の延長として使える道具、それによって言葉では表せない、また言葉によって補うことのできない感情を音にするための、人工的な道具としての楽器というものでは無いのです。

ディジャリドゥーは、一種の木管楽器には違いありませんが、だが、それは偶々《たまたま》、マングローブやユーカリの木の髄を白蟻が喰い尽して空洞にした筒で、それを利用して音を出しているに過ぎません。

楽器というものは、西洋的な意味では、予め人間の手で調律されたものです。ところがディジャリドゥーは、人工の手を加えない、自然がつくりあげたもので、音程的な調律などは全くなされていないのです。したがって、時には、自分の背丈よりも高いディジャリドゥーを吹かなければなりません。当然ひとりで持つことは出来ないので、幾人かで肩に担いで、背の二倍もあるような木の空洞に息を吹きこんで音を鳴らします。その音は、大地そのものの響きのように低く、この深い余韻は、神秘的です。その音に、私は、強いショックを受けました。

私が、作曲家として、感情表現をする場合には、ヴァイオリンやピアノのように、永いことかけて、人間にとって、使い易いようにつくられてきた楽器を用います。

西洋音楽の歴史を考えると、たいへん大雑把な言いようになりますが、およそ四百年ほど前に、平均律というスタンダードが確立して、それが力強い普遍性をかちとりました。そして、それに合せて楽器も改良され、創られてきました。それはとりもなおさず近代化ということであり、また機能主義というものです。だが、すべてを便利に、機能的なものにして行こうとする際に、多くの大事なものが切り捨てられていったのも事実です。ヨーロッパに生まれた近代音楽にしても、その昔は、今日のピアノという楽器の上ではとらえられないような微妙な音程や、また特定の地方の特殊な条件から生まれた、特別な音の在りようというものがあったはずです。しかし、そうした細部にこだわっていては、機能化の邪魔になるので、特殊なものは捨てていって、平均的に便利なものをつくってきたのです。

もちろん、物事が便利になるというのは悪いことではありません。人知が達したすばらしい成果だとは思いますが、偶々オーストラリアのグルート島で、自分たちの音楽の在りようとは全く違う別の音楽の顔を見て驚いたわけです。そうした驚きはその時に限ったことではなく、以前、やはり、インドネシアの山間を歩いて、多くの集落で、その地方地方の音楽を聴いた時にも感じたことです。だが、その時聴いたインドネシアの音楽は、たいへん洗練されたものであり、ある意味では機能的な、整合性を具えたものでした。オーストラリア原住民のように、音楽的表現が生活そのものと見分け難く一致して、「音楽」と、個別に名付けて呼べないような音の表現の在りかたを見たときに、その驚きはたいへん大きなものでした。

オーストラリア原住民の音は、その自然、風景、また、魚や動物を獲って食べたりする彼らの生活と切り離しては考えられません。西洋の近代音楽は、生まれたその土地を離れてどこへでも持ち搬《はこ》ぶことが出来ます。だがグルート島で聴いた音楽を、その土地から離れてほかの場所に持ち搬ぶのは、殆ど不可能ではないかと思われます。私は、この文章に「東の音・西の音」という題をつけましたが、それを、「持ち搬べる音と持ち搬べない音」としてもよかったのではないかと考えています。

先ほどから指摘しているように、西洋近代音楽の在りようでは、外に向けてそれを普遍化することはたいへん重要なことです。ところが、外に向けて持ち搬び易くするために、なるべく余分なものは捨てる。また最近では、技術の扶《たす》けを借りることでことさらそれが簡単になったために、音楽や芸術において最も大事なもの、それは目に見えないし、また簡単に言葉にして表せないものですが、人間が生きていく上で大事なものを、かなりな量落として行ってしまったのではないかと思います。

ところで、日本の音楽も、もちろん伝統的な音楽のことですが、持ち搬ぶことがむずかしい音楽のひとつだと思います。

一九六七年、二十数年も昔のことですが、ニューヨーク・フィル創立百二十五周年記念のために、作曲を依頼されました。その数年前に、私は、琵琶と尺八のために小さな曲を書いたのですが、小澤征爾さんがそれを聴いて、彼は御承知のように素晴らしい音楽家ですが、それまでに琵琶や尺八の音楽を聴いたことがなかったので、びっくりして、その作品のテープをアメリカに持ち帰ったのです。琵琶と尺八の組み合せというのは、私がはじめたことで、無論それまでには無かったことですが――。

そのテープをレナード・バーンスタインさんが耳にして、その二つの楽器を使ってオーケストラと共演するような作品を書いてくれという依頼でした。

私は若かったし、外国に出た経験もなかったので、喜んでその依頼を受け、作曲を始めたのですが、西洋の楽器と日本の楽器の違いというのは、言葉でいう以上に、本質的な差異があることにあらためて気付かされました。頭ではある程度わかっていたのですが、何とかそうしたことを克服して、二つの異なるものをひとつにして、自分なりの音楽作品を創りたいと考えたのですが、それは想っていたほど簡単ではなかった。私がその二つのものをまじめに見つめると、ますますその差異が大きく見えてきて、この二つのものを合せてひとつの音楽作品を創るという企ては、殆ど不可能に近いとさえ思えてきました。作曲を断念しようかと思ったのですが、考え直して、この違いをそのままアメリカの聴衆に感じてもらうことも大事だし、ヨーロッパの近代的な音楽と日本の伝統音楽との間にある本質的な相違をそのまま見つめることは、私自身にとっても大事ではないかと考えたのです。音楽作品としては、あるいは破綻するかもしれないが、できるだけ両者の相違を明らかにするように、ブレンドするということは棚上げにして、違うものをただそこに投げ出すという体裁で、ひとつの作品を創りました。

十一月に演奏されるということと、私にとってもその仕事はひとつの新たなステップであったので、その曲を《November Steps》と名付けました。また、日本音楽では、西洋の変奏曲に当る形式を、段物《だんもの》と呼んでいますが、その「段」という言葉は、英語の Step

に当ります。私の『ノヴェンバー・ステップス』は、ちょうど十一の変奏曲からできています。

一九六七年十一月、既にかなり寒いニューヨークに、琵琶と尺八の演奏家と出かけました。もちろんそれぞれの楽器を携えて行きました。ところが、予期せぬ事態が起こったのです。

十一月のニューヨークは、東京と違って、異常に乾燥していました。あまり乾燥が激しいために、ホテルに置いた尺八のひとつが割れてしまいました。また、琵琶も壊れそうなほど乾いてしまい、弦《いと》も張りつめて、二人の演奏者はすっかり困ってしまいました。日本でそういうトラブルが起こるようなことは、まずありえません。

それで二人の演奏家は、ホテルの床に水を撒いたり、ガーゼを水で濡らして楽器を包んだり、また、マーケットからレタスをいくつか買いこんで、葉を一枚ずつ剝き、それで楽器をくるんだりもしました。そうでもしないと楽器が壊れてしまうのです。

これは単に物理的な現象に過ぎませんが、日本の音楽を外国に持っていくのはむずかしいものだなと、つくづく実感したものです。反対に、ヨーロッパの楽器を日本に持ってきた場合、日本は湿度が高いから幾分音が鳴りにくかったり、ピアノの調律が狂い易いというようなことはありますが、だが比較して考えた場合、いまお話した琵琶や尺八のようなことはない。ヨーロッパの楽器はどこへでも持っていけるようにという、前提の上につくられています。

そのとき私は、日本の楽器はずいぶん不自由なものだと思いました。ところが、その不自由さは芸術にとってどういう意味があるか、ということを、だんだん考えるようになったのです。私は、日本の伝統音楽の中でも、殊に琵琶と尺八に興味をもって幾らか勉強してきたので、この二つの楽器について触れることが多くなってしまうのですが、琴や三味線についても同じようなことが言えます。私が琵琶や尺八に感じた不自由な側面、だがそれが日本の音楽をつくる上ではまたたいへん大事な要素なのだということに、だんだん気付いたのです。

琵琶は、元来中国から入ってきたのですが、元はペルシャのリュートが祖型でした。中国大陸を経て、北九州に上陸したものが、今日「筑前琵琶」と呼ばれるものであり、ペルシャから南へインドを経て南九州、鹿児島に入ったものが、今日の「薩摩琵琶」に変化していきました。

中国では琵琶を、ピパといいますが、それがインドを通ったときにはヴィーナと呼ばれ、日本では琵琶になったと謂《い》われています。中国のピパもインドのヴィーナも、日本の琵琶に較べると、その本質はヨーロッパに近く、比較的演奏もし易いようにつくられています。音階などを速く正確に弾くことが出来るような構造になっています。中国の琵琶《ピパ》は、フレットの数も多く、ちょうどギターのように、そのフレットを押さえれば定まった音程が得られます。ところが日本では、どうしたわけか、フレットの数がたいへん少なくなり、弦も緩く張られるようになりました。

日本の琵琶では、背の高い駒と駒の間に緩く張られた弦を締めて、その加減で音の高低を得るのですが、その締め工合いでは、ひとつのフレットの中で、三つも四つも違う音程が出てしまいます。中国のピパのように、ひとつのフレットからはひとつの正確な音程というような工合いにはなっていません。正確な音程を得るためにフレットはあるはずのものなのに、日本の琵琶の場合は、そうしたことは全く無視して、たいへん不自由な形に変化しています。したがって、日本の琵琶では速いパッセージを弾くことは殆ど不可能で、どうしてもひとつの音の微妙な変化や余韻、つまり音色を聴き出すような演奏が主になってきます。

何故そうした変化が起きたのか、未だによく解りません。宗教的な理由や、日本の風土の影響等の、音楽以外の影響によって、そうした日本化はなされたのではないかと思います。

尺八でも同様のことがあります。尺八の音はどちらかというと、陰々滅々とした、暗い抑えたような響きです。ところが中国本来の尺八の音色は、明るく、軽々とした響きです。それが日本に来て、いつの頃からか音を出し難《にく》くするような指使いや、穴の押さえかたで、曖昧な微分音程を重視するようになり、独特な、日本の尺八音楽がつくられていきました。

琵琶という楽器についてもう少し話を続けたいと思います。というのは、この楽器は日本音楽の母体といっても良いほどに、重要な特質を備えているからです。

琵琶が西洋の楽器と異なる大きな特徴は、西洋楽器がその近代化、機能化の過程で捨てていった雑音を、積極的に音楽表現として使うということです。美しいノイズというのは、矛盾したおかしな言い方ですが、それが出せるような装置を琵琶はもっています。それを「さわり」といいます。そして、この「さわり」という言葉は、たんにその装置の名称を指すだけではなく、いまでは、一般的な用語として広く用いられています。

琵琶において「さわり」というのは、楽器の首《ネック》の一部に象牙が張られその上を四、五本の弦が渡っているのですが、その象牙の部分を削って溝をつくり、その溝の間に弦を置き、弦を撥《はじ》くと、弦が象牙の溝に触れて雑音を発する。その象牙の凹部は「さわりの谷」と称《よ》ばれ、凸部は「さわりの山」と称ばれています。そして、その全体をきわめて曖昧に「さわり」といっています。象牙の溝に弦がさわって、ビーンという雑音を伴った音を出す。「さわり」という語の意味には、「他のものに触れる」ということがあります。「さわり」は、琵琶という楽器の一部を指す呼称にすぎないのですが、その言葉には、日本人の美意識を知るうえで、たいへん広く深い意味が隠されているように思います。

江戸時代に書かれた本を見ると、琵琶を演奏するには、蟬が鳴くような音を出すよう心がけるべきだ、というようなことが書かれています。わざわざ昆虫の鳴声のような雑音をつくるために、琵琶は「さわり」という特別な仕掛けをもっています。そしてそれは三弦(三味線)にも受け継がれています。

「さわり」という言葉には、さわる、触れるということのほかに、障害という意味がありまます。「さわり」は、障害の装置といってもいいのです。ある意味で、それはたいへん不自由な装置ですが、それをわざわざ音の表現にとり入れる。障害装置を意図的に設けるというのは、他の音楽、殊に西洋の近代音楽と較べた場合、ずいぶん違った音の在り方だと思います。

歌舞伎には、例えば『忠臣蔵』のように、たいへん長時間かかる演し物《だしもの》が数多くあります。それで、その中から人口に膾炙《かいしゃ》した素晴らしい場面だけを択んで観るような時に、「さわり」を観る、というような言い方がされています。そのように、「さわり」というのは、日本人の美感にとって、とても大事なものだったのです。

今日日本で、邦楽という名で総称されている伝統的な音楽は、概ね《おおむ》、江戸の市民社会に生まれ育ち、そこで完成されたものです。その時代の人間がどうして音楽の中に障害、さわりというものを持ちこんだかということには、先ほども申したように、宗教的、政治的、社会的問題等が深く影響しているだろうと想像されますが、私には、未だよくその理由が解りません。

日本では、女性の月々の生理のことをも、「さわり」という言い方で表します。女性にはそういう自然な障害、「さわり」があるのですが、しかしそれは子どもを産むためにたいへん大事なことです。私はそこに、或るひとつの象徴を感じます。つまり、音が出にくいような不自由さを人為的につくって、そこでひとつの音を生み出す。そうして得られた音は、力強く、また意味深く、多義的なものになるわけです。したがって日本の琵琶は、西洋楽器に近い中国の琵琶《ピパ》のように、技巧的な速いパッセージを弾いたりするのには不自由ですが、複雑な味わい深い音色を出すためには、たいへん素晴らしい楽器なのです。

このように、日本の音楽と西洋音楽の在り方はずいぶん違ったものです。西洋音楽では、旋律、リズム、それにハーモニーが加わり、この三つは、音楽をつくる上で欠かせない要素ですが、日本の音楽はそれとは違って、旋律より、むしろ音色を大事に考えています。つまり、先ほどの蟬の声に象徴されるような雑音の中に、音の響きの複雑さを味わい、楽しむ、という方向に日本の音楽は向かったのです。

尺八音楽では、よく「一音成仏」ということが言われます。一音によって仏《ほとけ》になるというのは、ひとつの音の中に宇宙の様相を見極めるというような音の在り方を示しています。世界全体の響きをひとつの小さな雑音の響きの中に感じとるという思想は、仏教的なものの影響だろうと思いますが、必ずしも仏教という宗教性だけが、そうした日本人の感受性をつくったとも考えられないのです。

いずれにせよ、日本の音楽の在りようは、西洋音楽とはずいぶん異なったものです。

私は、第二次大戦後に、西洋の近代音楽を学んで、それによって自分が生きている時代や、自分自身を考えてきたのですが、その過程で、偶然、日本の伝統音楽というものを知り、さらにそれを通じて他のアジアの音楽とも接するようになりました。そして、この地上には、西洋音楽とは異なる多くの音楽が存在しているのだということに気付き、またそれがかなりなパーセンテージで在ることに驚きました。

西洋の近代というものが機能主義的に、物事を便利に、また能率的にしようという方向に向かって、私たち日本人も（たぶん、今日では、世界でいちばんといっていいかもしれませんが）その恩恵に浴して生きていますが、しかしこの地上には、オーストラリア原住民《アボリジニーズ》の音楽や日本の伝統音楽のように、不自由さの中で、反って、最大限の自由を獲得している音楽文化というものが、未だに数多く存在しています。

きわめてユニークな演劇様式である日本の「能」は、欧米でも注目され、日本に能の研究に来ている外国人も今日では少なくありません。また日本の能楽師がパリやニューヨークに出向いて、随時公演したりもしています。

能楽で使われている笛、能管は、元来は雅楽で用いられている竜笛というものです。もちろんこれも中国から渡って来たものですが、能ではそれをそのまま使わず、竜笛の管の中に竹の舌のような異物を挿入して、楽器の調律を意図的に壊して使っています。それがあの独特な能管の響きをつくっています。これもまた「さわり」というもので、独特な日本化だと思います。つまり、調律された楽器の調律を意図的に壊したところから生じる響きの意味合いは、西洋の近代的な楽器が発する音とは全く違うものなのです。そのひとつの響きの中に、やや大袈裟に言うなら、神が宿っているのです。

例えばいまピアノで、ドの音をひとつポンと鳴らしても、別段何の意味もありませんが、次に別の音がきて、更に別の音が連続し、そうした弁証法的な展開から西欧的音楽表現が生まれます。そこではひとつの素材となる音自体は、なるべく意味を有たないほうが芸術表現にとっては便利で、もしひとつの音がいろいろな意味合いを含んでいると、個人が音に託して何かを表したいときには不都合が多いのです。いかに音を組み立て、また合成するか。そして、それによって独自な音の世界を創りあげることが、ヨーロッパ近代音楽では最も大事なことだとされています。そうした考え、思想が、今日のシンセサイザーを生んだのです。

昔はヨーロッパでも、音はひとつの大きな塊のようにして在ったのではないでしょうか？　だがそれをどんどん細分化していって、半音のそのまた半音にまで到り、ついにはいっさいの倍音を含まないような音まで、技術の力によって得られるようになりました。そうした無性格な無機的な音を素材として、シンセサイザーやコンピューター等によって混ぜ合わせ、新たにいろいろな音色を創り出す。今日の機械文明は、そうした音の姿の極点にまで到ったのです。そして、その反対に位置するものが、琵琶や尺八や、オーストラリアのディジャリドゥーの音です。この二つの相反するもの、それを仮りに私は「東の音・西の音」あるいは「持ち搬べる音と持ち搬べない音」と呼んできましたが、私たちは、いま、その両方を正しく見極めなければならないのではないかと思います。

私は今日の社会を生きて、西洋人と殆ど違わない生活をし、世界のあらゆる場所で起きている政治的、経済的、社会的、芸術的な出来事と日々触れています。私は江戸時代を生きているわけではなく、二十世紀の終末を生きています。私は、たまたま日本人を両親に、日本で生まれ、育ちました。戦後ほどなくして、私は西洋音楽を学び、以後十年ほどして日本の伝統というものを意識し、それを知ったことで、うろたえ、また混乱もしたのですが、だがその美しさと素晴らしさに魅せられました。だが私は無批判に日本の伝統の中に入ることはできませんでした。たぶんそれは私が西洋音楽を学んだからであり、またそれ以上に一個の人間としてこの現代を生きているからです。私は「日本」というものを絶対視するのではなく、相対化してとらえようと努めてきました。そうでなければ、伝統は生きたものにならず、無意味な骨董に過ぎないでしょう。私が、尺八や琵琶を使って音楽をしたのは、ひとつの避けがたい訓練とでもいうべきものでした。私は西欧的な革新と日本的な伝統という二つの異なったものを同時に生きています。しかしそれは、人類が共通の「宇宙的卵《コスミック・エッグ》」を妊っている今日でも、もはやそれほど特殊なことではないように思います。私たちは多様な手段で、またできるだけ長い時間をかけて、文化の相違を確かめ、「宇宙的卵《コスミック・エッグ》」の孵化を待つべきでしょう。

『ノヴェンバー・ステップス』は、国内でも、大きな反響を喚《よ》びました。多くの若い作曲家たちが日本的なものに再び目を向けるようになりました。当時私の感情はかなりアンビヴァレントでした。だが今日の若者はそうした感情を抱かない。おそらく危機の意識がないのでしょう。実際、二つの伝統文化を上手に操っています。いずれ将来、新しいユニヴァーサルな、地球的な規模での文化が現れるかもしれませんが、でも時間が掛かるでしょう。先ほども指摘したように、それには時間を掛けなければなりません。もし変化があまりにも急激に進めば、ひょっとするといびつなものが生まれるかもしれないからです。

『ノヴェンバー・ステップス』を作曲したことは、私にとって得難い体験でした。私はあらためて音楽の広大な領域に気付き、また、人間は互いの異なる文化を理解し合えるものだということに大きな希望をもったのです。

（「新潮」'90年1月号）E

この文章は、一九八九年十一月に、コロンビア大学、ドナルド・キーン・センターで行われた講演の草稿として書かれたものです。（著者）

音楽、個と普遍

ぼくの方法

ぼくは、一九四八年のある日、混雑した地下鉄の狭い車内で、調律された楽音のなかに騒音をもちこむことを着想した。もう少し正確に書くと、作曲するということは、われわれをとりまく世界を貫いている《音の河》に、いかに意味《シニフィエ》づけるか、ということだと気づいた。

酸《す》えた体臭と、疲れている人たちにまじって、ぼくも疲れていた。ぽっかりと口をあけた出口から明るい外に出て、人々はめいめいの方向に散っていたけれど、足どりはやっぱり疲れている。外界と遮断された暗い地下でも、明るい太陽の下でも、特別何も変ることはない。現代では、それは当然のことなのだろうか?

ぼくが、その頃考えていた音楽は、たしかに人々と何もかかわりはなかった。人々はたがいに孤立しあっていた。

だが、ぼくは作曲家として、人々と何のかかわりもない場所で仕事を進めていることに耐えられなくなったし、ぼくは、自分なりに結びつきの確かさが欲しかった。

オネッガーのペシミスティックな意見を逆に考えると、人々が音楽に対して無理解なのではなくて、音楽が人々の生活と無縁の場所に、無駄な軌跡を描いていることを言ったのではあるまいか……。

現代音楽は、大衆の生活とは無縁のところにある。

では、なぜ今日音楽は孤立してしまったのだろうか？

音楽は、本来数理的な秩序の上に立つものだ。作曲家が、数の錬金術をきたえあげることで、普遍的な完き美をめざすことに誤りはない。が、音楽にかぎらず、ぼくたちの仕事は、精神において触れえた事物を提示することにある。芸術は創造精神の具体化に他ならない。音楽作品は、《音》を媒体《メディア》として、精神によって捉えられた事実なのであり、その意味で、作品はまったく具体的なのである。よく、音楽は抽象的であるといわれるが、この言葉は、大変あいまいだし、誤りやすい。ただ《音》の、いわゆる抽象性ということについては、ぼくも否めないが、作品はあくまで具体的に、生々しい音楽感動を伝えるものでなければならないだろう。

前述したように、音楽は、数理的な秩序の上に成り立ち、他の仕事と異なって、特殊な《時間性》の問題が介在するから、芸術作品としての形式の問題が重要となってくる。そして、それらの方法は、あくまで人間の実在を探究するはずのものであり、作曲家が外形の図式的な追究にのみ終始するとしたら誤りもはなはだしい。

いま、ぼくがここに論じ、ぼくたちが手にする音楽は、ヨーロッパの音楽であり、調律された組織のなかにある《音》である。ヨーロッパで、音楽が芸術として位置した日から、長い時が経った。その間に作曲家は、音楽の本質を、派生的な、図式的な方法の追究とすりかえてしまった。音楽にかぎらず、西欧の合理主義思想は、細分化の傾向をたどり、作曲家は数の錬金術をきたえあげることによって、音楽の本質を見失っていった。

今日、いわれている十二音音楽も、歴史の必然的な結果ではあろうが、前述した意味で、大変危険な面をもっている。十二音音楽において顕著な、音楽の数学的、幾何学的な追究は、全く知的な行為であって、それは、美学の純粋性が際立ちすぎることによって得る欠陥と同様の結果をまねくであろう。そこには芸術創造の第一の要素である感受性を硬くし、固定させるおそれがある。

しかし、ぼくたちは、いつでも新しい秩序を発見することに勇敢でなければならないし、新しい方法に対して怯懦であってはならないのだ。そして、忘れてならないのは、そこに、いつでも人間の手を通すことなのだ。

地下鉄の黄色の薄暗い光線の下では体に伝わる振動だけが確かだった。

ぼくは音楽について考えていた。いや、音楽のあいまいな意味と機能を断ち切った《音》そのものについて考えていた。

《音》は、調律された組織のなかにあって、数理的な、物理的な束縛を余儀なくされている。作曲家は、物理的な機能と、意味を通してしか音を把握しようとしなかったし、それにあまりにも深くなじんでしまった。

しかし、音楽家の仕事は、音の物理的機能などということについてよりも、もっと本質的な《音》そのものについての認識と体験からはじめられるべきだろう。

ぼくは、太陽にむかうとくしゃみする。これは、音楽ということとはかけはなれた、突飛な行為だろうか？　そして、人が立ち去る扉の音に、苦しさを感じたことは誤りだったのか。

ぼくも、人々も、体に伝わる正確な振動にもたれることで、いくらかの安息を得ている。汗ばんだ皮膚の下の鼓動のように、静かにそれを受け止めている。

音楽が、人間の発音する行為と、素朴な挙動のなかから生れたことは事実なのだ。しかし、ぼくたちは、いつか長い歴史の中で、便宜的な機能の枠の中でだけ《音》を捉えようとしていた。ぼくの周囲にある豊かな音は、それらは、ぼくの音楽の内部に生きなければならない。ぼくは勇敢にそれをすべきだろうと思う。異なったものに、また時としては矛盾するものにさえ、調和を与えるということは、われわれに「生きる」すばらしい道を歩かせる訓練なのだ。《音》は、一つの持続であり、瞬間の提出である。その意味で、便宜的な小節構造の上に成り立つ形式は虚しい。

電車が駅に停り、人々の交換があった。速度をました車内で、人々は伝わる振動に、またいくらかのやすらぎをとり戻した。

われわれは暗い地下道を走っている。その時ぼくの連想は、胎内をつっきって、人間の太古を探っていた。穴居生活と、地下鉄に乗っている現代の人間生活との相違は何だろうか。

この地下道は、コンクリートと固い楔に打ちこまれたレールを内部にもっている。ただそれだけのことで、昔の洞窟とたいした差異はないだろう。

だが、ぼくのそれらに対してもった映像は全くかけはなれたものだった。この二本の冷たいレールは、いま、たくさんの人間を運んでいる。そして、人々はたしかに少し疲れている。

昔、男たちは武器をもって戦わねばならなかった。戦うものこそが男だった。

突然おそいかかる宇宙、そして生命を脅やかすもののすべてを倒さねばならなかった。戦争とうた。素朴な愛のいとなみとうた。恐怖《おそれ》と祈り、歓喜と祈り。

その頃の人々と外界との照応《コレスポンダンス》はすばらしいものだった。人々は樹々と交わり、石と交わり、空と交わっていた。そして、そこでは詩と宗教と歌と踊りが、分化されない総体として在った。戦うこととそれらは、一致していた。それらは、たしかに芸術以前のものだろうが、それだからこそ、ぼくは、その優美な力に捉えられてしまう。

だが、現代の人間は、もはや魔術《マジック》的な呪文を口にすることができなくなってしまっている。ぼくたちからは、魔力は去ってしまったのか。行動するのではなく、表現すること。

ぼくは芸術の嘘に耐えなければならないだろうか？

ぼくは、黄色の薄暗い光線の車内で、人々と一緒に少し疲れていたが、もう少し、人々とのむすびつきの確かさが欲しかった。

調律された楽音のなかに、騒音をもちこむこと。この方法は、その時のぼくに何かを暗示した。

テープの上に、さまざまの音響を録音してみる。そして、それらの音にぼくはとりかこまれ、それから触発された感動を、偶然的にテープの上に定着させる。ぼくは、ぼくの精いっぱいの仕方で外界との通信をおわる。ぼくは、音と一致することができるだろう。音の一つ一つは、ぼくの心の動きの用語となり、説明をこえた容貌のひとつを写し出すものだ。

ぼくは、この方法を表現というよりは、むしろ行動という言葉に近い感覚で捉えた。だから、ぼくは、消すことのできるテープを択んだのだ。ぼくは、これで自分を訓練してみる。そうした時、ぼくは、必ず音楽に新しい音の大地を発見できるだろう。枯渇している音楽に、偶然の要素、非合理なものを導入しよう。

ポール・エリュアールが、恋愛を認識の最高の方法と信じたように、ぼくにとって、この方法は認識の最高の手段《てだて》であるのだ。

一九四八年に、フランスのピエール・シェフェールという人が、ぼくと同じような着想で、ミュージック・コンクレート（musique concrète）の方法を発明した。ぼくは、この偶然の一致をよろこんだ。音楽は、新しく変りつつある。それは、わずかずつだけれど変りつつある。

暗い地下道を出て、明るい戸外を歩きながら、ぼくは、人間がこの広場に、吠えない犬の彫像をおいたことを、ばからしいことだと思った。

（一九六〇年）A

十一月の階梯——《November Steps》に関するノオト

一九六七年秋、創立一二五周年を迎えるニューヨーク・フィルから作品の依頼を受けて、私はその年の三月から長野県の小さな山荘の仕事場に滞在していた。

風はまだいくぶんつめたかった。私は、ドビュッシーの『牧神の午後への前奏曲』と『遊戯』の二冊の譜をたずさえて来ていた。『牧神の午後への前奏曲』は、作曲家の自筆のピアノ譜を複製したもので、音符はやわらかいグリーン、ローズ、ブラウンのインクで記されて、黄ばんだ上質の紙に刷られている。多くの訂正がなされていて、余白には尖ったペンで言葉が書きこまれている。それを凝視《みつ》めていると、架空の座標にすぎない譜の上にのこされた作曲家の痕跡は、奇妙になまなましいものに思えてくる。この消し去られたしみのような手の痕跡は、やはり架空のものだろうか。

九月にはいって、私は《November Steps》という作品を書き終え、ニューヨーク初演に立会うために、十月、羽田を発った。

I

発音する。

文字をもたない民族の言葉は、発音と伝達する内容とのあいだに密接な関わりがあり、それは美しく一致している。表象記号としての文字をもたないために、語彙は少ないが、言葉は多義的なひろがりをもっている。そこでは、言葉は、その発声と連繋のしかたで、多様な変化を獲得する。

ハワイ土民の言葉（ポリネシア語）は、発音の息継ぎによって、表わそうとする意味がまったく異なったものになり、それが言葉の抑揚を繊細な変化に富んだものにしている。アイヌ語においても、そのひとつの言葉は多くを意味している。そして、その多義性が、アイヌ語に、豊かな表象性をあたえているとも言えよう。

スワヒリ語の単純な反復は、まるで音楽のように響く。

これらの言葉は、すべて沈黙を母胎としてうまれ、発音されることで生命を有《も》つ。われわれの生活のなかでも、ひとつの言葉が、相反する二つの意味を併せもつことがあるのだ。

言葉は、想像の貯水池であり、言葉は、発音されることで、たえず新鮮な水をわれわれに供給する。この場合、**発音**とは、

(i)知的な、あるいは感覚的な、(ii)日常的な、あるいは非日常的な体験に基づいた喚起的

な拡大作用——すなわち、言葉の容量以上の意味内容をそこに充溢させる行為を意味している。

私たちは、豊富な語彙をもっているが、言葉は、おおむね論理的な結末のために準備されるにすぎない。

言葉は、発音されることなしに、それ自身では、けっして規格化された容量を超えるものではない。

II

音を聴覚的想像力によって拡大して聴く（認識する）。

音楽においても、音はたんに機能としてあるのではない。世界では、生きるもののすべてに固有の周期《サイクル》（運動）がある。眼にみえるものと、見えないものと。音もそうだ。音のひとつひとつに、生物の細胞のような美しい形態と秩序があり、音は、時間の眺望《パースペクティヴ》のなかで、たえまない変質をつづけている。

音は時間を歩行しているものであり、まずこのことを認識しなければならない。雑音とか楽音というような分類は、音の本質とは関わりないことだ。

雑音（noise）は、不快な音信号であり、聴く行為を妨げるものだろう。時には不協和（dissonance）な響きを雑音とみなすことがある。だが、ある時代に不協和であったものが、次の時代には協和（consonance）な響きとして聴かれる。歴史上――西洋音楽史において――もっともはやく聴かれた不協和な響きは、長3度であり、それはまた、歴史上もっとも新しい協和音なのだ。

雑音にたいして楽音は、あらかじめ物理学的に準備され、調律された音信号のことを指す。この調律された音組織（平均率）によっては律しられない微細な音程から成りたっている別の多くの音楽を、西欧の耳は、不協和な響き、雑音として聴くだろうか。

鳥の啼声を自然の環境のなかで聞く時には、人間は他の自然の音（雑音）をも、鳥の声と同じ価値のものとして聞いてしまう。自然の環境のなかでは自然の雑音は聴く行為を妨げるものではない。むしろ、無数の響きあう音たちが聴く行為をたすけている。自然の音の生き生きとした様相と変化は、音が完成を必要としない実体として、空間における共存関係をもつからである。

西欧的体系の外にある音楽には、きわめて自然の状態にちかいものがある。邦楽の間拍子《まびょうし》においては、音の（短い）断片的なつづりはそれ自体完結している。耳に聴えるそれらの音の出来事《イヴェント》は、間《ま》によって関係づけられ調和を志している。この間《ま》は、演奏の偶然にゆだねられて、動的に変化し、そこで音はまた絶えず新しい関係のなかに蘇っていく。

このような音楽においては、演奏家の役割は音を弾くだけではなく、聴くことでもある。演奏家は、つねに間《ま》（空間《スペース》）に音を聴きだそうとする。聴くことは発音することに劣らない現実的な行為であり、ついにはその二つのことは見分けられなくなる。
雑誌「世界」のために、法竹の海童師と対談した席で、ジョン・ケージは語った。

音楽に電気回路を応用する上で、コンタクト・マイクロフォンを使うことにしました。これはなかなか面白いのです。木につけると、木の振動自体を伝えて、音が聞えるようになります。こういった科学的な発明によって新しい音が聞えるようになります。たとえば、これを壁につけたり、柱につけたり、テーブルにつけたり、竹につけたりしますと、いままでに聞えなかった音というものが聞えてくるようになります。その音は非常に興味のある、面白い音になるでしょう。こういったことは、常に新しい実験を試みてきた西欧の音楽家の、実験に対する興味といったこととずーっとつながった関係にあるのです。とくにそれに興味があるのは、芸術と生活といったものを分けるのではなくて、それを一致させる試みとしてつづけられていることです。
こういう音が聞えるようになるというのは、一種の啓示であるとさえ思えます。

音は、時間を歩行しているからいつも新しい容貌でわれわれの傍にいる。ただわれわれは、いくらか怠惰であるためにそのことに気附かない。構成的な音楽の規則《ルール》に保護された耳は、また音をただしく聴こうとはしない。痩せた自我表出に従属する貧しい(音楽的)想像力には、音は単に素材の領域の拡大や目新しさとして聴こえるにすぎないだろう。

音はつねに新しい個別の実体としてある。なにものにもとらわれない耳で聴くことからはじめよう。やがて、音は激しい変貌をみせはじめる。その時、それを正確に聴く(認識する)ことが聴覚的想像力なのである。

III　補遺

1

私をいつも音楽へ向ける力は、極く個人的な内的なものであって、外的な力の作用は少ない。かといって外的な条件が無いとは言えない。しかし、それがさしせまったものとして私と交渉するのは、それの微細な部分《パート》であり、私はそうした微細なものを拡大して内的な力に変換してからでないと「音楽」を想像することはできない。

2

私は自分の文章において「自然」と言う——私にとってはひとつの呼びかけのような——言葉を多く用いるが、それは形容詞でもあり、副詞句でもあり、また名詞であって、その「自然」は全体的には動的に私に働きかけてくるところの想像的《イマジナリー》な自然と言うことができる。私にとっては東洋音楽も西洋音楽も自然な状態で極めて想像的である。

3

現代作品の多くは潔癖に「過去」を避けようとしているようにみえるのだが、私は「過去」を怖れることはない。新しさと古さの両方が私には必要なのである。だが、「未知」は、過去にも未来にもなく、実は、正確な現在のなかにしかないのだろう。

4

私の音楽形式は、音自身が要求する自然な形態であって、あらかじめ限定されたものとして出発することはない。音を媒体として語ろうとするのではなく、音が私に向って語りかけるようにしむけると、作品は、存在からひとつの力学的状態にちかづいてゆく。

5

ジョン・ケージが編纂した《NOTATION》のために。

I recognize in notation the same sort of phenomenon as there is in the growth of a constellation or a plant.

There, the most important *changes* can not be perceived directly, visually.

In notation, the coexistence of change and possibility. (Also impossibility.)

IV

ニューヨーク・フィルからは、作品の題名《タイトル》をはやく決めてほしいという催促がたびたび送られてきた。私はすでに二つのタイトルを知らせていたのだが、どちらも自分の意志でとりけしてしまっていた。

音楽は名詞化する前の状態であり、タイトルは正確であるべきだが、それで音楽が限定されるようなことがあってはならない。それは強い喚起性をもつべきであり、またそこに暗示のいりこむ隙をのこしておく。

人間の周囲にある自然とか、世界のすべては無名に等しい状態にある。それらを人間が名附けたり呼びかけたりするときに、そのような無名のものが、人間のものとしてよみがえる。同時に人間と同化する。私たちが一本の樹を「樹」と名附けるときに、美はその最初の姿を現わす。人間がその樹を伐ったり、削ったりする行いのなかで、美はますます明らかになってくる。木で家を建ててそこに住むときに、美は日常そのものの相貌をしてくる。

私はこの作品のために多くの言葉をメモしていた。それらは、すべて私に強く働きかける現象に関する言葉だった。

reflection

vortex

flower

saturation

water ring

water ring という言葉が漠然とした発想を脹らましていった。山荘に伝わってくる物音は、いつも幾つかに反響《こだま》して聞えた。それは、天候の条件で異なって聞えた。この効果を作品にいかしたいと考えていたから water ring はタイトルとしても適切なものに思えた。

琵琶と尺八の音が、オーケストラに水の輪のようにひろがり、音が増えてゆく。このことを友人のジャスパー・ジョンズに話すと、彼は、water ring という言葉は――アメリカでは――、一般的には浴槽についた泡のことを意味していると言った。私の発想を説明したが、――彼はそのことを理解しながらも――アメリカ人は水の輪というような考え方をしない。たぶん、それは物理的な意味の波紋 ripple と受けとられるだろうから、タイトルを変えた方がよいと思うとも言った。もちろん、私はジョンズの意見にしたがうことにした。しかし、いくらか形而上的なニュアンスを感じていた言葉が、浴槽についた泡であったことは、べつに私を失望させはしなかった。

地上には異なる人種があり、各自の言語や、考えかた、感じかたというものをもっている。このことは世界を貧しくはしていない。むしろ、日常の生活の世界を動かすことに役立っている。

それから、私はまた多くの言葉を書きとめて行った。言葉と交渉をもつと、私のなかに他者があらわれ、私の考えは緩やかにだがひとつの方向性をもった運動として収斂されて行く。

私は、この作品に《November Steps》というタイトルをつけることにした。

V

1

オーケストラに対して、日本の伝統楽器をいかにも自然にブレンドするというようなことが、作曲家のメチエであってはならない。むしろ、琵琶と尺八がさししめす異質の音の領土を、オーケストラに対置することで際立たせるべきなのである。

2

数多くの異なる聴覚的焦点を設定すること、これは作曲という行為の（客観的な）側面であり、また、無数の音たちのなかに一つの声を聴こうとするのは、そのもうひとつの側面である。

3

洋楽の音は水平に歩行する。
だが、尺八の音は垂直に樹のように起る。

4
尺八の名人が、その演奏のうえで望む至上の音は、風が古びた竹藪を吹きぬけていくときに鳴らす音であるということを、あなたは知っていますか？

5
まず、聴くという素朴な行為に徹すること。やがて、音自身がのぞむところを理解することができるだろう。

6
イルカの交信がかれらのなき声によってはなされないで、音と音のあいだにある無音の間の長さによってなされるという生物学者の発表は暗示的だ。

7
地球上に時差があるように、オーケストラをいくつかの時間帯として配置する。
時間のスペクトラム。

8　一つの音楽作品がそこで完結したという印象を与えてはならない。周到に計画された旅行と、あらかじめ準備されない旅行とではそのどちらが楽しいでしょうか？

9　現代作曲家の多くが、独自の工風を凝らした音の壁を築いていた。ところで、その部屋の内部には誰が――？

10　特別の旋律的主題をもたない11のステップ。能楽のようにたえず揺れ動く拍。

11　『ノヴェンバー・ステップス』は、ニューヨーク・フィルハーモニー交響楽団創立一二五周年記念のための委嘱作品として作曲を依頼され、一九六七年十一月に同交響楽団によって初演された。

VI
十一月の階梯

ニューヨーク・フィルは、すぐれたオーケストラだが、保守的な面を持っている。多くのオーケストラがそうであるように、現代作品を演奏する際には、作曲家と演奏家との間には、言い知れぬ緊張関係と対立感情が生れるのが常である。長い年月のうちにつちかわれた、オーケストラのコンベンション（慣習）をこわそうとする新しい音楽に対して、オーケストラは、なぜ作曲家がそうせずにいられないかを理解するさきに、集団的知覚の安直な結末として、作品を否定することを選ぶ。演奏家の多くは、演奏という行為に、創造的に参加することをしない。オーケストラでは、ことに、そうした傾向が露骨にあらわれてくる。

私は、オーケストラのみを責めようとは思わない。作曲家が、聴衆と積極的に話し合うことを望むものであれば、まず、演奏家との直接の触れ合いについて、考えなければならない。オーケストラ、あるいは演奏家というものは、作曲家のメッセージを伝える人間的器官なのである。さらに、それはまた、聴衆からの無数のメッセージを聞く器官でもあるだろう。作曲家である私は、アクティヴでもあり、パッシヴでもある人間の器官としてのオーケストラを聞くことによって、自己を新しく確認するのである。

ニューヨーク・フィル一二五周年記念事業の一環として委嘱された私の作品は、ニューヨークでの四回の演奏を終って、今、新しい次のステップのために、私の内部で、ゆるやかに変貌しつつある。

『ノヴェンバー・ステップス』のニューヨーク初演のために、日本から同行された琵琶の鶴田錦史氏、尺八の横山勝也氏とともに、リンカーン・センターのフィルハーモニック・ホールへはいる。第一回のリハーサルが始まる。その以前に、小澤征爾氏が音楽監督をつとめているトロント交響楽団で、一回のリハーサルを行なっていたために、私たちには、それほどの緊張はなかった。琵琶、尺八という数百年の伝統をになう邦楽器と、一二五年の歴史を持つニューヨーク・フィル、それに、まだ本当に若い小澤征爾氏と自分との関係、そうした取り合せが不思議におかしく思えてならなかった。

最初、私は、この新作に琵琶と尺八を取り入れることについて、かなり躊躇した。アメリカで初演されるということが、一そう私の気持を狭いものにしていたのだと思う。邦楽器を取り入れることで、作品が単に異国趣味的なものとして受け取られることを恐れたからである。また、作品の中で西洋楽器と邦楽器が、どのように巧みにブレンドされるかというような、安直な試みに自己を費やすことは、バカげたことだと思っていた。昨年、琵琶と尺八のために『エクリプス』という作品を書いた。それは伝統的な邦楽器に対しての特殊な試みではなく、この二つの楽器に潜むデーモンの力に、直接触れようとした私の計画であった。鶴田、横山両氏の演奏に触発されて、私の音の領土は広く、そして深められた。

ニューヨーク・フィルからの委嘱を受け、その作品が小澤征爾氏によって指揮されることを知り、私は新しい作品についての計画を、小澤氏に相談した。私たちは音楽については、いつでも率直に話し合うことができた。彼は『エクリプス』を聴いてから、邦楽器をオーケストラに取り入れることの危険を十分承知したうえで、琵琶と尺八を用いるべきだ、と言ってくれた。「君は特殊な邦楽をかくわけではないし、もし作品が、ただ異国趣味的な響きだけで終るものであったとしたら、それは、ほかのだれの責任でもないはずだよ」

私のオーケストラの書法は、きわめて細かく分けられた無数のパッセージが、同時に響くものであり、音量の変化の度合いについては、かなりうるさいほどの指示がなされている。「ニューヨーク・フィルは現代物にはつらく当るところだ」と小澤氏が語っていたように、序奏のオーケストラの部分で、すでに反対の気分をゼスチュアで示す演奏家が現われた。ざわつくオーケストラに向って、小澤氏は、私の音楽の性格について、的確な表現で、楽員たちに熱心に語ってくれる。個々の技術については、私は、いささか不快な気分になりながらも、十分に期待できるものだと思っていた。よそよそしいオーケストラの雰囲気とは対照的に、鶴田、横山両氏は目を閉じたまま、端然としている。

序奏を経て、琵琶と尺八の演奏にはいると、オーケストラの状態は徐々にだが、それまでと変化してきた。オーケストラが出す音は精彩あるものとなってきた。そこには演奏の技術だけではないほかの何かが、加わってきたようなのだ。

『ノヴェンバー・ステップス』は、曲の終り近くに、琵琶と尺八だけが演奏する部分がある。それは、八分にもわたる長いものなのだが、オーケストラの楽員たちは、じっと二人の演奏に聞き入っている。もちろん、東洋の未知に対しての、好奇が手伝っていただろう。しかし、そうしたことも越えて、二人のすぐれた演奏家の音楽に、強く惹きつけられていたにちがいない。オーケストラの最後のコーダは、初めの状態からは想像もできぬほどに、生き生きとしていた。

曲の指定通りの沈黙の後に、楽員たちの「ブラボー」と拍手が起った。

ニューヨークの寒気を感じながら、私は、夜のウェスト・サイドを歩いた。自分のうちに起ってくる興奮を、一人で、そっと確かめてみたかった。

十一月のニューヨークでの私のステップは、やっと一歩踏み出された。

A

普遍的な卵《ユニヴァーサル・エッグ》

昨日のセッションにおいて指摘された、日米文化交流が単に二国の相互理解を深めるためにとどまらず、世界的《グローバル》な交流へ向うという理想には大賛成です。また、各国、各民族の文化の特質を極端に穿鑿《せんさく》することが閉鎖的なナショナリズムへ向かわないよう相互にそのことを充分警戒しなければならないという点についても同感です。私個人としてはナショナリズムのあらゆる形態を憎みます。それはうっかりするとファシズムに扉を開くことになりかねないからです。

自分の中に閉じこもってしまうことだけは絶対に避けなければなりません。私は諸文化が収斂してひとつの束をつくると思うのです。遭遇地点では何が起こるかよくわかりませんが、現在、欧米の影響をこうむった日本人と、東洋文化の刻印をとどめる西洋人とはひとつの遭遇地点にまで歩みよっています。両者は同一平面に位置づけることができますが、さかさまの道を辿ってそこに到達したのです。依然としていくつかの根本的相違は残ります。たとえば、ジョン・ケージのやり方は私にはやはりきわめて論理的であり、極端な場合、それは私にはたいへん「しんどい」ものになります。反対に、日本人が西洋音楽に影響される時、それはもっと流動的であり、ああいった論理性を欠きます。とは言っても、少くとも私はジョン・ケージに感謝しないわけにはいきません。なぜなら、私にとってはある時期まで「日本」はすべからく否定されるべき対象としてのみあったのですが、かれによって日本の良い伝統に目を向けることができたからです。それは本間さんのペーパーに記されている通りです。そして、ジョン・ケージはまた、禅や鈴木大拙から多くの影響を受けたのです。現在は、文化の相互循環についてそれがどっちが先でどっちが後だったかということを問うのはもはや意味がない、ということは、既に了解に達していると思います。それについては、先日ジョン・ケージと話した際にも、私たちは同意見でした。

これからお話することは、ひとりの作曲家としてのきわめて個人的な体験に即したものであることを、予めお断りいたします。

御承知のように、戦時中の日本では同盟国の限られたものを除いて、外国の音楽は御法度でした。アメリカ軍の上陸に備えて、日本軍は山奥に基地を建設していました。私は十四歳で、同じ年齢の子供たちと一緒に、その工事現場で働いていました。私たちは東京から離れたその兵営で暮していました。とてもつらい日々でした。兵隊たちは私たちにつらく当りましたが、全ての兵が乱暴だったわけではありません。

ある日のこと、一人の見習士官が私たちを宿舎のすこし奥まった場所に連れて行きました。そこには蓄音器が一台と数枚のレコードがありました。針がないので、かれは竹を削りました。そして一枚のレコードをかけました。それはフランスのシャンソンで、リュシエンヌ・ボワイエが歌う（今までジョセフィン・ベーカーと書いてきたのは私の記憶違いでした）『パルレ・モア・ダムール』でした。何というショックだったでしょう！

私は初めて美しい西洋音楽を聴き、そのような音楽が存在するということを知ったのです。

敗戦後、アメリカ軍が音楽を流すラジオのチャンネルが開設され、当時病床にあった私は、そこから聴こえてくる音楽に、日々耳を傾けていました。そしてなんとかして音楽で生きたいものだと思うようになりました。

私が幼い頃、私の家族は映画好きで、私もたくさんのアメリカ映画を観ました。日本が戦争に向う暗い時代のなかでフランク・キャプラの映画、たとえば『我が家の楽園』とか『オペラ・ハット』のような映画を通して私が知ったアメリカは、私たちとはまるで違うひとつの「あこがれ」として映りました。写真や映画が発明されて人間の考えはかなり変化したと思います。そのことを論ずることは、ここでは許されないので措きますが、写真や交通事情の進歩によって、私たちは、次第に共通のユニヴァーサル・エッグを抱えることになります。戦争によって否応なく閉ざされた私たちの夢は、すくなくとも私個人の「あこがれ」は、一曲のフランス・シャンソンによって途方もないエネルギーとして私の内で激しく燃焼したのです。私が眼を向ける対象は、したがって日本のものではなく、アメリカを含む西洋でした。

戦後、私はひたすらアメリカ放送に耳を傾け、ＣＩＥ（民間情報教育局）の図書館へ足繁く通い、そこでたくさんのアメリカ音楽を学びました。ロイ・ハリス、アーロン・コープランド、ウォルター・ピストン、ロジャー・セッションズその他多くの作曲家の作品に未知の世界を見出し、やがて私自身の好みによってそうした対象も限定されてきました。いずれにしても、それらは私にとって、祈りのようなもの、幾多の辛酸をなめたあとの希望のようなものでした。

当時、私は、東京で琴の先生をしていた伯母の家で暮していたのですが、邦楽は私の心を動かしませんでした。古い日本の音楽はことごとく忌まわしい思い出を呼びさますものだと思っていたからです。

私は少しずつ音楽を書きだして、わずかですがまとまったものを作曲するようになりました。だが、私の音楽は日本では直ちに受けいれられませんでしたし、考えれば、それはまた当然のことでした。ここにいらっしゃるドナルド・リチーさんによって私の作品がたまたま来日したストラヴィンスキーの眼に触れ、かれが私のその曲をほめてくれたことで、私の音楽も日本の批評家の注意をひくようになりました。これは私にとっては幾らかは名誉でも日本の批評家には必ずしも名誉なことではありませんでした。だがここにも、私たち人間の小賢しい意図を超えた相互理解へ向かう理想の芽は育まれていたのです。

さて、そのようにして、長いこと私は西洋という鏡しかのぞきませんでした。ところが或る日、偶然、文楽の公演を見てびっくりしたのです。日本にもすばらしい芸術があると思いました。そして、どうしてそのことに自分はいままで気付かなかったのだろうか、と思いました。だが、たぶん、私はいくらかでも西洋を学んだことで私自身の文化の素晴らしさに気付いたのではないか、と考えています。私がもし西洋を識らなかったとすれば、私の感動の質はかなり違ったものになったと思います。このことにはかなり重要な意味があるように思います。

私はその後《あと》、自分にできうる範囲でさまざまな伝統を研究し、いろいろな文化のあいだの差異を研究しました。それらが私の中にあり、私がそれらを生きているだけに、よりいっそう丹念にやったのです。一九六七年にニューヨーク・フィルから作品の依頼があり、私は琵琶と尺八とオーケストラのための『ノヴェンバー・ステップス』という作品を作曲しました。この曲を書かせたのは、レナード・バーンスタインの日本文化への真摯《しんし》な関心によったのですが、私にとっては日本の楽器と西洋の楽器を同一次元で用いるということはきわめて困難な課題でした。

私は幾度かその作曲を断念しようかと思いました。ふたつの異なるものを恰《あたか》もひとつのもののようにブレンドすることは、私には途方もない企てに思え、また、そのことに幾らかの疑いをもったのです。結局、私はその時はふたつの異なるものの特質を際立てるようなやりかたで何とか首尾をつけたのです。したがってそれは私にとってはきわめてトライアルなものであり、音楽作品としての完成度は期《のぞ》むべくもありませんでした。しかしその試みは、音楽をそこに停滞させずにつねに動くものとしてあらしめたように思います。それは私には、たいへん得難い経験となりました。ニューヨーク・フィルの初演のために、日本から琵琶と尺八の名人を伴って出かけました。最初のリハーサルで、セイジ・オザワがバトンをとったのですが、そのふたりの日本楽器の演奏家たちが演奏をはじめると、その途端にオーケストラの多くの音楽家たちが笑い出して、あるひとはステージを駆け下りて笑いだし、リハーサルは中断しました。実際のところこれは私にはショックで泣き出したいほどでした。私は思いあまってセイジに、この演奏をキャンセルしたいと申し出たのです。すると彼は、今日のニューヨーク・フィルはかなり真面目にやっていて未だマシなほうだよ、ルーカス・フォスの新作のリハーサルの時などは、皆いなくなっちゃったんだぜ、といって私を慰めてくれました。

とにかくオザワはオーケストラ・プレイヤーの前で、琵琶と尺八のふたりのパートだけを演奏させ先ずそれをかれらに聞かせたのです。はじめはざわついていたオーケストラ・プレイヤーたちも、演奏のおわり頃にはしーんと静かになって耳を傾けてくれました。そして最後に、拍手とブラヴォーが起ったのですが、それはたいへん真面目なものであったと私も感じました。今日では尺八や琵琶の演奏を聞いても誰も笑うひとはいません。そして、琵琶や尺八の演奏をはじめて耳にして笑うことは、かならずしも不真面目なことではありません。すくなくとも私は現在ではそう言いうるようになりました。というのは、私たちの企みを超えた遭遇のほうが、異なる文化の交流は予期しえぬ深さと拡がりをもつだろうと思うからです。私たち人類は——この呼びかたの抽象性はさておくとして、バックミンスター・フラーが言ったように現在普遍的な卵《ユニヴァーサル・エッグ》とでもいうべきものを産み落そうとしているのだと思います。それは、妊婦の脹んだ腹がきわめてシーリアスでまた滑稽であるように時には笑い出したくなるような、だが同時にたいへんシーリアスな現象なんだと思います。私たち人間は、各自のさまざまな特徴をもちよってそのユニヴァーサル・エッグに同化させ、新しい文明が生まれるための、さまざまな差異の錬金術的融合と対峙しなければならないのです。できるだけ永い時をかけて、辛抱強くその孵化を待つべきです。ある意味では、その達成は人類の意図を超えているもので、すべての企みは虚しいもののように思えますが、だからと言って私たちは手を拱《こまね》いてはならないのです。こうしたコンフェレンスの意味も、さまざまな個別の見果てぬ夢を集合するものであろうと期待して、私はここへやって来て、お話した次第です。

（一九八二年十月十七〜十九日　日米文化関係会議講演草稿、箱根観光ホテルにて）E

『エクリプス（蝕）』回想

琵琶と尺八のための『エクリプス』が、「オーケストラル・スペース」の演奏会で初演されたのは、一九六五年の秋だったと憶う。その前年の春に、私たち家族はハワイの「東西センター」の招きで、三週間ほどを、アメリカの作曲家ジョン・ケージ等と、ホノルルで過ごした。三十年も昔のことになる訳だが、いま思い返すと、私は、自分を襲った激しい変化の波に如何《ど》う対処したものか迷っていた。それは、一言で言うなら、東と西のディレンマということだったが、問題はさほど単純ではなかった。私の身裡に起きた変化への欲求は、主として、外部からの影響に由るものではあったが、しかしそれは既に私の内面に生じていたもので、かならずしも外面的な変化だけではなかった。

一九六二、三年頃から、私は、それまで無関心であり、またある意味では、むしろ否定的ですらあった自国の文化的伝統の貴さに気付いて、それを避けては、私の作曲家としての自己確認はできないだろうと思うようになっていた。それで、筑前派の琵琶を習ったりして、そのために幾つかの習作を作曲したりしていた。そして、ジョン・ケージの音楽と出遭うことになる。

西欧的な構成原理を破壊して、偶然性を積極的に取りいれたケージの音楽。また、作曲の音素材としての、音に対する認識の根本的革新。それと共に、私は、それまでに習得していた西欧の論理的な音構築への敬愛をも捨てきれなかった。『エクリプス』を書いたのは、そうした矛盾を抱えこんだままの、身動きもとれないような状態の中でだった。そうした私を解放へと向けたのは、鶴田錦史や横山勝也のような、音の実践者たちによって生み出される、実際の響きだった。日本の伝統や、東の音文化に対して、かなり観念的態度で接していた私は、実際の音の響きに全身を投入することで、またそれに、ケージとの交流のなかで、すべての音現象に対して、自由で肯定的な態度で接することができるようになっていったのだった。

『エクリプス』を作曲したことで、私は、作曲家として新たな段階《ステップ》に歩みを踏み出しえたと思う。そして、『エクリプス』を書いた翌年に、『ノヴェンバー・ステップス』を作曲した。両作品共に、作品としての完成度には、いま振り返れば、かならずしも満足しているわけではないが、私にとっては、ふたつともにそれを避けて通るわけにはゆかなかった。『エクリプス』は、その書法において、当時私が抱えていた多くの矛盾を反映している。確定的な書法と、偶然性による記譜の混在。タゴールの詩句を奏者が黙読することで決定される時間(これは、後に、過度な文学的解釈を虞《おそ》れ、破棄された)。ジョン・ケージの不確定的な作曲法の影響が濃いが、私としては、精一杯、自分の気持ちを表しえた作品だと思う。

『エクリプス』、『ノヴェンバー・ステップス』以後、私は、伝統楽器のための作品を殆ど書いていないが、これを通過したことで得たものは、たいへん大きかったように思う。

(「芸術家の愛と冒険Ⅶ——民族と都市芸能」パンフレット　'93年9月12日　水戸芸術館コンサートホールATM)F

一つの音

この数年、私は琵琶や尺八という伝統的な邦楽器に魅せられてそのために幾つかの音楽を作曲した。この二つの邦楽器の傑れた演奏を聴いたことと、卓抜な演奏者に出会ったことがそのきっかけになっている。特別の意図があったわけではない。単純な音楽的興味と幾分の好奇心が私を邦楽へ近づけた。はじめ、邦楽の音は私にとって新鮮な素材としての対象にすぎなかったが、それは、やがて私に多くの深刻な問いを投げかけてきた。私はあらためて意識的に邦楽の音をとらえようとつとめた。そして、その意識はどちらかといえば否定的に働くものであった。

邦楽器の音は、実際に演奏される時にこそこの上もなく自由であり、その響きは演奏者を通じて自然と合一する開かれた、存在を超えたプレザンス（現存）として顕われるが、創作の過程にあって、それは思考の論理を引裂くまでにはげしく私を脅やかしつづけた。一撥《いちばち》、一吹きの一音は論理を搬ぶ役割をなすためには、あまりに複雑 Complexity であり、それ自体ですでに完結している。一音として完結し得るその音響の複雑性が、間《ま》という定量化できない力学的に緊張した無音の形而上的持続をうみだしたのである。たとえば能楽の一調におけるように、音と沈黙の間は、表現上の有機的関係としてあるのではなく、それらは非物質的な均衡のうえにたって鋭く対立している。繰りかえせば、一音として完結し得る音響の複雑性、その洗練された一音を聴いた日本人の感受性が間という独自の観念をつくりあげ、その無音の沈黙の間は、実は、複雑な一音と拮抗する無数の音の犇《ひし》めく間として認識されているのである。

つまり、間を生かすということは、無数の音を生かすことなのであり、それは、実際の一音（あるいは、ひとつの音型）からその表現の一義性を失わした。音は無音の間にたいして、表現上（この言葉はきわめて一般的な意味として受けとってほしい）の優位にたつものではない。音は演奏表現を通して無名の人称を超えた地点へ向う。尺八の名人がその演奏の上で望む至上の音が、風が朽ちた竹藪を吹きぬけ鳴らす音であるということは、こうした日本の音楽の在りようを直截に示している。音は表現の一義性を失い、いっそう複雑に洗練されながら、朽ちた竹が鳴らす自然の音のように、無に等しくなって行くのだ。

私はそのうえに、新しく何をつけくわえることができるだろう？　遺産として受継がれている邦楽の技法を彫琢し再構成したところで、歴史とは何の関わりをもつものではない。まして、音響的フェティシズムで邦楽器を西欧的にアダプトするようなことは愚かであり、それはものを動かさない。では邦楽（の音）は、今日の私（たち）の音楽生活とは無縁のものとして捨去るべきだろうか？

だが、伝統的な邦楽は、この地上に存在する他の多くの音楽と同様に、私を捉えて離さない。

作曲という音楽的表現行為が、人工的な技法の問題としてしか理解されず、また形式上の斬新さがただちに新しい価値であるように錯覚されている「個性」にたいする誤った考えのまえに、音はついに自然の音のように無に等しい状態にたち還って行くという認識は、批評を超えた恐るべき問いとして活きているように思う。私はこの認識の根かたにひらけている異質の音の領土を、西欧的訓練を経た一個の作曲家として歩きたいと思う。西洋と日本の、異なる二つの根源的な音響現象の秩序を生きた、異なった二つの音楽を自己の感受性の内に培養すること。そして、作曲の多様な方法によって、その相異を明瞭《あきらか》に際立たせることが最初の段階《ステップ》になるのである。矛盾を解消するのではなしに、その対立を自己の内部に激化することが、作品のたえず進行しつつある状態――それはきわめて不安定な歩《ステ》調《ツプ》であるが――を保ち、この実践が伝統の墓守に堕することから私を遠去けるだろう。

私は沈黙と測りあえるほどに強い、一つの音に至りたい。私の小さな個性などが気にならないような――。

A

ウードから琵琶への距離《ディスタンス》

戦争を経て、日本のものに対して抱いた疎ましい感情は簡単に拭えもせず、また永い間消えなかった。日本的なものを否定することから（私の）道は始まったのである。既成の価値観を根底から疑うことから出発した者には、だから、その否定していた日本音楽から受けた感動は異常に強かった。偶々耳にした文楽の義太夫、殊に太棹《ふとざお》の韻律の烈しさは、西洋楽器とは別の音楽世界を私に知らせたのだった。一丁の太棹三味線が現前する世界は、百もの異った楽器が織りなす西洋オーケストラの音響世界に較べて劣るものではなく、むしろ充実したものに（私には）感じられた。こうした比較は必ずしも正しくはないし、また意味をなさぬが、私の場合は、西洋音楽を学んだことがその異常な感動を支え、またそれを保証したのだろう、と思う。

人類、というような概念的な物言いは気恥しいが、西洋（近代）音楽を含めて地上には数多くの異った音楽があり、しかもそれぞれは微妙に触れあい相互に影響しあって、人間全体の音楽を形づくっている。そしてそれらは、地域社会において、それぞれの習俗のなかで異った顕われかたをしている。そのことを知ることが重要なのだ。いずれは、この地球上の音楽は、普遍的《ユニヴァーサル》な（ひとつの）ものに統合されるかもしれないが、そのためには未だ永い時間《とき》が必要とされようし、その時間はけっして無駄ではない。日本の楽器、一般的に邦楽器と称《よ》ばれているものの多くは、大陸や半島を経て渡来したものである。私は、琵琶と尺八に特別の関心をもって研究し、このふたつの楽器のために作曲もしたが、中国や中近東に原型《オリジン》をもつこれらの楽器の日本化ということに、なにより も興味がある。

楽器というものは、人間という有機的な器官の延長、あるいはその拡大と考えることができよう。また、言語だけでは伝えられない（人間の）感情表現の一部を扶けるために創りだされた道具であると見なせるだろう。

とすると、楽器は、その民族が住まう風土と、その風土が培かった習慣、好みや精神性を強く反映するものであるに違いない。また物理的に、その民族の体格にも強く影響されているだろう。そしてそうした影響は、永い時間のなかで目に見えぬほどに緩やかな変化を示すものであって、その変化は多様で、一概にひとつの例をもって語るのは困難である。

例えば琵琶は、その祖型であるペルシャのリュート属と、現在《いま》も外観はさほど異ってはいない。琵琶の渡来は飛鳥、天平の時代であると謂《い》われ、既に十数世紀もの時間を経ている。その永い時間の推移を想えば、外形の変化はごく僅かなものだが、目に露《あらわ》でない内面の変化はかなり大きく、まるで別のもののようである。それは具体的には奏法や、柱《じ》の微妙な高さの違い、それが作りだす響き（音色）の違いとして顕われている。

私は最近まで、琵琶の演奏に用いられる、あの大型の撥《ばち》のことなどついぞ考えもしなかった。なぜ、あのように大きなものを用いる必要があったのだろうか？　他のリュート属においてあのような撥が用いられることはない。

また琵琶では、駒（柱《じ》）は高く、その数は四、五個と極端に減って、そのためにゆるく張られた弦《いと》は、ひとつの柱間《じかん》でかなり多くの音程を生みだす。他の同属の楽器から想えば、それは曖昧で正確さを欠いたものである。プラクティカルとは言い難い。だが、その曖昧さが琵琶独自の表現を生むのだ。背の高い柱《じ》に張られた弦《いと》はゆるく撓《たわ》み、随ってその上での運動は自ら制限されたものになり、複雑な楽句を奏するよりひとつの音の微妙な響き、メリ・ハリのような音のうつろい、その滲むような陰翳に音楽表現の重要性を見出すのである。そしてその表現には、あの大型の撥はきわめて適切なものであった。また、一音の複雑さを追求することが、さわりというような独得な観念を育てたと言えよう。同属のウード（アラブ）やヴィーナ（印度）、また中国の琵琶等がつくりだす音楽と日本の琵琶の世界は、楽器の外形の近さに比して余りにも遠いものである。私には、この日本化の問題、つまり、なぜそうなったのかということに尽きぬ興味がある。

今日では欧米においても、日本楽器を研究しそれを演奏するひとが増えてきた。私の作曲した琵琶と尺八のための音楽が外国人によって演奏され、またそれがかなりな水準のものであったことに驚いたことがある。西洋楽器を日本人が演奏しているのだからそれも当然という声も出ようが、西洋（近代）音楽は普遍性を目指して構造されているものだから持ち搬び可能であるが、琵琶のようなものは、簡単にお里帰りといって、外へもちだすことはできない。しかし、琵琶に限らず、多くの邦楽器が外国人によって演奏されている現状をみると、これはたんに音楽文化面での特殊な現象ではなく、人間、いや人類にとって何かが大きく変りつつあることを物語っているのかもしれない、という気がする。

近頃、邦楽器を西洋楽器のように演奏するという風潮が見えるのだが、それに伴って、楽器自体も再び違ったものになっていくかもしれぬが、それぞれの民族や地域社会において育くまれた固有の性質を、もう少し永い時間をかけて確める必要がありはしないか。

D

さわりについて

僕がお話したいことは、日本の音楽が西洋の音楽に提示する問題についてなのですが、日本の音楽——この場合伝統的な邦楽のことですが、およそ百年くらい前は、日本人が音楽という言葉を口にする時には、それは伝統的な邦楽のことでした。それが今や、僕たちが音楽というときには、普通、西洋音楽を思いうかべます。比較音楽学とかいろいろの学問がありますが、そういうもののすべてが、西洋の音楽をいわば絶対的な価値基準として、それによって日本の音楽なり東南アジアなりアフリカの音楽なりを研究しているのです。

僕は、作曲家としてそういう立場ではなくて、地球の上に分布している、つまり我々の世界にある音楽のすべて——それらは全部異なっているわけです。異なった言語構造なり、異なった文明の上に存在しています——それらはすべて同じ価値のものとして、つまり人間全部の財産としてある、というように考えているわけです。最近の新しい文化人類学とか構造主義の立場と僕の立場は、比較的近くなると思います。しかし日本音楽を一つの基準として西洋音楽を見るわけでもないし、それはどちらとも決められません。

日本の音楽が西洋の音楽とどのように違うか、わずかな時間でとても話しきれる問題ではありませんが、それを少しお話したいと思います。

我々日本人は〝さわり〟という言葉をもっています。たとえば、義太夫などの〝さわり〟の部分を聞きたいとか、歌舞伎の〝さわり〟だけを見るとか、たいへんに面白くよくできている部分を指す言葉なのですが、その〝さわり〟という言葉から、日本の音楽の特徴をアナライズ（analyze ＝分析する）してみると、大変面白いと思うのです。

吉川英史氏のすぐれた研究によれば、〝さわり〟という言葉にはいくつかの意味があって、一つは、ある楽器の部分――厳密には笙《しょう》といって、雅楽で吹く竹のハーモニカかオルガンのようなものの、ある部分を指しています。一つは、主に義太夫で他の流派――説経節とか一中節とか違う流儀のふしを使った時に、それを〝さわり〟と呼んでいたわけです。他の流派に触れるということですね。その〝さわり〟という言葉にはもう一つの意味があります。

なぜ、この〝さわり〟という言葉に固執するかといえば、日本の音楽は、シナや朝鮮やペルシャなどから渡来してきました。いろいろな形で日本に入ってきて、非常に日本化され、そして現在いろいろな形で伝わっているわけですけれども、その日本化の特徴を端的に言ってしまうと、日本の音楽の中に〝さわり〟がある。つまりこれが、僕が今言いかけた三番目の〝さわり〟という言葉の意味なのです。

三味線とか、琵琶とかの楽器に〝さわり〟をつける部分があるのです。三味線の上駒の上の方にさわりの山とさわりの谷というのを作って、わざわざ普通の音をきたないビーンという騒音の効果を生むように、さわりの部分をとると言いますが、そういうことがなされています。東洋音楽の多くは、そのような騒音をいずれもたいへんだいじにしていますが、それが、〝さわり〟というような言葉で、美学的に捉えられているのは日本だけではないか、と思います。

琵琶はもともと、ペルシャのリュートが中国大陸を通って、シナではピパと言われて、それが北九州に上陸してビワになった。またペルシャから南をまわってインドを通り、それがインドではヴィーナという楽器になって、南九州に入ってビワになった。北九州に入ったのが筑前琵琶で、南に入ったのが薩摩琵琶です。

ペルシャのリュートやインドなどの楽器に比べて日本の琵琶が特に違うのは、その〝さわり〟を持っているということです。三味線においてもそうです。西洋人の耳にとっては、ビーンというきたない音、物に触れて出る音、どちらかというと我々の日常の生活の周囲にある雑音と同じような効果をもたせている。そういうものから義太夫の発声――声を殺してつぶしたような、西洋の音楽という見地から考えればきたない不愉快な音を、私たちは美しいとしたわけです。そして〝さわり〟という言葉が、いつのまにか美しい、楽しいという意味に転化してきたわけです。そこに僕は大変興味深い日本音楽の独特な性格があるのではないかと思うのです。

僕はある時、非常に偉い尺八の先生と一緒に、小さな料亭で食事をしました。この話は、すでに何度か喋ったことなのですが、私と尺八の先生との間には、ガスコンロと、その上にのっているおナベと、またその上にのせられた牛肉とがあって――簡単に言えばスキヤキをやっていたのです。

食事は終わったのですが、不幸にして全部食べきれなくて、おナベはまだぐつぐつ音をたてていた。室は往来に面していて、車がすごい音をたてて突走《つっぱし》っている。そういう場所だったのですが、僕は先生に「一曲聴かせてほしい」と所望しました。

先生は吹いてくれたのですが、びっくりするのには、日本の音楽家には時々そういう人がいるのです。自分の背ほどの高さのちょうど物ほしざおのような竹に、何となく穴が五つばかり無雑作にあいているだけの楽器で、最初は長いですから息が下まで届かないくらいなのです。それを足の間にはさんで吹くのですが、最初は思いきり強く息を吹き込むので、音がきたなくて割れたような音がしていたのですけれども、しばらくするうちに、実にきれいな繊細な音楽が出てきたわけです。そのときは『虚空《こくう》』という曲を演奏されました。

さて、その演奏が終わって先生が言われるのには、

「今私は『虚空』を吹いたが、自分でも終わりの方は実によく吹けたと思う。ところで、君にはこのスキヤキのぐつぐついう音がとてもよく聞こえただろう?」

確かに、そう言われてみると、その音楽を聴いている時に、最初は全く気にしていなかったスキヤキの音が、だんだん耳に入ってきた。それから、外のいろいろな気配がとてもよく聞こえて、しかも同時に、全くそんなものに害われない尺八の音が聞こえたわけです。

「とてもよくスキヤキの音が聞こえました」

と、先生に申しあげたら、

「それは大変いい演奏ができた証拠だ。なぜなら私の音楽はそのスキヤキの音なのです」

と言われました。

ちょっとこれは禅問答めいていますが、僕にはそれが大変よくわかったのです。

つまり、その方が吹いた音というのは、スキヤキのぐつぐついう音と何ら差別されないのです。日本の音楽がある理想として持っていたものは、さきほどお話したビーンというようないろいろなノイズ、自然の音と同じである。全くそれらは異なった音ではあるが、平等の価値をもっている。音に対してのそういう認識がはっきりあるのです。

たとえば寛政年間に著された音楽についての本がありますが、その『音曲波奈希奴幾《はなけぬき》』の中に、

「義太夫の三味線は音色細く、さわりは蟬の鳴く音に等しく派手なるを専一とす」

という言葉があります。

〃さわり〃は蟬の鳴く音に等しく——つまり自然の音と同じである。同じであることが理想なのです。尺八の先生が自分の演奏で一番望む音は、朽ちた竹やぶに風が吹いてきて、その根方に当たって自然に出てくる音、そういう音を自分が演奏することができたら一番すばらしい……。

こういう思想というものは西洋には全くない。西洋流の考え方と極めて対立するものだ

近代の自我意識――〝我惟《おも》う、故に我あり〟というような自我の自覚が近代の大前提としてあるわけですが、西洋の音楽というのは、まず個人の自我を相手に音を通して伝えるということであるわけです。たとえ、どもっていようと何であろうと、自分の言いたいことだけを相手にはっきり伝える。ベートーヴェンの音楽というのは、その代表だと思います。非常に不器用にどもりながらそれでも、自分の言いたいことを通す。

ところが日本の音楽の場合は、自己を否定する方向に向かっている。今まであげた例でもおわかりだろうと思いますけれども、尺八の先生がいつも自分の演奏の訓練のために、朝四時半頃から練習をするわけですが、それは何か決まった楽曲を演奏するのではなくて、唯一つの音だけを吹いている。

その一つの音ということに、日本の音楽の場合大変大きな問題があるのです。西洋の音楽というのは、一つの音だけでは音楽たり得ないわけです。一つのAという音に対してBという音が出会って、それがCというように、弁証法的展開をして音楽的表現がなされる。一つの音を吹くという意味はいろいろと考えられると思いますけれども、日本においては一つの音が〝さわり〟を持っている。つまり騒音的である。西洋の音に比べて非常に複雑で、一つの音の中にたくさんの音が運動していると言ってもいいと思うのです。

たとえば、簡単に言えば、お寺の鐘の音がゴーンと一つなると、次のゴーンが鳴らされるまでにはのんびりした時間があるわけです。それは西洋的意味では、拍のない〝間《ま》〟であるのです。確定化できない、定量化できない間としてあるわけです。昔俳人は鐘の音《ね》を聞いて、まあ柿を食うことが先であったかどうかはしりませんが、それを美しいと感じた。僕たちは今では全く西洋近代的な生活形態の中にいるわけですが、それでも時には、風鈴がチリンと一つ鳴った音を美しいと感じる、そうした一つの音にある美しさを感じることができる、そういう感受性を持っていると思うのです。

一つの音だけを演奏していくというのは、一つの音自体が非常に複雑で、騒音というものに近く、人間がそれを演奏することで自然のいろいろな音と合一する——一緒になることを望むわけです。邦楽の名人の演奏には、そうした音への感じ方——僕はそれを思想と言ってもいいと思いますが、そういうものがある。つまり、自己を否定していくわけです。そして、自然という一つの無名《アノニム》な地点へ向かっていく。

さきほどお寺の鐘を例にとって言ったわけですが、日本人は一つの鐘と一つの鐘の間に、無常感を感じたりする。ある独特の〝間《ま》〟というものを日本の音楽は持っている。つまり簡単に言ってしまえば、能などで、鼓なり大鼓《おおつづみ》なりが鳴って、その次の音が出てくるまでの緊張した〝間〟というものを、皆さんもご存知だと思いますけれども、よく邦楽の人たちは「〝間〟を生かす」ということを言うわけです。

「〝間〟を生かす」ということは音と音の間にある無数の、たとえて言えばさきほどのスキヤキやダンプカーの音にあたる音、そういうものを生かす。つまり、実際に演奏した音そのものによって何かを伝えるというよりも、音が演奏されることでそこに作り出される空間が、日本の音楽では大きな役割を果たしているわけです。これは現在の西洋音楽に対してたいへん暗示に富んだ日本音楽の特徴だと考えます。

西洋の音楽の場合は、Aという音とBという音を積みあげて、そのために「ベートーヴェンの音楽は音楽的建築である」などと言われるのですが、音という一つの単位——一つの音自体は何ものを言わないけれども、それが二つぶつかりあうことで表現行為が生まれて、それをどんどん積みあげて音楽的表現をしていくわけです。

そのことは、実際の建築においても同じように言えるかと思います。レンガを一つ一つ組みあげていって一つの空間をつくる。西洋の音楽の場合、いや音楽だけではなく西洋の文化というものは、自然と対立するものとしてあるわけです。壁を作って人間と自然を対立させる。もっとつっこんでいけば「神」という問題にもなってくると思います——。

東洋の場合だと、——日本の場合でも、昔の日本の建築というのは、障子をあけるとすぐ庭に続いたり、床の間には山水画がかかっていて、すぐに自然と有機的につながりを持つようにできている。自然から人間を仕切るのではなくて、たえず自然と一緒になろうとしている。

もっと極端な例を、インドのエローラという遺跡にみることができます。一つの山があって、それを人々が土や岩石をとり除いてその後に一つの空間をつくる、つまり西洋の空間の作り方とは全く逆の作り方があるのです。

そのような建築様式は中国大陸にもあるし、南チュニジアなどには今でも山に穴をあけてトンネル式に部屋をつくって暮らしている例があります。そこで、西洋の空間の作り方をプラスの空間とすれば、インドやチュニジアや日本の空間の作り方はマイナスの空間だといえるように思うのです。

西洋音楽——僕の行なっている音楽はこう称ばれるのですが、その音楽はルネッサンス以後芸術として確立してから、音を通して人間の実在を追求するはずであったわけです。そして、そこにいろいろな音楽的形式とか秩序法則が生まれたのですが、いつのまにか本来のことを忘れて、たんに形式の新しさ、技法上の斬新さだけを追求するようになってきました。

すべて西洋文明というのは細分化する傾向をたどってきていますが、音楽などにもそういうことを反映して、人間の肉体的な運動などからははるかに遠い複雑化された機械的なリズム、また非常に細かい音程の乱用であるとか、それも単に技法上の問題として、一つの壁につきあたっているわけです。そのような時に日本の音楽、東洋の音楽は、大変暗示的であるわけです。ただ僕は、実際に日本音楽と西洋音楽をどうしたらいいかという、具体的な考えは今は何も持っていないのですけれども、西洋音楽とは全く異なった音の世界に音楽があるということをまず最初に認識することが大切だと思います。

大正から昭和にかけて、最近まで立派な仕事をされていた、宮城道雄という琴の天才がいました。西洋音楽のすばらしい面に大変打たれて、日本音楽を何とかして西洋音楽に立派に匹敵し得るだけのものに高めたいという考えを持たれて、いろいろな楽器を改良されたり——日本音楽は大変音が小さいのです——、それから合奏できるように作曲されたりしています。また今日ではなかなか現代邦楽というものが盛んで、そういう演奏会に行くと、ちょうど西洋の演奏会と同じように指揮者が出てきて、多数の琴の人が着物を着て合奏する光景にしばしばぶつかります。

けれどもそれが本当に、日本の音楽をある特殊な極東の音楽から世界的なレベルにまで、一つの大きな西洋音楽と対向できるだけのものにするのかということについては、僕はいささかの疑問があります。

西洋のオーケストラなりアンサンブルの形ではとても律することのできない、全く違う音楽として日本の音楽はあるわけで、僕が作曲家として正直に言うならば、それを国際的なものにするのは決してそうしたことからではなくて、実際にまず西洋音楽と日本音楽の相違というものをはっきり自覚することからしか何も生まれない。だがそれは理想的な言い方というもので、そのために具体的にどういう方法があるかは今はまだわかりません。

それを僕は実際に一つ一つの作曲という行為を通して考えてゆくわけです。西洋の音楽と日本の音楽という異なったものを、同じ分量でぶつけ合わせる、どのようにぶつけるかということはまだわからないけれども、ただ日本音楽の性格をあいまいにしないで、西洋近代の音楽との相違だけを明らかにするようなやり方をして、作曲という多様な方法を通して、このように日本音楽と西洋音楽は違うんだということを、明らかにしてゆきたいと思っています。

今まで僕が話してきたことは、かならずしも邦楽が唯一たいへんすばらしいということを言っているのではなくて、日本の音楽と西洋音楽とはこんなにも違うということを言っているのです。誤解のないように断わっておかなければならないのは、自分はやはり、しやくにさわりますけれども、ベートーヴェンが大好きで、光崎検校とかいろいろな日本の昔の偉い作曲家がいるわけですけれども、やはり僕は、弟子になるならベートーヴェンの弟子になりたいです。

ただ、今、西洋音楽がおちこんでいる単に個人の美意識にだけかかわったりする音楽よりは、自分を否定して、ただ音が自然と一つになることを願うような日本の音楽に、西洋音楽をやっている作曲家としていろいろなことを読みとっているし、学んでいるわけです。日本の音楽も、最初は理念として非常に美しい。今僕が実際に日本の音楽を通して考えたり、日本の文献とか文学とかいろいろなものを通じて想像した側面、日本の音楽の特徴的な面をお話しているわけです。

ただ現在の邦楽というのは、いろいろな細かい音楽上の流れがそれぞれ孤立して、その中で理念の方ではない、どちらかというと習慣的な慣習の法則にだけ身をまかせている。日本の伝統的な音楽は堕落しています。それに加えて西洋音楽の悪い影響で、今まで我々が持っていた〝間〟に対する感覚を失って、一、二、三、四、と勘定できる棒に皆が合わせて、ひどいのになるとワルツを琴でやったりする状況のわけです。

そんなことは批判してもしなくてもどちらでもいいようなことなのですが、ただ日本の音楽がそうなってしまうのは残念だし、また西洋音楽のためにもよくない。日本の音楽ばかりでなく、たくさんの他の音楽、ガムランとかベトナムの音楽とかハワイの古いチャントの音楽とか、世界にはたくさんの異なった音楽があります。それはどれがすぐれているのでもないし、皆同じ平等の価値としてあるということを認識したいのです。

同時に、我々の人類の未来のため——ずいぶん大げさですけれども、私個人の未来のためにも、そうした世界中の音楽というものに対して新しい耳で——僕は作曲家ですので、西洋音楽のもっているいろいろな規則によって耳がよごれていますが、そうではない新しい耳で、耳を開いて、人間の遺産として僕たちが持っている音楽を聴きたいと思うわけです。そして、それらに交渉することから、僕の音楽を生み出してゆきたい。

僕が琵琶、尺八とオーケストラのための『ノヴェンバー・ステップス』を書くとき、これは外国のあるオーケストラの依頼で作曲したのですけれども、キップリングの「東は東、西は西、決して合うことはない」という有名な言葉がありますが、その言葉に対して、自分の音楽を通して謙虚にその考え方に反対を表明したい、という考えがありました。

以前から琵琶という楽器に興味があって、先生のところに二年半ばかり習いに行ったこともあるのですが、結局すわって足がしびれたくらいで、何も満足に弾けるようになりませんでした。けれども、琵琶というものについては幾分他の日本の楽器よりは通じているわけです。そこで、ある特定の名人を頭において作曲を始めたわけですがやっていくうちに、「東は東、西は西」という言葉に反対する気持はどうも無くなってきて、五線譜の上に音符を書いて実際に音を追ってゆくと、日本の音と西洋の音は全く違う。つまり、オーケストラの中に、琵琶とか尺八をもちこむなんてとんでもないバカげた誤りだ、という気がしてきたのです。

それで、作曲を依頼してきたオーケストラに連絡して、

「どうしても琵琶と尺八を入れることができなくなってきた、普通のオーケストラだけの作品を書きたい」

と言ったら、「それでいい」ということなのでしばらく作曲を放っておいた。

しかし、どうしても合うことのない東と西の二つの異なった音を本当に違うものなら違うものだ、日本と西洋の音楽は違うということを、外国から依頼されたということもありますが、はっきりさせたい、自分としてもつきつめて考えたい。結局もう一度、今度は電報で、

「やはり琵琶と尺八は使う。作品として完成するしないは別問題として、日本の音と西洋の音の違いを、自分がそれに触れた以上、自分の生涯の仕事として追求したいと感じたから、もういちど琵琶と尺八をオーケストラの中へもちこみたい」

ということを言ったわけです。そのたびに作品のタイトルもかわって、向こうもすっかりあきれはてて、これは小澤征爾の話ですけれども、日本の作曲家というのはしょうがないと、

「あんた評判悪いわよ」

と言われた。

曲の途中で、西洋風に言えばカデンツァのような長い琵琶と尺八だけの部分があるのですが、そこではすっかり西洋のオーケストラの方は忘れさせるような僕の目論見で、作品としてはプロポーションはよくないのだけれども、意識的にそれを入れた。尺八にはむら息奏法という非常に息を強く入れる吹き方があるわけですけれども、その中で印度のタゴールの言葉を楽譜に書いて、演奏しながら読むとか、その他にもいろいろな新しい方法を試みました。それは単に自分が新しい音響を手にしたいということではなくて、実際にいろいろな日本の音楽が特徴としてもっている〝間《ま》〟の問題とか、一つの音の複雑性であるとか、西洋音楽とは異なる音楽の起源《オリジン》を想像したわけです。自分のイマジネーションが要求する技巧を使っているわけです。琵琶の場合もこれまでの演奏法とは違う……。

多分昔、平家よりも以前には、楽器の構造からもきっとやられていただろうと思われるのですが、今日のギターのように指をたてて弾いていただろうと想像されるのです。しかし、琵琶は今日では指の腹で押さえて演奏されているのです。指の腹というのはどちらかというと敏感ではなくて、音と直接触れていないような気がしたので、僕はこの琵琶のためには全部指を立てるかき方をした。そうすると、いろいろな音の組合わせができる。用いられた技法は、すべてふたつの楽器がはじめて音を発した時ということを想像することによって得られた、といえるように思います。

これからは僕は作曲をしていく場合、実際に邦楽器を使う使わないは別として、日本の

〝間〟、非計量的時間・空間を、音楽の中で生かしていくだろうと思うのです。西洋音楽の場合には、作曲家が最初にドの音、その次にレが来るというように、一つの音から発してたくさんの音を創造していくわけです。しかし日本の音楽の一つの音というのとは大いに違うわけです。日本の一つの音は、われわれの日常の生活の周囲にある無数の音の中から、一つの音を志向する、想像してゆくわけです。ですから一つの音が無数のいろいろなノイズを凝縮したような、コンデンスしたような音であって非常に複雑なのです。僕の音楽は、やはり西洋の楽器を使ってなされるわけですけれども、音一つの中にも運動を持たせたい。日本の音楽の中から我々が示唆される一番大事なことは、どんな音も、我々にとってはかけがえのない音であるということです。西洋の音楽では、ドレミファソラシドのうちやはりドの音が一番重要で、次はソの音とか、音に階級があるわけです。日本の音楽の場合には、それぞれ違った音なのだけれども、全てが平等である。それは楽器が出す音だけではなくて、自然がつくる音、人間がつくり出す音、すべてである。そういうものをまず我々は開かれた耳で聞きなおすことから、音楽は始まると思うのです。

（これは、一九六九年、日本女子大学教養特別講義でおこなった講演に加筆訂正したものである。）B

日本の形——琵琶

海を越え渡来した原型《オリジン》を、おおむね外形にとどめたまま、だが琵琶ほど、その内面において日本化した楽器はあるまい。琵琶の祖型はペルシャのリュート属であるとされ、中国、インドを経て、六、七世紀にはすでに伝来していた。それは、法隆寺金堂の天蓋に見られる楽天の姿や、正倉院御物などによって推測される。

同属であるアラブのウードやインドのヴィーナに比して、いかに筑前琵琶が艶やかであるとはいえ、その音色は、おさえた、渋味をもったものである。殊に薩摩は、豪壮な気風をたっとびながら粗野を排し、仏教や儒学の影響をこうむって、一撥《いちばち》が弾ずる一音に万物の諸相を聴きだそうとする。さらにまた、薩摩の士風が色濃く反映されて、きわめて精神性の強いものになった。

琵琶の外観は、舟形のふくらんだ胴と棹《さお》、腹板に彫られた日月、あるいは陰月半月の穴(共鳴溝)、棹に据えられて弦《いと》を渡す四、五個の柱《じ》(駒《こま》)などである。だが、琵琶を他の同属の楽器から隔てるのは外観ではなく、その特殊な弾法にある。

比類ないほど大きな撥を用いて演奏され、背の高い柱に張られた弦はゆるく撓《たわ》んで、それぞれの柱間《じかん》が生みだす音程の幅は広い。あたかもそれは、行間に味わいを求めたり、余白に意味を見出そうとする日本人の精神性を表しているようである。あのビーンというさわりの音色も、自然の森羅万象が凝縮されたものとして聴かれるのである。

（「朝日新聞」夕刊　'81年11月24日）D

内なる迷路

　邦楽の音について、その際立って独特な響きについて、また、精妙な「間」と「呼吸」に関して、今日ほどに多くが語られたことはあるまい。そして、今日ほどに多くの創作曲が、種々の邦楽器のうえに試みられたことはないであろう。私も、琵琶と尺八のために二つの音楽を書いたが、その経験は、私を大きく動かし、私にこれまでとは異った変化を齎《もた》らした。日本の音楽家が伝統的な邦楽器を扱うことは、自然のことのようではあるが、明治以降の日本における生活環境の性急な変化のなかでは、かならずしも、それは自然ではなかった。その不自然さは現在にも尾を曳いて、音楽に限らず、政治社会の隅々に影響を及ぼしている。ある意味では、その不自然さが私たちの内面に強いインパクトとなって、今日、この邦楽の再生を見ているのだとも言えるように思う。

　不自然に行われた「西欧」の輸入という事業によって、日本人が蒙ったストレスは小さなものではない。音楽に限ってこれを考えるならば、西欧《ヨーロッパ》近代の数百年の歴史を、私たちは数十年で歩いたことになる。必ずしも正しいとは言えないこの歩みを、徒らに省みたとしても、それは反って空気の流れを止めてしまうことになり、私たちの聴覚を拒む境界が地上にあろう筈はないのだから、西欧との対比というような低い意味合いにおいてではなく、民族の固有の感受性によって育った音楽を、新たなものとして聴くことが大事なのではあるまいか。

少くとも、私が邦楽器のために音楽を試みる場合は、私には、それを西欧的なものへ近づけようというような意志は無い。音が、この地上に生みだされる——生成する瞬間は、束の間のできごとではなく、これは地上の総ての音楽について言えるが、それは、それぞれの民族の固有の音楽を培った永い時の目覚めなのである。その意味では、音楽には一つとして古い音は無く、また一つとして新しいものは無い。

琵琶は琵琶でしかなく、尺八は尺八であることにおいて十全なのである。琵琶や尺八の一音はすでに伝統を負っている。ヴァイオリンやフルートの音はそれとはまた異った伝統を負うものである。

今日、文化は一つの歴史と地理へ向っての統合をめざしているが、この全人的要請は、たんに異る文化を同化するということで充足するものではないだろう。

私は西欧的な音楽教育を受けた者であり、その事実は拭い去ることはできない。単純に言いきれる事柄ではないが、私が邦楽の音に強く動かされたのは、この事実と無関係ではあり得なかったと思う。もし、私が西欧近代の音楽を知らずにいたとして、私は、邦楽から同じように深い感動を受けたであろうか。

邦楽を知ったことで、私の内部に生じた葛藤は、たぶん、解きえないものであろう。だが、そのために私はこれまでよりも公正にすべての音と音楽とに向き合えるようになった。私は、この葛藤と激しく関わることで純一を目指したい。これは美学では無く、私の生き方の問題なのである。

(「国立劇場プログラム」'73年3月) B

私の受けた音楽教育

「私の受けた音楽教育」というテーマで話すわけですが、そのテーマでお話するには、私は不適格ではないかという気がします。というのは、私は音楽教育というものを全く受けたことがないからです。音楽教育だけでなく、一般的な通念としての教育と呼ばれるものをほとんど受けていない。

私は、近ごろ評判になっている、昭和ひと桁生まれです。小学校に入る時に日支事変が始まり、教育制度の変更でそれがすぐ国民学校になり、また、私の学生時代というものはほとんど日本が戦争をしていた時期で、勤労動員などで学業らしいものをほとんど身につけられなかったのです。

戦争が終わって、学校に帰ることだけが夢だったのですが、学校に帰ってみると、教室は恐しいまでに荒廃していました。当時、日本全土がたいへんな混乱の中にありました。私は若く、知識に飢えていて、大きな期待をもって学校へ戻ったものの、教室で先生がいうことといえば、

「どこかでヤミ米が手に入らないか、お前たち、だれかそういうつてを知っていたら教え

てくれ」

というようなことです。これは切実な問題だったことは確かなのですが、ほんとうにがっかりしました。

そういう状態に失望してしまって、自然に学校から遠ざかってゆき、私は自分の殻の中にどんどん閉じこもっていったのです。その時に私を生き返らせてくれたのは、進駐軍放送が流していたいろいろな音楽でした。それ以前に私が音楽と出合ったことは戦争中にもあったのです。しかしこれはあまり昔話で、どうも昔の話をするのは好きではないのです。いつも現在と未来の話をしたいと思っているのですけれども、私がどういうふうにして音楽家になったかということをご理解いただくために、どうしても話さざるを得ないでしょう。

私は戦争中、中学生で陸軍糧秣廠というところに一年半ばかりいました。泊まり込みで、勤労動員といっていたのですが、埼玉県の山奥に食糧倉庫、食糧基地が作ってありました。陸軍のもくろみとしては本土決戦に備えた食糧の貯蔵所というわけですが、山の中に道もつくり、種々の食糧品、その中には航空兵のための秘密食糧などもありましたが、それを運んだりしていたのです。

終戦の年の八月の初めのことでした。そのころ私たちはほとんど兵隊と同じような生活をさせられていました。十四、五歳の少年が一般の兵隊と同じように労役につき、しかも同じように殴られたりして毎日、辛い思いをしていたのですが、その基地に学徒動員で大学の学業半ばに徴集された見習士官の人たちが来ていたわけです。そのひとりがある時、手持ちの蓄音機でわれわれ学生に音楽を聴かせてくれました。

それは、当時、私たちが接していた音楽というものと、まるで違うものだったのです。そのころ私たちはほとんど軍歌ばかり歌わされていたし、それに音楽も、敵性音楽といって欧米のほとんどの音楽は禁止されていました。その時、見習士官が私たちに聴かせてくれたのが、いま思えばフランスのシャンソンで、『パルレ・モア・ダムール』(聞かせてよ、愛のことば)という歌でした。ジョセフィン・ベーカー(1)という人がそれを歌っていましたが、それは私にとっては初めて知った、軍歌とはまるで違う別の、しかも甘美な音楽でありました。

それを聴いて、こんな素晴らしい音楽がこの世にあったのかと思いました。そのことが終戦になってからも忘れられなくて、音楽に自分の関心が集中してきました。

その歌を聴いてからは、まだ戦争中でしたけれども、なぜ人間が音楽にまで規制をし、分け隔てするのだろうか、と私はたいへん深い疑いをもちました。

作曲家だからでしょうけれども、音楽について言葉で語るということに、私は常にもどかしさと、苛立ちを感じます。実は、音楽については語る必要はなくて、音楽を聴けばそれでいいはずだ、と思いながらも、私は言葉で音楽というものをこれからも語りつづけていくだろうと思っています。

音楽というものは人間の孤独な感情、孤独というものは喜びもそうですが、悲しみや怒り、苦しみ、そういう個別の、ひとそれぞれの感情と結びついて生まれてくるものです。近ごろよく見受けるのですが、カラオケブームといわれるようにカラオケの伴奏で歌っている人がいます。もちろん、その気持ちはわからなくはないのですが、私はカラオケに対して批判的であります。なぜなら音楽は他の表現形式と違い、時に人間の記憶と結びついて、人間《ひと》を極度の感傷のなかに閉じ込めてしまうことがあります。それで自分が歌ってしまうと、それで完結し、その感情が開かれて他と結びつかないのです。それは少し違うのではないでしょうか。私が最初に聴いたフランスのシャンソンを私たち学生はそれぞれ個別に聴いて、それぞれの感動をもったのですが、その時私たちは音楽を通して自分と違う他の存在に気付いていたはずなのです。

あくまで音楽は個人的な感情から出発するものですが、それがあるひとつの方向性をもって他者にはたらきかけるということです。そういうことのためには、過去を訪ねることもたいへんだいじだろうと思います。

だが、知識や教養の範囲内では音楽は本当の姿を現さないと思います。どういうふうにしたら作曲ができるかというようなことは、音楽にとってはごく些細な問題です。

私自身は作曲という道を選んだのですが、その時点では、どのようにして音符を書き表したらいいかも知らなかったのです。それについては他人《ひと》から教わったわけではありません。そうしたことは本を読めばわかることで、それよりも、今日の作曲家としての自分を形成しているものは、もちろんいくらかの音楽的知識もかかわりがあるでしょうが、それよりも自分が読んだ一冊の本、また出会った友人、あるいは一枚の絵画、そういったものなのです。

私は映画音楽も作曲していますが、他のものに付帯しない純粋な音楽、自分自身の表現としての音楽もやっています。私はたまたまクラシック音楽という道を選んで、一般的にはきわめて難解とされている「現代音楽」というものをやっているわけですが、私自身はクラシックだとか、現代音楽であるとかいうような区別を意識することはありません。

それより、自分はなぜ音楽をやっているのか、というと、それは初めに申しましたように、音楽を通して他と結びつきたいという気持ちがあるからです。音楽は、自分が音符を書き表したら、それですべてが終わってしまうというものではなく、それをだれか他の人に演奏してもらうか、あるいは自身で演奏しなければならないのです。そして、そこに聴衆がいなければ、本当の意味で音楽は成就しないわけです。しかも、音楽はつねに完結することなく変化しつづけてゆくものです。

私が西洋音楽、いわゆる西洋の近代音楽をやろうと思ったのは、西洋音楽にはアンサンブルというものがあったからです。いろんな違った生活をしている人たちがいて、例えばベートーヴェンならベートーヴェンという作曲家が書いた音楽を通して、異なったひとびとがひとつに調和する世界をつくりだす、そうした社会的な意味でのアンサンブルということに私はたいへん魅かれたのです。そして現在もそれを続けているわけです。

私自身は西洋音楽を学んだことによって、それから徐々に西洋の音楽ではない他のものにも目を向けるようになりました。

ある時、それは偶然でしたが、東京で文楽の公演を見て、そこで演奏されている太棹三味線の音に全く別世界の音楽を聴いて、たいへん強いショックを受けました。世界には私がやっている音楽だけでなく、異なる音楽がたくさんあることがわかったのです。それから は意識して日本の、いわゆる邦楽という、いやな言葉ですが、邦楽という伝統的な芸能をも見聞するようになりました。

つまり、私にとっての「他者」というのは、最初に申しましたよりも、ずいぶん違う意味をもって広がり、しかも深くなってきました。

自分なりに日本の音楽を勉強してみると、日本の音楽は、中国や朝鮮を通って入ってきて、それが日本化したものだとわかりました。それで私は、中国の音楽や朝鮮の音楽、またベトナムの音楽やインドネシアの音楽などにも意識して目を向けるようになりました。一人の作曲家として、私がそういうことに徐々に気付き始めたころ、それまで私たちが一枚の巨大な鏡として自分を映し、日本が近代化するために学んできた西洋文明というものがもたらした歪《ひずみ》や矛盾というものに、多くのひとびとも気付いたわけです。

個人的に作曲しているにすぎない音楽というものではあっても、それが正直な欲求からなされたものなら、それはやはり歴史や社会、また同時代と結びついています。したがっていろんな矛盾というものも抱えこんで音楽を続けているわけです。そしてその音楽を通して、矛盾や多くの問題を自分のものとして考えていくことはだいじだし、私の意識の中にも常にそれがあります。

だが、音楽の特殊な性質かも知れませんが、社会的な問題意識をもち続けているいっぽうで、そうしたものを超えたほんとうの姿を表すものなのです。

話が少しあちこち飛びますが、東京である雑誌の編集をやっている私の友人がいまして、彼は少年時代東北の僻地で育ち、音楽なんか聴いたことがなかったのです。その彼が小学校時代、小さな鉱石ラジオを作ることに夢中になって、最初に音が出た時、とても感動したそうです。ところが、その時、流れていた音楽はなにかたいへん難しそうな音楽だったらしくて、びっくりしたそうです。音楽などというものをそれまで彼は意識したこともなかったのですが、ともかく素晴らしいと感じたのです。

あとになって、それはベートーヴェンの『第九シンフォニー』だったことがわかったそうです。それから数年後、たまたまカラヤンがベルリン・フィルを連れて仙台で演奏するというので、彼はどうしてもそれを聴きたいと思った。生で『第九』を聴いたらどんなに素晴らしいだろうかと思い、小遣いをかき集めて汽車に乗ってカラヤンを聴きに行ったのです。ところが、彼がいうには、あまり感動しなかった。それより、彼が最初に聴いた鉱石ラジオの遠くからきこえてくるようなその音楽のほうが、自分にとってはたいへん素晴らしかった、と。私はその気持ちがとてもよくわかるのです。ということは、それじゃ、ベートーヴェンは素晴らしくなかったのか、というと、そうではなくて、彼のなかでベートーヴェンは単なる感傷的な思い出にとどまらなかったのです。彼はその音楽を超えていった、と私は思うのです。

もちろん、彼は今でも音楽が大好きですし、それから後も多くのオーケストラが演奏したベートーヴェンを聴いて、また違った感動を味わっているはずです。

私は音楽を小学校でしか習いませんでした。おおむね、先生の前に出て、ピアノの伴奏で歌をうたうのですが、上手に歌えば音楽の成績は良いし、調子外れに歌うと低い点がつけられた。たぶんその音楽の先生もそんな採点の仕方が馬鹿馬鹿しいと気付いていたでしょうが、どうも日本では音楽というものに対しての見方に、歌を上手に歌うかどうかということがあるように思うのです。私なんかが奇異に感じるのは、かなり知的なひとでも、私は全く音楽がわからないのです、という言葉です。音楽というものをわかるとか、わからないという次元で問題にしている態度こそ、実は私にはわからないのです。

音楽がわからないというひとは、たぶんいないだろうと思うのです。なのに音楽がわからないというのは、専門的な知識がないと理解できないというような先入観や思い込みがあるからです。もちろん技術を多少でも知ることはいいことですが、それでは、例えば、世界の音楽の中で音符（記譜）というものをもっている音楽は、ごくわずかでしかありません。日本の伝統的な音楽にしても、譜がいくらかあるかも知れないけれど、それは近代的な意味合いでの記譜法ではないですし、アフリカの音楽のあの素晴らしいリズムの構造にしても特別に譜面があってやられているわけではありません。音楽というものの根本を考えれば、それはある意味では、未分化の挙動というか、生の挙動そのものだともいえましょう。それは、泣いたり、笑ったり、あるいはクシャミをしたり、というようなこととも深いつながりをもっているだろうと思います。

そういうところから、音楽は生まれてくるのであり、音楽を教養とか、知識として理解しようとするのは間違いです。

昨今、医学の進歩によって、遺伝子の組み替えまでが可能になったそうですが、人間はいろいろなことがわかってきました。だが、それでもなおわからないものとして、私たちを生かしている力というものがあるわけです。私たちを否応なく生というものにおもむかせている、その力に対して敬虔であれば、音楽はほんとうは自然にわかるはずです。それこそが、自分の中に音楽が生まれたというべきものだろうと、私は思います。

言葉によって音楽というものについて話をしていると、つい抽象的になってしまい、作曲家として、これは困ったことだな、といつも思います。それになぜだかだんだん陰にこもってきてしまうのです。

例えばシンフォニーのオーケストラというと、百人程の演奏家がいます。その人たちは、私の作曲した音楽の各パートを、指揮者の監督のもとに演奏するわけですが、オーケストラという問題ひとつを考えてみても、実際問題として、今日、存続させていくということけです。しかもその上、オーケストラは、大へんな犠牲のもとに成り立っているわけです。しかもその上、半面では、最近の日本人には経済成長の悪影響からか、かなりのおごりというか、思い上がりがあって、西洋のやっていることは今の日本がやっていることに比べて大したことはない、というような意識があります。だが、それと同時にその一方では、未だに西洋崇拝が残っていて、外国からわざわざ高いお金でオーケストラを呼んで毎夜のように演奏しています。そんな国は世界でもわが国だけでしょう。ことに東京や大阪のような大都会では、日本のオーケストラが演奏する余地はほとんどないのです。そして、その上日本の作品などは全く演奏されません。これは愚痴などではなく実際のことだし、もちろん私は単なる現象としてこれをとらえているのではありません。

音楽批評家にしても、専門の音楽家たちにしても、ほとんどそういう外来もの一辺倒で、新聞の論調なども、やれカラヤンのベルリン・フィルが素晴らしいとか、オーケストゥル・ド・パリがよかったとか、そんなわかりきったようなことを、いまさらのように書いています。

さて、どうしてオーケストラというものの成立が日本では困難なのか、なぜ若い人たちはクラシック音楽を聴かずにロックやニュー・ミュージックのようなものばかりに向かってしまうのか、日本の音楽家の多くはそんなことをちっとも考えていません。

昔、オーケストラというものを実際に見たり、聴いたりして、その時オーケストラという形態について、素朴な疑問を感じたことがありました。先程も申しあげたように、オーケストラは百人程の音楽家が一堂に会して演奏するわけですが、その素晴らしさは、そこにある演奏家一人一人が、音楽的にも違う考え方や異なる日常生活をしてるわけですが、それらの人たちが集まって、しかも一人の指揮者の元に、ある共通のなにものかを表現することだろうと思います。そうした気持ちが、オーケストラを支えてきたのだろうと思います。しかしその半面で、例えば、第一ヴァイオリンを演奏する音楽家が二十人、第二ヴァイオリンが十数人いるわけですが、技術的な腕もかなり違ったりしながら、なぜまた同じことを一斉に演奏しなければならないのだろうか、という疑問を私は感じたのです。

それで私は、百人すべての演奏家ひとりひとりのために音楽を書きたいと考えました。これはあまり現実性のない考え方かもしれないけれど、そういうことから私が最初にオーケストラの曲を書いた時には、ほとんど百段ぐらいある五線紙にすべて違うことを書いたのです。そしたら音楽的には全くいい効果を生まないわけです。というのは、ヴァイオリンが二十人いるからひとつのトロンボーンとか、トランペット等と音量的に拮抗できるわけで、オーケストラというものは一つのファンクション（機能）として何世紀か掛かって一個の楽器のような今日の形態になったわけです。

それでも私は、百段もある大きな五線紙に、それこそ自分の背の高さほどもある楽譜に書きつけて、しかもそのひとつひとつのラインというのは、やはり自分がうたうことが可能でなければいけない、肉体的な運動性というのを生かし、また考慮されたものでなければいけないと考えていました。そういうような音楽を書いたりしたこともあります。

それは、響きとしては惨憺たるもので、オーケストラがやっているという感じにはちっともならないし、でもその時、そこで鳴らされた音を聴いて、〝音〞というものについて、ある感じ方というか、ひとつの考えを持ったのです。私たちが音楽について話をする場合、いつも〝音〞ということが問題になるのですが……。

音楽における〝音〞というものを言葉で話す時、また音楽について書かれた専門家の楽式や、音楽形式に関するものを読んでいると、〝音〞というものが、単に記号としてとらえられていたり、楽式に殉じるための機能としてしかとらえられていないというところがあります。

私は学校で教えたこともないし、自分には一人の生徒もいませんから、実際に大学の音楽科など見たこともないのですが、どうも音楽大学の卒業生たちの作品を見ても、概して〝音〞のつかまえ方というものが、これは私個人の考え方で正しいかどうかわかりませんが、〝音〞を単に機能としてのみとらえているようです。ところが〝音〞というものは、例えば、ドレミのドの音とはいえ、オーボエが吹くのと、フルートが吹くのとではまるで違うものです。〝音〞自身を生きたものとしてとらえるといういい回しは、必ずしも適当ではないけれど、ひとつひとつの〝音〞には全く違った運動があります。

先程申しましたように、音楽というのは、人間《ひと》が泣いたり笑ったり、叫んだりすることから、人間の歌が生まれました。もちろん単に器楽的な音楽というものもあります。それにしても、私たちが音楽というものを素朴に考える時には、それは歌というものです。声を出して歌う、すると、昨日はとても上手に歌えたように思えても、今日はいまひとつ、次の日にもし風邪でもひいてしまえば上手に歌えない。それに、天性いい声の人、悪い声の人があり、これも、なぜいい声悪い声があるのか、また、いい悪いというのは何なのか、ちょっとわかりませんが、ダミ声の人も澄んだ声の人も歌はいろんな響きをもっています。それぞれの人の命の響きというものをもっているわけです。どんな新しい音楽、例えば電子音楽をやる場合でもこのことを忘れてはならないでしょう。なのにただソナタ形式だとか、ロンド形式とかを単なる知識として学ぶ。またそれを教養としてしまうことに私は反対です。それは誤りです。

音楽は、生活の中から生まれて、常に個人から出発して、そしてまた個人へもどるものです。音楽というのは、抽象的なものだといわれていますが、たしかに数理的なこととわかっているし、そういう面もありますが、音楽というものはやはり具体的なものなのです。

私は映画音楽もやっていますが、やはり自分で表現したい、つまり何かをメッセージしたいという気持ちがあります。もちろん、その表現ということについては、多くの問題があると思います。

それではなぜ、映画音楽をやっているのかと申しますと、私は小さな自分の仕事部屋で作曲をしていて、時にはピアノを使ったりしながら、かなり自己完結的な仕事にたずさわっているわけです。具体的にいえば、自分の肉体の癖というようなものが作曲の際に出てしまって、むろん人間の肉体性、音楽の肉体性ということは何よりも大切ですけれども、それとまるで違った、たんなる肉体的習慣に身をゆだねてしまうようなことがあるのです。ピアノを弾く手の癖とかですね。そういう時に、いろんな違う人たちと仕事をする、例えば映画音楽もそうですが、そうすると、自分のうちの未知なるものというか、思いがけない自分を発見することがあるのです。

映画音楽には特別に決まった方法論というようなものはなくて、映画というものがそうであるように常に現実と結びついたものです。映画音楽の場合は、ある映画の効果を高めるということだけでなくて、他にたいへん大事な意味をもっています。それは優れた映画監督と仕事をする場合、俳優や女優が、普段はかなり大根役者だと思われていたのに、思いがけなく、いい芸をするというようなことがありますが、それと同じように、私自身も、いい映画監督と仕事をすると、思いがけない自分というものが引きずり出されることがあります。

そのことは、自分の書斎にもどって音楽を作るのにも非常に役立ちます。しかもシンフォニーを作曲し、それが日比谷公会堂で演奏され満員になったとしても、千数百人の聴衆が聴くだけですが、映画の場合は一本の映画ではるかに多くの人々が私の音楽を耳にするわけです。

それに、映画の場合は、あ、あれは武満が作曲したものだ、というような意識は見るひとにあまりないでしょう。そのことは私にとってたいへんうれしいことです。

シンフォニーなどを書いた場合、どうしてもベートーヴェン作曲とか、シューベルト作曲とかというように、私の場合も武満徹作曲ということになるわけです。私は、これまでの西洋文化を支えてきた個性尊重ということに対して、いくらか懐疑的で、そういうものを超えたところに音楽はあるはずだと思っています。

つまり、たくさんの個別のものが、それぞれ触れ合って、それが質的に変化を続けていって、それであるひとつの匿名の世界に行きついた時に、音楽は、社会性をもつのだろうと思うのです。

D

註

(1) 正しくはリュシエンヌ・ボワイエ。本書一三九頁参照。

ひとはいかにして作曲家となるか

音楽と「出会った」と言えるのは、第二次世界大戦が終わる間際の中学生の時でした。勤労動員で、山の中で食糧基地を造る仕事をやらされていた頃です。戦争末期に聞けた外国音楽は、同盟国であるドイツやイタリアのごく一部のものに限られていました。終戦の一カ月程前、一人の兵隊がフランスのシャンソンを聞かせてくれたんです。蓄音器なんて、今思えばおかしな名前の、手回しの機械でしたけど。「一生、音楽とかかわっていたい」と思ったのがこの時でした。ただ、その時点では楽器にさわったこともなければ、楽譜も読めなかった。

間もなく終戦になりましたが、病気でほとんど寝ているような状態が続きました。毎日、午後に三時間ほどクラシック音楽を放送する進駐軍のラジオ局があって、トスカニーニやブルーノ・ワルターなどのいい演奏をたくさん聴きました。だから、僕の最初の音楽の先生はラジオでした。

音楽の勉強と言えば、ラジオを聴くことと、楽譜を眺めることしかない。楽譜の書き方も作曲もどうしてできるようになったのか、不思議な気がします。

朝から晩まで、音楽以外のことは考えませんでした。家にピアノがなくて、とにかくさわりたくてたまらない。町を歩いていてピアノの音が聞こえる家の前を通りかかると、「弾かせてください」と飛び込みました。幸運なことに、一度も断られなかった。「音楽をやりたい」という意味は、最初は演奏家になりたいということだったんですが、「紙と鉛筆でできる」ことが作曲家をめざした動機でしょうか。

演奏技術は教えることができるし、その教育も必要です。しかし、作曲を教えることはできないと思います。ソナタ形式とか、交響曲とか、西洋音楽が歴史的に創り上げた形式の概観を教えることはできるでしょうが。作曲家にとって一番大切なことは、どれだけ音楽を愛しているかであり、また自分の内面に耳を傾け何かを聴き出そうとする姿勢だと思います。こういうふうに楽器を重ねれば美しい響きが作れるという原則を教えることはできますが、それは最低限必要な技術に過ぎません。そんな表面的な技術ではなく、その人なりの美しい音があるはずです。モーツァルトやベートーヴェンは、そういった「自分の声」を持っていたひとたちです。

僕自身の作曲家としての自己確立というか、転機と言えるのは、日本の伝統音楽との出会いでした。僕にとって最も強烈な音楽体験は、最初に述べたシャンソンを初めて聞いた体験です。つまり「日本じゃないもの」に触れたことです。日本全体が国家主義、国粋主義に浸っていた時代でしたから。「音楽をやりたい」というのは、「ヨーロッパの音楽をやりたい」ということだった。日本の伝統的な文化については知らないし、むしろイヤだった。

ところが、たまたま文楽を見る機会があってショックを受けました。太夫の語りと太棹の三味線の異常なまでの力強さと表出力に圧倒されました。その時から日本の伝統が気になりだしました。二十代の終わりだったでしょうか。

いまだに外国で「日本人なのになぜ西洋音楽をやるのか？」と質問されて、よく居心地の悪い思いをします。日本人が「能が外人にわかるわけがない」と言うのと同じです。でも、日本人だって能を観てもわからない人もいれば、フランス人だってドビュッシーがわからない人もたくさんいます。

「『わかる』とは一体何か？」が問題です。例えば同じブラームスの曲を聞いて、僕とドイツ人では理解が違うかも知れない。ただ、自分が感動する点では同じです。逆に、違った感動を味わってもいいわけです。これだけ情報化の進んだ現代でも、日本人と外国人との間にはいまだに誤解がたくさんありますが、このことを否定的にとらえる必要はない。もっと積極的にお互いの違いを確かめていくことが大切です。誤解は、物事を正すのに少しは役立つ可能性があります。浅薄な理解よりましというものです。

自分では「バタくさい、リッチな音楽を書きたい」と常々思っています。ドビュッシーみたいな官能的な響きを何とかつかまえたいと思います。ところが、最近は海外で仕事することが多くなって、外国で自分の作品を聴くととても日本的に聞こえます。植物的で、精進料理みたいにあっさりしている。

なぜそうなるかは、僕の感性と言ってしまえばそれまでですが、その土台には僕の感性をつくり上げたもの、日本の伝統、歴史や環境があります。意識的な面では、僕は日本の庭が好きで、その形から示唆を受けて曲を作ったりすることが影響しているでしょう。また、年齢のせいか、最初はたくさん音符を書いていたのに、楽譜を読み返してみるとどうしても音を削ってしまいます。

ある外国の友人に、「君が日本の楽器を使って書いた作品より、オーケストラを使って書いた作品の方に『日本』を感じる」と言われたことがあります。心あたりと言えば、同じ楽器を使ってもその使い方によって創り出している響きが違うんだろうということです。西洋人にとってはありきたりな楽器でも、自分にはその使い方の基礎的な知識がない。もしかしたら、そのことが僕の個性をつくり出しているのかも知れない。

欧米の作曲家の場合、楽器の使い方が機能主義的です。自分の主張したい主題がはっきりしていて、その展開が論理的です。すべての楽器はそのテーマに奉仕するためにある。

僕はむしろ各楽器の響きの個性を大切にしたいし、結論は聴衆にゆだねたい。もちろん言いたいことはありますが、百パーセントは言わないで、八十パーセント位にとどめておきたい。

絵画の場合でも、西洋の画家はすべてのスペースを埋め尽くします。例えばセザンヌにしても背景の壁紙まで描き尽くさずにはおかない。僕の音楽は日本の絵とか掛軸みたいなものでしょう。何か絵を描いても残りは埋めない。その余白に言葉が書いてあったりする。例えば武者小路実篤の絵があるでしょう、あまり好きではないですけど。カボチャか何か描いてあって、余白に「時来れば芽出るなり」とか何とか書いてある。僕の曲の題はそれに近いかな。

インスピレーションとか霊感とか呼ばれるものを信じてきましたし、今も信じています。残念ながら歳とともに涸れてきた気がしますが。ただ、作曲は一握りの人にしかできない特別なことではありません。現代では誰でも音楽ができるし、むしろほとんどの人が作曲家みたいなものでしょう。友人の井上陽水なんか今でも楽譜が読めない。ギターも誰にも教わらず、自己流でさわっているうちに弾けるようになった。それでも素晴らしい歌を書いています。

僕の場合、自分の中に音楽的な感興がワッと湧いてきて作曲しようと思うのは、自然の風景を見て心を打たれた時が多いです。それも日本の自然です。なぜか僕は、日本でしか作曲できない。外国に行く時も、使い慣れた五線紙を持って出ますが、どうしても書けないんです。仕事をする時、僕はどちらかというと集中型です。特にここ数年は信州の仕事場で作曲をすることが多い。そこで山を見たり、川を見たりしているけれど、絶えず変化していて飽きることがない。

社会的事件がきっかけになって曲を書きたいと思うこともあります。また、親しい人が亡くなった時、その死を悼んでレクイエムを書きます。自分なりの弔いの気持ちを音楽で表現したい。僕は音楽とは「祈り」だと思うんです。「希望」と言ってもいい。

作曲の仕方が大きく変わった体験がありました。今住んでいる多摩湖（当時は村山貯水池）の近くに引っ越した時のことです。湖なのに水がなくなっていました。縄文時代の土器の発掘のために水が干されていたんです。干上がった湖底には水没した明治時代の二つの村の家の枠組が見える。発掘作業をしている人たちの近くを、幅一メートル位の川が流れていたんです。きれいな、ほんとにきれいな川でした。縄文時代よりはるか以前から流れているんでしょう。多摩湖は、もともとこの川が流れていた所によそから水を集めて人工湖にしたんですね。「湖の中に川が流れている！」これは大きな発見でした。

よく考えてみると、海も同じなんですね。海の中には、温度や速度の異なった潮流が絶えず流れている。それらがすれ違ったり、ぶつかり合ったりしながら、いろんな海の表情をつくりだしている。そんな「海」みたいな音楽を作りたい。そう思うようになりました。西洋音楽の場合、一つのテーマを強調します。そのために、正と反の対立と止揚という弁証法が用いられる。でも、僕は一つの音楽の中にいろいろな流れを作りたい。

村山に移った翌年、スペインのアルハンブラ宮殿に行った時のことです。ふと観光客の流れが途絶えて一人きりになった。中庭の池の水面に映った幾何学模様を眺めていました。イスラム建築の左右対称に構成された柱が映っていたんです。精緻を極めた人工的空間がひっそりとしていました。もともとシンメトリーは苦手な方ですが、しばしその美的世界に浸っていました。……その時、風が吹いて水面が揺れ、幾何学模様が崩れました。するとそこで働いているらしい人が足早に過ぎて行ったんです。この瞬間、演劇を観ているような気がしました。実に劇的な変化でした。「これも音楽だ！」と思った。

そのすぐ後です、《Waterways》という作品を書いたのは。この曲では、完全に左右対称に楽器を配置して構築した世界が、風が吹いたように少しずつずれていくんです。受けた感動を音楽的プランに置き換える。つまり、メタファーをやっているわけです。僕は最初に綿密な構想を立てる方ですが、いったん書き始めたら、もうそれにはとらわれません。

いつも冗談に言っているんですが、僕の場合、曲の題名が決まれば三分の二は書けた気になる。ほとんどの作曲家は題名なんかにこだわらないんですけど。僕がタイトルにこだわるのは、やはり残り二十パーセントを聴衆にゆだねたいから。ある方向性は持ちながらも多義的な題にしたいからです。

僕は映画音楽をたくさん書いてきましたが、その理由はまず第一に映画が好きなこと。第二は映画というメディアが音楽家にとって面白い場であること。第三はたくさんの人と共同で仕事できることです。

ふだんは山の中で一人で仕事をしています。閉ざされた世界にいて、あまり健康的な生活ではない。映画では、さまざまな職種の、それぞれ個性豊かな人たちが一緒に仕事をするわけです。

僕の考えでは、映画は監督のものです。つまり、作曲家も俳優と同じように監督に使われる存在です。だから映画音楽も音楽作品として優れていることより、映画の中での効果の方が優先します。「音楽が演出される」わけです。映像があって、ある一つの響きが聞こえるだけでも、映画音楽として成り立ちます。

僕は優れた監督に、自分の中の未知のものを引っぱり出して欲しいと思っています。実際、ふだんなら絶対書かないような音楽を、いい監督と出会ったために書かされたというか、書いてしまったこともあります。後になって自分の変化がわかるんです。シナリオを読んで発想が浮かぶこともあれば、最終段階までプランが決まらないこともある。映画音楽を作る体験は一本一本違った体験です。

楽譜はかなり細かいことまで書き表せ、指示できるとはいえ、やはり不完全なものです。だから最初の演奏にはできるだけ立ち会うように心がけています。初演の前のリハーサルの際に、作者として介入します。

僕は自分の音楽をよくわかってくれている人のために曲を書いています。例えば指揮者では小澤征爾や岩城宏之のために書く。ピアノ曲だとアメリカのピーター・ゼルキン、フルートなら誰々というふうに。室内楽のような小さい編成のものを書く時は、いつでも頭の中に演奏者の顔が浮かんでくるぐらい彼らと近い状態にあります。いわば彼らへの個人的な贈り物のつもりで曲を書いています。そういう人たちの演奏には介入しません。僕自身以上に僕を理解してくれているから。期待しながら演奏に耳を傾けます。
(「ていくおふ」NO. 64 '93年11月) F

音と言葉と

「音」と「言葉」

ただいま大江健三郎さんから立派な紹介をいただいたものですから、舞台に出るのが、にわかに具合のわるいような気がしてまいりました。ぼくら作曲家は、舞台にあがることに特に抵抗を感じませんし、アガることもありません。しかし、いま大江さんの立派すぎる紹介を伺っているうちに、だんだん、おかしくなってきて、いやぼくの講演は少しも立派ではない、これはきっと話の筋道が支離滅裂に進行するにちがいないと思いはじめてきました。

ぼくはこれまで講演を引き受けたことがありません。その理由は、話下手で、音楽家にしては声がよくないからです。しかし今日は、友人の大江健三郎さんのすすめもあって、講演をお受けしたわけです。近ごろは作曲の仕事でも徹夜などしたことはないのに、昨日は、めずらしく徹夜で講演原稿を書き、朝までかかりました。そしてそのまま一睡もせずに、最近私が書いた『ノヴェンバー・ステップス』という作品の演奏練習に立ち会ったのです。

狭い会場でオーケストラの人びとが練習をしました。『ノヴェンバー・ステップス』では琵琶と尺八をオーケストラと一緒に使っています。その琵琶と尺八の人も狭い練習場《ホール》の壁に押しつけられるような恰好で練習していました。しかしぼくは、午後の講演が気になって、本職に身が入らない。講演原稿を取り出しては声を出して読んでみたりする。という具合に練習が始まったのですが、結局、みんな作曲者自身が初めて練習に立ち会うというので、緊張して演奏してくれたわけです。

西洋音楽の、いわゆるオーケストラ（実は、これは、西欧の高々三百年位の歴史のなかで培われてきたものですが）という音楽編成では、一般的に、第一ヴァイオリンが十何人、第二ヴァイオリンはそれよりやや少ないといった編成になっております。そして第一ヴァイオリンの人たちはほぼ原則的に同じ演奏をします。頭のふさふさした人から、後ろの禿げている人まで……。ぼくは、もう何年か前になりますが、こうした、オーケストラの、まるでひとつの楽器のようにしつらえられた楽器編成というものが突然にグロテスクに見えたことがありました。

というのは、音楽家は、その日常の生活ではそれぞれ個性的な生活を営んでおり、楽器も、イタリー製もあればドイツ製もあるし日本製もある。年齢も違うし、音楽的な感受性も考え方も違う。にもかかわらず、演奏者は、与えられた譜面を、全員が一様に一人の指揮者のもとに演奏し、オーケストラというひとつの大きな楽器の一部分、そのひとつの機能になってしまっている。それがグロテスクに見えてきたのです。ぼくは、自分の音楽作品、ことに今度の『ノヴェンバー・ステップス』のなかでは、それぞれの音楽家の個性を生かしたいと意図して練習に立ち会ったわけです。
昨夜の時点では、徹夜で書いた原稿をここで読もうと思っていたのですけれども、今朝、練習に立ち会っているうちに、なぜか読む気がしなくなってきました。自分の考え方を知っていただくには、結局、ぼくの音楽を聴いていただくのが最も端的だ、と思うようになったからですが、しかしそう言ってしまうには、ある後ろめたさがあり、そこに作曲家としての怠惰と傲慢を感じます。というのは、ぼくの音楽作品はひとつの完結した思想の表現ではありません。むしろ、進行しつつある過程の不安定な状態、歩調、としか言いようがないものです。

そこで、少し廻り道になりますが、ぼくがいま、音楽家として真剣に考えている言葉の問題について、お話することからはじめたいと思います。というのは、ぼくの場合はいつでも、作曲を開始する前に、言葉との激しい交渉をもたなければなりませんし、そうしなければ、音楽的な表現、音楽的な行為は生まれてこないからです。

私の場合、ある音楽的発想が、方向性をもった一つの運動として始まるとき、いつでも、言葉が重要なきっかけになります。また、音楽的な表現行為を始めるに際して、当然のことながら周囲の多くの状況から影響を受けます。東西にまたがって分布している昔からの音楽、文学、絵画、日常生活に起こる事件のすべてが、ぼくの音楽と密接な関わりをもっています。それらの事象のすべてが喚起的な現実としてぼくに働きかけてきますが、それらはすぐには音楽的なプランとして、置きかえることは不可能です。しかし、喚起的にぼくに働きかけてくる現実が、まず、ひとつの言葉の状態として、ぼくの内部に漠然とながら、確かな重さをもって現われてきます。ぼくはその現われてきたひとつの言葉の状態をもっと確かな言葉に変えていこうと努力します。その漠然とした言葉の状態をやや詳しく説明すると、その言葉はブキシュな、すなわち指示的な機能としての言葉ではなく、もっと多義的な曖昧さを残した、より言葉の発生の起源に近い状態にあると言えます。ぼくは、そうした言葉に、いっそう確実な意味を探ろうとします。それがぼくが音楽していくうえで一番最初の動機になるのです。

ぼくはこのようにして作曲します。ですから音楽を考えるときに、いつも半年ぐらい大学ノートに数冊の、ただ言葉を、文脈をなさないある言葉を書いたりします。なぜそんな努力をするかというと、自分の内部に言葉を獲得したときにはじめて、自己の内部に「他」への自覚が生まれてくるからです。そしてついに、音楽を書き始める時点では、自分をも「他」として、客観視するようになります。ですからぼくは、音楽家が言葉で語ることも満更無意味ではないと考えますし、逆に、他者に対しての確かな認識を経ない作家の表現行為は、ほんものでありえないのではないかと考えます。すなわち、この他者とは、具体的な聴衆、鑑賞者あるいは読者ではなく、ヴィクトル・ユーゴーが指摘している、「自己の内部にこそ求めなければならない外部にあるもの」ではないかとぼくは認識しています。

芸術家すなわち文学者、音楽家、画家たちは、哲学者や科学者ほどには言葉を信頼していないようにみえます。特に詩人にはこの傾向が著しいとぼくは考えます。芸術家は言葉を信じないという主張は、逆説的な表現ですが、言葉を一定の意味と内容を入れる器として、きわめて限定的に考えようとするのが、科学者、哲学者の態度であって、芸術家は、いつでも言葉をもっと動的な、変化しつづける状態として捉えようとしてると思います。

自然科学の進歩につれて、言葉の指示的な意味、機能はますます限定されて、そのためにわれわれのヴォキャブラリー、語彙は際限なくふくらんできました。そして詩人が信じている言葉と意味との食い違う部分、すなわち暗示の入り込むような部分とか、言葉と意味の食い違いが生むある空白とか眩暈《めまい》、詩人がそこにこそ詩人の現実を定着しようと望んでいる部分は、今日では急速に失われつつあるように思えます。

失われつつあるというのは必ずしも正確ではない、もっと具体的には、言葉が言葉自身の肉体をもちえない、あるいはわれわれが言葉を肉化していない、肉体にしていないといったほうが正しいように思います。言葉は絶えず正確さと同一性を目指して、意味を表現しますが、大岡信さんの詩論にあるように、言葉はその生成において、最も根源的であるのに、何故か事物の皮相な部分をしか捉えようとしていない、のです。

ぼくは音楽について話すべきなんですけれども、しかし言葉の問題と、私がいま直面している音楽の問題とは、密接な関わりをもっていますので、もう少し寄り道をしたいのです。

昨日の昼、偶々若い画家の宇佐美圭司さんと会って、新しい美術の動向とか、ぼくが常づね疑問に感じている問題を質問したのです。たとえばわれわれは抽象的な赤という色彩について正確な唯一のイメージをもちうるだろうか、とたずねたのです。ぼくがここで疑問としているのはフェルメールの絵画に描かれている美しいテーブル、机が、ぼくには茶色をしていた、というより、色彩を意識させなかったということです。ぼくは論法上茶色という、それもあまり正確ではない抽象的な呼び名で、そのテーブルについて話していますけれども、フェルメールのテーブルの茶色という色彩は、けっして抽象できないものです。この場合の茶色は、フェルメールが対象としたテーブルと切り離しては考えられない。色彩はあくまでそのテーブルの属性であって、すべての色彩は、あるものの属性として存在し、その色彩についての唯一の抽象的なイメージは存在しないのではないかという疑問です。実際にひとつの赤い色は、ぼくたちの内部では、いつでも別のもうひとつの赤と区別して考えられているのではないか。茱萸《ぐみ》の実の赤い色と薔薇の赤い色はぼくたちの血の色とはけっして同一ではない。つまり赤という場合には、その赤という色彩の、無限に限定されない赤という表象でひっくくられるひとつのイメージの、ある状態を指しているのではないかと思うのです。

ぼくはそのような主張を、ひとりで喋ったのです。宇佐美さんは実際に絵具を使って、ぼくより具体的に色彩に触れて仕事をする専門家です。ところで、彼は、ぼくの主張は成立しないというのです。つまり、いまは、テーブルにしてもデコラ合板による人工的テーブルがあり、その色彩は必ずしもテーブルに所属しない。また、われわれはレーザー管が出す光の色、アルゴンガスが出すまっさおな色、ヘリウムガスが出す赤い色、そういう純粋に色彩として存在する、何かの属性としての色ではなく、色彩として単独に抽象的に存在する色をもっている。さらにいまの画家にとって、色彩はまるでサンプルのように分類されて頭のなかに入っている。ただ、そのときに、宇佐美さんが言ったのは、ぼくはその彼の言葉に啓発されたのですが、彼は、だから、いま色を使うのが嫌になってきている。しかし色は、使われたときに、彼の表現では、何かを超える、すなわち、そのとき単なるサンプルでなくなると答えたのです。

彼は、たしかサム・フランシスという画家を例にとって語ったと思いますが、初期のサム・フランシスは白い絵を描いていた、そのうちたくさんの色彩を使って絵を描いた。だが彼の色彩はいつでも彼の肉体を感じさせ、彼の歩く癖までをも表現している。現代画家のなかで唯一まれな色彩、すなわち抽象的サンプルを超えた彼の肉と化した色彩を持っていると宇佐美さんは言ったのです。自分も、いまは正確に分類された赤とピンクの違いのわかる、色彩のサンプル帖を頭にもっているが、あるときそれを超えて、色彩自体の自発性を発見し、色彩に肉体を与えたい、という希望を語っていたと思うんです。

それはぼくにとっては暗示的でした。言葉の場合も同じで、単なる指示的な機能、すなわち星は月ではないという、単に名づけて区別する機能としてのみ言葉を捉えてはならないと思いました。

ぼくはいままで言葉という単語を使ってきましたが、その「言葉」を「音」と置き換えてくださってもかまわない。音楽における音も、いまや、「言葉」、「色彩」と同じように危険な地点にさしかかっている。調律された、すなわちドレミファソラシドというふうに、厳密に組織された楽音のなかで、音は単にひとつの機能としてしか認識されていない。ドレミファソラシのシの音はドの次の音で、シは必ずドの音に行くというようにですね。

ぼくたちのヴォキャブラリーが煩雑にふくらんでいくのと同様に、音も細分化されてきている。昔、グレゴリアン・チャントのころは、オクターヴで同じ音で歌っていて、それがやがて五度音程になり、しだいにこまかく分類されて十二音音楽になったというように、一オクターヴを十二に分け、それをさらに四分音、半音の半音という単位にまで分けてきたわけです。しかし、いかに細分化された音でも、結局は、ひとつの機能のなかで性格づけられて、そこに本当の音の生命の新しい発見はなかった、と言ってもいいと思います。

こうした現代の音楽的状況をぼくは音楽家としてどう打ち破っていったらいいかを考えています。近年ぼくは日本の伝統的な楽器によって音楽を書いてきていますが、それは日本の音楽を西欧的にアダプトする試みではなく、また日本の伝統音楽が、現代音楽の困難な状況を打開するものだという気負った仕事でもありません。ただ、ぼくは世界に存在してる音楽のすべてを、無垢の状態の耳で聴こうと思っているにすぎない。日本の伝統的な音楽は、それらのひとつのとっかかりにすぎないと考えているのです。したがってぼくは琵琶や尺八を単なる音響の素材として用いることはできない。しかし、それでいて古い琵琶とか尺八が、ぼくに、きわめて、新しく響くことが、いつもぼくを当惑させるのです。

世界には多くの異った音楽があり、その分布も複雑です。今日の西洋音楽の体系が定まったのは、わずか三百年くらいまえのことです。今日聴くことのできる非西欧的音楽、ガムランとかインドの音楽とか、ポリネシアの音楽、さらに琵琶、尺八にしても千年とか千五百年の歴史をもっています。人間が地上にあらわれた太古のときから音楽はあったに違いない。人類が心臓のビートをこの肉体にもつ限り音楽はあったわけです。ぼくは音楽のオリジナルな構造、つまりいまぼくらが普通、西欧的音楽のジャンルで使っている音楽的な構造とか、音楽的な形式とかとは関係のない、発生のオリジンを、まず伝統的な琵琶とか尺八を通して知りたいと考えたわけです。ぼくにとって琵琶、尺八は新しい素材ですけれども、この二つの楽器を使ってどう書くかは実は些細な問題で、むしろこの二つの楽器を通して音楽の起源的な構造を想像的に志向する、イメージする、それがいまのぼくにとって重要なことに思えるのです。

作曲家は、音楽を書いて人に聴かせる立場にあるのではなく、まず誰よりも聴く側に立たなければいけない。作曲家の耳ほど、また音楽家の耳ほど汚れた耳を持っている人間はない。ぼくは意識的に、いかなる音をも、無垢な状態、新鮮な耳で聴こうと努力してますから、いくらか、ぼくの耳はきれいになってきた筈ですが、それでもベートーヴェンとビートルズ、それからヴァニラ・ホッジスなどを同じように公平に聴くことには、時折抵抗があったりします。つまり、われわれの耳は、知らず知らずのうちに素直じゃなくなってきている。様ざまな価値観、概念によって汚されている。その耳の汚れを落とすためには、なによりもまず聴くという行為が大切だと思うんです。初めは、ただなんとなく聴くのではなくて、少しでも主体的に聴こうと努力する。ぼくは音楽だけのことを言っているのではなくて、どこにもある音でも自分が聴こうとすると、いままで気がつかなかった音が聴こえはじめ、耳が徐々に赤ん坊のように無垢になってくる。そして様ざまな音のひとつひとつに驚きと発見をするようになります。ひとつの音のなかにも多様な運動が聴こえてきます。現代では、新鮮な空気と同じように、新鮮な耳、新鮮な眼が必要ではないかと感ずるのです。

現代音楽と呼ばれるものの多くは、その音楽が生まれてくるときの官能性を、徹底的に退け、単に響きの斬新さを追求しています。ときには新しい発明があって、繊細なアトモスフェアをつくりだすことはありますが、その音楽の肉体がない、とぼく自身をふくめて反省させられます。現代音楽のなかでも、音が、機能とは違った意味での約束に縛られ、自発的な音、音自身の性格が壁のなかに塗りこめられている、と思わざるをえません。作曲家は西洋も東洋もない音楽の発生のオリジンをこそ求めるべきだと思います。音楽の起源的な構造を知るためには、あるときには、イヤニス・クセナキスのやってるような数学的な手段も有効であるかもしれないし、ジョン・ケージや一柳慧がやっているチャンス・オペレーションの方法も役立つに違いない。そしてぼくたちには過去から今日に連なって未来に役立つ多くの音楽があるわけです。先ほど言ったようなハワイの音楽とかガムランとか、インド、中国、ベトナム、たくさんの音楽があって、琵琶とか尺八はそのごく小さな部分です。東洋と西洋を融合するというばかげた命題とは関係なく、ぼくたちはまず、世界に遍在する多様な音楽を聴くべきだと思います。それらの様ざまな音楽によって人類が様ざまに生きてきたのですから。世界の多様な音楽をまず聴くことによって、古い生命をもった音楽が、全く新鮮なものとして、多分、ぼくらには甦ってくるでしょう。最初は戸惑うかもしれない、しかしそこからしか新しい音楽は始まらない。

以前、尺八のえらい先生と食事を一緒にしたことがありました。その方は六十歳をかなり越えた人で、あまり人前では演奏をなさったことがない。その人の尺八は、一尺八寸じゃなく、自分の背の高さぐらいのとても長管の尺八です。自分の身丈と同じですから、当然坐っちゃ吹けない。立って吹くわけです。しかもその竹は、物干竿でもいいそうですが、なるべく「いと長きがよし」とか言っておられました。竹藪から無造作に切ってきて、穴をあける。それも近所の無邪気な子供に勝手にあけさせる。節だけは一本、鉄の棒で通します。

近代の尺八は、内部をきれいに砥の粉などで磨いて塗装してあり、音がでやすいように工夫されています。でもその方の尺八は、非常に長いうえに穴も子供があけたものだし、節はみがかれず、単に穴が通っているだけですから、音がなかなか出ない。最初は息を通すだけでも大変です。ぼくだったら途中で息が止まってしまう。最初はとてもあらい、ビャーッというような音がしました。そのときぼくたちは小さな座敷で聴いていて、眼の前にはすきやきのお鍋があり、すきやきがグツグツグツ、煮えている。外はダンプカーかなにかがバンバンバン、うるさいものですから、雨戸をしめ切って静かに正座して聴いたわけです。永いあいだあらいひとつの音を吹いておられました。そのうち小さな澄んだ音で、伝統的な名曲の『虚空《こくう》』を演奏されたのです。その方は肉体的にも訓練してあるので、吹いたまま息継ぎをすることがない。腹式で、全部吹きっ放しで二十分ぐらい吹かれたのです。突然演奏をやめられて、雨戸を全部あけてほしいと言われる。外はうるさいですからしめておいたほうがいいのではないでしょうかとお尋ねすると、いやこんな部屋の空気の量じゃ、わたしには足りないと言われるのです。ぼくはびっくりして、音楽が聴こえないんじゃないかと思いましたが、雨戸をあけ放したんです。すきやきはだんだん煮詰って、グツグツグツグツ、音ははげしくなってくる。そして演奏がつづいたのです。ところがそのうちにぼくはいい気持になってきて、音楽を聴いているのか、すきやきの音を聴いてるのかダンプカーの音を聴いてるのかわからないような状態になってきた。

つまりダンプカーの音などがよく聴こえるのです。街の中でいつも耳にしているよりもはっきりと聴こえる。車輪の大きさとか、車輪に刻まれているミゾまでわかるような気がする。すきやきのグツグツいう音はけっして不快なものじゃなく、響きとしてよく伝わってくる。それと同時に尺八の先生の、ほんとに静かな曲は、前よりもくっきりと自分の耳に入ってくる。演奏が終わってその方が、「武満くん、いまきみはきっとすきやきの鍋の音を聴いただろう」と言われたのです。「たしかにそうでした」と答えると、「きみが聴いたそのすきやきの音が、わたしの音楽です」と言われる。ぼくは、仏教とか禅とかは苦手で、禅問答的な言い方はあまり好きじゃないのですが、そのときは実感として納得しました。それらの音と音楽とは、全く区別されることなく対等です。それは簡単に言えば悟りなのでしょうけれど、ぼくは悟るわけにはいかないので、いろいろ考えた末に、「すぐれた音楽とは、すべての音と対等に、ほんとうに同じ量で測りあえるぐらい強い」というふうに感じたわけです。ぼくも、たとえばビートルズでもダンプカーでもいい、われわれに現にある音と、またこれから生まれてくる音と、自分が得たいと思ってる音とが、同じに測りあえるような音をつかみたいと考えました。

なにか苦行僧の修行みたいですが、真面目な話です。ぼくも、いつかそういう音をつかみたいと思います。誰かが、ぼくの音楽を聴いたときに、ぼくの音が地上にあるすべての音と同じように、あって無きがように存在することを願っているわけです。

（一九六三年六月二十三日　新潮社文化講演会、新宿紀伊國屋ホールにて）B

吃音宣言——どもりのマニフェスト

親しい友人であるすばらしい二人の吃音家、羽仁進・大江健三郎に心からの敬意をもって

1

ぼくは子供に訊いてみた。——きょう一日で何がいちばん楽しかった——

〈たくさん遊んだことさ……〉

——何がいちばんつまらなかった——

〈あんまりたくさん遊ばなかったこと……〉

子供の言葉は、大人の論理では解剖できない不思議な実体に漲っている。それが言葉を生き生きと美しいものにする。子供がみせる突然の感情飛躍は、肉体の生理と精神の生理とが不可分だから、というより、それは肉体とか精神を超えた生命《いのち》そのものの表われなのだ。太陽のように率直でかげりがない。衰弱した肉体と虚大な精神が、大人の言葉を貧しいものにしている。ぼくのように、子供の言葉は美しいなどというのが本来どうかしている証拠ではないか。

ぼくはいま、活潑に行われている言論のなかで、言葉の空虚《むな》しさを今更のように感じて

憂鬱になっている。言葉は、いつか肉体を離れてよそよそしい。誰がしゃべっても同じようで、角刈もリーゼントもいっしょだ。〈暴力による民主的法秩序の破壊〉なんて、どっちの側でも言っている言葉なんだ。今日も空からビラが降る。〈アイクは悪魔だ〉右の空からも左の空からもビラは撒かれる。

〈亡国国際共産主義にまどわされるな〉——鬼畜米英皇国不滅——思い出してもぞっとするような言葉の感覚と少しも違わない。こんな言葉が、どうして人の心に通じるだろう。他人《ひと》に自分の意志を伝えようとする時にこそ、自分の話し方でしなければいけないのに、たいていはそんな場合に没個性のきまったスタイルでやってしまう。

ぼくたち日本人は、社会的訓練がまだ充分でないので、公に自分の意志を表明する時には、変に開きなおったような言い方か、さもなければ、いじけた卑屈な態度でしてしまいがちだ。

いつだったか、菅生事件の録音構成が放送されて、ぼくがその音楽を作曲したことがあった。その機会に、関係者の声のテープを聴いたが、この事件は大分県の菅生村に起ったので、関係者の言葉にはその地方の強い訛りがあった。それらは聞きとりにくくもあったし、小声で、いわゆるトツ弁なのだが、真実感にあふれ力あるものだった。

ところで、問題は被告である共産党員の後藤、坂本両氏の言葉にある。それらは無実を訴える言葉としては、あまりに力ない。ぼくは両氏の無実を信じているが、五年もの間、自由を奪われた人間の言葉としては、生な概念だけが目立つ職業化された話し方で、官憲の公式的な話し方と少しも違うところがない。正しい標準語、豊富なボキャブラリーがなんとむなしいことか。ぼくは、こうしたところに現在の共産党の在り方の欠陥がひそんでいるように思った。職業化された笑顔とか、職業化された話し方が、どんなにそらぞらしいものか、われわれは日常生活のなかにいくらも経験している。言葉は、肉体からも精神からも離れてはならない。言葉は生命の証なのだから、誰もがおしきせを着せられたように、同じようなものの言い方をしたのではいけない。

ところで、自分を明確に人に伝える一つの方法として、ものを言う時に吃ってみてはどうだろうか。ベートーヴェンの第五が感動的なのは、運命が扉をたたくあの主題が、素晴らしく吃っているからなのだ。

ダ・ダ・ダ・ダーン。

……………ダ・ダ・ダ・ダーン。

吃ることで自分の言葉を、もういちど心で噛みしめてみる。内容が空転して吃るのでなければ、まあ、話し方は我慢できるというものだ。

2

どもりはあともどりではない。前進だ。どもりは、医学的には一種の機能障害に属そうが、ぼくの形而上学では、それは革命の歌だ。どもりは行動によって充足する。その表現は、たえず全身的になされる。少しも観念に堕するところがない。

人間の発音行為が全身によってなされずに、観念の喙《くちばし》によってひょいとなされるようになってからは、音楽も詩も、みなつまらぬものになっちゃった。音楽も詩も、そんなに仰山ありがたいものではない。くしゃみとあくび、しゃっくりや嗤《わら》うことといったいどこがちがうのだろう？　もし異なるとしたら、それはいくらかでも精神に関係するということだけだろう。

自然科学の発達につれて、われわれの語彙は際限なく膨らんでいるけれども、言葉は真の生命のサインとしてではなく、単に他を区別するだけの機能になりさがった。もはやそれ自身には、恐怖も歓喜の響きもない。言葉は木偶のように枯れて、こわばった観念の記号と化している。文を書くということは、やわな論理と貧しい想像によって言葉を連絡することだけのようである。

ぼくも日本人だから、国語の文法はひとまず守ろう。しかし、漢字制限、新仮名づかい等に関する論議を聞いていると、文字はすべて音標化してしまった方が良いとさえ考えている。たしかに、その国の言葉は、その国語の文法によって支配されるものだろうが、些細な音便変化などにそれ程こだわらねばならないものだろうか……。それよりも、言葉というものが失ってしまった、根本の言語機能の問題をこそ、われわれは考えるべきだろう。

音の世界でもそうだ。楽音は、曖昧な数理組織の枠のなかで、機能的な意味においてのみ認識される。音楽は脆弱な論理の結果でしかない。それではいけない。

音楽は、足なえの身を唄に託す吟遊詩人のような、ひよわい発想でしてはならない。夢や憧れの領域だけに足を停めてはならない。楽曲は、おおむねちゃちな弁証法と、他愛ない図式の上に平面的に構造されている。論理的に流暢なものほど尊ばれるのは何故だろう。不可解である。

音と言葉を一人の人間が自分のものにする最初の時のことを想像してみたらいい。芸術が生命と密接に繋がるものであるならば、ふと口をついて出る言葉にならないような言葉、ため息、さけびなどを詩とよび、音楽とよんでもさしつかえないだろう。そうした行為は、生の挙動そのものなのだから……。それは論理の糸にあや織られるまがいものではなく、深く〈世界〉につらなるものであり、未分化のふるさとの豊かな歌なのだ。

音や言葉に、そうした初源的な力を回復しなければいけない。音楽も詩もそこからしか出発しないように思う。発音するという行為の本来の意味を確かめることからはじまる。どもりは、しゃっくりやくしゃみ、嗤いや哭き声と近親関係にある。どもりの、論理性を断ちきるような非連続の仕方は力強い。現代音楽の美学では反復というものは拒否される。そして、ますます人間というものから遠ざかり、方式の形骸となってしまう。

どもりの偉大さは、反復にある。

それは、地球の回転、四季のくりかえし、人間の一生。宇宙のかたちづくる大きな生命のあらわれなのである。

もういちどベートーヴェンを!!

ダ・ダ・ダ・ダーン。

ダ・ダ・ダ・ダーン。

3

どもりをなおすために吃音矯正法というのがある。普通の状態の人はかえってどもりになりそうな方法だ。一つの音を幾度かはっきりと繰返すのである。タ・タ・タ・タ　チ・チ・チ・テ・テ・テ……というように。ぼくは、この方法がうわっすべりな空論を避けるために、すぐれた効果があると考える。では、ここで、**この吃音の riff を improvise してみよう。**

五十音の発音練習
ア・ア　悲しみ、歓び、驚き、あきらめ（ああなんと複雑なこと）
イ・イ　高貴な叫び、または卑俗な声……?!!
ウ・ウ　ぼくたちは、いつでも苦しみに耐えなければ……
エ・エ　肯定、あるいは決意しなければならない
オ・オ　勝関《かちどき》の声、おどろきの叫び
カ・カ　嫏　母　呵呵——大声立てて笑うさま。からから。
キ・キ　よろこび
ク・ク　しのび泣き、わらい

ケ・ケ　わらい
コ・コ　乳児の泣く声
サ・サ　笹、あるいは酒
シ・シ　獅子、志士
ス・ス　煤
セ・セ
ソ・ソ　楚々
タ・タ
チ・チ　父あるいは乳
ツ・ツ
テ・テ
ト・ト　魚あるいは父
ナ・ナ
ニ・ニ
ヌ・ヌ
ネ・ネ
ノ・ノ
ハ・ハ　母、よろこびのわらい

ヒ・ヒ　気味わるいわらい、狒々
フ・フ　ふくみわらい
ヘ・ヘ　いやしいわらい
ホ・ホ　女のわらい
マ・マ　母、飯
ミ・ミ　耳
ム・ム
メ・メ
モ・モ　桃、腿
ヤ・ヤ　驚きの声、赤ん坊
ユ・ユ
ヨ・ヨ　と泣きふし……
ラ・ラ　心ははずむ気は躍る
リ・リ
ル・ル
レ・レ
ロ・ロ
ワ・ワ

ン・ン　はい、はい……
これでもわかるように、一つの音を二つ重ねてできた言葉には意味をもったものは少ない。サ・サ　シ・シ　ス・ス　ソ・ソ　チ・チ　ハ・ハ　ミ・ミ　モ・モ等の他は、言葉にならない叫びのようであり、その多くは間投詞である。つまり、これらは言葉としての機能――名附けて他と区別する役割――をもってはいないけれど、意味をもった言葉にもまして、ふかく生命に根ざした音なのである。聖書によるまでもなく言葉は生命でなければならない。が、はたして現代ではどうだろう？　ついでながら、ぼくにはこの吃音促進法にみられる言葉としての意味をもった音に、父・母（パパ・ママ）という言葉の多いことが不思議に思えてならない。これは、あながちぼく一人のこじつけではあるまい。どもりは伝達《コレスポンデンス》の父であり母である。どもることでもう一度言葉の生命を噛みしめてみる。観念の記号に堕した言葉にふたたび本来の呼び交うエネルギーを回復するために。

4

かつて日本共産党は、占領軍を解放軍と呼び、戦後の混乱を植民地的現象という名で規定した。ここにも言葉の問題がある。ブルジョア芸術にたいして社会主義芸術が一方にはあるんだ、というような言葉の単純な弁証法は、政治の上ではたしかに有効なのかもしれない。だが、民族に深く根をおろした文化というような理念が、ただちに十八世紀頃のロシア民謡にむすびついてしまうのはどうしたわけだろうか。それは、〈しあわせはぼくらのねがい〉というような歌でうたわれている〈しあわせ〉のようにそらぞらしい。この〈しあわせ……〉は、素直な呼びかけのようでいて、けっして率直な表現にはなっていない。

星、それは月と異なるものというような、なげやりな、あるいは他家と自分の庭を仕切る垣のようにはかないものの言い方だ。ぶちこわせばそれでおわりじゃないか。風にとばされるような言葉ではしょうもない。

浅利慶太は、よく台詞の重さというようなことを言う。ぼくなりにこのことを考えてみた。それは言葉の観念的な重苦しさという意味ではもちろんないだろう。むしろ、全くそれとは逆のことにちがいない。重みのある台詞というのは、真に言葉によってしか表わしえない世界をさすのであって、その言葉は、ちょうど血液のようになにかを生かし、その言葉は絶えず新鮮な運動をするのである。簡潔に言えば、よく響く言葉のことだ。

占領軍と解放軍という二つの言葉には、たしかに意味上のちがいはある。これらは言葉というよりもたんなる呼称にすぎないのだけれど、ぼくには気になってしかたがない。概念の表白にしかすぎない言葉へのぼくの反撥なのである。

プラカードに書かれた言葉は大げさな身振りのほどには力ないものだ。それは固定化した、文字どおりに個性を喪失して一枚の板の上に死んで動かない骸なのだから。

選挙の時の連呼についてもおなじようなことが言える。あれは繰返されるたびに力がなくなってしまう音である。だから、吃音の論理性を断ちきるような力強い反復とは本質的に相容れない。

しかし、〈よく響く言葉〉とぼくは書いたが、それはもちろんたんに物理現象をさしたのではない。言葉について考える時に、ぼくらはなぜか文字を通して考えがちだ。これはある意味では変則なことだと思う。国語審議会の人々も福田恆存氏たちも、文字、つまり書かれた言葉にだけ目を向けすぎてはいないか。むろん、その意義は充分にある。けれども、ぼくは審議会の人たちの意見とは別に、発音される言葉について考えなければならないと思う。それが根本のことのように思える。われわれは発音という行為によって、言葉を獲得し、精神的になるのである。レトリックだけに頼ったものがつまらないのは、そこにほんとの**発音**がないからである。

5

東洲斎写楽はどもりである。

かれ写楽については、寛政年間にあった浮世絵師ということより他にいまでは知るすべもない。四国阿波の能役者であるとか、江戸の非人小屋に住居したとか、あるいは円山応挙と同一の人物だったとかいろいろの説がながされているが、むろんぼくなどの知ろうはずもない。鳥居派の役者絵がいかにも典型的な看板絵であったのにくらべて、写楽は表現性にとんだ異色のものである。

せんだって、ある美術史家から、写楽についての興味ふかい話を聴いた。写楽は役者をうつす時に、きまって、尺を手にしていちいち測りながら画いたというのである。このことは、写楽を知るものにとっては、あるいは奇異に思えるのではないか？　写楽を鳥居清《きよ》倍《ます》などにくらべて写実主義であるというのはわかる。鳥居派のは、別段、役者がだれであろうとかまわぬ。歌舞伎の荒事を豪放な描法によって仕立てあげることですんでいた。しかし、写楽の場合は、役者の個性とか癖といったものにまで眼を向けた。そうした意味から、写楽を写実とするのだろうが、さて、一枚の「瀬川菊之丞」のまえで、ぼくははたと当惑するのである。鼻のでかさはよしとして、異様にでかいその面《つら》が、ふところにしている掌のなんと異常な小ささ。写楽のうつした半身像から全身を仕上げたとしたら、おかしな奇形があらわれるだろう。他の雲母《きら》摺《ずり》についてもおなじである。それらはわれわれの写実という概念からは遠くはなれている。

その写楽が、役者をうつすときに、尺を手にしていたというのはおもしろい。尺を手にしていたといえば、アンリ・ルッソオがまたそうなのだそうである。二人とも正確に尺《はか》ったにしては、嘘のように物とちがっている。このことは、ぼくらの眼が不確かなのか、さもなくば二人の眼が狂っていたかのどちらかということになる。だが、ぼくらは尺を信じないわけにはいかぬ。ぼくらの眼は、不幸にして狂っていたのである。

ところで、鳥はおなじようなさえずりをくり返しているように思える。だが、鳥類学者の研究によると、鳥は死ぬまでに再びおなじうたいかたをしないのだそうである。ぼくはこのことから、またしてもぼくらの耳は狂っているんだという気はない。たしかに眼も耳も狂っちゃいない。ただ言えるとすれば、写楽の眼のほうが、ぼくらの眼よりもっと激しく人生と関係していたのだ。複雑な世の中になってしまって、いちいちかまってもいられないだろうが、ぼくらの眼は素通りに、耳は聞き流しにしてしまう癖になれすぎたようだ。発音も惰性でなされている。生命となんの関わりもない発音が空虚《むな》しいことを知っているから、ジャズの即興に体をゆするのである。どもりは、あたりまえのことすらも、あたりまえには言えない。発声のたびに言葉と格闘しなければならないからだ。そして、ちゃちな論理というものを壊してしまう。**言葉をまず肉体のものにする**。どもりは同じ繰りかえしをすることはできない。いつでも新しい燃料で言葉のロケットを発射しなければならない。月に当るか星へ飛ぶのか、そんなことは知らない。飛べばなんとかなるのである。ぼくらにはおなじように聴えても、どもりも鳥も、いつも同じことはくりかえさない。その繰りかえしには僅かのちがいがある。

このちがいが重要なのだ。

写楽の尺が正しいのか、ぼくらの尺が正しいのか？　実は、写楽の尺は、ぼくらの官製品のとは微妙にちがっていたのである。東洲斎写楽はどもりの尺を用いていた。どもりの尺こそもっとも普遍的な尺度でなければならないはずだ。ル・コルビュジエの『モデュロール—黄金尺—』に、きわめて印象的な一節がある。

しかし……

しかし、数学者はこうつけ加えている。あなたの最初の正方形は実は正方形ではない。一方の辺が他の辺より六千分の一だけ長いのであると。日常の操作では千分の一という価は切り捨ててもよく、勘定に入ってこない。目には見えない。しかし哲学では（私はこの厳格な学問については素人だが）何かの六千分の一という価は非常に貴重な意味があると感じられる。それは閉ざされていない、ふさがっていない。空気がかよう。そこには生命があり、予言的な同一は繰り返されても厳密な等しいものではないものによって成り立っているのである。

これが運動を与える。

（吉阪隆正訳）

6

娘は世界に興味をしめした。手の動きには小さな意志がかよい、おぼろげなる遠さを好奇心で測ろうとしている。

人間というものは何でもないわかりきったことを疑問にしてその葛藤に巻きこまれてどうにもならなくなってゆくのだ。いうまでもなくそれは愚の骨頂なのであるが、この愚かさそのものが、これまでそんなものがあることを夢にも思いえなかったある領域をわれわれに開放するのだ。愚昧はいいかえれば好奇心である。好奇心は神がわれわれ人間の精神に植えつけたもので、神もまた、おそらくは、自分自身を知らんと欲して、人間をつくり、人間をとおしておのが好奇心を満たそうとするのだろう。

鈴木大拙

ぼくは地上に三十一年、娘は六十一日を生きた。世界は日々に若がえり、地球は日々に古びてゆく。

ソクラテスはどもりであった。

ソクラテスは陽溜りの丘にいた。思索に耽るべくやって来たのだ。

古代ギリシャの太陽は現在よりも周囲十センチほど幅ひろく、地球はそれだけちいさかった。太陽は暑く、思索は途絶えがちであった。もともとソクラテスは、孤独に思索することを億劫とした。それで、生徒に問いを発しては答えをなさしめるのを常としていた。

ギリシャの青い空はふかく、地上の狭量に歯噛みせん想いであったが、ソクラテスはあくびをした。どだい知識などというものは厄介なものだ。我にも他人にも役立つよりは害《そこな》うことのほうが多い。知識は虚偽をはらい、正しきを展《ひろ》めるためにあるのだが、所詮小なるかな。善悪の境はぼっとかすみ、ソクラテスは睡くなった。

思索は言葉を追い、言葉に追われてなされる。いま、ソクラテスは、思考空想を排けて、瞑想をたのしんだのである。が、悲しいことに、ソクラテスは瞬時まどろみはしたが、そこでも哲学的な夢に苦しめられた。まことに安息の場所はこの世にはない。

ソクラテスは丘の下の気配に目をひらいた。

丘の下は石切場だった。そこでは石切人夫どもが陽光《ひかり》に喘ぎながら働いていた。太陽がまともにふりそそいでいた。

丘の下にソクラテスの長い影がとどいた。哲学者のであっても、瘋癲のであっても、影はおなじように陽を遮る。ソクラテスは辺りを見まわすと、そこに大きな土管がひとつ達磨のように動かずにあった。

太陽を背にして丘の頂にそれを動かした。労働は頑なに言葉を拒絶する。土管の大きな影が石切場につめたい心地よい翳りをつくった。

太陽がまわると丘の下の影は消えて、陽光は再び容赦なく人夫どもを照らした。ソクラテスは、わが智慧を他人《ひと》がためにもちいたいと意識したわけではない。

腕まくりして、またもやよいしょとその仏頂面した大きな土管を転がした。

太陽が西に赤く沈むまで、ソクラテスは、太陽とともに土管を転がしていた。

丘の上には土管が傷つけた痕がのこった。太陽がまわる。ソクラテスが動く。そして土管が転げる。そして丘の上にしるされた痕は夜になってもそこから消えなかった。

この地上にしるされた土管の軌跡は、太陽の運行とは別の、人間の歴史なのではあるまいか——。歴史の実体とはその傷のように、眼に見えない微細な内部のものとしてわれわれのなかにある。歴史の歩みとはその軌跡を踏み固めることである。ぼくは痛さ覚悟で自分の傷をふまねばならぬ。

さて、ソクラテスはとぼとぼと丘を降りた。終日土管を転がしていた自分の姿を想いうかべると苦笑せずにはいられなかった。私は何故あんなことをしたのか。問い糺すには、その時、ソクラテスは疲れはてていた。腰がいたむ、歳にはかてない、と、凡庸な感慨をもったのである。この哲学者の物語にしては平凡な結末だが、まあかくのごとき次第であろう。まとまった思索はおろか、その日のソクラテスは午睡もできなかった。

その日、ソクラテスは、土管を転がしていたことで言葉に遅れたからどもりだったのである。

7

はじめに、言葉はなかった。

言葉は、所詮、人を嘔吐させたあの木の根のようには、激しい存在ではなかった。しかし、言葉それ自体は観念ではない。いまわしい論理の糸が、言葉を観念につむぎあげるのである。そこでは、おびただしい数の言葉たちが観念に殉じている。思想・哲学に至る道は、そのように無駄な犠牲の堆積にすぎないだろうが、その堆積のなかに、実は、ぼくらの探るべきものはあるのではないか。たぶん、そこで、ぼくは死に絶えた言葉の骸どもに出会い、言葉を不信し、観念の存在を疑い、それからやがて、真に思想の重さということを知るはずなのである。

なぜなら、この曲折によって、思想に至る、論理では律することのできない無駄、言い換えれば、人間的な訓練を、歴史を**生きた人々と**同様に体験することになるからだ。計算づくりだけで物事は存在するのではなし、無駄は生きるためにこそするがいいのだ。

ぼくは、あらためて、どもりの形而上学的意味について書く。考えるに、これ程の無駄はないだろうが、どもりは、生命的な曲折ということで生きる訓練であり、日本的な感覚にすれば、錬るということなのである。

どもることで、言葉はそれ自体の肉体をもち、どもれば、言葉の表面の意味は解体され、人は、確かな裸形の意味を摑むだろう。脆弱な論理にまどわされぬ、〈人間物〉としての言葉は、こうして真に響くのである。

これはすでに言葉の問題に留まらず、人生の問題たりうるのではないか。

詩人朔太郎は、その書簡に、日本語のように美しくない言葉を知らぬと書いた。朔太郎は、感覚的に国語の音感を嫌ったのである。そして、彼は、言葉の音感を忌みながら詩作した。言葉ではない文字にたよって、観念を織りつづけていた。その態度は、一面からすれば、まったく衰弱したものである。それは、病的に尖鋭になった触角で、人生を測量《はか》る態度である。言葉がそれ自体の肉体をもつということには複雑な内容がかくされているが、一言にすれば、言葉が音としての生命を得るということなのである。言葉は、生命的な発音によって、通常の意味を超えたヴィジョンにまで昂まり、響きをつたえる。

言葉は人間の生命によりそうものであり、だから、美しくも醜くもなる。言葉を美しくするのは人間であり、はじめに言葉はなかったのだ。

8

言葉はその生成において最も根源的であるのに、事物の最も皮相な部分しか捉えることができないらしいのだ。

大岡信

たしかに、明晰な論理によってのみぼくらが充たされることはない。言葉はその対象を名指しはするが、純粋なひとつの石をすらぼくにあたえない。石は苔むして死ぬか、成長するか、それは生きものなのであろうか。幾億年のむかしに地層をかたどっていた石は、つい先頃の平安・鎌倉の無縁と同質のものだろうか。

メルヴィルは石について語ったらしいのだが、石ですらそれについて語るのは困難なことだ。まして人間についてはなおさらである。没後の墓石について困難であるのは道理とせねばなるまい。人間は死に、土に還るとすれば、地上のいっさいは語って明らかになるものではないのだ。

しかし、人間は語らずにはいない。なぜなら、言葉はその生成において最も根源的であり、発音は生命の初発的な行為だからである。

ところで、語るということは、たんなる発音行為とは異なる。言葉によって語る時にはかならず其処になんらかの形で対象が存する。自分の内に他者が位置をしめる。そして、自分をさえ対象化し、人間的な自我意識が表われてくる。

発音行為はまず本能的表出であり、またひとつには条件反応的行動と言えよう。しかし、これは動物生理的な区分のうちのことであって、人間的な表現としての語るということからすれば低い次元のことなのである。だが、社会的な通達の記号としての言葉により語るということ——意味づけの操作——つまり表現ということは前述した意味での生命的な発音の段階を経ずにはない。発音の生命的な表出性をもたない言葉は美しくないし、たんに名附けて区別するだけの機能をしかもたない。それでは、真にコレスポンデンスするものではない。大岡信は次のように言っている。

奇妙なことにみえるかもしれないが、哲学者の方が遥かに詩人よりも言葉を信頼しているのだ。詩人はむしろ言葉と意味との食いちがう部分、つまり暗示の入りこむような部分だけを信じるといえようか。言葉と意味の食いちがいが生むある空白、ある眩暈、その部分にこそ、詩人は彼の現実を定着しようとするのだ。

そして、なお――

言葉は本来意味を表現する。それはあくまで正確さ、同一性をめざすものだ。従って、ぼくが些か機械的に推定した言葉と意味との食いちがいが、積極的な意味においてありうるためには、どのような言葉をもってしても、なお詩人の把懐する**意味が言葉の容量より大きくなければならぬ。**

意味が言葉の容量を超える時におこる運動こそ、もはや物理学では律せられない、〈生〉の力学ではないか。ぼくが幾分寓意的に書いてきた吃音の原則はそこに在る。そしてぼくの使う発音という言葉は、生命の言い表わせぬ挙動を暗示する動詞でしかない。阿修羅の厳しい面に美しさがあるのは、言なかばの生命的瞬間をとらえたからに他なるまい。阿呆のように弛んだ口ではないのである。写楽の画くのもまたそれではないか。歌舞伎のミエの様式が今日に耐えうる強さもまたそこにある。ぼくはそうしたところに吃音の表情を発見する。それは生命の瞬間の拡大なのである。

9

電子工学的な手段によって、今日、ぼくらは種々の音響を合成することが可能である。音響の構造を分析すると、純粋な波形と複雑な燥音を発見する。鉱石の肌を拡大して見るようなぐあいに、オッシロスコープの緑の網目のなかで音たちの婚姻がおこなわれていく。音響合成器は手頃な値段にコンパクトされた。

コンク・ジュースは生オレンジのように新鮮ではない。　チャップリン

アメリカのベル、RCA等でその実験と研究はつづけられている。錬金術師の願望のように、こうした夢の試みは自己の存在を脅やかす行いになるかもしれない。いま、この仕事にとって、一つの課題は人声の合成ということである。

器械はインフルエンザーに冒されない。だから、夏も冬も朝も夕べも、器械はモールス符号のように規律をまもるにちがいない。完全な人声——いやちがう。どもる器械は故障であり、どもらない人間はおなじような意味で故障なのである。

さて、人間の言葉は、一定の周波数帯域をもった母音の波《ウエーブ》と、白色雑音にちかい子音との結合により成立っている。母音の周波数分布にはいちじるしい個人的相違というものはない。母音三角形と称ばれる範囲にある。

電子工学的に、言葉を分解することは容易である。かりに、あなたの声を分解する。無惨にもあなたの子音はS——sと慄えている。母音は空虚《うつろ》にO——と響く。〈ソ〉は孤独なSOSを通信した。

あなたの子音Sと母音Oは、別のテープにある。ただしいあなたの〈ソ〉をとりもどすために、S+Oという算数式にしたがう。だが、今日の電子工学においては、この簡単な数式の解答がえられない。ふたつのテープをシンクロしても、あなたのSとOは、たがいにもとのようにはなじみえない。

人間の母音と子音とのあいだには、器械的には把えられないかかりがある。霊媒のように不完全な、天候と温度と生理と、そして器械的にはまったくしまつにおえない、不完全な感情によって変化する微妙な波形がある。

ぼくらの声は不完全さによって個性的であり、そのことによって肉体となるのである。

いつか未来に、器械が人間らしい会話をかわしたとしても、けっして、愛をかたることはないだろう。

10

……遠い花火があのやうに美しいのは、遅く来る音の前に、あざやかに無音の光りの幻が空中に花咲き、音の来るときはもう終つてゐるからではないだらうか。光りは言葉であり、音は音楽である。

三島由紀夫
（「芸術断想」3）

意味が言葉の容量を超える時におこる運動を名附けて私は吃音と呼んだ。言葉はちゃちな日常的規律にしばられているために、もはや眩暈するような非現実を描きだし得ない。人間は言葉を発明することで指示的な意味にしたがって思考するという習慣が身についてしまったが、思いがけずも個人の人生と社会はそんなに単純ではなかったから、語彙は繁雑に増えるばかりなのである。そして、社会と人生に言葉が多くなれば、ふるいの網目は反って荒くなり、類・科・目の分類を滑り落ちて真実は益々遠ざかる。

真実は捉えがたい怪物のようであり、真実という言葉によってぼくらは充足することはない。真実とは沈黙に射込まれる矢であり、名附けられない恐怖である。吃音者は、言葉をテンションをともなった時間的空間に解体するので日常的な会話が非現実の容貌をしてくる。言葉は、その時にもっとも真実の近くにある。

それは、言葉が担っている意味の創造的な拡大《クローズ・アップ》である。言葉はいつでも、事実に遅れてやって来る。

芸術上の現実性とは非現実のことであり、言葉では補えない多層な表出性をもつべきものだ。芸術にたいせつなのは事実であり、そのために芸術家は注意ぶかく嘘を計画すべきなのである。そして、それをなし得るためには真実への欲望を偽ってはならない。

吃音者はたえず言葉と意味とのくいちがいを確かめようとしている。それを曖昧にやりすごさずに肉体的な行為にたかめている。それは現在を正確に行うものだ。芸術作品は地層のように過去から現在を重層する形のものでなければならない。**どもりはあともどりではない。**

この文をとじるにさいして、僕はぼくのために次の言葉を引用したい。

彼——レオナルド・ダ・ヴィンチ——の絵は生活でした。例えばフィレンツェにある〈受胎告知〉では樹も岩も聖女も同じ重要さを、同時にもっている。ぼくの絵は現実の価値をもっている。ある時代では透視法が現実性でした。いまはそれが錯覚であることを知っている。同じようにしていまではぼくの絵のなかの結合(コンバイン)が現実性なのです。

ロバート・ラウシェンバーグ
(東野芳明訳)

A

虫鳥音楽

東京は天が低く、星もよごれてさえない。田園の季節のうつりは目にあざやかなのに、都会ではそうしたこともにぶい。

去年の冬に、鎌倉の奥から都心にすまいをうつして、春をたのしむこともなく区切りのはっきりしない夏になってしまった。青空のなかにふんぞりかえって立つ白いおおきな雷雲は、家々の屋根にはばまれて、どうもすっきりとしない。

人間は、雲の奥のもうひとつの空までもあばいてはみたが、目にみえる空はよごれた風にくろずんで、いっそ腹立たしいのである。それでも夜の町には虫売りが出て、ゆきかうひとびとの足をとめている。ビル街のネオンの下で、カンタンやマツムシを聞くのはさして感興をよぶものではないが、これが都会の夏かもしれぬ。小さなカゴに虫たちまでも、すしづめにされて、それでも夏らしく景気よい。都会の虫は、車の音なんぞに慣らされて神経もいくらかたくましくなっているだろうが、それでも、カゴのなかで、はたといちどになきやむことがある。たしか俳句にそんなのをよんだのがあった。くさむらにふみいると、今までないていたのが急にやんで静まりかえってしまう。足音におどろかされるからではなく、虫には虫にしかわからない感応があるにちがいない。

鎌倉の家は、山と水田にかこまれていて、春になると冬眠からさめたカエルの声がおもしろい。春のカエルは、まるで鳥のように高い声でなき、季節のすすむにつれてだんだん低くなってゆく。秋も深まるころには、ウシのようなやつだけが残っている。そのカエルたちも虫とおなじようだ。なきはじめはいつも一匹でやり出して、何の合図もないのに、幾十というのがいっせいになきやむ。そして、しばしの間があってまたはじめの一匹がなきだす。なにかの物音におどろくというのではない。ないているさなかに、石をほうってもやまないのに、瞬時にやむのは、カエルだけに感じる何かが働いたからにちがいない。そこには、人間の可聴範囲を越えた信号のようなものがあるのではないか？

鳥や虫の発する音は、想像以上に高く、われわれが耳にするのはそのごく限られた部分である。動物は本能的に物の気配を敏感に感じとるものだが、それは聴覚の構造によるのではあるまいか。

私たちには予感というものがある。それを虫のしらせとよんでいるけれども、このよびかたも興味ふかい。円朝が、自然科学的に神経という言葉をかぶせて幽霊ばなしをしているが、霊はひとつの波形として物理学的に分析できるものではないのだろうか。私の母などは、いまだに祖母が離れた土地から死を知らせにやってきたことを信じている。マクラもとの障子の向こうにまごうことなき祖母の足音がぴたぴたときこえたそのころ合いに、祖母は遠い土地に息をひきとっていた。この話はめずらしくもない。似たような話をよく耳にする。虫のしらせというものの正体は、その時の環境と人間の生理にかかわるように思うが、これは一種の精神感応だろう。テレパシー、エクトプラズム、中有といろいろに言葉をかえてよんでもその伝達という機能を考えると、ある波長として解明できるものにちがいない。虫にもカエルにもそれ独特の会話の波長があり、それはわれわれの可聴限界を越えた高周波なのだろうと思う。人間には不可聴の音波を動物たちは聞くのである。

ある時、私は次の仕事の準備のために、鳥の声を収録したテープをきいた。オッシロスコープにあらわれる波形の美しさに見ほれていると、瞬間的に立ちあらわれてはすぐに消えてしまう微妙な波形を、私の耳がとらえていないのに気づいた。テープの速度を二分の一に、なお四分の一に落としてみる。われわれは実際よりも四オクターブ低いピッチで鳥の声をきくことができる。そうすると小さな愛らしいツグミは、巨大な魔物のように大きな音でホルンを吹いた。私は見失いがちだったその微妙な波形をとらえて口に出してうたってみた。そして、やっとその化け物ではない愛らしいツグミを理解することができて、いっそう親密な気持ちを持つのだった。が、その時から私の仕事の進行は、はかばかしくなくなった。もちろん、私は人間と鳥との生物学的な差異をここで問題にする気はない。けれど、鳥たちの充実した歌を、私は四分の一のスピードでしか完全に理解することはできなかった。とすると、私は音楽家として、現在の四倍の努力をしなければ、鳥のようにはうたえないことになる。また、仮にそうしたとして、あんなに美しく充実した歌がうたえるものだろうか……。

私自身でさえ、この論理は奇妙だと思う。しかし私にとっては生々しい実感だった。歌というより、鳥たちの話とよんだ方がよいかもしれない——その会話は美しい抑揚に富んでいて、それはまた会話の機能をこえてある力をさえもっている。鳥はただ本能的に無目的にさえずるのだろうが、私は、私の表現が、鳥の声のこだまするスタジオのなかで、みすぼらしくみじめになっていくのを感じた。

ところで、松本清張氏の『砂の器』に使用された見えない凶器は、原理的に正しい。私個人としても前時代的な殺害手段よりスマートで新しく好ましい。

友人の大江健三郎君とはなしていた時に、たまたまそんなことに話題がおよんだ。人間はせいぜい一万数千サイクルの音しか聞けないのに、イヌは十万サイクルまでも聞けるのだそうだ。鼻ばかりではなく耳までも……。私はおどろいた。彼はつづけて、東京はいずれ騒音のために普通の発声では会話のやりとりもおぼつかなくなるのではあるまいか？騒音にマスクされない特殊な発声法というのをくふうする必要があるでしょうと言った。そして、たぶん火星に生息する生物は空気が希薄だから、かなり高周波でしゃべっているだろう……と。この推論はあやしいが、話は地球から言語学者を火星へ送ることにきまってしまった。さて、いよいよ火星の高周波会話法を修得した学者が宇宙船で地上にかえってきた。彼はいならぶ数多くの学者、文化人を前にして、演壇から火星語でメッセージしたのだ。

ワン・ワン・ワン!!

これは笑い話にしかすぎない。しかし、ここには、人間は、人間のはなしかたとうたいかたしかないのだ、という教訓がかくされている。人間は鳥のようにうたう必要はない。人間の耳に聞ける範囲で私にはうたわれなければならないことがまだまだある。そしてさいわいなことには、鳥より私はずっと長く生きられるのだ。

耳に聞こえる音、聞こえない音、われわれはたしかに無限の音の川のなかにある。だが人間は沈黙のなかですらもアクチブに音楽することができる。

偉大なるベートーヴェンよ!!


（「読売新聞」夕刊　'61年8月16日）

あなたのベートーヴェン

毎夜行われている数多くの演奏会《コンサート》、また多くの外来のオーケストラや、出版される無数のL・P等のことを考えれば、現在《いま》私たちは豊かな音楽生活を有《も》っているというべきであろう。しかし、それを私たちは真の経験として有ちえているのであろうか。予め準備された回答をただパッシヴに受容しているにすぎないのではなかろうか。自発的な体験を通して音楽はほんとうの貌《すがた》をあらわすと思うし、それによって経験にまで高められるものであるように思う。

ある日、ひとりの若い友が、はじめてベートーヴェンを聴いた時のことを話してくれた。かれは東北の山間の僻地に育ったが、特別の音楽教育を受けたことはむろんなかった。終戦の頃、かれはまだ小学校の低学年であった。機械いじりが好きで、ラジオを組立てたりすることに熱中していた。かれがベートーヴェンの音楽に触れたのは、永いことかかってやっと完成した一台の鉱石ラジオを通してであった。そのラジオを作りあげるために数日を費し、そしてある夜半に、それが微かな音を響かせるのを言知れぬ歓びと驚きをもって耳にしたのだった。かれはベートーヴェンを聴いたことはなかったし、その異様な響きがはじめは何であるかを知ることはできなかった。たぶんそれはかれにとってはじめての音楽体験であったろう。アナウンスでそれがベートーヴェンの交響曲《シンフォニー》であることを知った。それから、かれはその粗末な一台の鉱石ラジオを通して音楽との交渉をもつようになった。

数年して、S市で行われるカラヤンのベートーヴェンを聴くために、小遣いを貯えて汽車に乗った。自分が育った土地から外へ出たのはそれが最初であった。生まのベートーヴェンを聴いたことは、かれにとって大きな驚きには違いなかったが、鉱石ラジオを通して遥かな遠みから響いたあのベートーヴェンのようには、その音楽はかれを捉えなかった。

「あれはぼくのベートーヴェンとは違うんだなあ」と、かれは言うのだった。

（筑摩書房「季刊・文芸展望」'74年冬号） B

日記から

1

日本人にはその独自の言語のように、日本の音というものがあるな、と感じたのはたまたま自分が外国に居たからだろうか。こんな感想をことさらに日本で抱くことはなかった。それは、日本の音という他とは異なった美意識によって聴かれる独特のものに、日本では気付かなかったということではなく、気付きかたの質とその度合いにかなりの相違があるように思えたのだ。そして、そのことに驚いている。

日本の音を、それが求めもしない西洋の形式にむりやりに封じこめようとするような不自然を、日本ではどうして気付かずに自分は冒していたのか？　なぜ、日本の音を西洋の音とおなじように扱わなければ気が済まないのか？

これらの疑いは、アメリカではただしく、またごくあたりまえのことのように思えた。今日ではどのような意味合いにでも、日本にとってアメリカは遠い国ではないだろう。だのに、地球上のその二つの国の間においても、人間の思考や感じかたというものはかなり激しく揺れたり変化したりする。それは、ぼくが未熟で確かな考えをもたないからでもあろうが、やはりその空間の隔たりは依然小さくはなかったのだ。外の異なる現実に触れることで、ぼくの日本はいまだに変化しつづけている。

おかしなことだが、ぼくはアメリカで、日本というものをかなり純化して考えていた。思考操作が無菌状態においてなされたからだろうか。だが、日本も日本の音もそう単純に美しいばかりではない、ということを日本へ帰って思う。

2

日本の音に気付いたということは、とりもなおさず西洋の音に気付いたことである。すると、その両者の価値の優劣を問うようなことがいかにも愚かしいことに思えてくる。両者は明らかに違うのだ。

問題をこちらの側に限っていうならば、日本人は西洋を知識としてはかなり知りながら、西洋の音を生みだしている人間とその生活については余りにも知らなかった。むしろ積極的に知ろうとはしなかったのだろう。表面《うわべ》にあらわれてくる技術の摂取に急なために、その背後に培われているところの、眼にあらわではない人間の好みとか習慣なぞにかまけるゆとりはなかった。

また、そうしていては立ち遅れる、という意識がつねに働いていた。それにそのようなものは書物からはほんとうには知り得べくもないのだ。だからといって西洋の技術のみを追うことの誤りにかならずしも日本人は気付かなかったわけではない。そのことはいろいろのあらわれようをしている。

現在《いま》では日本の音楽家は西洋の音を西洋人とおなじように、時にはかれらが及ばぬほどに巧みにあつかいこなしている。それにもかかわらず、この日本の音楽界をつよく支配しているのは、いまだに、それでもやはり本場にはかなわない、という劣等意識である。これは反省としても不毛なのではあるまいか？

自分（日本）を確かめ、それを深めるための参考のひとつとして西洋から学ぶことはたいせつだが、そうだとしたら技術の摂取だけでは足りない。

3

西洋音楽の技術をすでに克服した現状であれば、西洋の音と日本の音との根本の違いに、もはや気付いてもよさそうに思う。

文化としての音は、各民族の感受性と美意識、それを培った異質の風土からうまれている。むろんそれが今日まで純粋培養されているというようなことはごくまれであり、日本も例外ではない。むしろ日本の音は外来の影響を多く蒙《こうむ》ることで純化した蒸留物のようでさえある。それだからといって、日本に影響を及ぼした中国や朝鮮の音楽が一段上であるというわけでもなく、それぞれの価値はそれぞれの民族の現実生活のなかにおいてのみ問われるべきものであろう。

日本が西洋音楽に学ぶことは、自分を確かめまた深めるうえでたいせつなことではあるが、それはかならずしも西洋音楽がすぐれているからなのではない。それが日本の音楽とは異なるものだからである。とすると、西洋音楽の表現技術だけを摂取するのはさほど意味のあることではない。芸術の表現技術は科学技術と同じではないのだ。表現の技術を支えている、人間の考えかたや生きかたの相違というものを知ることがなによりも重要であり、そのことから、人間のものとしての音楽の意味は明らかになるのである。

科学技術（の進歩）は世界をひとつにするけれども、芸術においては、時間がひとつの方向にますます類似した未来に向かって進むというようなことはない。

4

バックミンスター・フラーが指摘しているように、この航空機時代は、たしかに、日常的現実のなかに新しい宇宙的卵を巣ごもらせた。現在、われわれ人間のひとりひとりがそれぞれに宇宙的卵《ユニヴァーサル・エッグ》をかかえているに違いない。また、異なった文明の成果がひとつの地理と歴史を目指して統合へ向かっているということも確かではあろう。だが、ことはそれほど単純ではないし、またそうであっては困る。少なくとも芸術においては違う。

アメリカを訪れるたびに、あの人種の坩堝《るつぼ》のさなかで、人間の好み、習慣というものがどんなに根強いものであるかということをいつも思い知らされる。そして、民族の思想や論理の深部には、それぞれの民族の固有の感情が底流のように流れているのだということに気付く。

桑原武夫氏はある雑誌の対談で、このことに関連して述べられている。それによれば、明治以来日本人は西洋を理解するには対象としてのものを理解してきた。たとえば建築では個々の建物を理解する。それを支えている論理と感情のうちの感情は抜かして論理だけを学びとる。放れ業といっていいほどのたいへんな努力でそれをやってきたわけだが、やはりその建物ないし西洋建築全般の理解にはズレがある。また一方、これとは逆に日本のものはただ感情でとらえて、論理をつかもうとはしなかった。

そして、桑原氏はそれを両面作戦というように表現されているのだが、つまりこれからは西洋をもっと感情的にとらえ日本を論理的にとらえねばならない、と述べられている。この指摘は重く、そしてただしいものだと思う。

5

今年のはじめ、エール大学で共に仕事をした学生たちは、十八歳のフレッシュマンから三十二歳のすでにカレッジで教鞭を執った経験者を含む十人ほどであった。かれらのなかにはイタリーとポーランドの学生もいた。それに、他のアメリカの学生にしても、ニュー・イングランド出身者ありカリフォーニアンありでさまざまであった。かれらをいちように西洋人としてしまうには、また、アメリカ人とさえよぶことも躊躇《ためら》われるほどその気質も考えかたも違っていた。だからおなじテーマで仕事を進めても、表れてくるものは各々異っている。そして、それは表現の結果の相違ということにおいてよりは、むしろその結果に至る経過《プロセス》の段階で著しく異っていたのである。

文化は、その時代と民族の集団創作であると考えられなくもない。その全体は明らかに個人の集合であるわけだが、しかもその個はまたつねに全体と関わり、そこから切り離してあるものではない。すると、音楽なり美術なりを理解するためには、対象としてのもの、つまり結果だけを理解してもその実相には触れえないことになる。文化としてのものを支えている論理と感情のうちの、その一方だけを学びとるのでは、ほんとうにはなにも見えてこないだろう。

明治以来日本は政治的要求によって——むろんそれだけではなかったろうが、それに強く支配されて——あまりにも西洋がたどりついた結果のみに眼を向け過ぎてしまった。

6

アメリカの音楽学生は、日本の学生に比べてある種の知識に欠けているように思われた。それはどのようなことかというと、今日起こっている流行とも呼べそうな音楽的な現象や、音楽上のトピックス等にたいしてである。それらはおおむね瑣末な事柄にすぎないものだが、日本と比べて考えてみるとやはり驚くほどにかれらはなにも知らない。無関心なのである。これは、他人がやっていることは自分とは違うというかなり徹底した態度によるからだが、そういう態度の人間と永く接していると、いろいろな情報を量として知りえている——ぼく自身を含めて——日本人は、逆に多くを識りすぎているのではないか、と思えてくる。これはアメリカで特に感じることではなく、ヨーロッパにおいても同じである。しかしだからといって、かれらが日本人より好奇心に欠けているわけではない。かれらの好奇心は、起こった結果に対してよりも、むしろその背後のものつまり人間（社会）に対してより多く向けられているのである。自分は他人とは違うのだという意識は、いうなれば強い人間的関心の現れであろう。

文化はそれらの個が全体として現れた貌《すがた》であり、それだからそこには時代と民族の矛盾やディレンマをも包含しているだろう。さもなければ、何故、異質の文化が相互に影響しあうようなことが起こり得たであろうか。

異なるものを同質化しようと試みるのではなく、まずその相違——それぞれの本質——を際立たせることからはじめなければならない。

7

いつだったか柴田南雄氏が、国立劇場で催された中世歌謡『梁塵秘抄』の復元に関して、感想を述べられていた。後白河法皇とその仲間が、あの単純素朴な今様に深く熱中し陶酔しえたのは、昔の人がよほど音に感じやすく動かされやすかったからだろう。その感覚はいまは退化してしまったのか。たぶんそうではなくて、それはいろいろな夾雑物の底に押しつぶされているのだろう。柴田氏は、それを掘り起こすのもまた今日の作曲家の仕事ではあるまいか、と書かれていた。

日本人の音感覚が西洋人とくらべて特殊なものであるのは、最近の角田忠信氏の研究とその所説によっても明らかである。寛政年間に著されたものには、三味線のさわりは蟬の鳴き声のように派手なるをもって専一とす、というようなことが書かれている。たとえば、このさわりというようなことばについて考察することはたいへん興味深い。

自然の雑音と区別しえない微妙な響きを得るために、三味線や琵琶の演奏者はたいへん苦心する。

「さわりがきちっととれるようなら一人前だ」とはよく耳にすることばである。あのビーンという糸の余韻は、音の相としては複雑で、西洋の調律された音感にとってはただの騒音にすぎない。しかし、そこに日本人は至上の美を感じてきた。ぼくもその感覚が退化したとは考えない。柴田氏の指摘のように、それは夾雑物の底に押しつぶされているのだろう。

昔は琴の音色《ねいろ》にしても良かった。いかにもいまは技術の達者なひとは増えたけれど、琴らしい音のひとは少なくなってしまった。

8

音色に対して鋭敏な（日本人の）耳が落ち入りやすい危険についてはこれまでも指摘してきた。それは、余りにも音色に耽けることによって、時として音楽の世界は反って閉ざされたものになってしまう。音楽は広がりをもたず退廃に向かう。だが、邦楽の底をつらぬいていた、独特な美的観念としてのさわりは、かならずしもそのように閉ざされたものではない。その語源は、本来、他のものにさわるということから来ているのであり、さわりの当初の意味の一つは、他の流派の傑れて目覚ましいものを自己の流儀にとりいれるということであった。

自然の音と差別されないような、また、西洋の耳には雑音としか聞かれない音に、美を感じるということはどういうことであったろうか？

現在《いま》でこそさわりは表現上の慣習といったものになってしまい装飾としての意味を超えるものではなく、それは余りに自己完結的である。しかし、その語源からも知れるように、さわりということばの有つ意味は、ほんとうは今日想像しえないほどに、むしろ激しく動的な姿勢ではなかったろうか。それは固定された美的観念ではなく、行いのなかに、つまり生活のなかに求められた態度ではなかったかと思う。さわりは、音の生きた実相を聞きだそうとする欲求であり、一音に世界を聞くことなのではないか。そこでは音は厳然として自立し、しかも他と一体であるというような響きでなければならなかった。

残念ながら、現在の日本の音はその点きわめて曖昧で、覚束ない。

9

日本の古くからの文化に、それを形づくってきた重い要素のひとつとして装飾性ということがある。そこにはまた考えるべき多くの問題があろうが、現在《いま》、音楽ということに限れば、さわりということばに表れているようなミニマル（最小の）な構造にこそ眼を向けるべきであろう。それを論理的に把握することがなによりもだいじだと思う。

音楽は人間のものである。そのためには、音楽という表現手段を通して、国境を超えた普遍的な価値へ向かうという希求にたいしての自覚がなければならない。そして、それは民族の現実のなかにおいてなされるものであろう。ぼくらにとって、すべての手がかりはこの日本の現実のなかにあるのであり、またその現実は過去と切り離れて在るものではない。

芸術は、現実から世界へ向かって提出される仮説であり、結果ではなく、そのことで時間から自由となる。人間の旅は、やがて宇宙的《コスミック》な共通分母へと到り、つねに実現の延期を余儀なくされていた夢にもおわりがやってこよう。

いま、この地上には多くの異なる音楽があり、それらはひとつの基準によっては判断しえない独自の価値をもっている。そして、互いに磁力のように牽《ひ》きあい、また反発することで不可視の均衡を保っている。そのことは、科学技術が世界をひとつにしているということとは本質的に違う。

古く、日本人は、一つの音のなかに世界を聞きだそうとし、さわりということばでそれを表したが、意味深いことに思える。

（「朝日新聞」'75年4月28日〜5月10日）B

未知へ向けての信号《シグナル》

此頃になって、ここ信州の山も、やっと夏らしい表情を取り戻したようにみえる。普段なら、避暑地とはいえ、日中はかなりの暑さだが、今年は、七月半ばに、まるで冬のような冷たい氷雨が降り、気温も十三、四度程にしか上がらないような日が、幾日か、あった。気象観測衛星が天候の様子を仔細に分析して、予報はかなり正確になったとはいいながら、だがそれも余り当てにはならなかった。

科学は物質やエネルギーを究め、新しい情報科学のエポックを迎えたにもかかわらず、人間にとっての未知は、まだ量りしれないほどに大きい。人間の手が及ばぬもの、人間が制御しえないものがまだ多く残されてあることに、だが、ほっとした思いもする。

風が起こり、霧がはれて、山が忽然と青黒い姿を顕わすと、はたしてそれはこれまでもずっとそこに在ったのだろうかと、新たな驚きにとらえられる。そんな時に、私は、自分のなかで、音楽へ向かって、なにかが動きはじめるのを覚える。こうした感興は、かならずしもなにかの対立が生みだす劇的情動といったものではないだろう。自然界には、目に立つ激しい変化もあれば、目には見えないが変化し続ける様態というものがある。私は、その中で、どちらかといえば、目に見えないものに目を開き、それを聴こうとする人間かもしれない。

人間の認識というものは、一様ではなく、多次元に亘《わた》っている。したがって私が感じとったものが、それが直ちに、同様に、他人のものとはなりえないだろうと思っている。だが、私は、ひとりではない。私は生きているが、また同時に、生かされてもいるのだ。何に、また誰によって？

私の音楽は、たぶん、その未知へ向けて発する信号《シグナル》のようなものだ。そして、さらに、私は想像もし、信じるのだが、私の信号が他の信号と出合いそれによって起きる物理的変調が、二つのものをそれ本来とは異なる新しい響き（調和《ハーモニー》）に変えるであろうことを。そしてそれはまた休むことなく動き続け、変化し続けるものであることを。したがって私の音楽は楽譜の上に完結するものではない。むしろそれを拒む意志だ。

だがこれは西洋の芸術志向とはかなり違ったものであるように思う。西洋音楽に深い憧憬をもって接し、それを究めようと作曲を生業としてきた者としては、随分大きな矛盾を抱えてしまったことになる。だがいまやそれは、安直に溶解できるようなものではない。果てしなく大きく膨れ続けている。

もしかしたら日本の（東洋の）作曲家は、誰しも、そうした矛盾を内面に抱えているのではないだろうかと考えるのだが、それしも断定はできない。私は日本を代表する作曲家でもなければ「日本」の作曲家でもない。日本に生まれ、育ち、この土地の文化の影響を多く蒙っていることを充分に自覚しながら、そして、それが不可能であることを知りつつも、そうした枠から自由でありたいと思っている。
「日本」の（西洋音楽）作曲家という特殊性で見られることが最近は随分少なくなってきたが、それでも国外では、未だに、そうした居心地悪い思いをすることがある。人間の理解の幅は、こんな時代になっても一向に拡がらず、深まっていないように感じられるが、変化の兆しが無いわけではない。情報科学の進化は、量的なものから質的なものへ向かって変化しているのは疑いようもない事実だし、異なる文化はグローバルな文化へ早急に統合されそうな気配すらみせはじめている。だがそれは、これもまた矛盾するようだが、かならずしもそう簡単に実現されるべきものではないだろう。安易な統合《ユニファイ》が生みだすものは一体どんなものだろう？　起こりえないだろうことと解りながらも、単純にならされた均質の文化など、考えるだに恐ろしい。

　私たち日本の（西洋音楽）作曲家が、自分のものとは異なる伝統文化に育った西洋近代音楽を学び実践していることの（西洋人とは異なる）有利は、他者の眼で私たちが生まれ育った地域の文化を、その内から、見ることが出来るということではないだろうか。その文化は、国家というような制度や観念とは無縁で、自由な（地球上の）一地域の、確固として生き、また変化し続けるものとして把握されなければならないはずのものだが――。そして、ほんとうの（国際間での）相互理解は、そこからしか始まらないのではないだろうか。

それにしても「人間」がそれぞれに自立した自由な人間になるためには、殆ど無限の時《と》間《き》が必要だろう。矛盾を抱え、打ちひしがれそうになりながら、なお私が音楽を止めないでいるのは、その無限の時間《とき》を拓く園丁のひとりでありたいという希望を捨てきれずにいるからだ。

山に動じ、とりとめない感慨に耽けっていると、たちまちに時間は過ぎ、山は再び雲に蔽《おお》われて、視界から消えた。

（「毎日新聞」夕刊　'93年9月16日）F

私たちの耳は聞こえているか

二月。サンフランシスコの小さな書店で、詩人チャールズ・シミックの『雑貨屋の錬金術』—— Dime-Store Alchemy ——という、今世紀アメリカの特異な造型作家、ジョセフ・コーネルに関する、評伝とも分析ともつかぬ、不思議な、詩的感興に溢れた本を見つけた。内容は、コーネルのあの木箱の作品から喚起された、詩的箴言とでも呼んだらいいようなものだが、対象がコーネルということもあって、抑えた筆致で、しかも、気品あるユーモアに満ちた、ユニークな作家論になっている。

ジョセフ・コーネルは、その六十九年の生涯を、殆ど、ニューヨーク州から外に出ることなく過ごした。住居がある、ロングアイランドのユートピア・パークウェイと、マンハッタンの間の、きわめて限定された空間の中からあの豊饒なイメージが産み出されたことには、たんなる驚き以上のものを感じる。芸術家のヴィジョンや想像力というものは、かならずしも、蓄積された知識等とは関係ないものなのかもしれない。

そういえば、コーネルが愛した詩人、エミリー・ディッキンソンも、生涯、彼女の住居から出ることなく、隠棲にも似た孤独な生活のなかで、あの豊かな詩的イメージを言葉にした。

それに較べて、今日の私たちの生活は、無制限に送られてくる人工的な情報を受け容れることに多忙で、それを咀嚼することにさえ倦《う》んでいる。私たちは、いま、個々の想像力が自発的に活動することが出来難《にく》いような生活環境の中に置かれている。眼や耳は、生きと機能せず、この儘、退化へ向かってしまうのではないか、という危惧すら感じる。

今日、文明先進国から、嘗てのようには、強い個性をもった芸術が多く現れていないのは、見出したり、聴き出したりする能動的な行為を、人間が、他の機械的手段（技術）に委ねてしまったことに由るからではないだろうか。勿論、新しい技術は、有効に用いられれば、私たちの想像力を拡げるに違いない。だが、だいじなのは、そこに人間の手を通すことだろう。

本のなかでシミックも書いているように、この世界は、未だに、発見されることを期待しているのだ。

コーネルが、雑貨屋で売られているような僅か10セントほどの身の回りの物から、日常、私たちが気付かずに見落としているような思いがけない性質を見出し、それらをイメージの豊かな語彙として新しい美の世界を現出したように、私たちは、もう少し積極的に、この世界を、見たり聴いたりすべきではないだろうか。

遠い記憶が遺伝子に刷りこまれているように、既に、あらゆる歌はうたわれ、私たち（ひとりひとり）が待ち期《のぞ》む美も、世界に遍在している。それらは、実は、私たちの身近な生活環境の中にさえ見出せるはずのものだろう。

詩の起源が、永劫の時間《とき》を不可視の痕跡に封じた古代の巨石や、砂壁に溯れるように、世界の至るところに詩は書かれ、歌はうたわれていた。目を凝らし、耳を澄ませば、その総てのうたやことばを読みとることが出来るはずだが、怠惰が私たちを盲目にしている。世界に、既に書かれ、うたわれ、描かれたものたちは、未だに私たちの周囲に息を潜めて、見出され、読み解かれることを待ち期んでいる。バッハやベートーヴェンは、また、ダ・ヴィンチやミケランジェロは、それらを新しい人間的価値として見出すことが出来たのだ。

私は、作曲という仕事を、無から有を形づくるというよりは、むしろ、既に世界に遍在する歌や、声にならない嘯《つぶや》きを聴き出す行為なのではないか、と考えている。音楽は、紙の上の知的操作などから生まれるはずのものではない。音符をいかに巧妙にマニピュレートしたところで、そこに現れてくるのは擬似的なものでしかないように思える。それよりは、この世界が語りかけてくる声に耳を傾けることのほうが、ずっと、発見と喜びに満ちた、確かな、経験だろう。

だが、そのためには、私の耳（感性）は、現在《いま》より、もっと撓《しな》やかで柔軟でなければならない。コーネルやディッキンソンが世界に示した鋭敏な反応とまではいかぬまでも、少しでも、私なりに、「世界」に応えられるように。

サンフランシスコから戻って、侯孝賢《ホウ・シャオシエン》監督の『戯夢人生』を観る。彼の映画は相変わらず素晴らしい。いつもそうではあったが、殊に今回は、繊細な音響の扱いにこれまでに無い強い感銘を受けた。

生活空間の中に聞こえているなんの変哲もない響き。例えば、主人公の義母が履く下駄の乾いた木質の音、遠い人声。それら画面の外から聞こえてくる物音が、静的な長回しの画像《ショット》を驚くほど生き生きと息づくものにしている。侯孝賢は、なんと撓やかな耳の感性の所有者でもあることか。

音楽も、これまでの彼の映画のなかで最も成功していたように思う。

さて、映画も概ねそうであるが、それにしてもテレヴィの音の扱いの無神経さは、日本の場合、酷過《ひどす》ぎるように思う。ニュース報道の背後にまで全く関連性がない音楽や音響が流されて、徒らに視聴者の気分を煽ろうとする。また、私たちもいつかすっかりそれに馴らされてしまっている。こんな状態が永く続くようなら、私たち（日本人）の耳の感受性は、手の施しようが無いまでに衰えてゆくだろう。

その時、耳は、もはやなにものをも聴き出すことはない。

（「毎日新聞」夕刊　'94年3月10日）F

「消える音」を聴く

またいつものように、信州の仕事場に戻る。陽が落ちて、山は急激に黯《くら》さを増した。早出の蟬の声が不意に熄《や》んで、辺りに、沈黙の気配が立ちこめる。実は、静寂が訪れるまでは、この季節外れの虫の音《ね》にさえ気付かずに居た。

音というのは不思議なものだ。生まれては、直ぐ、消える。そして、ひとそれぞれの記憶の中に甦《よみがえ》る。音は消えてゆくから、ひとはそれを聴き出そうと努める。そして、たぶんその行為こそは、人間を音楽創造へと駈り立てる根源に潜むものだろう。

音は消える。だが案外、人間《ひと》は、その昔の性質（本質）に気付いていない。当たり前のこととして忘れている。殊に、現在《いま》の私たちの生活環境は、音というものの、その大事な本質を見失わせるような方向に、極端に、進んで来てしまっている。それで、音の専門家ですらが、いまでは、音は消えるものだということを、すっかり、忘れている。

記録ということと、貯えるということでは、その意味合いはかなり違うと思うが、本来記録のために発明されたレコード（音盤《ディスク》）という便利な手段が、極端に産業化して、いまでは、当初の目的とは全く別のものに変わってしまった。小さな円盤に、優に、一時間を超すシンフォニーの、厖大な量の音が貯えられる。そしてそれは、殆ど、半永久的に保存でき、繰り返し再生される。また、シンセサイザーやコンピューター、サンプリング・マシンなどから作曲家は、貯えられた音を、いつでも、ひょいと小出しにとりだして、簡単に使うことができる。

音は消えるどころか、私たちは、いま、目には見えないが、日々貯えられている厖大な量の音の堆積のなかに、埋もれて、生活《くら》している。したがって、消えてゆく音を追う、内なる耳の想像力などは、もはや音楽創造（作曲）には必要とされていない。と、そう考えたくなるほど、今日、私たち（人間）の耳の感受性は衰え、また怠惰になってしまった。音は消えずにいつも周囲にある（という、実は、錯覚に慣らされている）ので、沈黙の偉大な光景を想像の内に再生することなど、もはや、きわめて困難なことだ。

発音することを忘れてしまった音の表現。自分が発音するまでもなく、用いる材料には一向に事欠かないから、それを他人《ひと》よりどれだけ巧みに扱うか、ということだけが問題にされる。紙の上で音楽を考えて、（そこでは、音は、恒《つね》に、消えないものとして考えられている）音にとっては傍《はた》迷惑な知的迷彩がたっぷりほどこされる。音を聴き出そうという欲求より、既に在る音をいかに巧みに操縦《ドライヴ》するかという欲望の方が先行してしまう。現代音楽のすべてがそうだとは言わぬまでも、今日量産されているものの多くはそのようなものだし、過去の多くの音楽が現在《いま》なお失っていない、音の自然な輝きなど、殆ど、皆無だ。

私自身はひとりの作曲家であり、したがって、この状況を客観的に批判することはできない。ただ、フィリップ・ソレルスが讃美するバッハのように、「虚空を翔け、また地上にもどってくる。地面にふれるかふれないうちに、また舞いあがり、空高く昇って」（フィリップ・ソレルス著『例外の理論』宮林寛訳／せりか書房刊より）いくような、軽やかな音を、自身の耳で、聴き出したい。

音は消える、というもっとも単純な事実認識にたちもどって、もう一度、虚心に（音を）聴くことからはじめよう。かならずしも、それは、容易なことではなさそうだが。

音は消えるのだ、ということを、本質的な問題として捉え直した作曲家は、ジョン・ケージだろう。だが、すべての音楽表現の根底には（消えていく）音を聴き出そうとする、人間の、避け難い、強い欲求が潜んでいるはずだ。だから音楽は、時間を超越して、幾度となく聴き返されるのだろう。また、そのために必要な楽譜というものは、消えてゆく音を、身裡《みうち》に、どうにかして留めたいとする欲求の表れだが、だからといって人間《ひと》は、記譜することで、そこに「音楽」が余すことなく定着されたとは思っていない。音の全容を平面的な譜に置き換えることなど、所詮、無理だということは、百も承知だ。

だが楽譜は、作曲家が聴き出した、実体としての音を、再び、時空を超えて、この世界に喚びもどす装置であり、その不完全さが、逆に、そのことを可能にしている。つまり、音楽史は、一面において（消え去った音、即ち、楽譜への）転写《トランスクリプション》と註解《コメンタリ》の、果てしない、繰り返しであり、その繰り返しは、だが、一度として同じではなかった。もちろん楽譜は、それとの接し方では、ただの不完全な、動くことのない、平面に置かれた記号にすぎない。

音は消える。ちょうど印度の砂絵のように。風が跡形もなく痕跡を消し去る。だが、その不可視の痕跡は、何も無かった前と同じではない。音もそうだ。聴かれ、発音され、そして消える。しかし消えることで、音は、より確かな実在として、再び、聴き出されるのだ。

（「毎日新聞」夕刊　'92年7月10日）E

自と他

私は数年前、フランス人の音楽家たちのグループに加わり、インドネシアの音楽を探《たず》ねて、バリ島と、ジャワ島中央部の僻地を歩いた。私たちは、ガムラン音楽やケチャックについて、かなりの知識をもっているつもりではあったが、実際にその土地で見聞したものは、私たちの想像をはるかに超える異相のものであった。だが、フランス人がそれらの音楽から受けた衝撃の質と、私のそれとは、厳密には等質なものではない。

アジアにおいて最も西欧化（近代化）が進んだ社会に生活している人間であり、しかも、西洋音楽の教育を受けた私の耳が聴いたインドネシアの響きは、それにもかかわらず、同行したフランス人たちとは違っていた。フランス人が音楽や舞踊に示す反応が、時に強く、日本人である私との隔たりを感じさせたのだ。しかし、それは微妙な差違というものであろう。説明は困難だが、なぜかそのことが現在も気になるのだ。

産業文明の発達に伴って、世界は等質化と画一化へ向かったが、それでも、民族や、地域社会固有の伝統慣習のようなものは、そう容易《たやす》く失われるものではない。だが、日本の場合は、外部との対応に忙しく、またそれが性急に行われたがために、そうしたものの少なからぬ部分を簡単に捨ててしまった。それは、産業文明を含む西洋文化との唐突な接触、そして、そこで受けた衝撃が余りにも大きいものであったためである。そうして日本の開化は、漱石が述べているように、内的な成熟によらない外発的なものとなって、やむなく「上滑り」の道を進んだ。

やがて、それは戦争という災厄へ向かい、日本人は敗戦という大きな代償を支払わされた。だが、敗戦という契機も、日本が進んできたこれまでの針路を本質的に変えることはなかった。それは、一面においては、むしろ国家の建て直しを大義として助長された。

たぶん現在では、つまり、あの石油危機以後の日本は、こうした進歩の方向や形態を、内発的な努力でコントロールしなければならない、という事に気づいたに違いない。だが、現状は楽観を許すものではなく、たんなる現状維持の姿勢では、遠からず日本人の生活は破壊しつくされ、多面的な意味の世界、あるいは場は滅んでしまうだろう。

私はあの時、西洋(フランス人)と東洋(インドネシア)という、二つの鏡の合せ鏡によって映しだされる自分自身の姿を、幾層もの暗闇の奥にのぞいていたのだ。そして、思いがけず鏡の底に見いだした日本というものに、実は、戸惑ったのであった。

フランス人は、私よりももっと大きな衝撃で、ガムランを聴いたのではないだろうか。それは全く異形《いぎよう》のものとして、かれらに映ったに違いないのだ。私にとっては、衝撃は、かれらフランス人程ではなかった。なぜなら、私の内に培われ、ねむっていた日本人としての感受性が、その驚きを和らげたからである。

フランス人とインドネシアとの間で、私は二重の異邦人の立場にあった。そして、たぶん、その特殊な状況が、私に、日本を内発的な力として意識させたように思う。私は戸惑いながらも、日本という仮説を可能にするのは、思想の純粋培養ではなく、フィールド・ワークにも似た構造的な思考ではないか、と思った。

高度経済成長によって、日本は国際的列強に伍し、アジアにおいても指導的な役割を担うようになった。そしてそのことが、日本を再び静的な国家主義へ向かわせている。危険なのは、進歩の行き過ぎがもたらした障害や歪みが、思想上の動揺を産み、西洋近代の成果を否定するのが当然であるかのような風潮にまで至ることであろう。

人間は、今日、一個の運命共同体であると同時に、民族や、国家や、地域社会等によって差別される無数の個別の生でもある。その事を認識しないでは、「進歩」の複雑な相をとらえることはできない。

日本がその開化にあたって鏡とした西洋は、たしかに、重大な危機に瀕している。西欧近代の専制の地位は、旧植民地の独立、第三世界の台頭によって崩れ去った。だがそれは、われわれにかかわりの無い別の現実なのではない。この歴史的な現実は、すべての人類の内に起きたのであり、また日本人にとっては、あの巨大な一枚の鏡は、無数の砕片としてなお生きているはずなのである。

私はインドネシアを旅して、西洋とは異なる他の多くの鏡の存在に気づいた。そのことは、西洋と日本、あるいは、西洋と東洋というような単純な対比的発想を壊して、思考に動的な緊張をもたらした。
日本を、多くの異なる鏡の乱反射のなかに曝《さら》してみることである。そしてまた、壊れた西洋という巨大な鏡の砕片を、各個の内に、新たな一枚の鏡として組み立て直すような努力を試みるべきである。たぶん、そうした想像力の営みだけが、歴史を価値あるものとし、われわれの生を保証するだろう。

バンドンを経て、近代的なビルが立ち並ぶジャカルタへ戻った。帰国の飛行機を待って、ホテルに一泊する。建ちかけの鉄骨の群れが、そこ、ここに、黒い影を落としている。ジャカルタでは、目に見えて機械化と合理化が進んでいたが、南半球の空と植物が、市街の景観にいくらかは有機的な息づかいをあたえていた。やがてはこの街も、生活の構造を失って都市化していくだろう。そしていつか、文明の侵食はインドネシアのすべての島々にも及ぼう。

数週間の僻地での生活の後で、私は、ホテルの隔離された空間を、奇異なものに感じていた。この部屋の中からは、山間の聚落に営まれている、共同体としての生活を想像することはできない。樹皮で葺かれた屋根と、ホテルの厚い漆喰の壁を隔てるのは、歴史の推移ではなく、また両者は固定的な価値観などによって判断されるものではない。「進歩」が示すところは、集団からの、あるいは共同体からの個人の分離というものであろう。テレコミュニケーションの発達によって各地域の都市化が進むと、人間は孤立化し、仕事の分業化は著しくなる。程度の差こそあれ、これは今日の主要都市の現実であろう。

都市としてのニューヨークや東京が当面している危機は、もはや解決が不能な状況を指し示しているように思われる。人間は全く誤った道を歩んできたのだろうか？「進歩」は、人間にとっての価値として把《とら》えられ、それはまた今日もっとも反省され、疑われるべき価値としてあるようである。そしてそこには「進歩」という概念をさえ否定するような短絡した発想が現れている。今日の人類の危機が、「進歩」の結果であるとする考えは、「進歩」を固定した価値として把えることから生じている。「進歩」は、歴史的段階《レヴエル》で把えられるものではなく、また固定的価値でもない。

太古に人間《ひと》が創りだした人工的な自然としての火は、今日の核エネルギーより遅れている「進歩」なのではなく、その価値は比較し得ない。それは別のものなのである。したがって、人間が火を制御しつつ安全に用いてきたということが、そのまま核についても当て嵌められるわけではない。

火と原子核エネルギーが同時的に存在し、「進歩」は、その両者にかかわる力学なのである。

ホテルの昇降機には、ニューヨークや東京となんら変哲もない音楽が流れていた。しかし私の耳には、その響きは粗く空虚に聞こえてならなかった。わずか数週間のことで、私の耳は退化してしまったのであろうか。音は目の粗い篩《ふるい》からこぼれ落ちているように感じられた。

私は、「進歩」が示すところは、集団からの、共同体からの個人の分離というものであろうと書いたが、それを、個人の「人間」からの自立である、と言い換えても差し支えない。国家を単位として考えれば、政治においてはそれは王制、君主制からの議会民主制への移行であり、国際的には植民地の独立、第三世界の台頭として現れている。これは一方において進んでいる社会の都市化ということともけっして無縁ではない。いずれも人間の生存に根ざした欲求のはずである。

だが、人間のたどって来た道は思いがけない方向へ屈折し、人間の孤立化は病的なまでに深まり、国家的な対立が深刻化していくことは直ちに人類全体の生存を脅《おびや》かすまでに至っている。では、この危機を回避するためには、文明の成果を否定し、都市を捨てることで足りるのだろうか？　私が数週間を過ごして来たインドネシア山間の聚落に営まれている共同体としての生活形態が、この状況を打開するものであろうか？

「人間」から自立した個人、という私の言い方は、譬喩的であり過ぎたろうか。しかし、近代において、人間は集団意識から、あるいは共同体意識から自由な、自我を獲得した（それをこそ近代と呼ぶわけであるが）。集団からのこの離脱は、自己客体化ということであり、客体化された自己は、究極において「他者」に連なるものである。それによって、人間には新たな連帯の可能性が開かれるはずであった。

だが人間は隔絶化し、孤立を深めるばかりである。それは自己客体化の不足にも起因するが、つねに国家体制のエゴがそれを阻もうとするからである。人間は孤立を深める間に、また、自然とのかかわりをも失ってしまった（恐ろしいことに、自然は日々人間自身によって破壊されている)。もちろん、事態はこのように図式的に論述できるほど単純ではない。自己が他者であるような生というものを考える。私には「自然」と「宗教」という二つの言葉が思い浮かぶ。しかし、現在の私はそれについて書くことはできない。ただ、日本人の宗教からの離脱ということが、たいへん気になる。私はここまで考えて来て、インドネシアでガムラン音楽やケチャックに心底から揺り動かされた自分というものをさらに凝視《みつめ》たいと思っている。

今日、世界の現状が要請している「進歩」は、個人の精神の匿《かく》れた内部に在るものである。私たちはそれをこそ開発しなければならない。

C

日常から

ピアノ放浪記

「火の子」は、グラフィック・デザイナーの原弘氏に伴われてはじめて行った。原さんは、近年、健康を害され、療養生活にあって禁酒を余儀なくされているから、原さんを見かけない「火の子」は、（私には）なにか重さを欠いたように感じられるが、その替りに、中程度に重いのやずっと軽いのやら、趣もとりどりに多数集《つど》って、愉しい雰囲気は保たれている。

主の育子さんは、昔（と、言ってはいけないのかなあ？）郷里を出て、新宿の「キャロット」や「ドレスデン」で働いていたことがあるそうで、偶々、「キャロット」でピアノを弾いたことがある私は、育子さんには先輩格と謂うことになる。実《まこと》にたよりない先輩だ。と言うのも、酒場でピアノを弾いていたと恰好つけはしても、僅か一晩のおつとめでお払い箱になったのだから。

「キャロット」は、同系の「キューピドン」や「ドレスデン」、「ミロ」等に較べてやや高級なクラブで、若い者が気軽に飲めるような処ではなかった。誰の伝でピアノを弾くことになったのか、記憶はもうひとつ判然《はっきり》しない。何しろ食うや食わずの日々で、しかも作曲家になろうなどと向う気ばかり壮んで、音楽的素養はなく、ピアノも持たず、ただ、遮二無二ピアノに触りたいという念いばかり鬱勃として、ピアノに触れる機会があればそれを逸すまいと、そのためには手段を択ばず、労苦をいとわなかった。

考えれば無茶な話で、雇う側にすれば迷惑も甚しい。その頃、まがりなりにもどうやらそれらしく弾けたのは、ショパンの前奏曲《プレリュード》のなかの緩《ゆ》っくりした一曲だけで、他には何ひとつなかった。半ば出鱈目に、うろ覚えのはやり歌をきわめて前衛的な和音《コード》にまぶして鳴らすこと位しかできなかった。その私が、一流クラブのバンド・マンとしての職を得たのは不思議な気がするが、たぶん岡本太郎さんあたりの口添えでもあったのだろう。

あの頃、新宿界隈のバアは、日曜も営業していて、「キャロット」もそうだったが、ただ、専属のバンドは日曜は休暇をとっていて、それで私は、日曜専門のピアニストとして採用された。こうして書いてみると、道筋が少しずつ見えて来て、こっちも心臓でいいかげんだったが、あちらもかなりちゃらんぽらんだったんじゃないか、と思えてくる。レコードを流しておくよりは幾らかまし程度に考えられていたんだろう。だが、実際には、レコードの方がずっとましだったのだ。

さて、こちらは高を括って、勇んで夕方の新宿へ出た。勤めの初日、初見世ということだが、私の念頭にはピアノのことしかない。仕事に出るというような自覚はさらになかった。黒白の鍵盤が眼前にちらついて、宙を飛ぶような思いだった。

しかし、仕事は甘いものではない。酔客からのリクエストが書かれた紙片を、ボーイやホステスから手渡される。ナイト・クラブは書斎ではないから、ピアノに向ってあれこれ楽想を練ったり、音を確めたりしているわけにはいかない。それに、いつまでもショパンばかり繰り返し弾くこともできず、客やホステスのつまらなそうな雰囲気が伝わってくる。自分は、毎日、ピアノのことばかり夢みていて、いつの間にか巧く弾けるような錯覚に陥っていたので、実は、聴かされる側より私が先に戸惑い、落胆して、註文の流行歌など弾く気にもなれない。馬鹿にした視線が四方から注がれるのを感じる。ピアノに触れた歓びも消えて、どうしようもないパニックに私は落ちこんでいった。

美しく着飾ったホステスが、ビールを満たしたグラスを手に、やって来て、

「坊や、お酒でも飲んだら気分が落着くんじゃない？」

と、グラスをピアノの上に置いた。これが映画なら、さしずめ、"Play it again, Sam" というような場面だろうが、新宿「キャロット」の日曜ピアニストは、サムでもなければハンサムでもない。ちびた女下駄をつっかけたみすぼらしい小僧だった。

「まあ嫌だ。この子、下駄でピアノ弾いてる」

と、彼女が叫んだので、皆の視線が私の足許に集まった。照明の蔭で、それまで誰も私の下駄ばきを気付かなかったし、最初の面接の際も、同じちびた女下駄をはいていたのだから、いまさら何をそんなことで騒ぐのかと訝しく思ったが、

「下駄ばきで演奏は困りますね」という副支配人のひと言で、ちょん、馘という始末。

さて、この程度のキャリアで、育子さんの先輩面するのは、甚だ面目ない。「キャロッ

ト」を失職してほどなく、横浜の、米軍キャンプの酒保で働くことになり、一年、東京を離れた。その横浜での、バンド・ボーイとしての一年は、ピアノと一緒で、夜の喧噪が嘘のように思われる静寂のなかで、ホールの隅に置かれたピアノに触れることができた。そしてその時はもう、軌道修正がきかぬほどに音楽の道を歩きだしていた。だが、ピアノへの満たされぬ想いは、東京へ戻ってからも、まだ暫くは続いた。

(『火の子の宇宙』一九八三年九月)

暗い河の流れに

ある時、石川淳氏がふと私にいわれたことが忘れられない。それはたぶん、私の気負った文を戒められての言葉であったろうと思うが、私の内に強い余韻として消えることがない。氏がいわれたことの内容は、世界はさまざまの異った考え方によって成立ち、そして、思想は他者を自覚することなしには生れようもない、ということであった。

異った声が限りなく谺《こだま》しあう世界に、ひとは、それぞれに唯一の声を聞こうとつとめる。その声とは、たぶん、私たちの自己の内側でかすかに振動しつづけている、あるなにかを呼びさまそうとするシグナル（信号）であろう。いまだ形を成さない内心の声は、他の声（信号）にたすけられることで、まぎれもない自己の声となるのである。

私は、思想とよばれるものを、全く完結したものとして想像することはできない。それはまた、〈思想〉としてのみ自立し得るものでもないように思う。思想というものは、私の考えでは、絶えずそれへ向って形成されつつある状態、あるいは、個人としての人間の内部に起りつづけている状態へのひとつの決定なのである。そして、ひとつの思想は、他のもうひとつの思想、哲学を見出すことで、はじめて生きたものとして、動的に人間生活とかかわってくる。

今日では、生きるということの十分な意味は、他者との関係のあり方について思わずには、考えることができない。個人的な全き〈生〉は、社会的関係において意味をもち、尊い。

私は音楽家として、自分自身のために作曲するという態度をくずすことはないが、それが音楽としての生きた響きとなるには、私の力だけで、それを行うことはできない。私の〈歌〉が、新しい振動として社会のなかにひとつの方向性を得るとすれば、それは、さまざまな他の波長との触れあいによってなのである。

この地上で聞かれる音のすべては、異った波長の集積で成立っている。波長の集積のぐあい、あるいは強さの度合いといったことが、その音の独自な響きをつくりだしている。そして、そこに集っている波長は、相互に物理学的な信号の役割を果すのだが、このことはたいへん暗示的なことに思われる。信号としての波長は、他の波長を全く別の新しい振動に変えてしまうが、信号もまた元の波長のままではいない。私は、これを単に物理的な相乗効果としてだけ考えたくはない。他を変え、また自己を変えるということは、〈運動〉の原則ではないか。

このように、音には固有のいのちがあり、また、音がこのようなあり方であるということは私を勇気づける。

だが、今日の社会では、音楽は無力であり、たぶん何ものをも変えはしないだろう。そのことを時に私は恥ずかしくも思い、ともすればいら立ちと、うしろめたい気分に挫けそうになる。

音楽を通じて、既往の状態から脱した、他者との生き生きした新しい関係を得ることは、困難なことであろうか――。また音楽は何かを動かすことに少しでも役立たないのか――。

私は、音楽が社会変革をたすける力になるであろうなどというようなことについて考えているわけではない。音楽の無力を知った上で、私は、なお、それを捨てることはできない。

他者との関連なしに音楽を想像することは私にはできないが、それでも音楽は〈社会〉という単位においては、ほんとうのすがたでは現れることがないもののように思う。音楽は人間の孤独な感情に結びついたものであり、それゆえに、社会との相関においてその意味が問われるのである。

音楽的感動、音楽的体験はつねに個人的なものであり、音楽は、生の〈開始〉のシグナルとして私たちを変える。そして、それらの無数の個別の関係が質的に変化しつづけ、ついに見分けがたく一致する地点に社会はあるのではないか。社会は、自己と他とが相互に変化しつづける運動の状態として認識されるべきであると思う。

私は、生きることにおいて信号の役割をはたしたい。私にとって音楽はそのために必要な唯一の手続きである。

私にとって音楽がはじめての〈他者〉として現れたのは終戦に近い、一九四五年の夏であった。それは不意にやって来た。

私は中学生のとき勤労動員で、ほぼ一年にわたって埼玉県の陸軍基地で働いていた。そこはアメリカの本土上陸にそなえて建設された食糧基地であった。私たち学生の宿舎は山奥の木立ちの茂みの中にある、半地下壕のような体裁のものであった。電気もなく、冬は宿舎の土間に焚火でもしなければ寒さに耐えられず、夏はまるでむろのように饐《す》えた。私たちは兵隊と同じように、寝具である毛布の整頓が悪いというようなことで下士官から殴打された。時には、理由も無く数キロの山道を軍歌演習をしながら駈けさせられた。

軍歌とそのたぐいの歌をむやみと大声でうたうだけで、軍歌の文語体の言葉の意味などはおよそ理解できなかった。ただ、なぜかその中の「世は一局の碁なりけり」という歌詞だけがその雰囲気にそぐわないように思えてならなかった。そして、その歌をうたう時だけは奇妙なことに感動的に悲しくなるのだった。しかし、その歌は私を悲しい気分にはしたが、けっして私を変えることはなかった。ただそれはうたわれるたびに、重い錘《おもり》のように記憶の底に暗く沈んでいった。

そんな環境のなかで、私はある一つの〈歌〉を聞いた。そして、それは軍歌や当時の他のうたのようにしいられたものではなかった。

基地には、数人の学業半ばに徴兵された見習士官がいた。真夏の午後、兵隊に命ぜられて数人の学生が黒い雄牛を屠殺した。その事件で、私たちはどうしようもなくたかぶりながらも、なぜか黙ったまま半地下壕の宿舎に閉じこもっていた。夜、一人の見習士官が手回しの蓄音機をさげて学生の宿舎へたずねて来た。彼はうつむきながらなにかを語り、一枚のレコードをかけた。

それは、私にとってひとつの決定的な出会いであった。その時、私の心は他の学生たちとおなじように、おおうことのできない空洞であり、ただその歌がしみこむにまかせていた。あの時、私たちはけっしてその歌を意志的に聞こうとしていたのではなかった。そして歌はまた、ただ静かに大きな流れのように私たちの肉体へそそがれたのだ。

歌の形は見ることができない。私たちは、それを愛する人たちのかたちとしてしか確めようがない。その歌は時と空間を越えた充分なやさしさで私をつつんだ。後になって、それがジョセフィン・ベーカーのうたった有名なシャンソンであることを知った。

音楽は記憶とむすびついて、時にひとを過度な感傷におとしいれることがある。だが、そういう音楽は人をただ一カ所に立止らせるだけだ。それは〈他者〉としてあらわれるものではない。やがてひとは昨日と何ら変ることなく歩き、音楽も去って行く。もちろんそれも音楽であるだろう。純粋に、書かれた音符だけによって自立している音楽等というものを私たちは想像することができるだろうか。たぶん音楽はひとそれぞれのなかでなにかいものに結びついているだろう。それは風景であったり、小説の数行であったりする。しかし、音楽がもっとも純粋な始源的な〈歌〉の形としてあらわれるときは、それは見ることができない。

私があのとき聞いた歌は、絶対にジョセフィン・ベーカーのシャンソンでなければならなかったが、私はそれと出会ったことで、もう昨日の私ではなかったし、その歌もすがたを変えてしまったのだ。後になって、下士官の一人が、インテリがきさまらに敵性音楽を聞かせたそうだな、といった。私はそれを聞いて、なぜ人間は自分の手で自分自身を辱しめるようなことをしてしまうのかと思った。その時、あの歌を敵性音楽と呼んだ男は、まぎれもない私の敵であった。〈国家〉という名で音楽にまで敵、見方の区別をつけていた当時のことを思いかえすと、馬鹿らしくてならない気もするが、同時にやはりおさえがたい憤りを感じる。

私の学校生活は戦争で始り、終戦と同時におわった。そして、〈他者〉はいつでも〈日本〉によってゆがめられていた。

敗戦と、戦後の生活体験が、現在の私を形成しているすべてであるといってさしつかえない。音楽も詩も愛も、すべてがそのなかで育った。

終戦の夜の基地では、静けさと空虚な騒々しさとが入りまじっていた。兵隊たちは深海魚が重い水圧に耐えかねているような目で、むきだしに下卑た真似を演じていた。私たちにレコードを聞かせた見習士官は山を降りたらまた大学へ帰る、といった。彼は、この基地の生活にも無感動でいたし、戦争にさえ熱することがなかったように見えた。私たちは静かだったが、また、それとも異っていた。私にとってはすべてが無縁だった。私たちは兵隊をふくめて、やっと自由になれたのだが、その時は、互いにどうしようもなく閉鎖的になっていた。私たちは、ひとりひとりの暗い河の流れにまかせるより他になかったのだ。私たちは、また教室へもどった。

戦後の混乱した教室のなかに、私の心を満たすものは何もなかった。共産党の運動に参加したのは、私に深い認識があってしたことではなかった。サークルの会合で読まされたマルクスは、戦争中に、田舎の古本屋が隠しもっていたものを読んだ時ほどに私を動かさなかった。私には、民族とか国家とかいう次元で問題を考えることはどうしてもできなかった。私の暗い河はますます暗くせばめられていった。

私が小学校に入学した時に、それは国民学校と呼ばれることになった。中学校での生活は学業から離れた勤労動員であり、終戦後の学校生活はほとんど無に等しかったが、それはまた新制高校という新しい学制に切替えられた最初でもあった。国家はいつでも簡単に価値観の変更を強《し》いた。私にとって、社会は疑問符そのもののような環境であり、それに対する〈解決〉はいつでもいっそう大きな疑問となって立返ってきた。私は、あるいは、音楽に逃げ場をもとめていたのかもしれなかった。したがって音楽によって私の心は静められはせず、音楽は私をいら立たせた。ものをつくりだすことでひとつの〈約束〉をかわす未来というものは何であるのか、私はそれを知りたかった。

食糧は乏しく、現在では想像もできないほどに生活はきびしかったが、しかしそれよりもはるかに私たちは自己の〈生〉をとりもどすことに飢えていた。それらの欲望はやがていくつかの事件としてもあらわれた。それは、宮城前広場のメーデー事件であり、山村工作隊の活動であった。そして〈革命〉への欲望は閉塞され、崩壊をつづけていった。だが、何ものからも規制されることのない自己の〈生〉への止み難い欲望は、国家体制が今後どのように変化したとしても静かに潜在しつづけることだろう。それは〈敗戦〉によって私たちが得た唯一のものであった。

私たちは正しく〈他者〉を知る権利を得たのである。

私は学校を中途で退いたが、それは私の知識というものへの飢渇が〈生〉そのものに密接していたからにほかならなかった、と考える。一九四八年ごろには肺疾の病状はたいへん進んでしまっていた。私なりの生き方はその病気によってかなり定められてしまったと思う。私にとっては学校教育の道のりはあまりにも遠く思われた。

最初の発病で臥した時に、終日ラジオの音楽を聞いて過ごしたが、そのころにはもうばく然とだが、音楽を自分の仕事にしたいと思うようになっていた。

朝鮮動乱を契機として、日本経済は繁栄と高度成長への道を進むことになるが、当時はそれへ移行するための奇妙に重苦しい準備期間であったように思われる。「青共」の細胞会議は警察の目を逃がれて転々と集会の場所を変えていた。また「読書会」で知った数人の仲間が不意に拘引された、というようなうわさが遠く離れてしまった私へも伝わってきた。

私はいまの妻を知り結婚した。そして、音楽家としての生活がはじまった。私は数年にわたる闘病生活を妻といっしょにきりぬけることができた。彼女もまた同時代の感情に生きるひとりの〈他者〉であった。

やがて、私たちの生活のなかで、得がたい幾人かの師と友に出会う。

フランスの劇作家ジャン・アヌイの戯曲に、〈朝、私の前を一匹の飢えた野良犬が横切っていったら、私は今日しあわせではいられない〉という一節がある。人間は愛し合う存在であると同時に、また憎しみ合う存在でもある。実際に、人類愛などという愛が存在するだろうか。だが、どうしてもこの現実的ではない愛について考えることを止めてはならないように思う。

私たちは、今日、文明がもたらした〈公害〉について論じあっているが、一方には、文明の最低の恩恵にも浴さないひとびとの存在があり、また大国のエゴイズムのために犠牲をしいられている小国家は、それらの大国をうわまわって数あることを忘れてはならない。私たちはこの無数の他者と、どのようにむすびついたらいいだろうか。この愛は抽象的論議を拒むものであろう。それはまずなによりも行われなければならないはずだ。そして私たちの個別の愛は、この一見、現実的ではない無数の他者との愛と無縁の場所で行われることはないのだ。人間は愛し合うとともに憎しみ合いもする。だが、私たちにとって、もっとも恐ろしいことは、政治的機構の中で、人間が生きた人間的共感を失ってしまうことだ。私たちは、〈他者〉を喪失して愛しあうことはできず、憎しみあうことすらない。人間にとって、国家はその全体ではない。国家の論理についに従うことのない〈他者〉によって私たちは全体へつらなる。そして、その全体においてのみ〈自己〉は新たになる。清瀬保二氏から、私はどれだけ多くを学んだか知れない。それは具体的な音楽の技術だけではなかった。いま思えばおかしなことだが、当時私は、日本には私が志向するような抽象的な器楽作品を書く作曲家は皆無なのではないかと思っていた。私は音楽の沃野にひとり立つ気概でいたが、実は私はどの方向へ歩いていいのかさえわからなかった。ベートーヴェンの音楽は〈生〉の深いところで私を鼓舞しつづけるが私の肉体としての音感は、実際にはベートーヴェンの音楽からは遠くかけ離れたものであった。清瀬保二氏の『第一ヴァイオリン・ソナタ』を聞いたときに、私は自分の模索していたものが明りょうな形となって具現されていることに、言い表わしようもない驚きと感銘を受けた。私は氏の音楽を通じて音の大地の豊かさを知り、そこには私ひとりが立つのではなく、多くの異る思想や感情が共にあることを知った。

氏は「創作というものは、結局、個人のものだけれども、意識のなかでは集団的な民族の全体の問題としてそれを含んでいる現実というものを鋭く考え認識するという裏づけがなくてはならない。それがなければ芸術というものは人生に必要ないだろう。AがBよりすぐれているということだけだったら、広い意味での大衆にとってはそんなものは無意味であろう」といわれた。

清瀬氏に師事して、『二つのレント』という作品を書いたころに、私は瀧口修造氏を知った。私は氏と出会うことができた機会そのものへの言い難い感謝を、どのように表わすべきなのかそのすべを知らないのだ。自分が物事や行いを選択することで、時に迷うことがあるが、私はそのような時に、特定の数人のひとたちに恥じることのないようにしたいと考える。そうした私の想念から瀧口修造氏の存在が失われたことはなかった。私は、しばしば氏の静かな庭園を荒す乱暴な闖入者であった。だが、私は氏とともにあることで、徐々に〈内なるもの〉へ目を向けるようになった。氏はその詩業においてだけではなく、芸術の異るさまざまの分野において私を目ざめさせてくれた。『二つのレント』は、音楽以前である、という一行の批評とともに多くの友をも得た。この作品にたいして未知の友人からの共感を得たことは私にとって大きな喜びであった。秋山邦晴、湯浅譲二、福島和夫、一柳慧らとの交友はこの時にはじまる。

やがて、瀧口修造氏のもとで、若い芸術家のグループ「実験工房」がつくられた。今日ふりかえって、私に起ったそれらの出会いを思うと、私はある苦しさとともに言いようもない純潔への憧憬をおさえることができない。それは、たしかに青春においてしかあらわれようもなかった。

〈生〉は自らの手で獲得されなければならないが、しかし〈生〉は個人の営みにおいて完結するものではない。まぎれもない自己の生は〈他者〉との有機的な関係のなかにおいてあらわれるものであり、それは正しくは個を越えたものである。

私を形成している〈風土〉は、直接には師であり、友であり、あるいは一冊の書物なのであるということができるが、それは相互に干渉しながら、たえず変化しつづける場であるところの〈社会〉である。そして、その〈社会〉は民族的な思想文化に影響されつづけている。

一九六〇年、安保の批准成立によって、私の青春はおわった。そして十年がすぎ安保はすでに延長され、〈日本〉は高度に成長した。この文を書いている日、私は四十一歳の誕生日をむかえた。これから幾年、私は国家が強いるところに屈服して生きるのであろうか。現在の〈日本〉は、戦後、為政者がかざしたところの文化国家のイメージとはおよそかけ離れた姿である。〈国家〉というものが、いかに実体のない観念であるかということを、私は経験的に知らされてきた。しかし、私はここに生きるひとびとと無縁ではなく、ここを逃がれて私が生きるところは無い。この国は、私が定義し得ないままに、しかしそれに迫ろうとしつづけている〈他者〉にほかならない。〈日本〉は、私にとって最小の、そして最大の単位なのである。

この数年、私は国外に旅行することが多かった。そして、なぜか私はこれまでよりも強く〈日本〉について考えている自分を意識するようになった。

一九六七年の暮れに、私は『ノヴェンバー・ステップス』という作品の初演に立会うためにニューヨークへ渡った。そのリハーサルで、私は一人のアメリカ青年と知合った。彼は画家志望で、ただ一本の木を鋭く刻みこむような線で執ように描きつづけていた。彼はたくさんの絵をかかえこむようにして、私の滞在するホテルをたずねて来た。彼は、私にその絵をすべてもらって欲しい、といった。彼は徴兵を受けたのだが、それを拒否して国外へ逃亡する決意をもっていた。私の作品に使われていた尺八に感動して、自分の絵をその音楽の作曲者である私に託したいと考えたのだ。青年は白い掌《てのひら》を小刻みにふるわせ、一語一語つぶやくように話した。私は彼の決意の重さと苦しみを感じた。彼は多分カナダへ亡命するだろう。カナダはニューヨーク州に隣接している。だが、彼はその国境を越えた時から、兵役拒否者であり、もし再び帰国しても、国家を裏切った犯罪者として逮捕される。日本人の内部には、おそらく国境という観念は存在しないだろう。そしてそのことはかなり深く私たちの思考とかかわっているにちがいない。青年にとっては亡命地がアメリカに近いということはかえってその心を苦しめるものであるにちがいない。
あなたはアメリカを捨てることができるのか、と私が問うと、青年は深い悲しみをあらわして、「自分は、アメリカを捨てないためにこの方法を選ぶのだ」と、答えた。

もし青年の行動が誤りであるならば、それは何に対してか。国家か、あるいは自己か――。私は、なぜか青年の絵を受取ることができなかった。その時の私の心の動きは自分でもよくわからないが、再びまみえることもないその青年は、私の心に多くを残して去った。

それから半年近くを私はニューヨークとカナダに滞在した。数人の脱走兵が「ベ平連」のたすけで亡命したということを、私は、反戦運動にたずさわっているアメリカの友人から知らされた。そして、それはその事実が公表される一日前なのであった。私は、〈国家〉は閉塞の道をたどりながらも、〈世界〉は、未だ呼吸しつづけているのだということを実感した。

国家がその権力において個人の〈生〉を奪いつづけるかぎり、〈音楽〉が真に響くことはない。

私たちは、〈世界〉がすべて沈黙してしまう夜を、いかにしても避けねばならない。

（「朝日新聞」'71年10月18日〜10月22日）B

東風西風（抄）

うた、ことば

暮れ近く、渋谷の地下小劇場で、小室等を聴いた。会場は、若いひとたちで間隙なく埋められていた。小室のうたは、まぎれもないかれ個人の生活感情から生まれたものであり、私は自分なりの感動をもってそれを聴いたのだが、そこで、うたとことばとの関わりについて考えることがあった。

近ごろの深夜放送は全く十代の受験生を対象とした音楽番組といえるが、そこにみられるようなあの徒《いたず》らなことばの氾濫、陳腐な造語や駄洒落、語呂合せ等に私はいささかの不快と奇異を感じながら、その底に在る言いようのない暗さが、実は気がかりでならなかった。

小室等がうたう前後にする、時に煩わしく疎ましくさえある身振りや話を、それが聴衆との交渉を確かな膚ざわりあるものにしたいと希《のぞ》むからであり、また、なによりもかれは話さずにはいられないのでそうするのだろうと考えながらも、私はそこに同質の暗さを感じて、若いひとにあるこの共通の暗さが何であるのかを知りたいと思った。

扉に押しつけられながら満員の会場で聴いていた私は、話すことに耐えられなくなってうたい、また、うたうことに耐えられずに話しはじめる、その繰り返しのなかで、時にうたうことへの、また話すことへの無力感にとらわれるひとりの音楽家を、極めて身近な存在として感じるようになっていた。たぶんことばへの信頼よりもことばへの呪詛《じゅそ》が、かれにことばを激しく浪費させるのであり、そしてかれのうたは孤独を深めて行くのだ。衰弱した詩と、悪しき政治的言語の間に生きて、かれらはこの繰り返しを、いつまでくりかえさねばならないのか。

屍体置場

敗戦後、文化国家として再出発するはずであったのが、朝鮮戦争につけいって甘い汁を吸ってから、工業先進国の列に加わり、極端な経済成長を遂げたが、果ては、自らの手で首縊るようなことになった。外国を旅行していていつも肩身の狭い思いをしていたから、この危機に当面して先行きの不安を感じながらも、一方では救われたような思いである。外国の音楽祭等では、日本の現代作品がかなりプログラムに組まれて盛んに演奏されているのに、日本では外国の新しいものは、作曲家や演奏家が身銭をきって行う以外にはほとんど演奏されていない。日本は金持ちなのに手前勝手に過ぎるというのが、外国作曲家たちの定まった苦情であった。

昨年、ロサンゼルス・フィルが来日した時も、かれらが当初組んだプログラムに対して、日本のプロモーター側から異議が出て、ふだんよりはるかに保守的なものに変更された。アメリカの現代曲の多くが削られたのである。そのことについての「タイムス」の批判はかなり手厳しいものであった。

結局どんなにすぐれたオーケストラや演奏家を招聘《しょうへい》しても、手軽なレコード・コンサートまがいのことを、いまはただ繰り返しているにすぎない。そして、そこに外国興行師からつけこまれる隙も生じるのだ。

同時代の変化しつづける思想や感情を無視して、文化をたんに既成の価値としてのみ受けとめていたのでは、日本はやがて、泰西名曲の屍体置場《モルク》となるだろう。

諺

「健康な肉体に、健全な精神が宿る」という諺は、元々は、「宿ることが望ましい」というのだそうであるが、どうしてか、わが国では断定した言い方になっている。

渋谷の小劇場での、谷川俊太郎の対話シリーズを聞いて、デザイナーの和田誠が質問に答えて、かれの最もきらいな諺としてこれを挙げていた。和田氏は、もしそうなら代議士や政治家などは、すべて、健全な精神の所有者ということになるじゃないですか、と言って会場の聴衆を笑わせていた。

諺には、教訓的な意味を含んだものも多くあるようではあるが、本来は民衆の生活の中からその心情に添ってうみだされたものであろう。そして、そこには生きることの智慧がもたらした皮肉があり、少なくとも官製の標語のようではない。したがって、権力ある者が、上からしたり顔して用いる言葉ではないはずのものである。しかし、どうも政治家は、諺を出来合いの常套句のように、それも、全く効果のあがらない紋切り型で使うのが好きらしい。

東南アジア訪問を終えた首相も、インドネシアでの暴動、タイの反日学生デモ等について、「雨降って地固まる」とか「禍を転じて福となす」という諺で、得意気に記者団の質問にこたえたのであったが、このような責任の無い言葉の業は、わざとらしさが目について、聞いている私たちの気持ちをいたくはぐらかすものである。

空間

先日、梅若能楽堂で催されたコンサートを聴いたが、能楽堂という空間は、私にはたいへんインティメートに感じられた。それでも四、五百はいろうか、しかし、手ごろな広さに思われた。と言うのは、会場の空気の量が丁度適当なのである。このごろは、広すぎて空気はひややかで、音も刺々しいような会場が多い。たぶん、演奏された小杉武久氏の音楽の性格にもよるだろうが、空間の全体が柔らかくうちふるえているようで、音楽を耳だけのものとしてではなく、肉体の全体として体験するために、あの能楽堂の空間はふさわしく思われた。

それに、舞台を脇から見ることもできるし、あの橋懸《はしがか》りにしても、たんに劇場の機能としてのみあるのではなく、空間を単一の媒体として固定してしまうことの愚かさから救っている。それらは空間を呼吸《いき》づくものにしている。梅若能楽堂は、かなり近代化された建築ではあったが、それでも、他のいささか人工的なホールから比べれば、その肌ざわりは自然の空間に近い。

音は空気の振動によって生ずるという原則を、存外、わたしたちは忘れている。というのも、録音技術の進歩等で、自分の肉体のすべてを音の響きあう空間に置いてみることをしなくなったからである。人工的なスタジオという空間で、不自然な音の調合をすることに慣れてしまうと、聴感はひらけるどころか、退化して行くように思えてならない。

歴史

娘には、それがいかに些細でもいいから、目的をもった生きかたをして欲しいと思っている。われわれ人間は永い時をかけて、生きることの目的を根こそぎ奪いさるような荒廃した社会環境をこしらえてしまった。しかし、そのなかでもたくさんの生命《いのち》が成長をつづけている。友だちの息子や娘たちが、この窓から見える道を歩いてゆく小学生たちが、成長をつづけている。かれらは、自分に目覚めたときに、生きることの、なにがしかの意味と目的を見出してくれるだろうか——。

娘は、アフリカで野獣保護の仕事をすることを夢みている。『野生のエルザ』のアダムソン夫人のように、自分の背丈よりも大きな動物と生活《くら》したいと言っている。それだから外国語を学ばなければならない。そして高校を了えたら国外へ留学する気でいる。

今日、中学を受験して来た娘には、このいまわしい人間動物園の掟はどんな影響をあたえるだろうか。目下の受験制度や学校教育の在りようを問うことより、私は、親というものは、これまで先祖代々、子にたいしては常に現在《いま》私が感じているような後ろめたさを感じて、所在なくしているだけの存在であったろうか、ということが気になる。だが、これこそが不条理というものなのであろう。結局、親は子にたいして、ほんとうには何もしてやれないのだ。子のひとりひとりが夢みることを、それぞれに仕遂げられたら素晴らしいのに、所詮、夢みることも人生もつねに実現の延期を余儀なくされているのであり、父である私は、このように、書かなければよかったことを書いてしまっている。

個人と国家

ソルジェニツィン氏逮捕と国外追放の報道に強い衝撃《ショック》を受けた。いまさらに「国家」というものが所有する論理の、利己的な醜悪さを見せつけられた思いがする。国家的大義などというものは架空であるのに、だが、それをうちたてようとする気配は、わたしたちの周囲にもある。

かつて、岩国の米軍基地において、反戦活動を続けていた四人のアメリカ兵が、社会党議員による、核兵器所在の質疑の直後に、本土へ強制送還された事実が「ベ平連」によって明らかにされたことがある。

国家が統治する軍隊の内部にあって行われる反戦活動というものが、兵士のモラルにおいて問われる時、かれらは犯罪者の汚名を着なければならない。しかし、個人の人間としてのモラルは、「国家」によってさえ規定されるものではないはずである。モラルは、人間個人の社会的関係において生まれるものであり、「国家」はその後に来る観念である。「社会」は、個人と他者との動的な関係が培うところの状態であり、これは観念ではない。

わたしたちはこの「国家」というものにたいして、つねに社会的監視をつづける必要があり、またその発言を躊躇《ためら》ってはならないであろう。言論は自由であるべきであり、それだからそれは人間の尊厳に関わるのである。

人間にとって、国家はその全体ではない。わたしたちは社会的関係、つまり、国家の論理に従うことのない「他者」によって全体へつらなるのであり、そして、その全体において自己の存在を新たなものとするのである。だが、国家はときにそうした変化への欲望を圧殺しようとする。

練習

例年、東京の二月は現代音楽のコンサートが多く、それで、練習《リハーサル》に立ち会う機会も増える。だが、わたしには、日本でのリハーサルは外国でのそれと比べて、かならずしも居心地いいものではなく、力をだしきった満足感を味わうことも少ない。これは、他人《ひと》の作品の練習においても感じることで、それはなぜだろうかと考える。演奏家に熱意が無いのではない。問題はむしろ作曲家自身の裡《うち》にあるようである。それは、たぶん、言葉とかかわりがある。

音楽を説明するにも言葉を用いねばならないもどかしさというものがあり、しかし、日本の音楽家に対するときには、それでいながら、言葉の隅々までそのニュアンスを含めて相互に理解しているわけで、それが、ある妨げにもなっている。わたしの語学力では、外国の音楽家に、含みをもたせた言い方などする余裕もなく、注文はおのずから率直にならざるをえないが、日本語では、つい婉曲にこちらの希望を伝えようとする。

竹内芳郎氏の指摘されるように、日本語は、「言語の明示性がそれとして自立し得ず、いつも〈詞〉は〈辞〉に包まれてほのかに姿をあらわすだけで」、いかにも具合わるく思うが、わたしにも確信に欠ける点があるのであろう。

もっと、音そのものに即した必要な言葉づかいをすべきではあろうが、もしかすると、わたしたち日本人の音は、音そのものもその言葉とおなじで、曖昧な含みをもつものであるのかもしれない。それは、かならずしも悪いことだとは断じかねるが、練習というようなことでは、プラクティカルが良い。

ものとこころ

六百字の小さな囲みに物事を述べる困難さを、いまさらのように感じている。先週も、ものとこころ、ということに触れて、両者を相異なるものとして論旨を通したのであるが、自分の内面においては、かならずしも、そのような把えかたをしているわけではなかった。仏教の理《ことわり》のように、これは一如であろう。物質的なものに支配されて、精神性を失うことを恐れなくてはならないが、ものが豊かであることは悪いことではない。しかし、一個の富は罪であり、これは均《ひと》しく分配さるべきであろう。それをなすことは政治というものであろうが、しかしまた、政治的な手段によってのみ実現されるものでもない。

政府に対して忌々《いまいま》しく感ずるのは、政治を省みることなしに、口幅ったくもこころのことに触れ、多言するからである。奇妙な精神偏重が、政治を軽んじる者の間に瀰漫《びまん》する時に、ファシズムが擡頭する。

小野田寛郎氏を空港に迎えた際の、代議士たちの不躾《ぶしつけ》さにはあきれた。浅い政治感覚が先立っての売名的行いであろうが、素朴な心遣いというものさえ持ち合わせていない。礼を欠く政《まつりごと》は、卑しまれてしかるべきである。

それにしても、私たちすべてが反省しなければならぬまでに、過剰の富をむさぼっていたわけではない。問題とすべきは、日本の豊かさの偏りであり、それへの政治の無策である。

本来、ものとこころは分けられるものではない。こころに見合うかぎりのもの、ということが大事なのだが、つい、人間は身のほどを知らず、欲をだす。

河

白濁した大河が、音も無く流れて行く光景を夢に見た。それは、昨年、ジャワ島で数週間を過ごした機《おり》に、しばしば接したものであった。地質の所為《せい》で、あのように水は不透明に映って見えたのであろう。日本のように、河床が堅い礫石《れきせき》であれば、水は澄んで、流れは透明に、よどんでも、黒曜石のような深みをあらわす。中国の河は、黄土のために、水はその大地に等しく黄色をしていると聞く。水そのものの性質は、化学的な分析ではそこに含まれる礦質の違いというようなことが幾らかはあろうが、同じであるに違いないのに、風土によってさまざまな異なった様相をみせる。

音についても同じようなことが言える。音も、水のように手に掬《すく》えば、無色で、抽象的な物理的波長でしかない。だが、それが特定の風土に響くと、固有の容貌をあらわす。地上には、その土地を離れては、貌を変えてしまうような音楽がある。西欧の近代音楽は、記号化されて携帯可能であり、また、それは志されたことでもあるのだが、一方、世界には、数限りない地域共同体としての音楽があり、それらは言及するまでもなく、土地そのものと密着しているので他の土地へ移植できない。音を発することの原理は、西洋も東洋もほぼ等しく同じであるのに、それらの音色はまたなんと違うことだろうか。

わたし達の周囲には音の河が流れているが、それはやはり、白色であったり黄色であったりしている。

音楽教育

仲間で編集している雑誌「トランソニック」では、次号に音楽教育に関しての特集を企画した。これは重要なテーマでありながら、しかし、教育という字義は考えればどうにもおかしなもので、なにか一方的なおしつけがましい語感であり、学ぶ側の自発性を殺すように思われて、それでは特集のタイトルはいっそ学習ということにしようかなどと、最初から論の絶える間がない。

音楽の基本は、人間と人間の新しい関係を生むことにある、とわたしは考えているが、当今の音楽教育は戦前の状態にくらべればある点ではかなり進んだものでありながら、そのためにかえって専門知識の切り売りのようで、音楽とはほど遠い半専門家を育成するような結果になっている。つまり、できあいの過去の結果にのみかかずりあって、予定されたモデルに近づくことを究極の目標にしてしまい、そこにはおどろきも発見もない。たとえば芸大のような専門的な教育機関においてさえも、作曲科が設けられたのはそれほど遠い過去のことではなく、ましてジャズについて学ぶことなどは現今では不可能である。

だが実際にはジャズやロックの音楽雑誌が、クラシックのそれより多くの読者をもっているのであり、これは当然のことでもあるが、しかしそれとても音楽することの深い欲求をみたすものであるとは考えられない。音楽的知識を得ることはできても、音楽というこの社会全体と関わりあう欲望とは関係のない表面《うわべ》のことが語られているにすぎない。むしろ、音楽という人間の正当な欲望を平静に眠らせてしまうような効果さえもっているように、わたしには思える。

無感覚

知人の娘さんが結婚することになり、結納を交わしたということを妻から知らされた。わたしなどには結納というような風習形式は、いささかわずらわしいものに思えるのだが、しかも近ごろは、そのうえに欧米の慣習までもが日本人の日常生活にはいりこみ煩瑣《はんさ》なことこのうえもない。婚約の指輪《リング》を交換してさらに結納というのでは、結婚はもうどうにも息苦しいものに思われ、やりきれない気がしてくる。だが、そうした風俗を生んだ底に、いまわしい澱《おり》のようなものの沈んでいるのを感じて憂鬱になるのは、ある世代に限られた特有のことかもしれない。それはまあよかろう。どっちみち若い人には目新しく、また面白い風俗にすぎないのだろうから。目録の品々はいまやことごとくプラスティックの模造品であり、深刻でないのはいっそ良い。

だが、そこに滑稽ではすまされない奇妙さを感じなくもない。婚約指輪《エンゲージ・リング》と結納のことなどは批難するにもあたらないが、しかしそれを許してしまう無感覚が、今後どんな事態をひきおこすかもしれない。これは思い過ごしであってくれればいい。

国歌や国旗の問題については慎重に考慮されるべきであると思うし、武人精神をたたえるのはあるいは一向に差し支えないことかもしれない。しかし、三十年という時をかけてわたしたちが得たものをこのような日本人の呑気さ、無感覚が、一瞬にして失うことを許容してしまうようなことがあるとすれば、それは恐ろしいことである。

著作権

目下はやりの香港製空手映画を観る。先年ロンドンに滞在した機にもこの種の映画はたいへんな人気をよんでいた。そのひとつを観たイギリス人から、おまえは香港の映画にまで作曲するのかと訊ねられた。身に覚えのないことなので否定したが、こんどたまたま観たものにわたしの音楽が無断使用されているのでその事情が判った。早速著作権協会にこのことを報告してその処置を相談したのだが、レコードからの無断使用は人格権の侵害であり、人格権に関する件は個人的に処置して欲しいという返事であった。

あまり得心がいく答えではないが、しかしよく考えてみると著作権などという観念は進んだようでいながらかえって野蛮なものであるようにも思える。特許ということでも同様である。人間が考えたりまた創りだすことは、個人にとどまらずにより多くのひとによってそれは利用されたほうが良い。芸術はもともと法的に保護される必要のない唯一のものではなかったか。近ごろ見たある展覧会で、展示されている作品に用いられている動力に関してカタログに特許出願中という断り書きを見いだして釈然としないものを感じた。

ともかく、わたしの音楽が無惨にきりきざまれて空手映画の伴奏をしているのは、それによって不当な利益を図っている存在があることで許せないが、著作権あるいは特許等というものは、人間の財産が一方的な偏りを示しがちな資本主義の構造の下で効用をもつので、しょせん芸術家の理想と一致するものではなかろう。

馬の骨

三好徹氏が前《さき》に本紙に、ロンドン空港において長時間不当に拘留されその際現地日本大使館の執った処置の怠慢さについて憤りをこめて書いておられたが、国外を旅行していてわたしも時おり政府の出先機関としての大使館の在りかたには首を傾げたくなるようなことがある。

数年前、パリの国際音楽週間で三日間にわたりわたしの作品が演奏されたことがあった。その際、フランスの主催者が準備に当たって大使館に音楽祭に対しての何らかの援助をプロポーズしたのだが、主催者の表現を借りればにべもなく断られたらしい。それは一向に差し支えないことなのだが、とフランス人はわたしに言い、しかし日本大使館ではどこの馬の骨とも知れない作曲家のために協力はできないという表現で断ったのだ、とたいへん興奮してその非礼をなじっていた。

同じ週間に招かれていた西独の作曲家の場合は、あきらかに国家的な規模でサポートされていたし、主催者からわたしは、おまえは何か日本政府から睨まれるようなことでもしているのか、と半ば冗談でしかしかなり本気な面もちでたずねられた。わたしは、政府から褒められるようなことは何ひとつしていないが、睨まれることもないだろうと答えておいた。パリの日本大使館が作曲家としてのわたしの名を知らなかったことについては責められることではないが、しかし、もう少し勉強してもよさそうなものだと思う。下手な外交手段よりはましなことを、馬の骨たちは果たしているかも知れないのだから。

国歌

国歌について交わされている論は鎮まったようにも見える。また、言わずに済めば殊更に触れまいとするような気配もある。当然のことだが、国歌は国によって制定されるものではなく、そこに住まうひとびとによって歌われるものなのであり、他国への体面としてあるものではない。近ごろの政府与党はそれにしても外装だけを気にして内容をおろそかにし過ぎている。モナリザにしても靖国法案にしてもわたしたちが現在《いま》、求めるものとは程遠い。国歌がもし法的に定められても、簞笥の奥底にしまわれた黴臭い礼服のようであるなら何ほどの意味があろう。またそんなもので国家の体裁が整えられるはずもなく、国の気運に何ほどの影響を及ぼそうか。

一九六七年の冬トロントに滞在していた時、国歌に関して地方紙をにぎわす事件があった。それは、トロント交響楽団に音楽監督として赴任した小澤征爾が、当時慣習として守られていた演奏会での国歌演奏を廃止したことである。

もちろん簡単にそれは行われたわけではなく、賛否の応酬が交わされ、新聞紙上にもこの異邦人の音楽監督に対する批判等が載せられた。だが結果として大多数のひとびとはかれの考えに賛意を示し、演奏会の冒頭に行われる国歌演奏は廃止されることになった。小澤征爾の論理は明快なものであった。つまり、音楽は人間のものであり、そこにナショナリズムが出てはならない、また、国歌というものは大体あまり音楽的ではないからそれを良い音楽の前に演奏するのは互いに不愉快なことだ、という二点であった。

過剰

日本人の繊細な耳の感受性が現在のように粗くなったのはいつごろからのことか、そしてそれはなぜなのだろうかと思う。遊技場の騒音よりさらに巨大なヴォリュームで音楽は街路にあふれだし、観光地では人工的な彩色と拡声器から流れる音が閑《しず》かな自然のたたずまいをこわしている。BGM(バックグラウンド・ミュージック)なるものがあり、これは全くアメリカ的な発想の産物だが、それにしても本家のアメリカにおいてさえ日本のようには乱用されていない。ホテルではエレヴェータの中でさえ安香水のように音楽が撒かれている。それがサーヴィスというものだと勘違いしているようだ。

先日、友人の結婚式に出席したが、そこでもテープに種々の音楽が用意されていてスピーチの合間に流される。これは式場の側であらかじめ準備したもので、それに従って係が杓子定規《しゃくしじょうぎ》に動くような仕組みになっている。厳粛な劇が時おり滑稽なバレエをみせられているように感じられたりする。

いずれにせよ音楽は過剰である。音楽は空気の振動であり、しかも場所を占有するわけでもないので使えるだけ使おうという考えか。都市生活ではそれでなくても乗り物の騒音やその他の雑音が生活の周囲に充満しているのに。あるいは音楽でそれらの騒音をマスクしようとでもいうのだろうか。毒には毒をというのであれば、それこそ毒にも薬にもならぬような腰砕けのムード音楽では役立たない。

音楽の過剰に慣らされて恐ろしいのは、それによって耳の想像力が気付かぬ間に衰えることだ。

自然

昨日の緑は今日の緑とはけっして同じではない。例年のように、数カ月を信州の仮寓にこもって作曲に専念したいと思い東京を離れたのだが、日々、自然の変化の移りゆく相を前にしてただ愕《おどろ》くばかりで、仕事は手につかず、山道を歩いている。都会でもこの新緑の季節には樹木や草花の変化を気付いてもよさそうなのに、それよりも目新しい出来事に心を奪われてしまう。

文明の成り行きは、人間を自然からへだてる方向へと進んで来たし、また、人間はこの物質世界をのがれては生きようもないのだが、しかし、人間がこしらえあげた文明社会はもともと大自然とのかかわりのなかにおいて営まれたものであり、結局はその掌《てのひら》のうちにある。

人間としての個の確認も、それが真に社会的であるためには、実存的な基盤である自然、世界、宇宙との関係においてなされなければならないだろう。タゴールやネルー、そしてガンジー等の政治信条がたんに政治的次元において価値あるばかりではなく、高度な思想、哲学として今日にも生き続けているのは、それがかれらの自然、世界、宇宙にたいする深い洞察に強く裏打ちされているからであろう。

誤解を恐れずに言えば、それはその敬虔な宗教的感情によるのである。たぶん、ひとは、現実のインドの文明的な後《おく》れを指摘するかもしれない。もしそうなら、わたしたちはいつか必ずしっぺ返しを食うにちがいない。文明は自然をコントロールすることはできない。人間にできるのは文明をコントロールすることの方だ。自然は外界であるばかりではなく、人間の内奥でもある。

国　家

わたしたちは国家というものをいかなる限定において把えているだろう？　わたしがインドと呼ぶときには、それはタゴールの詩篇であり、また意識の深奥に響き止まぬドローン（持続音）であり、それらは充分にそれ自身でインドなのであるが、しかしそれは国家体制とは全く別のものであるような気もするし、別であってはならないはずであろう、とも思う。

簡単に考えを整理してみると、これはあくまで文章上の便法としてだが、どうもわたしのなかでは国家は二種異なるものとしてあり、ひとつはその国の名を呼ぶと直ちに国家形態としての体制を想起するものであり、他のひとつは前に書いたインドの場合でのように、民族の伝統文化、もちろんこれには自然ということも含まれるが、個人あるいは個人の役割が集積したところの集団によって創りだされる文化と結びつく無限定な状態として在る。それは結局政治と文化ということであるが、どうもこのふたつがわたしのなかでは結びつかない。しかし、実際にも結びようはないかも知れない。中国は、ある時、国家体制を犠牲にしてその代わりに文化を択《と》り、それによって生きつづけたが、いま新しい国家体制を再建するためにこのふたつが擦れあって異様な響きを起《た》てている。

中国に次いでインドがアジアでの核保有国になった。核と民衆が触れあう部分は何であろうか？　そしていま飢餓にある者に、核がもたらすものははたして何であろう？

わたしたちは国家というものをいかなる限定において把えているだろう？

老　若

親しい友人の娘さんが結婚してM市へ発つことになり、なにを餞《はなむけ》におくろうかと考えている。彼女はまだ十九歳だが、自分の意志で高校を退き、夫君の郷里であるM市で、将来気にいった趣のある喫茶店をもちたいと思っている。

こんなことを書きだしたのもつい昨日まであどけない少女だった子が親もとを巣立って独りだちすることへの言いようもない感慨の所為だが、自分がそれだけ老いた事実を覚り、人間は生理的に老いてゆくことのなかで気付かずに誤りを犯していはしないか、と柄にもなく己を省みる。としとともに、思考操作は油のきれた歯車のようにキシキシと余分な個処にばかり熱をもち、片側の冷えた意識はそれとは全く別もののように自己は自らに住居《すまい》を借りた宿り木の態ではないか。人間は漸次年老いながら、しかし老いは突然のようにひとを訪れる。若さから老いへの階梯が眼にはとまらないように、とすれば、老若の断絶はやはり眼にはさだかではないが厳然と在るのであろう。毛沢東が、人間の条件として、若くあること、貧しくあること、無名であることを挙げているが、わたしはそれらのどのひとつをも否定できない。しかし、これはまたなんといまわしいことばであろう。

渋谷の雑踏を歩いて、そこかしこに屯《たむろ》する若者の集団を醜怪で疎ましく感じ、未来は暗澹たるものだ、と思う手前には、わたしの死がある。

十九歳の娘さんが、都会や学校を捨てて自分の生を素手でつかまえようとしている姿勢に感動し、その話はわたしのこころを弾ませたのに、書きだしたら話は暗くなった。

音楽の技術

先夜、外来ピアニストを聴きにでて、知り合いにも顔をあわせぬまま、ホールのすみで、耳に入る話し声を聞いていた。たいへん失望しました、せんだってのルプーにくらべますと、ペダルの使いかたが下手ですね、それにまた、このピアニストの低音は濁って汚い、ポリーニは全く素晴らしかったが、あんなひとの後では可哀相ですね。——会話はこんな調子で続くのだが、専門の技術批評も及ばぬほどに細を穿《うが》ち、わたしは、このひとたちは高い入場料を払って、いったい何を聴きに来たのだろうか、と考えた。このひとたちとくらべて鈍感なのであろう。その夜の、若いフランスのピアニストの音楽を、わたしはたいへん楽しく聴いたのだが、世のなか、さまざまである。

それにしても音楽はその全体が肝腎なので、ステレオ・プレイヤーの部品《パーツ》を論ずるような技術批評は好ましくない。ポリーニもルプーも、その異なった個性にわたしたちは魅せられるのであり、両者の優劣をはかることは意味がない。好きは勝手、嫌《いや》はひとに押しつけるものではない。追いつけ追い越せが習いで、奇妙な技術偏重がわが国の音楽界をも支配して来たのだが、すくなくともこのごろでは、これまでわが国でよしとされていたピアノの奏法が、いかに根拠のないものであったかがわかる。ルプーもグールドもかなり変則なものということになるのだが、その音楽はひとを強く打つ。技術的な品定めもだいじではあろうが、音楽を聴くことがもっともだいじではないか。

夜

西武劇場での〈今日の音楽〉のために来日した数人の音楽家や批評家を案内して外食してみると、かれらの言葉を借りるまでもなく、いまさらに「信じられぬ」ほどの物価の高騰に驚く。たとえば、珈琲《コーヒー》いっぱいに一ドル近く払うのはかれらの常識からは法外のことで、それでも街の喫茶店はどこも満員であり、日本の経済はいったいどうなっているのか、と怪訝《けげん》そうにたずねる。

これがロンドンであれば、たぶん、とイギリスの音楽批評家であり新聞記者でもあるドミニックは、暴動が起こるかもしれない、と真顔で言った。そして、夫婦と二人の子供という平均的な単位を例にとり、日本とイギリスのサラリーの相違その他かなり具体的に比較分析して、この東京の外見のはなやぎの背景には恐ろしいような歪《いびつ》な暗い部分が隠されているだろう、と語った。この観測についてわたしたちは特別の意見を述べなかったが、それが誤った指摘であろうとはだれも考えなかった。

このかりそめの灯《ともしび》が消えて暗い夜がたちこめる時のことを考えると、わたしたちは重苦しい気分になり口を閉ざしたのだ。そして、それはそう遠い日のことではないように思われる。

新聞によれば、親日家として有名なルイス・ブッシュさんがこの物価高に恐れをなして故国へ帰られるという。わたしたちはここを離れることはできないのだし、また、そうして問題は解決されるわけではない。そうだったら、もうそろそろ何かをしなくてはいけないように思う。

（「読売新聞」'74年1月5日〜6月29日）B

随想

自然

人間は自然からどれほど多くを学び、また慰められているか知れない。昔は人類も宇宙的《コスミック》な秩序の下で他生物と共存し、死生はおおらかな循環の掌《て》に委ねられていた。人類を含む多くの異なる生命体はそれぞれの叡智で、暗黙裡に、この惑星にもっとも適った生態系を創りだしていった。いまやそれが人類によって破られ、生命体相互の均衡は失われてしまった。

核と、この自然環境破壊の問題は、今日もっとも真剣にとり組まなければならない課題だろう。「防衛」などはそれに比せば瑣末の事柄である。

日本人は自然を生活にとりいれ、それを賞する民族であった筈だが、戦後の能率優先がそれをすっかり変えてしまった。外国へ旅行するたびに、環境破壊の問題にたいして日本人は全く無関心なのではないか、という感慨を強くする。私たち日本人は、これまで比較的温順な自然環境のなかで生活して自然から別け隔てなく過されてきたために、いつか知らず知らず自然に甘えてしまった、ということはないだろうか？

日本人は、自然が鷹揚な素振りで示す暗喩やユーモアにたいしてきわめて繊細に反応し、またそこから大いに学んだ。俳句や短歌のような独特な文芸形式が生まれたのもそれと無関係ではない。私たちの感受性は、この日本の自然のなかで培われてきた。今日、流行の「ジャパネスク」などという焦臭《きなくさ》い観念遊戯を演ずるより、私たちにとっては、この自然を汚染と破壊から守ることの方がはるかに大事だ。もちろん、多くのひとびとがこの問題を憂慮し、さまざまな方法と運動を通じて訴えている。

作曲家として私も、昨年、土本典昭監督の映画『水俣の図物語』の製作に参加した。音楽というものはきわめて抽象的なものであって、音そのものでは何ひとつ具体的なメッセージを伝えることはできない。いつもそのもどかしさを感じながら、だが音楽だけが可能な感動表現というものを信じて、私は『海へ』という曲を書いた。それは、ヘドロの汚染で死んだ海の再生を祈念するものである。画面に映される不知火《しらぬい》海の美しい夕景を見て、その悠揚と広がる海が、その時既に人間の手で蝕まれたものであることを想うと、言いようもない恐怖に捉えられたのだった。そして、こうした自然破壊は物理的な因果関係というような外的な問題として把えるのではなく、人間の内面の問題として糺されなければならないだろうと思った。

虫

何気ない表現として、よく私たちは、「腹の虫がおさまらない」とか、「虫の知らせ」、

「痼の虫が騒ぐ」、「虫の居所が悪い」というようなことを言う。欧米人には、これは、たいへん奇妙な言い回しで、たとえば、「腹の虫」といえば、かれらは直ちに蛔虫を連想するから、そのまま直訳したら、気味悪がられるに違いない。

欧米人は、日本人ほど、虫に親しみを示さない。秋の虫をわざわざ籠にいれて、その鳴き声を娯《たの》しむというようなことは、考えも及ばない。私たちはそれに風情を感じても、かれらは怪訝に思うばかりである。習慣や風俗の違いというのはおもしろいもので、だが、こうした些細な、日常的な行いのなかに、存外、民族の文化の本質が素顔を見せている。

虫の鳴き声といえば、角田忠信氏の研究が想いだされる。

同じ脳でありながら、日本人と欧米人では、音を感知する部位がそれぞれ異っており、虫の音は、日本人では左脳に位置づけられ、欧米人では右脳に位置づけられるという。欧米人にあっては、言語音、子音の感知は計算とともに左脳、つまり、論理脳に位置づけられてロゴスの自主性を保障するのに対し、日本人の場合は、音楽、西洋楽器音、機械音は右脳で感知され、他のものは左脳に位置づけられる。邦楽器の音も虫の音も言語も、私たち日本人は、左脳において一緒に感知している。西洋人の脳が、論理性と情緒性を明確に分別しているのに較べて、日本人は、それをきわめて曖昧に、区別することなく、感受している。

私たち（日本人）が、西洋音楽と日本音楽を、それぞれ左右異るふたつの脳で聞きわけているというようなことは、いかにも不思議に思われるが、角田氏の実験によれば、これは事実のようだ。

そういえば、三味線について書かれた江戸時代の本に、(三味線の)さわりは、ちょうど、蟬の鳴き声のようにつくりだされることが望ましい、というようなことが記されている。音楽に限らず、日本の文化は、自然との同化を目差してきた。そこに培われた私たちの感受性を、西洋人と較べて卑下したりすることは全くないので、虫の音にも、私たちは、鋭敏でありつづけたい。

樹

人間が樹にたいして思い抱く感情には特別のものがある。古木の超越性に触れて、ひとは誰でも、畏れにも似た厳粛な気分になる。樹は、人間に反省を強いる力強い存在でもあるが、同時に、その大らかさにひとはどれほどやさしく慰撫されてきたか知れない。だがその樹も次第に地上から姿を消していく。

環境庁が行った五十三、四年の二年間に亘った調査で、この国の照葉樹林はほぼ消滅したことが明らかにされた。残存する照葉樹林は、全森林面積の〇・〇六%に過ぎぬと謂う。私の少年時代は、森でたくさんの樫や椎の実を拾い集めて、独楽《こま》や飾りもの等を拵えて遊んだ。照葉樹は、針葉樹に比べ根の張りが強く、保水能力にもすぐれて良質な水の供給源でもあることから、防災用樹として人家の周囲に植えられ、平常私たちがもっとも親しんだはずの樹木である。日本は、有数の照葉樹林国であり、民俗学的研究もそれを端緒にしてなされたりしている。それがなぜ、こうも無自覚に乱伐されるようなことになってしまったのか？　いずれ私たちはこの虐待によって、手痛い仕返しを受けるに違いないが、だが一刻も速やかに、この事態は改められるべきだろう。

　昭和三十年代の高度経済成長政策や「列島改造論」がもたらした歪みが、徐々に目に見える形となって顕われてきた。樹木の乱伐は自然環境を荒廃させるばかりではない。それによって、私たちの内面までが知らぬ間に蝕まれる。永い時間をかけて生命体各自の叡智が創りだした生態系を、人間のエゴイズムが一瞬にして蹂躙する。だが、そうして崩された均衡を元へ戻すためには、厖大な時が必要なのだ。政治は、目前の利を追うばかりで、根本を見ようとしない。

　昨年、西ドイツへ旅して、国内旅行の空からドイツの森を眺めた。西独は、戦後、日本と並んで目覚ましい経済成長を遂げた国である。だが、どうも森林対策ということでは、わが国とは違った確固としたヴィジョンをもって対処したようである。昔から、ドイツは森の国として有名だが、戦後の開発はやはりここでも当然環境破壊という問題を生じた。だが、その時国民が対処した態度には、学ぶべき点が多々ある。長期的な展望に脚《た》った植林計画。また、たとえそれが個人の所有であっても、直径二十センチに生長した樹を、許可を得ないで伐採することはできない。だが、こうした規律より、いちばん大事なのは、誰もが樹を愛することを忘れていない、ということである。

風

風という眼に見えない自然（現象）が、人類の文化に及ぼした影響は大きい。殊に、日本のように、四囲を海に囲まれた国では、その影響は量りしれない。これは既に、柳田国男が指摘し、また、以後、多くの考察がなされている。

建築評論家の川添登氏が、風について書いた文章（『日本文化の表情』講談社、現代新書）には、平易な記述のなかに、きわめて本質的な、重要な指摘がなされている。氏は、高度な文明を生んだ、エジプトやメソポタミアの気候風土との対比において日本独特の文化の在りよう、その差異について書いている。

エジプトやメソポタミアのような乾燥地帯では、空はあくまでも澄み、地平線を一望にする地形であり、太陽や風、星のような天体は、人間の身近にあった。かれらがその存在に注目して、「永遠」とか「絶対」という抽象的な観念を育てていったのに対して、湿度が高く、雲や霧の多い、複雑な地形の国土に生活《くら》している日本人が自ら意識したのは、風や水によってもたらされるダイナミックな、あるいは、微妙に変化する運動であり、その変化そのものをとらえ、抽象化というよりは、象徴する方向へと向かっていった。

川添氏が指摘している、この風に托した変化の感覚は、音楽のうえにも、有形無形に顕れている。

音によって組み立てられる、抽象的な構造の美を至上とするヨーロッパ音楽に対して、日本の伝統音楽は、音によって構築するというよりは、一音の中に、変化する動きの相をとらえ、それを聴きだそうとする。移ろいゆく変化を何よりも大事にして、そこに、「さわり」というような、独特な美意識が生じた。

邦楽に、風や水に因んだものが多いのは、偶然ではない。尺八の演奏者が到達したいと望む境地が、風が、朽ちた竹藪の根方を吹き去る時に発するような、無作為の、自然に変化する音を摑まえることであるというのは、譬えにせよ、おもしろい。

日本の伝統が、いかに多くを、自然から学んで得たものによって培われたものであるかということを考えると、工業化や機械化によって害われている私たちの現在《いま》感覚の在りようを、憂慮せずにはいられない。

「風の色は何色か?」という、禅の公案を発した詩心は、何処へ行ってしまったのか?

ジョン・ケージと鈴

ジョン・ケージといえば、アメリカ前衛音楽の総師で、「音楽」と呼ぶことが躊躇《ため》らわれるような奇矯なパフォーマンスを試みたり、音を発しない沈黙のピアノ曲を作曲したりしているということで、日本でもかなり名が知られている。実は、思慮深い、たいへん影響力が強い、傑れた音楽家であるが、そのケージの日本贔屓は昔から知られている。最近ニューヨークで、或る日本女性の指導で食生活を自然食に切り替え、持病である通風とリューマチをすっかり克服した。この九月で七十歳になるが、若々しい精神と旺盛な創造力は、常に刺激的で、私たちを勇気づける。
ケージは、少年の頃、サンフランシスコに住んでいて、海の向うの日本には特別の関心と感情をもっていた。かれが仲好くしていたひとりの船員が、或る時戯れに見せた日本からの土産物が、あるいはかれの音楽家としての将来を決めたかもしれない、といつだったか話してくれた。

実は、その日本から持ち帰られた品というのが、こどもの目にいれて良いようなものではなかった。籐細工で精巧に編まれ作られた、張り型と称する、男性器を形どった淫具であった。もちろんケージはそれを後に知った。実に不思議なものだ、と思ったそうである。だが、かれを驚かせたのはその形だけではなかった。籐で編まれた筒状の中空に一箇の小さな鈴が糸で吊されていて、それが聴いたこともないような綺麗な音を発していたのだ。ケージは、耳を欹《そばだ》ててその音に聴きいった。音というものに強い興味をもつようになったのは、それ以来のことだ、とかれは語っていた。そして、日本への関心も前にも増して強くなった。もちろん、戦前の話である。

戦争中は、ニューヨークの郊外に仲間と芸術家村を作って、反戦運動を続けた。そこはストーニ・ポイントという、名前通りの石ばかりの荒れた土地で、皆が手づくりでそれぞれの住居を建てた。ケージの家は、四囲をガラスで張って、自然環境を内部へもちこむようなかなり日本式のものであった。家具は、小さな机を一箇、寝具は寝袋《スリーピング・バッグ》だけという簡素なものだった。余分な物は一切所有せずというのが、かれの信条である。

ケージは、アマチュアの茸の研究家としても世界的に著名である。毒茸の話を聞かせてくれて、毒は何処からやって来て何処へ去るのだろう、と語ったのが印象に残っている。私は、ケージは、あの小さな鈴がたてた幽《かそ》けき音の行方を、いまも追っているのだな、と思った。

鱏《えい》に泳ぎを教えた人間の話

美術批評家のYさんは、痩せた体軀なのに、その人柄から滲んでいるのは、誰をも和ませるような、茫洋とした大らかな雰囲気だ。いつも、南方的な鍔の広い帽子を愛用している。それに頗る旅行好きのようである。とは言っても、アメリカやヨーロッパのような人口に膾炙したところへ行くのではない。説明を聞いても、一体その場所が地図の上のどこにあるのか分らないような小さな島だったりする。だから、Yさんが何気なく話すことでも、そのひとつひとつが珍しく、愉しい。

この話は、南米でのものだったように憶う。土地の原住民と一緒に、海へ魚を獲りに出た時のことだ。早朝に網を仕掛けて、夕方日没前に、かかった魚を引揚げに行く。

その日は、仕掛けた網のかなり手前で、土地のひとが、今日はたいしたものはかかっていそうもないから、この儘引返そう、と言う。Yさんは、折角やって来たのだから一応覗いてみよう、と提案した。それで、Yさんも一緒になって網を手繰ると、やはり、不恰好な鱏がたった一匹しかかかっていなかった。

舟に揚げられて腹をみせる鱏を間近で見ようと顔を近づけると、土地のひとが、手にした鉈で慌ててその尾を切った。鱏の尾の先には棘があって、ひとを刺すのだ。

ところで、Yさんの観察によれば、鱏の白い腹部は、人間の女性を想わせるそうだ。胸は乳房のように柔かく脹らんでいる。切断された尾の付け根辺りの性器も、ちょうどそれを聯想させる。

眼をやったその割れ目から、白い紐のようなものが出てきた。Yさんは旺盛な好奇心の持主であったから、それに手を触れて引き出すと、瀕死の母親をただ小型にしただけの鱏の赤ん坊が可愛らしい姿を見せた。鱮《たなご》などと同じように、鱏という魚は卵胎生なのである。Yさんの介添えで、四匹の鱏のこどもが生まれた。

手桶に海水を汲んでそのこどもたちを放したが、どうした訳か、すーっと底に沈んで、泳ごうとしない。Yさんはその時、死んでいく母親に替って、どうしてもこの子たちに泳ぎを教えなければならんぞ、と思ったのだそうだ。

Yさんは、一匹一匹両掌に掬って、手桶の海水の中で、人間の母親が乳呑児をあやすように、静かに揺すりながら子守唄をうたった。

暫くすると、鱏の赤ん坊たちは、Yさんの掌の動きに合せて、胸びれをゆらゆらと動かし泳ぎはじめた。

四匹の小さな鱏が、夕暮の海へ還って行く姿を見た時ほど嬉しいことはなかった、とYさんは話していた。

「核」と「自然」

音楽家たちによる「反核」のアピールがなされ、私も、そこに名を連らねた。

昨秋、偶々、ベルリンやアムステルダムでのアメリカの中性子爆弾製造再開に反対して行われた抗議デモの現場に居合わしたが、ベルリンでのかなりアグレッシヴなデモを目の当りにして、「核」への危機感の高まりを痛切に身に感じた。私たち日本人は、戦争や実験によって、「核」の災害を体験したにもかかわらず、文学者による声明も、また、他の「反核」アピール等の行動も、ヨーロッパや他の諸国の人びとに遅れて起こされた。だが、遅れたからといって、また、それが模倣であっても、この「核」廃絶と、自然環境保護という人間存在の本質と関わる問題については、私たちは、強い意志を持ち続けるべきだと思う。

「核」の恐ろしさのひとつは、その恐怖を、具体的な痛覚として私たちの内に培養できない点にあるように思う。ボタン一箇の作動で人類は絶滅する、と口では言っても、それは絵空事のように実感を伴わずに語られがちだ。

かつては、科学技術は、芸術文化と協調して歩を進めてきた。だが、戦争による兵器開発等によって、科学技術は次第にその展開の速度を上げ、その極点に、人間は、「核」を手にした。もはや芸術文化が、昔のように、その行き過ぎに歯止めをかけることができないほど遠く離れたところへ、科学技術は歩んでしまった。よほど創造的に頭を働かせない限り、ありきたりの想像力で「核」の災禍を頭に想い描いてみても、人間は、「核」を実質的に制禦することはできない。

人類がはじめて「火」を手にし、それを使用した時のようには、「技術」はもはや人間に対して親愛を示さないのだ。それはちょうど、人間が「自然」から離脱自立して、純粋な知的生物としての「人間」たろうとして生きてきた時に、「自然」からの自立ということが、不幸にも、自然破壊という事態を生じたのに似ている。「技術」は、いま、人間から離反して独自に動いている。これに歯止めをかけるためには、これまでの芸術文化の在りようでは全く覚束ない。人間は、いま、根本的に考え直さなければならないところまで来てしまった。そのために、私たちは、もういちど謙虚に、「自然」と向き合う必要があるのではないか。

「核」は、根底的な破壊力をもって、瞬間に人類を亡ぼす。だが、自然破壊もまた確実に人間を亡ぼすのだ。それは緩やかに、漸進的になされるから、これもまた、よほど創造的な能力によって想像しない限り、その危機の本質をとらえることがむずかしい。

えーと?

ある時、フランス人の友人から、かれはたいへん巧みに日本語を話すが、あなたのえーとは何ですか? と訊ねられた。ところで、かれが言っている「えーと」というのが、何を意味しているのか、見当がつかない。そこで問い返すと、私のえーとはエビです、とまたいっそう訳のわからぬ答えがかえってきた。

だが、「あなたは一九三〇年生れだから、えーとは、たしか、午のはずです」と言われて、私はやっと、その「えーと」が、十二支の干支《えと》であることに気付いた。

それにしても、友人の干支が蝦《えび》というのはいったいどういうことか？　十二支に蝦なんて生きものははいっていない、と言うと、あの長いエビです、と友人は言った。フランス人は、Hの音を発音しないから、エビ即ち蛇で、友人は私より凡そひとまわり下の巳年であった。

　友人の話では、フランスではいま、干支が流行っているという。そして、干支に限らず、東洋の習俗への興味が一般に高まっているそうだ。懐石料理から影響を受けたヌーヴェル・クズィンの料理店は連日満員だし、つい最近も、シャンゼリゼ劇場で、薙刀や弓術による日本の古武道が演じられてたいへん評判になった。

　欧米の東洋へ向ける関心は、たんなる未知への好奇心に止まるものが依然として多いには違いなかろうが、最近の傾向にはそればかりとは思えぬものがある。オカルティズムや東洋に対する興味が強化しているこうした近来の動向の背景には、やはり、西欧近代主義が見落し、また故意に捨て去ったものへの反省や、機械技術への警戒があるに違いない。

　来年の秋は、ヨーロッパ七カ国で、「日本」をテーマとしたかなりな規模のフェスティヴァルが催されるということを耳にした。文楽や雅楽がその催しの中心のようであるが、一部では、現代演劇や現代音楽も紹介されるという。現代日本の経済攻勢は、欧米人は痛いほど知っているが、芸術分野における現代日本については、一般的には、さほど知られていない。

古い「えーと」ではない今日の新しい「あーと」が、欧米の人びとを刺激して、それによって文化の交流がいっそう活発化し、相互に硬化しかけている「知」が、柔軟になれば良いのだが。

死

死を目前にした老母が混濁する意識で呟くことばは、まるで、童女が口にするとりとめないことばのきれぎれのように、軽々として美しい。それは、過去の記憶の淵に浮かぶ木の葉のように、遠くに現われ間近に消えていく。母は、既に彼岸にあって、時間《とき》の端からこの時間の全容を見はらしているのだろう。夢のような、気儘な時間旅行を愉しんでいるにちがいない。いまはただ、このうえの辛い病苦を味わうことなく、安らかな眠りについて欲しいと思う。

この頃は、友人や知己の訃報に接することが多くなった。それは、自らもまた死の身近に到ったことを意味している。ひかりが物の形や色彩として顕われるように、死はつねに生の形をしている。私たち人間は、足下の死の汀《みぎわ》から想像を絶する遥かな死の涯までを満たしているものの、その滴《したたり》のひとつにすぎないのだ。いつかはかならず、死の大海へ還っていくべき存在である。

死は空虚ではなく、様々な生の無際限な現存なのだ。死によって生はその形をあたえられる。人間の個体が滅んで永遠の死へ合流するとき、(人間によって)言われ、創造され、思考されたものは、はじめて、その言葉に表わせぬ企てへ向かう途につくのだ。人間《ひと》がその生を死に対して、生が驕慢であれるのは、限られた僅かな時間にすぎない。この束の間の生の位置する時間は、死の永遠からすれば、無に等しいものだ。それだから、この束の間の生の意味が問われ、私たちはそれを充実したものにしたいと望むのだ。

固有の生を競いあう地上の営みが、広々とした生命の祖国に、また共同の魂に、凡ゆる皮膚からできた一枚の無限の皮膚へ還る旅立ちのはじまりであることを知るとき、生は充ち溢れる。

人間が書いたり歌ったり表わしたりすることは行くえ知らずではなく、それらのことばでは表わせぬ企てへ向かう。そして、この事業《わざ》を完成させることができるのは死のほかにないのである。

臥せたきりの老母の傍に立っていると、病院の窓に映る新緑が、地上を浄化するように、激しく風に打ち震えているのが見える。この美しい五月の季節に、ひとつの魂が、無名の祖国へ向かって旅立とうとしている。(私は)哀しみが静かに満ちてくるのを感じている。

映画

仕事の合間を縫って、話題の映画を数本観る。残念ながら洋画ばかりで、国産を観ず、気が咎める。

日本映画も世代交替の時期にさしかかって、新しい時代から傑れたものが出るようになった。柳町光男や小栗康平の映画は、低予算にもかかわらず、表わしたいことが画面の隅々にまで充塡されていて、空疎な大型映画を観た時に味わう、悔いのようなものは残らない。切実に、今日の問題と正面から向きあって、それを自分の表現で把えようとしている。

私は映画興行の事情について詳しく知る者ではないが、どうも、今日在る日本の興行制度は、映画製作に利するところ尠く、興行の収益が映画そのものへ還元される率はきわめて低い。随って、僅かの興行的不振が、折角の才能を見殺しにするような例をこれまで幾らも見てきた。映画のような国際語であれば、文化交流の見地からも、もう少し映画製作に対して国が援助しても良さそうなものだと思う。

黒澤や溝口、小津のような大監督の作品の外に、大島渚、今村昌平、篠田正浩、鈴木清順のような現代作家の映画が、どれ程文化の相互理解に役立っていることか。もちろん、映画は他の芸術以上にこの現実と密接に関わるものであり、その意味で、かならずしも国家の庇護に全面的に縋ることを、たぶん、作家たちは潔しとすまい。だが、最近のオーストラリア映画の目覚ましい飛躍を目にすると、あの向上の背後にある、映画に対しての、国家的サポートという事実を考えずにはいられない。

黒澤明や大島渚が、それぞれに新しい企画をもちながら、そして私たちは誇らしくかれらの仕事について世界に向って語ることができるというのに、単に経済的な事情でそれが実現しえないこの現状は、やはり寂しい。結局、外国資本が、日本の映画界に代ってそれを実現することになる。

ニキータ・ミハルコフの『愛の奴隷』、フランソワ・トリュフォーの『終電車』、そしてハンガリーのイシュトヴァン・サボーの『メフィスト』。このそれぞれに国情の異る三人の作家たちが図らずも共に描いた、政治と表現（者）の問題。観る者によって評価は分れようし、好みも違おうが、かれらの映画を支えている背後の人間の成熟ということで、つまり、これらの映画を成立させた成熟した風土という点において、この三本に、私は、ある共通したものを感じた。そしてそれに痛切な羨望の念を抱いた。

肌の文化

ニューヨークの日本料理店で、アメリカの友人が覚束ない日本語で、酒を「人肌に」と注文したのを耳にした時、つくづく、日本文化も随分行き亘ったものだと、驚いたり呆れたりしたものだ。そう謂えば、私たち（日本人）ほど、「肌」という言葉に多くの意味を負わせている民族も珍しい。スキンシップなどという英語もたぶん、日本人が創りだした造語なのではあるまいか。

肌身に感じるとか、肌が合わぬとか、情緒が克った言いようを（私たちは）好んで、論理の道筋を通した物言いより、むしろそれに納得する。私たちは肌の触れ合いということに特別の親しみの感情を抱いて、幼児の頭を撫でたりするが、欧米には抱擁の習慣はあっても、頭を撫すような習慣は無い。むしろ、それは忌まれる。こうした相違は、単に風習の違いでしかないが、だが、案外そうした習俗の深部に、文化の特殊性が生じる要素が潜んでいるだろう。

昔から、「肌の綺麗は七難隠す」というようなことが言われている。他人と肌触れ合う生活のなかでこそ、この表現も特別の意味をもつ。湿度が高い気候風土だから、入浴の習慣が物理的必要から格別に日常生活のなかでだいじにされているのだろうが、それも（私たちの）肌の文化と言えるものであろう。他人をもてなすのに、「何もないが、先ずひと風呂浴びて」というようなことは、他では想像もできないことである。

さわりという独特な美的観念も、元来は、他のものに触れるということから生じたものであり、例えば三味線のさわり（の音色）は、西洋近代楽器の他を峻別するところに生まれた固有の音色とは対照的に、すべてを取りこもうとするところに生じた音色なのである。随って、一音はきわめて陰翳に富んだものになり、そのために、音と音との間《ま》が重要なものになっている。俳句や短歌の詩型も、また、多くの音曲においても、構造自体は他に類を見ぬほどに単純だが、その一語が、またその一音が暗示する世界は、かなり複雑なものである。随って、それを味わい活かすためには、それなりの時間空間が必要になる。

触れるということと、間という、このふたつの異るものによって、自ら調和は生まれる。

ジョン・ケージと茸

西武劇場での例年の音楽祭、「今日の音楽」を終えて、来日したジョン・ケージやピアニストのグレート・サルタンと共に、二晩ほど、軽井沢へ出かけた。

六月の信州は、未だ朝晩、いくらか、冷えこむ。幸いなことにその三日間は、浅間の噴煙もはっきり認められるほどに晴れて、燦々たる陽光の下では、白糸の滝も些か神秘性を欠くように思われた。小鳥や河鹿の甲高い鳴き声が谺する河沿いの雑木林を抜けて行くと、六月とはいえ、もう桜しめじや杉茸のようなきのこが、樹々の根方に顔をのぞかせている。

ジョン・ケージは、前衛音楽のパイオニアとして夙《つと》に著名だが、アマチュアのきのこ研究家としても世界的に知られたひとである。かれは、現在もけっして裕かな生活を送っているとは言えないが、昔、もっと貧しかった頃、ローマで仕事をしていて、偶々、テレヴィのクイズに出て勝ち残り、最終の専門部門できのこを択んで優勝、六千ドルもの賞金を獲ったことがある。きのこの話をする時、かれの表情は、いっそう甘く柔和になる。

ホテルの庭でケージが摘んだ狐茸を、知人に調理して貰った。もちろん、料理の仕方はケージの指示に従ったのだが、狐茸などは雑茸の部類で誰も見向きもしないものとばかり思っていたが、これが意外と美味なのに驚かされた。ケージは、きのこはその九〇%が水分で、地上に束の間その貌を現わすに過ぎない、随ってそれに巡り逢うのはその出合いが唯一の美しい機会なのだ、と語っていた。一期一会ということであろう。

昔、アメリカを車で旅行した時、その年は乾燥が続いて、曠野の木はまるで立ち枯れのように疲れてみえたそうだが、それでもケージは、それが習性になっているから、車窓からきのこを物色したらしい。だがかれの頭には、この異常な気候の下できのこが生えるはずはない、という想念があり、その固定観念が、実は、そこに生えているきのこを、かれから見えないものにしてしまっていた。食料品を買うために立ち寄った或る町で、ケージは、ふと、以前そこできのこを採ったことを憶いだした。それで公園の立木の周囲に目をやると、日本の松茸に似たアルミラリア・メレアが密生していたのだった。かれは、固定観念や因襲にとらわれて目を曇らせてしまうことの恐ろしさを語ったのだ。

D

忘れられた音楽の自発性

石川セリのうたで、最近、一枚のCDをつくった。もちろんこれは、ふだんの私の音楽とはまるで違う、全曲、ポピュラーな、歌謡曲に類するものばかりである。

現在《いま》は、いわゆるポップスと呼ばれるものもなぜか細かく分類されていて、私のうたが、その凡そどの辺りにあるものなのか、一向にわからない。このアルバムのうたは、かならずしも(劇や映画のために)需《もと》められて書いたものだけではなく、私の生活《くらし》のなかから、ふと口をついて出てきたもので、きわめて素朴なものだが、私は、それをうたいたかった。

今日、若いひとが耳にし、口にしている音楽の殆どは外国のもので、そのことはかならずしも悪いことではないが、いくらか寂しい気がする。国産のうたも外国のものに見劣りせずみごとだし、だが、外国産にはいくらかはオリジナルなものが感じられても、日本のうたには殆どそれが無い。

それでもポピュラー音楽の世界は、民族や国境などという面倒なものを軽々と超えて、この地球上の、人間相互の理解や親愛の感情を深めることに、少しは役立っているように思う。ただ、そこで考えなければいけないのは、そうした現象はかならずしも自発的《スポンテニアス》な欲求から生み出されたものばかりではなく、その多くは商業主義の産物であり、意図的に操作されてつくられた、流行現象であるということだ。

だが、それとても総て悪いとばかりは言えないだろう。

地球上でうたわれているうたは、他のなによりも率直に時代の感情を反映するものであり、うたのなかにある異なる多くの感情の波動を感じることは、素晴らしいことだ。それに、近ごろのポピュラー音楽は、民族（俗）音楽の要素をとり入れたりして、それを世界音楽《ワールド・ミュージック》と呼んだりする呑気さはいささか気にはなるが、音楽に対する通念に揺すぶりをかけ、私たちの認識をいくらかでも深め、拡げることに役立っている。

だがここで警戒しなければいけないと思うのは、耳にする最近のポピュラー音楽はそのカテゴリーの多様さにも拘らず、どれも均質化したものとして聴こえる、ということである。結局、いろいろな要素をブレンドしても、そこに本質的な変化はみられず、似たりよったりの平均化に落着いてしまう。新しいモデルが現われるとそれを模倣し、繰返すことで、音楽は忽ち没個性のものになる。商業主義がそれを助長する。

考えてみると、都合よく、簡単にブレンドできるような民族（俗）音楽の音楽的要素（素材）など、さほど重要なものではないはずだ。移しかえることが困難なもののなかにこそ、実は、それぞれの音楽を生き生きと特徴づけるエッセンスは隠されている。

今日、世界は、国家主権や民族主権という排他的な考えを捨てて、地球規模ですべての問題に対処しなければならない事態にさしかかっている。核の存在に対する潜在的危機感、日々深刻さを増す環境問題。それらは内向的な国家主権の政治ではもはや解決しえない性質のものであり、私たち人間にとって現在《いま》最も必要とされるのは、外向的な、開かれた生き方というものであろう。それを最も具体的に象徴するものとして「うた」はあるべきだろうと思うが、その時「うた」は、限りなく個人の貌《かお》にちかいものとして、千差万別であることが望ましい。

いろいろな声があって、それが織りなす緊張関係を保持しながらの（社会的）ハーモニーこそ、新しい人間関係の行方を批判的に見守ることができるものだろう。

だが今日の状況は、新次元へ向かって開かれ動いていくものではなく、活潑な外観とは反対に、一種無気力な停滞のなかにある。それは、うたや音楽の在りようがきわめて受動的《パッシヴ》で、与えられた枠のなかだけで自足してしまっていることと似ている。

いま私たちは、技術《テクノロジー》の援用によって、誰もが手軽に楽器を演奏し、その音色までも合成することができる。このこと自体は考えるまでもなく素晴らしいことだが、出てくるものは、なぜか、似たりよったりのものばかりである。それは、結局、与えられた材料の枠のなかで、いかに上手にマニピュレート（操作）するかということがうた（音楽）の主目的になってしまって、音楽にとって最もだいじな、（自発的に）うたい出し、聴き出すという能動性《アクティイヴィティ》を忘れてしまっているからである。いや、忘れさせられている、と言いかえてもいい。

巨大な商業主義の力で、私たちの感受性が開発されたのも事実だが、同時に、その枠組のなかに閉ざされてしまったことも、また、否めない事実である。だがこの矛盾はそう簡単には解消しないだろう。資本主義的な市場経済の社会では、こうした鼬《いたち》ごっこのような悪循環は、あるいは避けようもないことなのかもしれない。そのなかで、うたを活き活きとしたものにするには、私たちひとりひとりが、それぞれ自分のうたをうたうことだろうと思う。

世界は統合に向かっても、うたは千差万別であるほど、いい。うたに示される個人の喜びや悲しみや怒りの感情が限りなく豊かなものであることを知ることが、人間を、コンピューター・チップス化してしまうことから護るだろう。

このCDに収められた私のうたは拙く、呟きのまま途絶えてしまうようなものもある。だが、作ったり装ったりよりは、未分化であり、私の飾らない感情は、反って、素直に表れている。こうしたものを公けにしたのは、私が音楽というものを専門職にしてしまったことへの苛立ちの所為《せい》かもしれないが、かならずしも遊び心からだけではなく、ここには嘘もない。

（「毎日新聞」夕刊　'95年12月14日）F

私の本だな――画集や図鑑類が主

私は乱読である。そして、書物を収集することにそれほどの興味もない。本だなは煉瓦を脚に、ラワンの五分板を重ねていく体裁のものである。限られた本のなかでは、比較的美術に関するものが多い。画集、図鑑がおもでことばによったものは少ない。近世、翻訳という作業の影響のせいか、ことばは Bookish な指示性だけにその機能をはたしているように感じられる。そのために私の想像を狭めるものがある。

今日のように出版される書籍の数が多ければ、買い求めたものをすべて手もとにとどめておくのはわずらわしい。一、二行のことばを私の内部に保存しておけば良い。だから、読みおえた書物はなるべく他人に貸すことにしている。本だなは書物にとっては仮住まいでしかないだろう。

いつも新鮮に響くことば、それは粗い鉱石であって私たちの日常のなかで磨かれて行く。私にとっては発見に富んだ書物だけが必要だ。私たちは本を読むことで思考し、さらにたいせつなのは、それによって歩行するということだ。とすれば、余りたくさんの書物は、かえって私たちの歩行の邪魔になりはしないか。

マックス・ピカートの一行のことば、タゴールの一編の詩は私の生き方に勇気をあたえてくれるし、大江健三郎の小説はただちに音楽的プランに置きかえられて私に働きかけてくる。そして、ヴォルスの緻密な一枚のデッサンが夢見ることを教えてくれる。原始宗教について書かれたものから、空想科学小説にいたる人間にかかわるいっさいの本が、私にとってはたぶん必要なのだが、歩行するたびに咀嚼すると、それはごくわずかの量でしかない。私は本を読むたびに、それによって私の「眼」が鍛えられたら、と思う。

特殊な芸術の世界だけではなく、たえず変化して行く、予測できない日常の世界を、その眼で見るのだ。小さな自我、偏狭な審美感に穢されてしまった眼は、「見る」という素朴な行為によってしか美しくはならない。そのために、なるべく本を読むように、また、なるべく本を読まないようにという困難な読書の仕方を、私は自分に課している。

今日の日本では、私たちが読むよりは、作家の生産量の方が多いのではないか。それにしたがっては眼を害うだけだろう。

——マルセル・デュシャン、あるいはヴァレリーがしたように、生き生きとした沈黙をまもるということは現代では困難のことであろうか。——いずれにしろ私の本だなには、私の生活に必要な最小限の本を置くことにしたい。


（「東京新聞」’66年3月18日）

読書の様態

四月はじめ、思いもかけず病いの宣告をうけ、入院生活を余儀なくされることになった。これを与えられた機会と考え、纏《まとま》った読書でもしようかと、枕頭に単行本や雑誌の類《たぐい》種々積んではみたが、どうも手を出す気になれない。筋道を追い、人物の心理が綾なす複雑な糸をたぐるような小説の類は、特に、気分がのらない。

結局、イタロ・カルヴィーノの短編と、蕪村の句集を、それも、一行、或は、一句ずつ、味わうように目で追っていた。

たぶんそこには、意味が直ちに完結せず、つまり、因果関係の説明に費されるような文章ではなく対象への観察が精緻で深く、それでいて（或はそれだからか）こちらもかなり自由に、新たな思惟を展《ひら》くことが可能なような言葉が在るからだろう。それは詩的な言葉である。

詩人の三木卓氏が、この辺りのことを適確に書いておられる。

「詩を読む楽しみは、驚きにある。おやこれは、と思い、次の瞬間にわかる。一瞬異質と見えた言葉が、じつは自分のうちの混沌と呼応する。それがわかったとき読み手は確実にこわれている。これが楽しい。こわされることであらたな自分がつくられる」

（「毎日新聞」一九九五年七月十七日）

この、読み手がこわされることの楽しみとは、とりもなおさず、発見の悦びに他なるまい。限られた自己と謂う容量のなかで固定してしまった価値観や想像力が、不意に、拡ったり飛翔する感覚。その驚きは得難い読書体験である。〈一瞬異質と見えた言葉が〉、立体的に、層を成したものに感じられ、それまで気付かずにいた新たな言語世界が展《ひら》ける。受動的行為であったはずの読書が能動的なものに変わる。その時、自己はこわれ、あらたな自分がつくられている。

読書の様態は、ひとそれぞれ、千差万別である。読書には、映画のように、必要とされる限定された時間というものはない。読書に費す時間は個別のものであり、その速度は一様ではない。時間をかければより内容が把握できるというものでもない。

私の場合は、大きな流れをたゆたいながら、不意に起《た》ちあがる、杭のような言葉やセンテンスのひとつひとつと、その度に交渉をもちつつ、書物それ自体とは一見無縁な寄り道を楽しめれば、それは最も充足した読書（体験）と言える。

だが、そうした遊びをゆるしてくれる本は、そう多くはない。不思議なのは、内容の純度が高いほどにそうした精神《こころ》のあそびを促しもし、またゆるしてくれることだ。

秀れた書物のなかに書かれた言葉は、言葉としての（名指したり選別する）機能を失わず、それでいてより自由な、眩いばかりに多様な意味の光芒を放っている。言葉はそれを使う者によって貧しくもなり、また豊かにもなる。
僅か十七文字の蕪村の句に時間《とき》を忘れ、際限《かぎり》ない言語宇宙を浮遊するのも、読書の様態のひとつであろう。

F

舌の感受性

食べ盛りを、敗戦後の物資が払底した時代に育ったので、いまになっても、食事を残したりなどすると気が咎めて、心安らかでない。南回りの飛行機に乗った時などは、殊に、あの機内食の残飯の山を眼にするだけで、飢えに苦しんでいるひとびとの頭上を飛んでいることが後めたく感じられてならない。

どんなものでも充分に食べられれば良い、と思うが、ところがわがままなもので、近頃では、美味なものを少量というように、好みも年齢で変ってきた。それに容器など、昔はまるで気にもかけないでいたが、野暮な盛りつけが疎ましく感じられたりする。これは衰弱であり、老化であり、頽廃だ、と心で叫んで反省するが、それでも、食べるということの基本のことは、他人の問題でなく、自分の好みのことだから、せいぜいわがままでも仕方なかろうと考え、得心している。

私の家は、先祖代々鹿児島は薩摩という貧しい地方で、祖母が、南洲先生（西郷隆盛）は吸いものに醬油が入れ忘れてあって何の味がしない時でも、おいしいと召上った、男子はことほど左様に瑣事にこだわるべきでない、と口癖のように言って、幼い私を訓したのだった。たぶん、そうした頑迷な教育に対する反動が、いま頃になって出てきたのである。戦時下では、反対のしようもなかった。腹減らしている児《こ》になにができよう？

　戦争中でも、子供には、時に、愉しい一日があった。だが、こと、食べることに関しては、辛い以外の思い出しかない。だがそれでも、たまに口にした蜜柑や林檎の、あの青酸っぱい味は、この頃の人工的な、甘いばっかりの果実には失われたほんとの味があった。果物ばかりではない。野菜も、形はきれいにととのって見栄えはするが、昔の滋味豊かな味わいは無い。信州に仕事場があって、近所の農家で頒けて貰って食べる胡瓜やトマトは、形は不細工だが、味がまるで違う。ところが、同じ畠で穫れたものでも、出荷用に粒や形をそろえたものは、外観ばかりで味は二の次なのである。

　綺麗にパックされた、温室直送の、季節外れの野菜を食することが、高級な文化生活であるような思い違いがあるようだが、舌が鈍感になるのは、より本質的な文化の問題である筈だ。

　私が、美味なものを少量、と期待するのは、なにも殊更に贅をつくそうというのではない。季節が感じられるような野生の香り、自然な酸味、そういうものが欲しいだけである。時には即席の食品だって良いじゃないか。だが、そうしたものによって、自然の感触を忘れてしまうのは、歓ばしいことではない。

　舌の人工化は、私たちの感受性を貧しくする。良い芸術は生まれない。優しい人間は育たない。

D

酒の歓び

私は、旧い因習にこだわる質《たち》ではないが、日常の生活《くらし》のなかでの（日本の）家に伝わる行事、いまでは、その起源的な謂《いわれ》も忘れ去られたような、ささやかな習俗に触れるのが好きだ。

昔、鎌倉で、離れを借りていた家の母娘《おやこ》が、夏の夕方、庭先に盂蘭盆の送火を焚いて、その小さな土器を、ふたりで、嬉々として跳ぶように跨いでいるのを見た。そのなにげない佇まいが、不意に非日常的な空間を生む。するとそこに、それまで時間《とき》の流れに身を潜めていたなにか巨大なものがすっと立って、気が付くと、母娘の姿は薄闇に紛れて消えていくのだ。私は急に人間を愛おしいものに感じた。そして、無性に酒を飲みたいと思った。

だが、酒を飲むのに理由《わけ》は要らない。また酒を飲んで論じる気にもなれない。ただ、心を許しあえる友人と、適《たま》に飲みたい。それがいつまでも続けば良いと思う。

酒は、自然から贈られた無上のものだ。炭化水素を水酸基で置き換えた化学的物質というような説明ほど、酒から遠いものはない。若しそうなら、そんなものに酔い痴れては恥ずかしい。酒は、自然が人間に示す友愛の徴《しるし》だ。随って、何よりも先ず、謙虚に接しなければならない。

旅先で、その土地土地の酒を飲むのは愉しい。酒を産んだ自然が膚で感じられる。土地自慢の、余り手を掛けないでも賞味できるような新鮮な肴を少量。それで充分だ。日本酒の愉しさは、それぞれの季節感に異った味わいかたができることだろう。私は、夏でも、かなりの熱燗を好むが、冷酒《ひや》も、少量なら、仲々良いものだ。

近頃では、外国人も随分と日本酒を飲むようになった。私の友人にも、酒を常用している連中がかなりいる。かれらには、酒の、燗という習慣がめずらしいらしく、また、概して燗酒を好んでいるようである。中には、既に、かなりうるさくなったのがいて、ニューヨークの日本料理店などで、好みの銘柄を指定しては、いつ覚えたのか、「人肌で」などといっぱしの注文をつけたりしている。

日本酒を飲む際の、差しつ抑えつは、ただ儀礼に傾けば時には煩わしくも感じられるが、異国で久し振りに再会する毛色の違う仲間たちと酌み交わす、日本式の交歓は、悪いものではない。

ところで、家族にも、また、縁戚を見渡しても、私の他に飲むものがいないところをみると、家系はよほど下戸なのだろう。昔から「下戸の建てたる蔵もなし」という諺があるが、それだからだろう、豪気な話は何ひとつ聞かない。子供の頃のことを憶いだしてみても、親戚が集って飲むといえば、正月の屠蘇ぐらいであった。それでも、私にとっては、年一度のその酒宴が愉しく、また特別な晴れがましいものに想えたものだった。　D

夢の樹

ひとが、樹に思い抱く感情は何なのだろうか。いま、この噎《む》せ返るような濃い緑の中では、ついこの間まで、樹は、無限定なまでに多彩な緑であったことが不思議でならない。だがいまは、ひと色の濃い緑を目指して、一散に、炎天を遮り、樹は、地上に黯い翳りを落している。

先年の夏、住居《すまい》の近くの一本の杉が、雷に打たれた。豪雨の中、天空の斧の一閃が、樹齢百にも及ぶ老木を裂いた。それは壮絶な死に様であった。垂直に、二つに断ち割れた裂目が示す膚は、だが、異様に若々しく、そのことが、樹の生命《いのち》の深さを思わせ、零《こぼ》れる樹液の白く光る痕が、植物に潜む獣的な欲望というものを感じさせた。

ひとは各自、樹に、様々な感情を抱いているが、それらは、等しく憧憬の念いに縁どられていることだろう。ル・クレジオが語っているように、「樹が誰にも迷惑をかけず、他のものから何も奪いもせず空に向って枝を伸ばして立って満足し、じっとしていることを（人間が）知るとき、樹は（人間にとって）一種の不断の非難となり、また、一種の理想ともなる」（『ル・クレジオは語る』望月芳郎訳、二見書房刊）のである。

私は樹が好きだ。それも、灌木の茂みよりは喬木の林を、寧ろそれよりは天空へ向って聳え立つ一本の巨樹に魅せられる。

バオバブは私の夢の樹だ。厳粛さと滑稽な気分が入り交じったような、それで、曠野にひとり立ちながらも、変に深刻でないのは良い。生命の表情を最も豊かに現わしている樹であるように思う。

C

人間と樹

樹と謂えば、忘れ難い話を耳にした。

中島健蔵さんは亡くなられる数日前から、白濁する意識の中で、〈俺は死んでも、二月《ふたつき》はあの樹の下にいるからな〉、と家の方に語られていたそうだ。その樹は、〈あいつは、風がなくても葉がカチカチと慄えて、嘯《うた》っているんだ〉と、お元気な時によく他人《ひと》に話されていた庭の北西に立つ背の高い樹であった。病床にあってその樹を眺めるのが、中島さんの歓びの一つであったと聞く。（告別式に参列した際には、葬儀用の帆布の鯨幕に遮られて、私はそれを見ることができなかった。）

葉が嘯うのは、アカシアだろうか？　ユーカリ樹の或る種もよく嘯う。

瀧口修造さんも、中島さんを追うようにして、逝かれた。主を喪った庭の橄欖樹《オリーヴ》は、樹下の翳りをいっそう黯くしていた。いまは巨樹と謂っても良いほどに生育した橄欖と、その守人《もりびと》をひとり残して、詩人は去った。此の夏はつらい夏であった。年毎の七月一日を橄欖忌《かんらんき》として、瀧口さんを慕うもの相集うて、故人を偲ぼうと、澁澤龍彦氏から提案があった。その呼び名は、瀧口さんには、聊《いささ》か文壇臭がきついと感じられなくもないが、その集いはいつまでも続いて欲しい。

ところで、橄欖と謂う名が、誤ってオリーヴと混同して言われるようになったのは、中国において聖書を漢訳する際に起きた間違いが元だと謂うことを聞いた。十九世紀半ばの事である。だが今日《いま》では、橄欖と謂うことばは、直ちにオリーヴの緑濃い繁みと、樹下に零れる和《やわ》らかな日射しを喚び起こす。

東京ではオリーヴは生育しないと謂うことを聞いたが、すると、瀧口さんの庭の橄欖樹は、奇蹟の発現であろうか。しかも年々、枝いっぱいの実をつけて、その恩寵に与《あずか》った者の数は知れない。詩人自ら手製の壜詰めには、"Rrose Selavy"のラベルが貼られてあった。この奇蹟の木の実が蒔かれた魂の沃野に、不滅の橄欖樹は生育し得るか?

瀧口家のオリーヴはどのような経緯で日本へやって来たのだろう。(私は)その事情を詳らかにしないが、憶か、ローマ在住の彫刻家豊福知徳さんが、苗を携えて来られたのではなかったか、と思う。

私は、植物群《フローラ》の、殊に樹木の地上での分布と謂うことに深い興味を持っている。例えば、オーストラリア原産のユーカリ樹の移動のことなど、面白い。然うした興味は、先ず、特別の種類のものが限定された場所にのみ生育すると謂う、単純な事実に対しての驚きから出発している。そして次に、それらが海を隔てた土地へ移行して、異った地質の上に幾つかの亜種を生むようなこと。いつか、その根《ルーツ》とは想像を絶するような相貌《すがた》と生活形態が現出する、ユダヤ人の離散(Diaspora)に共通する歴史を知ることが、そして、然うした生命の営為、構造学的な主題に強く惹かれるのである。「動物は移動するが、植物は眼でひろがる」と言ったのは、フランシス・ポンジュだ。実際に樹は、その存在の全体が直接土壌に托されている。かれらの移動は、風や潮流や人為的な手段で行われるのだが、その真実は、「眼でひろがる」のだ。「植物は眼でひろがる」と謂う詩人の観察は、美しく且つ正確であるように思う。

あらゆる存在をつらぬいているひとつの空間、リルケが世界内部空間（Weltinnerraum）と呼んだ不可視の空間があり、樹は、その存在を人間《ひと》に予感させる唯一のものであると言ってよいように思う。樹は動かない。ただその不動性を、仏陀のように、自分の腕や掌、指だけで表わす。

……彼らは、常に凝結しているかのように、不動であるかのようにみえる。幾日か、一週間か、人が背をむける。すると彼らの姿がいっそう明確になる、彼らの肢体がいっそう増殖する。彼らの同一性は疑うべくもない。しかし、彼らの形態は、少しずつ、少しずつ実現されてきたものなのだ。

（フランシス・ポンジュ『物の味方』阿部弘一訳、思潮社刊）

樹は、「時間」を見事に空間化して示してくれる。幾何学的に規則正しく、だが厳密には微妙に乱れた年輪の震えるような線が、〈永久に限定されることのないカンバスを満たしながら、少しずつ、少しずつ占領してゆく空間へと〉変身して行く。樹は、「根」と「枝葉」と謂うように、内部に抱えこんだ存在の乖離によって成熟して行くのだ。人間《ひと》は、つまらない事柄を「枝葉」と謂い、ものの本質を「根」と言ったりしているが、葉の葉緑素の働き、金属塩を同化する根の吸収性の能力は、「無限」と「永遠」のふたつへ向けられた樹の眼差しであり、区別しようもない「全体」である。

ポンジュは、「極めて複雑な法則のひとつの総体が、言いかえれば、もっとも完全な偶然が、植物の誕生と地球の表面への着床とを司る」と書いている。地上における樹の存在は、あるいは神の意志をも、況《いわ》んや人知を超えたものであろうが、いまや人間の邪悪な謀《くわだ》ては、地上からその樹を抹消しかねない。そして、これまで保たれていた、人間と樹との歓ばしい動的で親密《インティメート》な関係さえ失おうとしている。

樹は、どのように陰蔽された場所に生まれても、つまり、他の存在に自己を知らしめることはなくても、〈自分の独特な形態を複雑化することに、自己表現を達成することだけに熱中して〉いる。彼らは、ただ《樹》でしかない。この無為の存在は、自らを偽らず、他を欺くこともない。だが、人間の小賢しさは、そのことの偉大さを忘れてしまったのだ。ル・クレジオは、ピエール・ロストとの対話の中で、「樹は魅力的なところを持っている。それは、いつまでも同じ場所に在り、動かず、どんな運動も、またいかなる種類《たぐい》の自己肯定もしないで永い生命を生きるからだ。それに比較して、われわれ人間は自己中心的で、異常な存在なので、人間が、自分のことと自分の小さな問題しか考えないということを知るとき、また、樹が誰にも迷惑をかけず、他のものから何も奪いもせず、空に向って枝を伸ばして立って満足し、じっとしていることを（人間が）知るとき、樹は（人間にとって）一種の不断の非難となり、また一種の理想ともなる」と語っている。嘗て在った人間と樹との交歓は、いまでは極めて一方的なものになってしまった。今日人間は、樹に、手前勝手な慰撫をもとめているに過ぎない。

リルケやルドン。エマーソンやソロー。世阿弥や芭蕉。私たちは地上の樹と同数の名を挙げて、人間と樹との相互の歓ばしい関係《かかわり》を証すことができた。或る時代までは人間と樹との親和力は失われていず、樹は、人間の内面に育ち、画家や詩人はまた樹の内部に立って、充分な地下水を汲みあげることができた。人間の孤独は荒地に立つ一本の樹に照応しえた。

ぼくたちの内部を鳥たちは飛び交う。
ぼくが伸びようと意志して外部を見る。
すると、ぼくの内部には一本の樹が生えている。

リルケが後期の詩集でうたったような、外と内との合一。対象に肉迫することで獲得される内面の充実は、失われようとしている。人間と謂う、「自己中心的で、異常な存在」が、いつか知らぬ間《ま》に身に付けてしまった、自然に対して優位であろうとする意識が、内面の自壊作用を招き、私たちの内部で、樹は、いま立ち枯れに瀕している。

中島さんの一本の樹を、そして、瀧口さんの橄欖樹《オリーヴ》を、私たちはいまどのように守ればいいだろう？

人間《ひと》と樹《き》の人間と樹を……人間と樹の、この限りある一刻《ひととき》を。

C

梅

花《はな》ということばの音《おん》には、ものごとのはじまりという意味がある。季節としては、私は、花が咲きそめる春よりは、むしろ、秋や冬が好きだが、花はどの季節にあっても、また、いずれの花も美しい。私には、特定のひとつの花を挙げるのはとても困難だ。

私は、小石川（東京）の京華《けいか》学園で中学時代を過ごしたが、その徽章は梅の花を形どっていた。すると、梅は東京という都市を象徴するものなのだろうか？　この混乱した市《まち》の様相に梅の清楚さは似つかわしいものとは思えないが、日本を表す桜花よりは梅のほうが好ましく思える。私たちの校歌は、如月《きさらぎ》朝靄暗きを裂いて／滴瀝《てきれき》光る梅の心／天地《あめつち》栄ゆる春にさきがけ／北庭に咲く花見ずや京華、というような詩であった。これは先輩である尾崎喜八氏の作だが、私たち学生は歌詞の内容を理解して歌ってはいなかった。いま想えば、いささか大仰な悲壮感に満ちたものに感じられるが、ひたむきな若者の心を昂揚させる気分はあった。それに、霜をおろした大地に黒々と立つ古木の白い花は、実際、花ということばにふさわしい清新の気を感じさせるものだ。

昔は、私たちの日常の周辺に梅の木はいまよりもっと多かった。陽光《ひかり》が未だ地上を染めやらぬ前《さき》に、私たちは梅の白い花をみとめて、そのことに何か言い知れぬ励ましを感じとった。そして、それよりも早く庭から伝わる仄かな花の香気は、私たちに祝福の感情をもたらしてくれたものだ。だが、今日では梅の香もあまり馨《かぐわ》しいものではない。花自体が生気を失ってしまったのだ。これは人間の罪だ。

ところで、私の妻の名は浅香《あさか》というのだが、はじめそれは奇異にきこえた。姓にはあるが、必ずしも名にふさわしいとは思えなかった。あとで妻からその謂《いわれ》を聞いて、それが梅の香を言い表すことばであり、有名な漢詩の一節からとられたものだということを知った。いまでは、その名は二月生まれの妻にふさわしいし、彼女の気質にそぐわぬでもない、と思っている。

D

水

昨年暮に、住居を都心から東村山市へ移した。新居の南東に面する窓からは、多摩湖の堤防が望めるはずが、眼前に何やら記念樹に指定された五葉松の古木が立って、視界を阻み、湖は遠く、想像の淵は拡がる。樹齢百を超す古木の尖塔は陽の光を受けて、全身が黄金の棘に覆われたように輝き、湖の深い沈黙の響きを伝えて打震えている。

多摩湖は、元、村山貯水池と呼ばれた人造湖で、その水は都下の飲用に供せられている。厨房の水道栓を捻れば、湖水は、家々に、やにわにどっと流れこんでくるが、文明の紆余曲折を経て、もはやたんなる無機物でしかない。強い石灰乳の臭気が、いつまでも口中に残る。

この「管理」の掌に張られた水は、だがそれでも、湖と呼ぶに相応《ふさわ》しい深い静けさと神秘を湛えている。人間は、水の元素を侵すことはできない。しかも、私たちは水について何も知らないのだ。形なき実体として宇宙を無限に循環する水を、私たちは、いつもかりそめのすがたで知るばかりである。

凡そ五十年前、この貯水池が造られるために、一箇村が湖底に沈んだ。偶々、昨秋から始まった貯水増量工事で、約半年、湖は干された。その時、失われた村の、石の炉や、住居の跡が地上に現われ、テレヴィがその様子を中継した。そこで私は、湖底に、一筋の川が現在も流れていることを知った。湖中を、他の水流が趨《はし》っているという事実は、私の空想を刺激した。だが考えてみれば、海は、無数の性質の異る潮流によって満たされているのだ。そして体内を走る血脈のように、宇宙には無形の黯い水脈が奔っているだろう。

ところで、人間《ひと》はなぜ、胎内の水を、羊水と呼ぶのだろうか？眼前の五葉松の向うに、湖は、また元のように水を充たしている。そしてその中を、眼に見えない別の流れが趨っているのだ。

私は水の神秘に憑かれ、光を屈折させる水の力を借りて、音の波長をも曲げようなどと考え、水を媒体として楽器を演奏する音楽を書いた。水によって創られる滑走音《グリッサンド》は、他の方法によっては生まれない緻密なものである。私は音楽の形態《フォーム》についても、流体的《リクイッド》な形態と謂うものを考える。それから、緩慢な汐の満干のような変化、というものが欲しい。人間は、水棲動物から進化したものだ、という学説は、信憑性があるものなのだろうか？

私には、音と水は似たもののように感じられる。水という無機質のものを、人間の心の動きは、それを有機的な生あるもののように感じ、また物理的な波長（言葉の神秘的な暗号）にすぎない音にたいしても、私たちの想念は、そこに美や神秘や、さまざまな感情を聞きだそうとする。

私たちは、この水を、かりそめの形でしか知らない。それらは仮に、雨や湖、河川、そして海と呼ばれたりしている。音楽もまた河や海のようなものだ。多くの性質の異る潮流が大洋を波立たせているように、音楽は私たちの生を深め、つねに生を新しい様相として知らしめる。

C

夢

人間《ひと》は、夢について問いつづけることを、いつか止めるだろうか？　いや、夢が別の言語として体系づけられでもしないかぎり、それはあるまい。しかし、そのようなことがありえたとしても、人間は夢のなかでまた夢みるだろう。

夢、この非現実の領域は、隠れた水脈のように錯綜し、宇宙と人間を貫ぬく不可知の層を走っている。それは歴史と弁証法を超えた永遠の瞬間であり、しかし現実はつねにその瞬間のうえに脚《た》っているのだ。夢に、不思議ということばを冠す、このなんともいえぬ奇妙さ。それでは、どんなことばで夢を形容すればいいだろうか？

私はつねづね疑問に感じているのだが、心理学あるいは生理学によって夢は解析される、ということはほんとうのことなのだろうか？

私は幾つかのきまった夢をしかみない。たぶん、その限られたいくつかの夢だけが記憶の縁《へり》から溢《こぼ》れずに、私の内部に超現実的な光景を凍らせているのだろう。では、夢を反芻するということは、人間にとって、いったいどのような意味をもつことであるのか？

私が夢にみるその光景は、ひとつは涯しなく続く氷河で、他のひとつは、淡い色調で彩られている日本の石工の仕事場なのだが、どちらも私の幼児体験等とは聊(いささ)かも関わりないものである。——と、思う。しかも、その石工の庭の光景は、いつでも定まった構図で、暗い高い位置から主観的に見下ろしているもので、夕方の日差しのなかでひとりの石工が石を刻んでいる。ラブクラフトやブラックウッドの物語にでもありそうな状景であるが、そういえば、石を刻む音を聴いているという記憶は無い。夢は無音の世界なのであろうか？

瀧口修造氏の書かれたもの等から推測すると、氏は夢のなかで音を聞かれているようである。夢のなかで聞こえる音は、いったいどのような響きをしているだろう——。

（日本アップジョン株式会社「Scope」'75年1月号）B

希望

新しい世紀へ向けて何かを期待しようにも、現在《いま》私たちが脚《た》っている地盤は余りに多くの困難を抱えていて、楽観的見通しは立て難い。冷戦の終結と自由化の波は、随所に、また新たな局部的危機をもたらし、それはいままた、急速に、地球的規模にまで拡がろうとしている。ヨーロッパ統合や、国連の力による政治的手段だけでは、これらの深刻な事態に、対応できそうにもない。問題は民族や宗教の外にも、環境破壊、南北問題、物資の偏在等、数限りなくある。こうした事柄は、すべて、地球全体の問題として考えられ解決されなければならない筈だが、それを阻もうと企んでいるのは国家主義《ナショナリズム》である。冷戦が終わって世界が一極化し、ベルリンの壁が崩れて東西が統合されたにも拘わらず、国家主義やナチズムの亡霊が、またまた、その姿を見せはじめている。

それにしても、どうして人間はこういつまでも対立と抗争を繰り返すのだろう？

もちろん、それぞれの民族が生み育んだ固有の文化を大事に思い、それを守ろうとするのは当然だが、それなら、異なる他の文化に対しても相当の理解と敬意を払って然るべきだろう。いま私たち（人間）に最も必要とされるのは、自分たちの文化や伝統を絶対視せずに、相対化して見ることができる眼ではないだろうか。そして、私たちひとりひとりの生き方がこの地球の命運をいかようにも変えるのだという、人間としての自負と、誇りをもつことだろう。政治や軍事力に頼らない、小さな個々の生き方を連ねることでしか、この状況を打開する術は無いようにみえる。

私は、音楽を仕事として生きている。かならずしも音楽は、一般に言われているようには、世界共通語ではないが、それでも、音の感覚的体験は、時には、言葉以上の深い理解や、人間的結びつきを可能にする。私は日本人でありながら西洋音楽を終生の仕事にしているが、欧米のひとたちにはそれが奇異に映ることもあるようだ。もちろん、私は作曲家として、自国の伝統に無関心ではいられないが、私には、日本の作曲家という意識よりも、むしろ、音楽世界の一市民であるという自覚のほうが強い。私は、たんに、慰めや娯楽のためだけに音楽をしているわけではなく、音楽という表現形式を通して、今日私たちが当面している問題を考えようと思っている。もちろん、音楽は、政治のようには、物事を変革したりすることはできない。だが、その無力さを認識することで、何ものによっても変えられない、感情の元素の基底にまで降り立ちたいと思う。

「人類」という言葉は、人間が今日のような地球的規模の困難に当面するまでは、いささか抽象的な概念であったかもしれないが、情報技術の進歩はそれを具体的な実体たらしめている。誰もその事実を疑うことはないだろう。ただ、惧《おそ》れなければならないのは、政治（国家権力）による（情報）操作であり、それは人間像を著しく歪める。そうした企みを見破るためにも、私たちは、自分たちの感性を柔軟に、それを新鮮に保つように努めなければならない。それを可能にするのは、愛だ。

たぶん、私のこの文章を読むひとの多くは、これを指して、現実性を欠いた芸術家の理想論と嗤うだろう。たしかに、これまでの宗教や哲学はそれらが理想とした世界を実現することは無かったし、むしろ、それが今日の世界の混迷を深めさえしている。ただ私は、大それた括弧つきの愛について書いているのではなく、もっと何でもない事柄について語っているつもりだ。私が作曲する時、私は、なにも高邁な人類愛等に脚《た》って作曲しているわけではない。私は、具体的に、私の音楽を聴いて欲しいと希う限られた友人や家族のために作曲し、かれらの期待に応えようと思うし、また時には、かれらの期待を裏切ろうと思ったりする。いずれにしても、厖大な数の大衆のために作曲しているつもりはない。私はいつも、その限られた、私が敬愛するひとに向かって音楽で語りかけたいと思っている。その方が、言葉でより、いっそう、真実の感情を表せるからだ。

私は、具体的な演奏者と、それが演奏される場所や日時を念頭に置かずに、音楽を発想することはできない。もちろん、作曲家としてはひとりでも多くの未知の聴衆に作品を聴いて欲しいと思うし、また、未知の土地で演奏されることを希んでいるが、それはかならずしも第一義のことではない。

私は、音楽を通して知り得た友人や仲間、そしてその間に育ちつつある友情を深め、それを高めたいと思う。音楽は、そのためには、なんと素晴らしい方法だろう。とは言っても、既に書いたように、音楽は無力だ。だが、音楽を通して得られた人間的信頼や理解を、より確かな経験として深めることで、暫くは、絶望までの距離を保つことができるだろう。
結局、私は、ごく小さな、個人的希望をしか語れなかった。

F

映画／音楽

『オーケストラ・リハーサル』について

大仰な身振りにしては空疎なものが目立つこの頃の映画のなかで、フェリーニの『オーケストラ・リハーサル』は見ごたえがある。設定《シチュエーション》は簡明であるし、経費も大掛かりなものとは思えぬが、内容は単純ではない。知的に仕組まれた幾様にも読みとれる多層なイメージは、観衆に、怠惰な鑑賞者であることを諾《ゆる》さない。とは言っても、『オーケストラ・リハーサル』は映画としての十全の娯《たのし》みを具えている。サスペンスフルな戦慄的スラップスティックである。

題名が示すように、『オーケストラ・リハーサル』は、イタリアの古い礼拝堂での、数時間のオーケストラ練習《リハーサル》を劇的な視点で把えている。だが、これは音楽映画ではない。いや正確には、音楽について語られた映画ではないと言うべきであろう。映画に登場する演奏家たちも、また、彼等から手痛い造反を受ける無能な、常に真顔の指揮者にしても、彼等の誰ひとりとして音楽については語ってはいなかった。彼等は、彼等がその内にあるオーケストラという組織については、多弁に、また各自の立場、つまり個々の楽器（役割）については、それへの幾分かの憎悪を混じえながらも激しい情熱で語っているのに、音楽そのものについては忘れられたもののように何ひとつ言葉にしない。いまや音楽はさほどに無力か？　と、これはこの映画を観了ったあとで、ふと作曲家である私が感じた些細な、だがかなり深刻な疑問ではあったが、では、この映画は何を語っているのだろう。たぶんフェリーニは、オーケストラという組織された機能を借りて、今日の市民社会が置かれている状況を象徴的に、またかなり戯画的に描きたかったのではないか。これまでのフェリーニの映画に較べて、これはかなり政治的ニュアンスが濃いものに思われる。

実は、この映画には二つのヴァージョンがある。私たちはフェリーニによって修正された二番目の版を観るわけだが、最初の完成試写の後、映画に登場する多くの人物の話し方それぞれのその特徴的な地方訛りが、現存するイタリア政治家の御歴々を彷彿させるということで物議を醸した。フェリーニは、そうした政治的憶測を一蹴して、だが、問題になった録音を修正して映画を新たに完成させた。この映画が、地方的《ローカル》な政治劇を風刺したに過ぎないような低次元のものでないことは明らかであり、それだから、フェリーニは安直な政治的解釈を喚びかねない個所の訂正を、完全主義者《パーフェクショニスト》であるが故に行ったのだと見ることができよう。あるいは、映画がイタリア政治社会に及ぼした当初の影響について、フェリーニは当然それを見越していたに違いないのだ。そして、録音をやり直したことで、この映画のアクチュアリティはより堅固になったであろうと思われる。

オーケストラのメンバーとして集められた役者たちのそれぞれに個性的な容貌や起居は、滑稽で悲しげであり、いくらかグロテスクに誇張され戯画化《カリカチユアライズ》されてはいるが、だがさほど極端なものではない。私が知っている世界のどのオーケストラも、それを形づくっている音楽家たちときたら、このフェリーニの映画でのように一癖も二癖もある一筋縄ではいかない連中ばかりだ。オーケストラはこの市民社会の典型的なモデルのようである。

オーケストラは、西欧近代がつくりだしたもっとも精巧で完成された一箇の楽器だと言えよう。オーケストラはこの数世紀のうちに、ブルジョア階級による私有化を通じてやがて市民社会へ移行し、今日のような管理された組織的形態をもったものになった。随ってオーケストラは、西欧近代の病弊や矛盾を当然のことのように内包している。オーケストラは精緻な楽器のようではあるが、それを構成している各部分《パーツ》は無限定なまでに多様な感情であり、「時には、敵意があるわけでもないのに、そこにいるだけという風で無関心な、反抗期の小学生のような演奏者だっているくらいだ……。」（フェリーニ）

現在《いま》では、神を喪った司祭である指揮者の統率より、組合《ユニオン》の規定がいっそう強力にオーケストラを支配している。音楽への情熱は、時間割りによって均等にきわめて無害なものに薄められてしまう。表だった秩序の下で潜在的にアナルシーへの欲望は育くまれている。この映画でのオーケストラの暴走のような事態は、かならずしも架空とは言えない。オーケストラの現状は、今日の社会の有り様と酷似している。

この映画が、極左テロが頻発する混乱した政治状況下のイタリアで制作されたことはあながち偶然ではないだろう。映画のラスト近く、造反劇を暗示するような狂暴な混乱のさなかで、不意に人知を超越した出来事が起こる（この個所は戦慄的ですばらしい）。それを契機に音楽家たちそれぞれの錯乱した情動は指揮者のバトンの下で「音楽」へ向かって一致するかに見える。画面が溶暗してその闇のなかで、指揮者の苛立たしげな叫びが、恰も抑圧者のものであるかのように響いて聴こえる。

この映画は寓意に満ち、幾様もの読みとりが可能だろう。政治的ニュアンスの濃い映画で、同じフェリーニの『アマルコルド』や『道化師』ほどの詩的純化はみられないが、彼の人間好きは相変わらずのもので、それがこの映画を豊かにしている。フェリーニ自身はこの作品について、フランスのジャーナリスト、ミッシェル・シマンのインタヴューに答えて次のように語っている。

なにかを協同で創造するのに、共同体内部の指導について個々人が考えることなしに、ことが実現することはないのですから。自分の人生を他人に預けるところに、いつもあの無関心な共同体の危機が待ちうけている。そして権威ある父の幻を、共同体が自分で掲げなおす。私の考えは、誰もが、父になろうとする必要があるということです。陳腐な考えだろうけれども、『オーケストラ・リハーサル』は、それが言いたかった映画です。

（「朝日新聞」夕刊　'80年8月6日）D

『アレクサンダー大王』について

テオ・アンゲロプロスの『アレクサンダー大王』（一九八〇年）は、久し振りに奥行きの深い、見ごたえのある映画であった。これは、一見、政治映画的な体裁を整えているようだが、およそ政治プロパガンダとは無縁な、存在論的洞察にみちた映画である。

『旅芸人の記録』（一九七五年）で、私たちは、はじめて、この特異な映画作家を知った。一九三六年、ギリシャのアテネに生まれたアンゲロプロスは、ソルボンヌ大学で、（短期間ではあったが）レヴィ＝ストロースに学んだ。かれの映画に、神話学的な、また、文化人類学的志向が感じられるのは、あるいは、それと無縁ではないかもしれない。

『アレクサンダー大王』は、複雑な構造をもつ映画だが、物語の筋立て自体は単純である。ただ、その細部の肉付けは、記号の格子が錯綜して、意味する世界は象徴的であり、暗示性が強い。映画は、『旅芸人の記録』の場合と同様に、徹底して緩やかな移動撮影の技法に拠っている。映画は、アレクサンダー大王と呼ばれる義賊の首領が、民衆が包囲する輪のなかで殺され、消失する、唯一例外的な情景を除いては、映画は全編、ムルナウや溝口が好んだ、ワンシーン＝ワンショットに終始している。

だが、それは、溝口の場合のように、情緒に密着した恣意性が克ったものではなく、コンテクストの必然が生みだしたものであることが理解される。

カメラのパンや移動は、この地球の回転を暗示するかのように、一定の速度を厳密に保って、（だが、ここにも一カ所例外があるのだが）映画全体に、コスミック（宇宙的）な息遣いとでも形容すべき、独特なリズムを与えている。

しかも、この映画のような長回しの撮影では、編集された、ありきたりの「映画的時間」というものが、不用意に捨て去ってしまう、何事も起こらないような空虚な時間、空間をも、その文脈に組み込んでしまう。だが、その空虚は、ちょうど音楽における沈黙のように、劇的な契機を生みだす母胎なのだ。それは、不意に血を滴らせるかもしれぬ、無数の亀裂をもった空虚なのである。

沈黙が、無数の音のひしめく巨大な音響空間として想像されるように、『アレクサンダー大王』は、そのどの瞬間においても、異質の時空がアイデンティファイされたものとしての現在、その切断面が、生々しい傷口を見せている。また、登場人物の遠景での演技、その距離や位相が、観衆に、歴史的な繋辞の選択を、積極的に、委ねているように思える。焦点深度の深いその画面は、クローズアップのように特別の意味を示すものではない替わりに、ただひとつの解釈だけが諾《ゆる》されるというような、限定された方向性を、映画に与えないのだ。

たまたま、来日したテオ・アンゲロプロスと話す機会をもったが、かれが、しばしば口にする「内と外」という言葉も、映像表現と密接であるかれの認識を、具体的に示すものであるように思われた。外景を凝視する（また聴く）ことで、苛酷な内面世界が滲出してくる。例えば、娘でありながら、妹でありさらに情婦でもある、きわめて神話的設定のなかに置かれた女が、父であり兄である、アレクサンダーの部屋の扉を激しくたたくシーン。この印象的な場面で、居室の内部はいっさい描写されない。だが、私たちがそこに透視するのはその扉の内部なのである。

この表現は、デュヴィヴィエが好むような、心理主義的表現とは本質的に異なる。これは、切り刻まれたモザイクではない、現実の〈死んだ時間と空間に生気を与える〉、アンゲロプロス独自の撮影手法がはじめて到達した、形而上学である。

たぶん、『アレクサンダー大王』は、政治劇として読み解くことがもっともたやすく、確かに、それは紛れもないラディカルな政治映画だが、映画のなかで格別の意味をもつと考えられるアレクサンダー大王の登場を、あれほど運命的な、壮大なスケールのものにしているのは、この映画の傑れた自然描写にあると思われる。

初期の『犯罪の再現』（一九七〇年）以来、アンゲロプロスの撮影を担当しているヨルゴス・アルヴァニティスのカメラは、『旅芸人の記録』から、さらに飛躍した高度な技術をみせている。月光の森深く、何者かの手で脱獄したアレクサンダー大王を待つ白い馬、その神秘感が漂うイメージ。スーニオン岬からの見はるかす水平線、悠揚と昇る太陽。白馬にまたがった大王が出現する、精緻に描出された逆光の構図。「先生」と呼ばれる指導者の下でコミューン（共同体）となった、貧しい村落を閉ざす、河や岩山。そうした自然風景のパースペクティヴに、権力の交替劇に堕している「政治」に絶望するアンゲロプロスの、悲しみと憤りが表れていて、この宿命劇を、狭義の政治映画にとどめなかった。

また、『アレクサンダー大王』を、さらに、成熟した豊かな映画にしているのは、クリストドゥロス・ハラリスの音楽である。アンゲロプロスはこの映画で、はじめて特別に作曲されたオリジナルな音楽を使った。『旅芸人の記録』の場合も、その音響演出に感心したのだが、この映画は、また、それ以上の成果である。伝統的な、起源をもつ音楽様式と、作曲家ハラリスの現代感覚が、ユニークな音響空間を創り出して、映画の詩情を深めている。

（「読売新聞」夕刊　'82年3月17日）D

テキサスの空、ベルリンの空——ヴィム・ヴェンダース

東京から、テキサス州ダラスまでは、直行便が毎日のように飛んでいて、物理的には、十二時間ほどの隔たりである。

たぶん、私たち誰もが、テキサスといえば、すぐ、牧童や油田のイメージを思い浮かべるだろう。またダラスは、ケネディ暗殺や、テレビの通俗メロドラマで、よく知られるようになった。

たまたま、そのダラスに、十日程滞在した。市街は、東京やロサンゼルスのように拡散していて、想像以上に広い。下町《ダウン・タウン》には、私が予想していたよりもずっと斬新な高層ビルが、空を刺すように林立していた。ダラスは、いまや、ハイ・テック、ロウ・テックいり乱れて、株式市場《ストック・マーケット》のネットにすっぽり覆われていることでは、他の都市とさしたる変わりはない。ただ、あの広大な土地と、その上に広がる空を除けば。

テキサス州は、アラスカに次いで、アメリカで、二番目に大きな州で、日本全土が二つすっぽりはいってしまうほどの広さだという。ダラスの市街を出て、車で十五分も行けば、それを形容するのが徒労に感じられるほどに広大な、赤い土地と、遥かな地平の涯《はて》で一線

に結ばれる、深く蒼い、空の中へ入っていく。途方もない空間に彷徨《さまよ》いでたような気分になる。地上に在りながら、地上的な観測や思考ではははかりえないような、巨大な、虚無のまえに、私たちは、立たされる。十二時間という、考えようによっては、わずかな隔たりではあっても、東京—テキサス、その時間のクレバスが、やはり大きく、また、不可解なものに思えてくる。時間や空間の謎めいた性質が、俄《にわか》に意識される。

たまたま旅に出る前日に観た、『ベルリン・天使の詩』の、ヴィム・ヴェンダースの前作が、テキサスを背景としたメロドラマであったのを思い出す。

『パリ、テキサス』とは、いかにもひとの気をそそるタイトルだが、テキサス州にパリと呼ばれる土地があるのを知って、映画は着想されたに違いない。パリという、華やいだヨーロッパ都市のイメージと、まるで地球が不貞寝《ふてね》しているような、テキサスの、荒野のイメージとの衝突が、形而上的な感興を喚び覚ましたのだろう。あの映画での、ヴェンダースの空の撮り方は、格別に美しいものだった。時間的、空間的に隔てられたものたち（場所、男女、親子）をつなぐ、超越的な空。その果てしない空無の下に広げられる物語は、だからといって、かりそめの結末を迎えることはない。そこには、別離と旅立ちしかなかった。

テキサスの空を撮ったヴェンダースが、故国ドイツへ戻って、三年ぶりに、新しい映画を作った。日本では、『ベルリン・天使の詩』というタイトルで公開されているが、原題は、『ベルリンの上の空』である。

実は、旅行の間ずっと、私は、この映画の余韻を軀《からだ》の深部に保って、それをテキサスの空の下で増幅しながら、そこから聴こえてくる無数の声に、映画に現れる天使たちのように、耳を傾けていた。

ヴェンダースは、なんと優しく、慈愛に満ちた映画を撮ったのだろう。

『パリ、テキサス』が、テキサスの空に投影された、牽引し、反発しあう、隔てられたものたちの地上的な物語だとすれば、この新しい映画は、空から人間世界に堕ちた、天使のメルヘンといえなくもないが、かと言ってそれは、単純な寓意などから生まれたものではない。この映画は、前作と違って、垂直的に堆積された時間層のなかで、絶えず生成しつづける「現在」のイリュージョンとして描かれている。汚濁した過去、見通しの暗い未来、そうしたすべての時間を内に抱えている「現在」ではあっても、ヴェンダースは、果敢に、また思慮深い目で、それを肯定的に見据えている。

ひとつの名で呼ばれながら、二つに分断されているベルリン。そのベルリンの上に広がる、(テキサスにまで通じている) 空。

空から天使が地上に降り立つ。天使たちの司令部である、夥《おびただ》しい記憶が集積された、図書館の柱の陰に。また、サーカスの、そこだけがひっそりとした、キャンピング・カーの中に。天使たちは、人間の内心の声に耳を欹《そばだ》てる。

アンリ・アルカンの撮影は、特筆に値する。かれ自身がすでに天使の仲間であるような、この老齢のカメラ・マンは、『愛人ジュリエット』以上の流麗なカメラ・ワークを見せてくれる。モノクロームと色彩のイメージが織りなすリズムが、この多言語的《ポリヴァーバル》な映画を、いっそう多義的なものにしている。音楽、音響処理の見事さも、最近観たどの映画より優れている。技術が、映画表現において、これほど十全に役立っている例は、ことに音響面において、例を多くみない。

テキサスの空の下で、ベルリンの空のことを考える。そして、表現としての映画の新しさと可能性について、思いをいっそう新たにする。

パリとテキサスを、ベルリンとテキサスを、そして二つのベルリンをほんとうに結ぶことができるのは、あの空ではない。映画なのだ。ヴェンダースの映画は、そのことを証明している。

（「朝日新聞」夕刊 '88年6月13日）E

仏映画に不思議な懐かしさ――『めぐり逢う朝』を観る

十二月はじめ、一週間程、サンフランシスコに滞在する。珍しく雨が続いて、朝夕はかなり冷えこむ。だが、街は、この前の地震直後に訪れた時に比べて、随分、落ち着きと活気を取り戻しているように見える。主要道路が防災のために道幅を拡げたり、クリスマスのイルミネーションが街路を彩って、いかにも、昔歌にうたわれた美しい七つの丘の街、サンフランシスコ、Here I come という気分にさせられる。

今回は映画関係からの招きだったので、滞在中、毎日、多くの映画人に会う。また一日、近郊に在る、ジョージ・ルーカスのスタジオを訪ねて、その機能とスケールの大きさに驚いたりする。こんな素晴らしいスタジオが日本にもあったら良いのに、残念ながら、いつも（日本の）映画会社は、音のことは後回しにしている。拙速が習いになっている身には、アメリカ映画（製作）の時間と経費の掛け方に、羨ましさ半分、戸惑い半分、どうにも複雑な気分にさせられる。

偶々、私が見た現場では、撮影完了後、（フィルム）編集《エディティング》に三カ月、そして音入れ《ミクサージュ》の作業に六週間を費やすということだった。日本だったら、その時間で、優に、一本の映画が仕上がっているだろう。これは、日本人が器用だからなのか、それともアメリカ人が不器用だからなのか、考えさせられる問題である。アメリカ映画に比して、海外市場を賑わす日本映画の数の余りの少なさということを考えると、やはり、映画製作に費やす時間や経費と、この問題は、切り離しては考えられないような気がする。とは言っても、アメリカ映画も、近頃は、ひどいものが多い。

映画が巨大産業化している現状では、経済的利潤を生むことだけが最優先し、映画製作の規模《スケール》の大きさに比例して、映画は、保守化の度合いを強めているように見える。けばけばしく扮飾された絵空ごとの夢ではない、生きることに希望をあたえてくれるような映画の夢、あるいは夢の映画が、比較的、経済的には恵まれない国から多く生み出されている現状を思うと、やはり、そこで、いちばんに、問題にされなければならないのは、映画に関わる個々の人間の意識ということになるだろう。

＊

サンフランシスコへ発つ前日、『めぐり逢う朝』という、美しい、フランス映画を観た。私は、幾らかは映画に携わっている身なので、試写室で無料の映画を観ることには、いつも、少しばかり躊躇《ためら》うものがある。それに、概して、試写室の音の設備は粗悪で、私には耐えられない。幸い、これを観た試写室は、音の再生にも神経が行き届いていて、ヴィオラ・ダ・ガンバというヨーロッパの古楽器を主題にした映画を観る（聴く）ためには、申し分なかった。

監督のアラン・コルノーは、これまで余り日本では知られていない作家だが、その落ち着いた演出はかなり老成したもので、だが、静的な画像《イメージ》の推移の底から、時折、突き動かすような激しい情熱《パッション》が感じられ、その演出はたいへん緻密だ。

撮影《カメラ》もまた抑制がきいた、それでいて、サイズのコントラストに対する大胆で、細心な気遣い、光の濃淡の捉え方の見事さには、しばしば、息を呑む思いがした。

映画は、各人物が動き出してからの後半が、殊に、素晴らしい。そこでの音楽（ジョルディ・サバール）が担う役割の大きさも、また、特筆されるべきであろう。

『めぐり逢う朝』は、十七世紀後半のフランスを舞台にした、音楽家（ヴィオラ・ダ・ガンバ奏者）師弟、サント・コロンブとマラン・マレに纏《まつ》わる話だ。

芸術家の、人間としての生き方を質《ただ》すことにこの映画の主題はあるのだろうが、そうした主要な骨格もさることながら、この映画では、細部の映画的息遣いや、フランスの音楽家の師弟関係が、驚くほど、日本の芸道の在りように近かったりするのを見ているのが、何とも興味深かった。師であるコロンブの、絶対的自己実現を目指す、かなり傍迷惑な生き方。それに対比される、マレの、他依存型の世俗的な（芸術家としての）生き方。その二つは、最後、幽明の境のような朝にめぐり逢うのだが、これも、良き溝口映画を観ているようで、はじめて観るこのコルノーの映画に、私は、不思議な懐かしさと、親しみを覚えた。

（「毎日新聞」夕刊　'93年1月14日）F

映画音楽　音を削る大切さ

映画の仕事で、三週間ほど、外出もせず、終日ピアノ椅子に座して、厖大な量のスケッチを書いた。私の音楽的プランがどのような肉付けを映画にもたらすだろう？

映画がひとに語りかけるのは、かならずしも、単一の事柄――物語や主題――に限らず、また、もし映画がそれだけのものにすぎないとすれば、面白味も薄く、そこでは音楽の役割も単なる伴奏の域に留まるしかないだろう。フィルムの一齣《フレーム》に截《き》りとられた現実は実際とは異なった現実性《リアリティ》をもつものであり、映像《イメージ》に音楽が付せられることで、（映画）全体としての心象は、また別のリアリティを得る。相乗する視覚と聴覚の綜合が映画というものであり、映画音楽は、演奏会場《コンサート・ホール》で純粋に聴覚を通して聴かれるものとは、自ら、その機能を異にする。飽くまでも、映画音楽は演出されるものであり、そこには、常に、自立した音楽作品とは別の、抑制が働いていなければならない。

耳にいつまでも残像として消えないハウンティングな旋律も、映画が私たちを魅惑する大きな要素のひとつだが、でもそれは映画音楽が担う役割の一部でしかない。

ニーノ・ロータが作曲した『ゴッドファーザー』のあの美しい主題曲《テーマ》が映画にもたらし

たもうひとつの濃《こま》やかな心理的陰翳も、確かに、素晴らしいものだが、フェリーニの『カサノバ』に作曲された、同じ作曲者による、乾いて断片的な、金属か鏡の破片を想わせるような光沢に富んだ音響設計も忘れ難いものだ。

もちろん、映画音楽は、独立した楽曲としても鑑賞に耐え得るだけの、質的にも高いものであるにこしたことはないが、それ以上に映画音楽の重要さは、音楽が映画全体のなかでどのように演出され、使われるかということだ。そのために、音楽の扱いには、常に、冷静さと抑制を失ってはならない筈だ。だが少なからず最近の映画音楽は、抑制を欠いた、無神経なものが多い。こけ脅しの誇張や説明過剰が概《おおむ》ねであり、観衆の想像力を少しも尊重することがない。また、いつの間にか観衆もそれに馴らされてしまっている。

今回、偶々関わった映画は、ハリウッド製作の作品《もの》で、そこは、常に、商品としての映画ということしか念頭にない人たちによって明け暮れしている特殊な世界で、私にすれば、たいへん珍妙で、また、得難い体験をさせて貰った。

ロバート・アルトマンが、最近、『ザ・プレイヤー』という映画でハリウッドをかなり茶化しているが、あそこに描かれている事柄は少しも誇張ではなく、ほぼ実際に近い。夢のセールスマンを気取って、実は、もうすっかり錆びついてしまった夢の鋳型に、それでも多額の予算を注げば、未だに薔薇色の夢が見られると信じている。その天真爛漫さは、ある意味では、感動的ですらあった。それに、この特殊世界の住人たちは、意外に、ナイーヴである。私は、かれらとはまたちょっと違った夢みる人種に属しているので、共通語を探すのはそう容易ではなかったが、それでもかれらは他人の言葉に熱心に耳を傾けようとした。私は、自分が考えている映画音楽というものについて、説明を試みる。

「時に、無音のラッシュ（未編集の撮影済みフィルム）から、私に、音楽や響きが聴こえてくることがある。観る側の想像力に激しく迫ってくるような、濃い内容《コンテンツ》を秘めた豊かな映像《イメージ》に対して、さらに音楽で厚化粧をほどこすのは良いことではないだろう。観客のひとりひとりに、元々その映画に聴こえている純粋な響きを伝えるために、幾分それを扶《たす》けるものとして音楽を挿《い》れる。むしろ、私は、映画に音楽を付け加えるというより、映画から音を削るということの方を大事に考えている」

私なりの映画音楽の方法論を語ると、ハリウッドのひとたちは、なんとも不思議なものに接したような驚いた表情で、大仰に、Very interesting を連発した。そして、「アメリカの作曲家は一曲でも多く音楽を挿れたがるのに、あなたはまるで反対を言う。音楽を沢山挿れた方がそれだけ利益に結び付く機会も増す筈なのに。おかしなことを言うひとだ」と言って、またもや感慨深げに、Very interesting を繰り返した。

結局、百数十頁ものオーケストラ総譜《スコア》になったのだから、本来なら、自分の考えは少しも理解されなかったのではないかと、失意や憤りの感情に囚われて当然だろうに、そんなことは少しも無い。何やら爽快な気分で仕事を終えてしまった。

私が、映画音楽から、仲々、足が洗えないでいるのは、実は、こうした自分とはまるで違った考え方や感じ方のひとたちと、一緒に、夢を紡ぐことの面白さが、とても貴重なものに思われるからで、無駄をしたという思いなど無い。
そしていま自分の仕事場に戻る。これからの孤独な作業に対して、これまでより、いっそう、新鮮な気持ちで、向かい合えるような気がしている。

（「毎日新聞」夕刊 '93年3月18日） F

映画とその音響

今日、映画音楽の方法論あるいは、その美学というものは確立していません。日常の現実世界がたえず動き変化してやまぬように、映画芸術は現実にともなって日々あたらしく生産されるものだからです。スクリーンの型についてはともかく、あのフラットな窓は舞台のアーチよりもいっそう時空から自由であり、また、機械技術の進歩は、映画を変化させる外部の力として想像以上に強く働きかけています。歴史的に見ても、映画ほどに展開の激しい芸術はなかったように思います。無声映画の時代から今日の七〇ミリ映画にいたる過程を考えても、そこには、わずか数十年の時の距りがあるばかりです。

無声映画時代の作品と、今日の色彩大型画面とを較べて、その芸術性を論じることよりも、新しい機械技術によって、私たちは、外的にも内的にも触発されるべく身を投ずべきです。その進歩性と感覚の柔軟性によって、映画は他にくらべられぬ特色をもちます。そして、その進歩性は、大衆の要求と直接にむすびつくところのものであります。映画会社が劃一的に称ぶところの大衆ではなく、われわれ自身である大衆の要求にしたがって映画が生産される時、映画は個人的な芸術として成立するのだし、タイトルに冠せられるべきスタッフあるいはキャスティングの個別的な人格が重要な意味をもつことになるのです。映画は個人的な芸術であると同時に、また総合的な芸術でもあります。さらにそれが企業として成立することを考えると、映画にたいする興味はつきません。つまり、外部の生産社会と密接によりそって進む映画芸術においては、内面の問題はいっそうのことに重要なのであります。

今日、ともすると私たちは「映画の条件」、その成立ちの本質を誤って見がちです。これは単純な経済原則に照らしても言えることでしょう。需要と供給の均衡関係を考えただけでも、今日の図表は滑稽な過ちをおかしています。私たちが生産している映画の多くは、外的にも——つまり技術的な新しさの点においても、内的な問題においても、現実よりはるかに後退した地点においてすべてがなされているように思います。

映画音楽には定まった方法論が無いと書きましたが、映画音楽が映画に附帯するものである以上、それはたえず新鮮な方法でなされるべきです。

私はこれまでに幾つかの映画のために音楽を書いてきましたが、そのスタイルはさまざまです。映画音楽の作曲家は、ある点では俳優と似たところがあって、演出家、あるいはその映像から思いがけない自分をひきだされるものです。また、そうした影響力の強い映像に接することが作曲家に新しい勇気と意欲をあたえます。企業の能率のうえから、現状維持の体制を強いられること——よくこれが合理化といわれるのですが、ここには用語上の混乱があります。——は、すくなくとも私にとっては大変つらいことです。これは、音響効果と音楽との分業化というような形においてあらわれています。少くとも現在のような仕上げ日数では、緊密な音響プランを実現して行くには無理があります。殊に音響のテクスチュアー、音楽と音響とのより有機的関わりについては困難でしょう。

私は映画音楽を書く時、映像に音を加えていくというよりも、映画からいかに音を削っていくかということについて考えます。映像自身が響いているという言い方は奇妙かもしれないが、この仕事にたずさわった人には容易に理解してもらえる事柄であろうと思います。映像自身が固有にもっている響きを平面的になぞることは、映像の空間を狭めることになります。すると、映画はたんに物語を運搬するセルロイドの帯でしかなく、映像が試みているモンタージュは、音響によってその意味を失います。映画における音楽と音響の役割には求心と拡散の両方の面があると思いますが、それがどうあるべきかを規定する尺度はありません。映画の主題だけがそれを決定します。映画が時間芸術であるかぎり、個々の独立した場面によって音の設計を考えるべきではないと思います。全体として個々の効果が大事なのです。そうすることが個々の場面をいかすことになるでしょう。

おおまかな抽象論にすぎたようですが、台詞を意味のうえからだけでなく、「音」として捉えなおすことも必要だろうと思います。台詞においては聴きとりやすいということが前提となっていますが、はたしてそれだけだろうか？

C

The try――ジャズ試論

1

一九一四年に、トム・ブラウンという男がOriginal Dixieland Jazz Bandを編成して、ジャズは白人によっても演奏されるようになった。

ジャズは黒人のうたであった。そして今日は、ガリラヤの海、ヘルモンの山、アラビヤの原、われわれをとりまく世界に向って、たえず人間であることを叫ぶ青年たちのうたである。

ジャズが、僕をとらえる魅力は、その獣的ともいえる生命感であり、そこに感じられる不思議な静けさと安らぎである。あまりにも反生命的なこの世界でジャズを論じるとすれば、僕などよりはるかに考古学者が適している。

ジャズは論じらるべき性質《たち》のものではない。ただ感じるものである。音楽芸術とは、音の感覚的世界を通じて人間の実在を探る、表現の音楽についていえる言葉だろうが、ジャズは、なにものをも探ろうとしない。ジャズは、表現よりも行動という言葉の感覚に近い。それは欲望の呻きであり、嗚咽であり、祈りの呪文である。

奴隷として新大陸に運ばれた黒人たちは、南北戦争の終結で人権を得たのだが、白人の人種差別、偏見は現在もさしておとろえたとは思われない。こうした環境で彼らはいかに生きたか。

棉畠で穫り入れの喜びを神に語りかける黒い女たち。淫売窟の狭い路で客寄せの音楽を奏でていた黒い男たちの姿は、けものたちと森林のように、この大地と空に似合っていた。少し感傷的な言い方をすれば、全く弱者の立場に追いやられた民族にとっては、うたうこと以外に何もなかったのである。彼らを捉えて遁れさせない深いあきらめの底から、突如呪縛にかかったもののように、彼らは cry! することで這いずり出る。それは、天の配剤に対する屈従であるよりも、むしろ反抗である。生に対する激しい執着が、彼らをしてジャズさせたのだ。だから彼らのうたは、神を讃美すると同時に、獣的な欲望の匂いを発散させている。それは少しの矛盾もなく美しい調和を示していた。彼らの拳銃はうたうことだった。ジャズは生命《いのち》を証すものなのだ。だから、ジャズの音楽的特性である即興の方法が、最もジャズ・スピリットにかなったものであるのはいうまでもない。

2

僕を生かす力がある。

太陽が燃えつきて、地球は自分で発光し、いつか、人々は氷河に閉されて、死に絶えても、僕を生かす力はある。

いくつもの戦いで、人々は虐げ合い、死んで行った。僕たちの遠い祖先も、むごたらしい殺し合いをして死んだだろうし、僕もいつかは子供を生んで死んで行くだろう。しかし、僕を生かす力がある。それは太陽を燃やし、いくつもの朝をいくつもの夜に、青虫を蝶に甦らせ、その青虫を鳥に啄ませる。残酷な力だ。

数日前、隣りの猫は、脚の肉をもぎとられ傷ついて帰ってきた。一時はバットのように腫れ上った脚も、今朝はいく分癒えて、きばとつめを磨いて外へ出て行った。今日は首尾よく相手を打ち倒すかもしれない。が、もし、相手が獰猛な野犬でもあったら、あるいは殺されるかもしれない。

だが、彼を生かす力がある。それは、たしかに残酷だが、優美な力でもある。

ジャズでは、よくThe tryということがいわれる。これは字義通り、新曲を演奏するためのこころみを云うのだが、このThe tryが、彼らジャズマンにとって、もっとも充足した瞬間であるし、これをみごとにやりおおせるということが誇りだ。その誇りが彼らの人生を形づくって行く。

あたえられたメロディと、コードと、リズムは、彼らにとって、さして制約にはならない。吹く行為、叩く行為が、直接生きることに結びついてしまう。彼らが優れた演奏家であるほど、僕らに小さな約束事を気にさせない。

いくつかのコーラスを経て、ソロを受け持ったサキソホニストは、とびちる唾液、たかまった鼓動、血管を今にも破りそうな血液で素晴らしい即興をきかせる。古びたアイディアをいくら巧みに演奏しても、もはや感動はない。優れた即興は再び繰り返すことはできない。小さな論理を越えたはるかに大きな力で、彼は自然との神秘的な交感を終る。

僕は、熱狂の中で、彼の前には誰もいない、彼の後にももはや誰もいない孤独な一人の男を見た。彼は老木だった。白い山だった。彼は苦しげな表情をしているが、いま、自分の人生を生きている。

彼を生かす力がある。

僕を生かす力がある。

この大きな力、われわれをとり巻く世界の豊かさと、不安と、美しさについて、少しでも、本気になれないとしたら、それは人間の小ざかしさのためだ。

ついには、その力にかなわないと知っていても、それに抗うことで自分を証しよう。それが生きることであり、人生はそうしてたたかいとるものだ。

逆説的ではあるが、そうすることが、もっとも自然に適うことだ。

彼は吹く行為で、自らを証した。

彼は二度とああはやらないだろう。あたえられた規則《ルール》を安全に守っているだけの生活は、全くやりきれないことだからだ。

人間は生きて行く上で、こうした方が論理的にはるかに妥当なのだが、自分はそれに逆らわずにはいられないといった事態によく出遭う。そして、その時とった行動が、結果的にある通念からは失敗に終ったとしても、――それは殆んどといっていいほど無慙な失敗に終るものだが――その時得た大きな安らぎは、かけがえのないものに違いない。これが小さな自己満足といったものを意味するのでないのは勿論だ。

自分というものを、他からきり離して生きて行くには大きな勇気が必要だ。僕は、不安や戸惑いでいっぱいだ。しかし、その不安や戸惑いのなかに真実 The try があるのだと思う。

良識とか、社会通念とか、論理とかは、卑屈な力しか持っていないのだろうが、大きく僕の前に立ちはだかる。それになじむことは、危険の少ない安全かもしれないが、欺瞞としか思えない。すべてに事なかれ主義の態度は不潔で嫌だ。僕は自分の前にあるさまざまな問題に、正直に取りくみたい。それで、僕はもう立つことができない程に、傷つくかもしれないが、そうすることによってしか、もはや人間が長い歴史の間に失ってしまった人間らしさを取り戻すことはできない。

人間は言葉をも失ってしまった。僕たちが口にする言葉はすべて虚しい。言葉は、単に名づけて区別するだけのものではなかった。僕たちは、太陽の光りとか、夜の冷たい空気のように、じかに言葉を感じることができるだろうか。僕たちが言葉をもって呼び交うことはむずかしい。〈連帯〉と口にしても、それは印鑑証明とか、住民登録といった言葉ほどに、はかないひびきしかない。

人間が結びつくためには、人間はあまりにも虐げ合い、疑うことを繰り返しすぎたのだ。と、したら、生きるために、僕たちにはどんな方法が残されているのか。


さっき、サキソフォンを吹いている男がいた。彼の吹くという行為は、生の挙動そのものだった。吹くことで、彼は自分を証した。そして、いつか彼をとり囲むすべてのものと結びついていた。彼と僕の距りはほんとうに近いものになった。そして、彼はもう一人の男と結びついていた。僕たちに、言葉はなかった。

人間の結びつきは、行為の中に自分のすべてを没《な》くした時にだけ可能なのだ。その時、世界は大きく拡がって、自分と他とは区別できないものとなる。

それは愛だ。

僕たちには愛だけがある。愛することだけが、僕に未来への確かさを感じさせる。そして、僕の中に表現と行動が生れて来る。僕は、月々の彼女の甦りと共に、たしかな表現をし得るのだ。新しさは、いつも僕の顔とペニスのある側にだけある。

愛は認識の最高の方法として現在もあるのだ。

3　ブルース

喪服の人の群が　墓地の白い道から　やってくる午後《ひるさが》りの埋葬　突出た頬骨　乾きった唇　うたっているグロウリ　グロウリ　ハレルヤ　兄弟は死んだ　皮膚《はだ》よりも黒い　黒々とした土に帰ってしまった　俺あ　十字架をつっ立ててやった　思いっきり土深く　十字架は俺たちの生のしるし　神様に返してやった　生れて来た時　人生は墓場さ　兄弟はいってしまった　澄んだ眼　遠い空を映している　喪服の人の群が墓地の白い道からやってくる　うたっている　グロウリ　グロウリ　ハレルヤ

（「音楽芸術」'57年10月号）

ジャズ

(1) 夢のモンタージュ

サイラス・モズレー氏（哲学研究のため在日中の黒人）は〝ブルースは個人的事件なのだ〟と語った。

一九一四年に、トム・ブラウンという男がオリジナル・デキシーランド・ジャズバンドを編成して、ジャズは白人によっても演奏されるようになった。

ジャズは黒人のうたであった。そして今日、ジャズはわれら世界の音楽だ。ラングストン・ヒューズ（『ジャズ入門』などで知られる黒人詩人）は、ジャズは偉大な大海のようだと書いた。

ジャズが、他の民族音楽においてなされるような方法で解明できないのは、移り変る瞬間ごとに演奏者の心にくみたてられる感情を音楽的におきかえるものだからであり、そこに完結したひとつの様式をもたないためである。ジャズのさまざまなスタイルは、様式であるよりはむしろひとつの状態であり、それらは、魂のひとつの容貌をうつしだしているものだ。

ジャズはいつでも人生の現実について語っている。ここでは、真実はまるで裸形であり、それをいいあらわすには様式的に規制された方法というものはなんの役にたつものでもなかった。

サイラス・モズレー氏は次のように書いている。

「ジャズは演奏されている間に想像もつかないほどの悲しみの底からつくりだされる感情です。この感情の発展につれてそれは各演奏者にひろがり、シンガーも、プレーヤーもみんなが影響をうけます。

ワーク・ソングとハラーとニグロ・スピリチュアルと最後にブルースは渾然一体となりジャズを育ててきました。ジャズはリズムではありません。またメロディーでもありません。ジャズは次第に発展していくという形式でもありません。私はジャズを次のように定義づけてみました。

〝ジャズは、演奏者が歌の途中、いかなる瞬間にでも感じたものを表現しようとする個人の自由というものです〟」

ジャズは集団的体験ではない。個人の音楽的体験である。それは神の存在があくまで個人的体験としてあるように、祈りの感情によってささえられ、そこに生れたからだ。

「ルイ・アームストロングが、シカゴでかれの口にトランペットをもちあげると、そこにいるひとびとは幸福を感ずるのでした。かれがブルースをうたうと、ひとびとはどうじに悲しくもあり幸福をも感ずるのでした。そしてルイがスキャット・スタイル（自由に即興的に意味をもたない言葉で演奏されるジャズのうた）をうたうと――『スキー・ダットル・ド・ディー・ダッドル』何の意味もないのです――ひとびとはほとんど横腹がさけるまで笑いました」（木島始訳）

と、ラングストン・ヒューズは書いている。どんなに深い悲しみをうたっても、ジャズはバイタルな力を失わない。それは観念ではとらえられない肉体のものだからだ。だからルイ・アームストロングのスキャットは、あくびのようにユーモラスであり、またそれは嗚咽のように深い悲しみにもみちている。ルイのスキャットは、音楽的行為とよぶよりははるかに素朴な生命の挙動なのだ。そして、かれの吹きならすトランペットが、またなんとそのスキャットに似ていることか。

演奏の巧みさということは大事ではない。鳥のようにうまく吹き鳴らすよりは、しゃがれ声でも自分の声を楽器によって表わすことだ。ジャズは、何が演奏されるかあらかじめ知ることのできない性質と、全く制限がなく自由に個人の表現ができる性質とをもっている。

ルイ・アームストロングの個性的なサッチモ・スタイル（ルイ・アームストロングのアダ名。彼の大きな口を人々は「がま口《サッチエル・マウス》」〔Satchel mouth〕と呼び、ちぢまって“Satchmo”となった。このように、ジャズではすぐれたプレイヤーたちが親しみのあるアダ名で呼ばれている。バード〔鳥〕、カウント〔伯爵〕、ファッツ〔でぶ〕……等のように）がひとびとを幸福にさせるのはそのためである。そして、この〝個性〟は、観念でとらえられたそれではなく、他と自己を区別できないほどに激しい。そこには未分化の豊かさがあり、また魂の静かなやすらぎがある。

ガンサー・シュラー（作曲家）は、セロニアス・モンクの音楽的特徴について独自の考察をしるしている。それによると、セロニアス・モンクの音楽にみいだせる不協和な2度音程の多用は、モンクの肉体的条件からうまれたものであり、モンクの天才はそれをおしすすめたところにブルー・ノートとのむすびつきをみいだしたというのである。モンクはピアノをひく場合に、あたりまえの運指をしないで、指をたいらにのばしたままで演奏する。そうすると、オクターヴ音程をとるときに隣接する2度を同時にたたいてしまいがちなのだ。だが、モンクはこれを個性的な表現にまでたかめた。ジャズのプレイは、生きることの訓練だともいえる。人生にはいつでも思いがけない事態がまちうけている。それは避けるわけにはいかない。

セロニアス・モンクのシュタインウェイは、他の演奏家がそれをひくときとは別のようにきこえてくる。それは、モンクがピアノというものを生理的に認識しているからであり、楽器の機能は、この時人間的な器官としての役割をはたしているのだ。

ジャズは全体として人間の声のように表わされる。それはいつの場合でもそうだ。ルイ・アームストロングとチェット・ベーカーの声はドラムカンとミソサザイのようにちがう。そして、彼らのトランペットもまるでちがって響いている。――このようなことが、ハイドンの協奏曲の演奏について言えるだろうか？

演奏のバーチュオーシティなどは、個性的な表現のまえではささいにすぎない。この個性的表現は、しかし、われわれと無縁のものではない。ジャズがあたえる音楽的感動は、やがて無名（アノニム）な地点にまで高揚されて世界と一致する。

ジャズは客間ではない、それは社会だ。

ラングストン・ヒューズは次のように書いている。

「さてすべての結論を申しますと、真中にあなたがいて――ジャズはあなたじしんがそれから得るものにしかすぎません。

わたしにとっては、ジャズは、実現延期の夢のモンタージュです。偉大な大きな夢――まだこれから現われる――そういつもまだで――結局最後には真実となる、夢です。

生れたてのひとびと、チーコ、ディブ、ガルダ、ミルト、チャーリー・ミンガス。その未来は、あなたが豊饒だと呼んでいるところのものです。明日のジャズの潜在するパパやママは、みんな知られています。しかし、そのパパとそのママは――たぶん両方とも――無名です。しかしその子供はコミュニケートするでしょう。ジャズはハート（心臓）のビート（鼓動）です、――その心臓の鼓動はあなたのです」（木島始訳）

〝ブルースは個人的事件なのだ〟という言葉は、こうして真実の意味をもつのである。

(2)　ジャズは認識の至上の方法

ジャズから私は多くの影響を受けた。音楽的な面でよりも、むしろ、ジャズは私にとって認識の至上の方法としてあったと言った方がただしい。ジャズが音楽として絶対のものであるなら、私はためらうことなくジャズをしたにちがいないのだが――。

限られた紙数で、語るのは困難だが、ジャズでは極めて個人的体験ということが尊ばれるわけであって――どのような音楽の場合においてもある程度はそう言えるだろうが、ジャズにおいては奏者の個性的演奏、言い換えれば極度に個人的な音楽体験というものが集合されてジャズを形づくって行く――それだから他のどの音楽にもましてジャズは普遍性を獲得したと言えるだろう。危険な均衡を保って進行するジャズのアンサンブルは、社会科学的な興味でよりむしろ神学的な主題として私には興味がある。

ジャズには黙示録的な欲望がありそれは人間的というよりはいっそう獣的であり、調和への願望は深く、ジャズ・メンはいつも傷ついている。そして悲劇的なのは、何故自分たちが傷ついているかに気づかないことだ。

すぐれたジャズのプレイには私たちを苛立たせるようなサッドな情景が展《ひら》かれていると思う。そのために私はジャズをあきらめてしまうのではなくて、チャーリー・パーカーのジョン・コルトレーンのセロニアス・モンクのそして数多くのジャズ・メンの音楽体験を共有するために再びその演奏を聴こうと思うだろう。

私は表面の調和について言っているのではない。こぢんまりとコンパクトされたような音楽はジャズという名で呼ぶことはできないだろう。永遠への欲望を秘めた不確定で不安定な足どりがジャズの拍（ビート）ではないだろうか。ジャズ音楽は結論を準備しない。そんな不潔な仕方で人々とコンタクトするようなことはない。正確な現在のなかで、苦しげだが夢みている。私の音楽とジャズとの間にいくらかでも共通するところがあるとすれば、自分に対して純潔な仕方で他者と交わりたいと希っていることかも知れない。

流行歌

ピート・シガーという人がいる。最近では、日本でも、この人の名前は、若い人たちの間で有名になった。アメリカの新しい民謡《フォーク・ソング》運動の中心として活躍している存在である。彼は、詩人であり、また作曲家でもある。私は、シガーの、アフリカ土蕃の唄——ことにバンツー族の古い民謡——の発掘とその記録の仕事に深い尊敬をもつものだが彼が目指している新しい大衆歌謡の在り方、そのヴィジョンにたいしても共感と尊敬の念をあわせもっている。

歌というものは、人間生活の多面な感情に結びついているものである。とすると、たんなる風俗的な現象として大衆歌謡をとらえることは誤りになる。歌は、実は大衆の好みに投じて生産されるものではなくして、大衆の間から歌いだされるべきものなのである。私が、ピート・シガーについて記したのは、今日の日本の大衆歌謡の在り方と対比して、彼の理念、積極的な行動性が、「歌」というものの本質とただしく関わった地点においてなされている事を述べたかったまでである。彼が行なっている世界各地方の民謡の蒐集の仕事は、彼が目指しているアメリカの新しい大衆歌謡の理念と矛盾することなく一致している。つまり、シガーは、各地の民謡を知ることによって、「歌」の本質をとらえることができた。彼の歌は純粋にアメリカのものでありながら、地方的な境界を超えたものになっている。

一般的な意味での大衆歌謡は戦前の演歌調、戦中の軍歌、戦後ジャズの影響を蒙ったもの、とそのスタイルは千差万別であるが、日本の歌謡曲の特質は、時代のなかでいつもこぢんまりと洗練されて粗野の気風なく、これは日本民謡の特質でもあった。

大衆の歌に「流行歌」という称び名があたえられているのは日本だけではないだろうか？　私はこの言葉が好きではない。呼称の当否はともかくとしても、私は、歌が一時的な流行現象と同様に考えられていることに少なからず不満をもっている。

流行歌は、江戸的な演歌にのっとって唄われたものであって、退嬰的な気分、抑圧された感情に支配されている。音楽的な構造から考えても、詞《ことば》はおおむね七・五調、和声《ハーモニー》は単一的であり変化にとぼしく、三絃のあいの手のように伴奏は処理されている。

人目しんので小舟を出せば
すねた夜風が邪魔をする

あるいは、

俺は河原の枯れすすき
おなじお前も枯れすすき

というような歌詞からも想像されるように、このような歌には時代の空気が敏感に反映されていながらも、それに対しての積極的な働きかけというものは見当らない。あくまでも現状肯定的であり、あきらめの気分に支配されている。「ジェシ・ジェームズの唄」が、今日もなおアメリカにおいてうたわれていることと比較してみるときに、大衆にうたいつがれるべき歌というものについて考えさせる多くの問題が潜んでいるように思う。

「ジェシ・ジェームズの唄」では、悪徳を讃美する体裁で、この南北戦争時代の盗賊を通して、時代の政治権力への大衆の抵抗が歌われている。社会的な事件なり現象から歌がうまれることはめずらしいことではなく、前例の日本の場合もそうであった。しかし、それが個人的に閉ざされたものとして内攻され、社会的なひろがりをもたないところに、わたしたちの流行歌の特徴があるように思う。

前例の流行歌は、すくなくとも、多くの人々と和して歌うことができない性質のものである。それだけに旋律は洗練され、個人の内部において醱酵して完成度の高いものになっている。他の諸外国の荒けずりな旋律に比して、日本の旋律が完成度の高いものであるということについては、私が指摘するまでもないであろう。いわゆるこぶしにみられるものには、普遍的な外への展がりというものはない。完成度が高いということは、発展、つまり歌いつがれるということとはおおいに矛盾する事柄なのだ。そして、これらの来たるべき要因はわが国の風土的な条件というよりはむしろ政治的な状況によるものだと私は思っている。

私は「歌」というものは、本来きわめて個人的なものだと思っているのだが、ここでは、社会と関わりをもたない〝個〟から、歌はうまれるべくもないと言いたかった。

大衆歌謡はおおむね個人から個人へと歌いつがれてひろがり社会を風靡する。そして芸術歌曲とはちがった根強さがあるはずだが、おおかたは時の推移とともに滅んでゆく。しかも今日のように、マス・コミュニケーションの発達にしたがって歌は量産され、歪んだ分業化に傾けば、創る――いや、生産の側は、個人的要求などを省みるいとまもあらばこそ、ひよこのような歌い手に先生なんぞとよばれているうちはまだしも、そのうちひよこがくたばれば、それまでのことである。作者が自ら個人をないがしろにしながら、かえってそれだから複数主語のうたが、いつか社会派歌謡というようなまがいものじみた呼び名でたちあらわれ、作者の隠れ蓑となっている。複数主語によって自己を曖昧にするのは卑劣なやりかたで大衆歌謡とはその本質において相容れない。

歌は素朴な意味で、笑うこと、泣くこと——そうした生の挙動と同質のものであるだろう。他人にくすぐられて笑ったり、やすっぽい貰い泣きでは人々を動かす歌はうまれない。社会派などといいながら、社会的事件や現象をただ叙事的に歌にあわすにとどまるなら「枯れすすき」のほうがまだましのように思う。「私たちの倖せ」とか「ぼくらの希い」というような目の粗いざるに社会をかけてふるうような行いは卑しい。

前に歪んだ分業化と書いたが、歌は本来、足萎えの詩人のものであり、彼によって書かれ、そして、うたわれた。詩はおのずから音楽をよぶものであり、音楽はまた詩を誘った。詩と曲は区別されずに一人の人間のうたう行為のなかにあった。そうした未分化の状態は型として熟さぬものであったから、かえって人々にたいして伝達される可能性をもっていた、と言える。歌は個から個へ伝わり、完結するものではないはずだ。歌はあくまで個人の感情から出発するものであって、まちがった共同体意識が今日の流行歌を危険なものにしている。流行歌には社会的効用などあってはならぬ。それは野球の応援歌のように集団の目的のためにうたわれるものではないのだから。

「返しておくれ、今すぐに」という歌があった。これは吉展君誘拐事件をあつかったもの

だったが、

君も君も　人の子ならば
あの子の命　かえしておくれ

というような、いい気な歌で、作詞、作曲者、歌手たちは、犯人が自首するとでも思っていただろうか——。

自分たちのうたう行いに確信がないから、このようなきわものじみたもので自分たちの無能を隠蔽しようとする。そして、そこに社会的大義名分をふりかざすことは許されない。「しあわせなら手を叩こう」という歌も、また、けしからぬ。幸福であって手をたたくしかないとは、想像力の貧困もはなはだしいが、これは現状に満足であれば手を叩けとでもいうような意味であろうか——。

「夜明けのうた」はさらに低俗である。

若い希望《のぞみ》をみたしておくれ

とは、なんと消極的な姿勢だろうか。歌ならば、この夜が永くつづいてくれとでもうたうべきだろう。健康そうにみえながら、この歌は生活と何の関わりをももっていない。

私は「ダニー・ボーイ」が好きだ。戦争によって、すでに二人の息子を失くした父親がのこされた最後の息子のためにうたった歌——

いとしい　ダニー・ボーイ
戦いに出ても　戻ってきてくれ
私が逝ったあとでも
おまえは生きて　私の墓にもどってくれ

これは真に孤独な感情であり、それだから訴える力をもつのだ。この歌は、個人的な感情から発しているがために、新しい連帯の可能性をもつのである。

映画音楽

映画音楽には、さだまった法則というものはないと考えます。それは、映画が、時代社会の動きにしたがって絶えず新しく生れかわるものだからであります。映画音楽は、映画を離れては無い。この原則を一言にして語れば、映画にあって、音楽は、かならず演出されなければならないのです。たんに、映画のもつ雰囲気を誇張するほどの役割としてではなく、主題をいっそう具体的なものに表わすべく、その表現をもたなくてはなりません。

表現ということについては、ひとくちに言い表わせるものではありません。それは、主題の正体をあきらかに曝すことであるか、あるいは、主題のはらむ矛盾をいっそう深めることであるのか。

私は、ひとつの嘘を真実たらしめるための役割を、音楽によって担いたいと思っています。台詞《せりふ》はあくまで観念であって、音楽は、それを官能的な次元に置換えて、直接《じか》に働きかけねばなりません。音によって、言葉の観念は、肉化されるのであります。もちろん、映画は、あくまで映像の芸術でありますが、音楽は台詞と同様に、あるときは、それ以上の役割を背負うものだと思っています。

無声映画時代に、暗い片隅で演じられた楽士の音楽は、絵柄を説明するものにすぎなかった。表現の主体は、映像であり、音楽がそれにともなわねばならない必然は、無かったといっていい。

トーキーの時期にはいって、映画は、新しく〈音響〉という表現言語を得たのです。説明するものとしての機能から、表現するものとして音楽は考えられるようになった。いわゆる効果音についてもおなじことが言えますが、初期の段階では、これは日常的な次元で再生されていました。

音響を手にしたことで、映画の方法は、一段と飛躍したように思います。カット・バックのような手法は、音響によって援けられることが多い。そして、自然主義的な描写は、心理主義的傾向へ移ってゆきます。

よく謂われることですが、音楽の対位《コントラプンクト》的な直接用法によって、映画表現は、相乗された効果をもち得ました。これによって、描かれているものをさらになぞるということは、表現を稀薄にする以外のなにものでもないことがわかりました。

ここでは、そうした事の次の段階について書きたいと思います。

殺人の場面で、明るい自動ピアノを鳴らした『望　郷《ペペ・ル・モコ》』は、映画音楽における一つの典型のように言われています。『野良犬』の結びちかくにも、こうした対位的手段が活かされている。そして、今日では、こうした方法は常識となり、パターン化しつつあります。対位的手段は、その表われてくるところの異常さによって人をひきつけ、緊迫した効果をうむが、図式的な処理と、常套化した繰返しに従うなら、たんに場面《シーン》の効果をうむのみに留まってしまうのです。それが主題と深く関わらずに完結したのでは、ひとつの自立する芸術として、音楽が映画に参加する意味はない。それは、ネガティヴに映像をなぞることでしかないからです。全体的《トータル》な表現に参加することが大事だと思います。

〈カメラ万年筆論〉によるか否かを別として、映画は、個人的芸術に近づきつつある。このことについては、すでに多く語られて来ました。企業の外側から、新しい作品が生れつつあることによって、その事実は明らかであります。

映画の場合、それが個人的な性格の濃いものであっても、共同の操作を経ることなしにはできない。そして、そこに芸術としての真の新しさがある。映画は総合芸術であるというよそよそしい概念とは別に、こうした時に音楽は、どうした立場で映画に参加すべきなのだろうか。たんにひとつの職能としてそれに加わるべきなのか。

映画が、個人的性格のものであれば、他の分野の参加ということは、それが純粋であるほどに、論理としては成立しないし、矛盾することになります。しかし、この矛盾を克服するということではなしに、この矛盾を共同の操作によって深めてゆくところに、映画の新しさがあるのではないかと考えます。

企業の外側において、映画が再発見されたのは、こうした新しい認識によるのではないか。ここでは、矛盾は唯一の批評であり、表現の現実《リアル》をささえるものになるのです。個性的な仕事は、個性を超えた地点にしか存在しない。そこに、映画における共同操作の意味があると思います。

すでに発明された方法の繰返しからは、何もうまれない。態度を常套にすることは、映画芸術の本質に反することであり、現実は激しく変貌しています。

こうした意味から、映画音楽は、ある場合にはたんに効果的《エフェクティヴ》な対立ということではなくして、より本質的な矛盾として画面との対立を図るべきではないか。末梢の発明より、映画において大事なのは、現実に**なにを発見するか**ということです。それぞれの表われてくるところは異なるにせよ、キャメラも音楽も主体的な現実解釈にもとづいた表現をすることで、映画の現実は確かなものになるのだと思います。

変則的な分業と、企業の中からは、巧い映画音楽を聴くことはできても、だからいい映画音楽を聴くことはまれです。

『おとし穴』の場合における方法的発明は全てこうした考えにもとづいています。この映画にたいして、私は、即興的な方法を択びました。映画の非現実的な設定を、生命的《ヴィヴィッド》なものにすること、そして、映画に潜在する現実的恐怖を〈抽象〉として留めずに具体的なものとすること。映画を、円滑な時間のベルトにのせようとする音楽の性質を極度にきらって、私を含めた三人の演奏家は、ごく限られた指示をあたえあうことで仕事をすすめました。音楽を〈音〉に還元することで、より本質的な主題との密着を志すために楽器の内部には、さまざまな発音物がもちこまれました。三人が同時にする反応と、解釈は、録音された後でも定着することなしに動いていました。そして、そこに表われた矛盾は字義どおりのものではなく、生命的な表現性をもって、画面に対立していました。映像と音楽のディスカッションによって、表現の現実《リアル》は強いものになったと信じています。

A

誰もが模倣できない個の世界――デューク・エリントン

個人的なことだが、私が生まれた一九三〇年に、デューク・エリントンの《Mood Indigo》が生まれている。

エリントンは、今世紀の最も偉大な音楽家のひとりに数えられていい存在だが、ジャズという音楽への偏見が現在もかなりそれを妨げている。だが、彼の音楽家としての天才を証すのは容易であり、注意深い耳の所有者であれば、その音楽が他の誰からも際立ってオリジナルなものであることが理解できる。その旋律線《メロディーライン》とそれを彫琢して行く和声進行《コード・サクセッション》。そして、その全体が彼の独自《ユニーク》な楽器法《オーケストレーション》によって彩色される。そこには他の誰もが模倣《まね》できないような輝かしい個の世界が創造されている。ともすると近代管弦楽法が、単に物理的な量によって規定され、自由さを喪いがちであるとき、エリントンのオーケストラの響きは、多数の異なる質が共存し織りなして行く有機的《オルガニック》な時間空間であり、私たちがそこから学ばなければならないものは大きい。

（セレクト・ライブ・アンダー・ザ・スカイ・ジャズ・フェスティバル　'89年7月29、30日
読売ランド　オープン・シアター　EAST）E

記憶の底から甦る、ディキシーランド・ジャズ

父が、夕方、勤めから戻ると、部屋で手廻しの蓄音器《プレイヤー》で聴いていたジャズの、いくぶん物悲しい旋律が、この頃になって、ふと、思い出されたりする。すでに半世紀にも及ぶ、昔の話。いま思うと、それは当時流行《はや》っていた、ディキシーランド・ジャズのトロンボーン吹きで、現在《いま》も伝説的な名演奏家として語られている、ジャック・ティーガーデンのレコードだった。つい先年、セントポール室内オーケストラの依頼で、今日のトロンボーンの名手、クリスチャン・リンドベルイのために作曲したが、その初演に立ち会って、音楽自体はティーガーデンの音楽とは似ても似付かぬものなのに、ティーガーデンの音楽のフィーリングに近いものを感じて、はっ、とした。リンドベルイも子供の頃からのジャック・ティーのファンだそうだが、演奏しながら、私と同じような感じをもった、と言っていた。

不思議なものだ。記憶の層の、奥深い底に沈んでいたものが、ふと、甦る。音楽の記憶は文字の記憶とは違って、理屈抜きの、純粋に感覚的なものなのだから、それだけに、気付かない間に、そのひとの人格形成にも影響を及ぼすに違いない。かといって、大人の思

慮で、子供達に聴かせる音楽をあれこれ配慮するのも、私は、考えものだと思う。自然がいいんだが、だが、教育もたいへんだいじな事柄であり、むずかしいものだ、とつくづく思う。

（「MUSE」'95年5月号）F

『サージェント・ペパーズ・ロンリー・ハーツ・クラブ・バンド』を聴く

——今更ビートルズについて

ビートルズについて、あらためていま語るには、いくらかの躊いと、気後れのようなものを覚える。優しさと悲しさと、滑稽な気分にあふれた、『サージェント・ペパーズ・ロンリー・ハーツ・クラブ・バンド』が（レコードで）売り出されたのは、一九六七年。すでに、二十年近い時間《とき》が過ぎたのに、いまだに音楽の活気は少しも失われていない。ビートルズは、私のなかで、日々若返っていく。

だが、あの当時の、音楽と一緒に攪拌《かくはん》されるような感覚は、やはり、いくらかは薄れる。クリームが分離した後のような、儚《はかな》さと感傷が、自分の老いを知覚させる。泡立つものが静まって、それだけに、ビートルズへの興味も理解も、幅を広げたかもしれない。感覚的な興奮ばかりではなく、一方で、キャロルやピンチョンを読み解く時のような、知的興趣もわいてくる。それでも、いま、ビートルズについて語るには、躊うものがある。

一九六〇年代は、ただ黙って、かれらの音楽の渦のなかにあれば、十分だった。ビートルズは、ある距りから語られるべきものではない。どんなに語りつくした気でも、かれらの真実を、今日、伝えるのは困難だ。ビートルズの音楽も、かれらの行動も、教養や伝統の対象とするには、あまりにも、一九六〇年という時代に切実でありすぎた。ビートルズに関しては膨大な量の論述がなされているが、そのすべてをしてさえ、かれらの一曲にも及ばぬことは、だれもが知っている。

『サージェント・ペパーズ——』のアルバムが発表された時、私はニューヨークにいた。それまでも、『プリーズ・プリーズ・ミー』や『リボルバー』を聴いて、その並ならぬ才能に賛嘆の念を抱いていた。だが、一九六七年のアルバム『サージェント・ペパーズ——』には、格別の驚きと感動をもった。それは私の個人的体験と結びついて、いっそう強固なものになった。

一九六七年秋、私はニューヨーク・フィルが演奏する新作の総譜（スコア）を手に、アメリカへ渡った。マンハッタンに降りて、最初に耳にしたのが、『サージェント・ペパーズ——』だった。初演を前に、私は、どうしようもない不安と緊張に悩まされた。それで、暇さえあれば、小澤征爾が需《もと》めた、『サージェント・ペパーズ——』のアルバムを聴いていた。驚いたことに、そこには、聴く度に何かしら新しい発見があった。消費を目的にしている大衆音楽にあって、こんなことはまれだ。私は勇気づけられた。

当時アメリカは、ベトナム戦争の泥沼に喘いでいたが、若者たちは、不安や苛立ち、時代の暗いイメージを逆手にとって、サイケデリック・ムーブメントや、新しいロックの文化を生みだしていった。アンダーグラウンドの運動や、「エレクトリック・サーカス」といった、既成価値を真っ向から否定するような、感覚的体験に熱中した。マリファナやLSDのような麻薬《ドラッグ》の流行も、そうした抑え難い欲求のなかから生じたものだ。

だがこれは、なにもアメリカの若者だけに限られた特殊な事情ではない。世界中の若者が、本能的に、この近代主義の末路に危機を感じとっていた。大人の反省のそぶりをまねたりはできない。畢竟《ひっきょう》かれらの表現は過激にならざるをえなかった。

ビートルズが生まれる要因は、ある意味では、十分すぎるほどだったが、それでも、かれらの天才は格別のものだ。かれらが創り出す音楽があれほどの多様さをもち得たのは、かれら四人の個性が、絶えず動いてやまない磁場として作用したからだろう。

四人は、マグネットのように相互に牽き合い、また時に、反発し合う。各自が自分の本能に正直であったから、この危うい均衡は奇跡的に保たれた。ビートルズは誰ひとりとして、押しつけられた音楽的教養などとは無縁だったから、既成の価値観をもってしては測れないような、理想的な共同体を創り得たのだ。

コンサートをやめて(これについて書けば、また長くなろう)、レコーディングを主体とした音楽活動を始めた、その第一作が、この画期的な、『サージェント・ペパーズ——』だ。このことで、連想は、生まの演奏を拒んで録音だけに集中した、特異なピアニスト、グレン・グールドに及ぶが、それについて論じる余裕もない。

このアルバムは、ペパー(胡椒《こしょう》)軍曹率いる、ロンリー・ハーツ(孤独な心)楽団という架空の音楽家たちが、架空の聴衆に向けて演奏するという、文字通りピリッと胡椒が効いた、皮肉な体裁をとっている。私は英語に強くないので、かれらが好んで使う、ペパー（胡椒）ということばに、なにか特別な意味が隠されてあるのか、不明だが、映画『イエロー・サブマリン』でも、このことばは、重要な意味をもつもののように用いられていた。

レコードのカヴァは、懐古趣味的な、それでも当時流行のサイケデリックな、エドワード王朝風の軍楽隊の制服を着た、四人の写真である。しかもかれらを取り囲んで、ひと癖もふた癖もある名立たる人物の顔写真が、古びた壁のポスターのようにはられている。すべての人物を言い当てることはできないが、そのかなりが、ビートルズと何らかの因縁をもっているとみて間違いないだろう。

ジャケットの下のBEATLESという花文字、それに、既に蠟人形になっている四人の写真までもがコラージュされてあるのを見ると、さながらそれは、華やかな弔い、といった印象である。かれらの再生も出発も、このレコードに針を落としたところから始まるのだ、とでも言いたげだ。そして、実際、このアルバムが音として空間にあふれ出る輝きは、それをことばで追うのは不可能なほどに美しい。単純な和音（コード）が、かれらの手に触れると、暗号（コード）のような、謎に満ちたものに変わってしまう。

こうして書いて来て、ビートルズについて語ることの躊いは、音楽をことばで言い表すことの躊いだった、と気付く。音楽は、ことばを奪う（私は、この欄での役割を、果たし得ただろうか？）。

耳を開いて、聴くこと。

（朝日新聞社『名作52 読む見る聴く Part ②』一九八六年八月）E

フィクションの

白い道

どうして、また、どうやって此処へ来たのだろう？　この猥雑な街の、舗道の小石一つも私の記憶には無いのに。だが、脚はまるで住慣れた街を行くようなのだ。現在《いま》の私にとって、確かなことといったら、この飢えの感覚。今日と昨日と、私は何も飲まず何も喰うことなしにただ歩きつづけた。
どこから何処へ——私は知らない。私ではないだれかが、私を曳いて行く。
私の耳に、壊れたような音が響いてくる。それは、街が生きもののように話す声だ。

I can't show my face,
Can't go any place,
People stop and stare,
It's so hard to bear……

私は、うたの聴えない処まで、雑踏を縫って逃げる。私の顔は人に見せられない。私の行く場処はどこにも無い。
通路を折れる。
私の前に白い道が展ける。青空の下で、白い道が私の埋れた記憶を醒ます。
名前の無い私……顔の無い私……。
太陽が、私と、そして、だれかの姿をあらわにする。

県道沿いに、舗装された白い道が山を斜によこぎっていた。工事は半ばでうち捨てられた儘だが、軍はこの山深い食糧基地と沿岸基地を繋ぐ道路建設を急がねばならなかった。しかし、学生たちの器材といったら、鶴嘴とスコップ、それに摩切れたモッコしか無い。

黒い地肌は石のように硬く、どんなに努めたところで一日の仕事はしれていた。

人の背丈の何倍もの暗い樹立《こだち》を突抜けて、舗装された白い道が走っていた。が、それは張りつめた糸が断たれたように、プツンと途絶えて黒い壁にはばまれていた。

そして、その先を蟻のように寄ってたかって、学生たちが掘起していた。

舗装された白い道が夏の陽を反射して、彼らは光の中で奇妙な虚しさに捉えられていた。

軍装した佐藤伍長は抜刀して、その鋭利な刃を陽に翳した。

徴用学生たちは、彼と、その輩下の数人の初年兵によって監督されていた。

八月の暑いさなか、軍装に身を固めた中年の伍長が、学生たちには滑稽に映る。掌で流れる額の汗を拭う。一人がふきだすと、いつものように殴打された。

伍長が学生たちの前に姿を見せる時に、帯刀しないでいることはなかった。いつでも伍長は、女が粧うように、幾重にも鎖をからませた軍刀を腰にしていた。そうすることで、自分の貧しい肉体を、いくらかでも壮んなものに見せているんだろうと、学生たちは考えていた。

しかし、小坂は、伍長のその習慣がそれだけの理由によるものだとは思わなかった。小坂の先輩である吉仲は、学業の途中に幹部候補生の試験をパスして、見習士官として月に一度この山へ来た。食糧倉庫の員数監査が吉仲の任務だ。

佐藤伍長にとっての直接の上司は吉仲だった。吉仲が山を訪れる時に、伍長が帯刀していないことに気附いたのは、学生たちの中で小坂が最初だった。将校に対して、兵は帯刀を許されないのだろうと、小坂は想像していた。自分よりも遥かに年若い士官の前で、積木細工のようにぎこちない挙手をする中年の伍長が、小坂にはいくらか憐れに思える時もあった。が、当もない道路工事のために打擲されることを思出すと、そんな感情もすぐに消えるのだった。

ある日、吉仲は、伍長がよく口にする本土決戦なんて事は馬鹿げた妄想なんだ、と小坂に話した。戦いは日本にとって全く分の無い結果になったし、近い将来降伏するだろうと云うことまでが、小坂と吉仲の間ではひそかに語られるようになった。

小坂は、食糧のぎっしり詰った倉庫の立ち列ぶ中で、腹を空かして一日中土を捏《こ》ねている自分に腹立たしさを感じた。そうした感情はいつか、疑うことをまるで知らないような百姓あがりの単純な伍長への憎しみに変った。

ある午後、小坂が暑気あたりでひとり宿舎に休んでいると、先輩の吉仲が見舞に来た。小坂は、伍長がいつでも学生の前には必らず帯刀して現れることを語った。吉仲は口許に笑いをうかべて、兵隊の中では万年伍長などというのがどうにも始末におえないものなんだと応えた。

そして——

あんな古参兵は、俺のような学徒出の即成士官を面白く思うわけがないからな。だから、佐藤伍長は、吉仲には反って卑屈に帯刀することもなく慇懃に振舞い、学生たちの前で軍刀をちゃらつかせるのだと云った。

この基地でも、彼は近郷から黒い牡牛を一頭引張ってきて、軍務の余暇に飼っていた。去勢されていない牛は、たまげるほどに大きな睾丸をさげて歩いた。しかし、黒光りする毛並と、白い睾丸は、学生たちの眼に、決して醜くは映らなかった。

伍長は手放しの情愛を、「権兵衛」にだけは示した。気の荒い牡牛だが、権兵衛は学生たちにも愛された。が、権兵衛は、全く伍長以外の誰の手にも負えなかった。

小坂が、権兵衛を殺そうと思うようになったのは、別に大した理由があったからではなかった。吉仲と話しているうちに、ふとそんな気になったまでだ。そして、何故かその考えに執着してしまっていた。

吉仲は笑いこけて、

缶詰よりは、生きた奴の方が美味《うま》いだろうからな。

と云った。

小坂はもちろん権兵衛を喰おうとは思いもよらなかった。が、自分が吉仲と特別の関係なんだという優越感を、権兵衛殺害の行為で佐藤に誇示してやりたく思った。

小坂は、佐藤伍長が陽の中で抜刀している姿を思い出した。そうすると、人影の無い白い道のその残酷なまでの白さが眼についていて、妙に苛立ってきた。そして、吉仲と共犯なのだという意識がくすぐ《ぐる》ったく心に拡がっていった。

手筈は総て吉仲が整えた。そのためだろうか、吉仲は佐藤伍長には内密で数度山に来た。学生たちが山を降りた休暇の日の朝、二人は決行することを約束した。


小坂は掘起された土の壁の陰に身をひそめて待った。眼の前の黒い土の上にはいくつも木株がころがっている。吉仲の銃声に驚いて走り出した権兵衛が黒い土の壁に突込む、その時この鶴嘴を脳天深く打ち込み、反対側の窪みに飛び降りる。

小坂は計画を反芻した。

白い道の片側の山腹で、鋭い銃声が数発ひびいた。と同時に、権兵衛は佐藤の傍らを抜けて白い道を突走った。掘りかえされたままの道に姿を現した黒い牡牛の脇腹と眉間からは、血が赤く流れていた。しかも、小坂が手を振下ろすよりさきに、権兵衛は小坂の足許に絶命していたのだ。

茫然と手を振上げた姿で立ちすくんだままの小坂は、
貴様！

という佐藤の声に、鶴嘴を力一ぱい打ち込んだ。

黄色い脳漿が飛散って、伍長と権兵衛の二つの屍体が、黒い土の上に曝されていた。

吉仲の姿はどこにも見当らなかった。

小坂は茫然として山を去った。

太陽の高く昇りきった頃に、戦争がおわった。その夜、白い道は、三国人の暴徒によって踏み荒され、倉庫が襲われた。

暴徒の去った後に、吉仲が幾人かの兵を連れて山に来た。そして、彼等は公然と物資を奪い去った。吉仲の命令で、兵の一人が、佐藤伍長の宿舎に火をかけた。吉仲の秘密の一切が、地上から消えた。

吉仲は、小坂の子供っぽさを巧みに利用したにすぎなかった。

幾日か後に、学生たちも山を降りて舗装された白い道だけがとり残されたまま、山は昔の山に還った。


私は、白い道に立っている。私の記憶は、針のようにとがり、私の軀を刺す。

白い道の途絶えた個処から、黒い点のようなものが私を目がけて走りだす。それは、のしかかるように拡がって、私の軀に角を突きたてた。私の残り少ない意識に、佐藤伍長と、彼の黒い牡牛の駆去る音が聴こえている。

トラックは、軋んだ音をたてて停った。

屍体は仰向けに血溜りの中に倒れていた。

その上に、屈みこむようにしていた運転手は、ハッとして起ちあがった。そして、蒼白になってうろたえる助手に
構わない、このまま飛ばそう。

と言った。

車が走り出して、山を越え、街をすぎた頃に助手が口をひらいた。

あの儘にして置いて大丈夫ですかね、小坂さん。


（「宝石」'60年3月号）

海

海は涸れていました。

白い砂丘が、太陽を遮ぎって、小さなつめたいかげりをこしらえていました。

少年は、すでに小さいときから、海に憧れていました。

少女は、ずっと小さいときから、海は悲しいものと思っていました。

「海は行ったきりかえってこないの？」


「海の潮はみちたり、ひいたりしているのさ」

「海は生きているの？」

「海は生きているよ。でも、もう年寄りなのさ。だから、遠くへ行ったら、ここまでかえってくるのには、長い時間がかかるんだよ」

少女はまた黙っていました。

ゴーッと微かにでしたが、遠くで海の音がしました。

「海は生きているの？」

「海は生きているよ。ぼくのお爺さんよりもっともっと年老いているけれど、海は生きているよ。むかし海の潮はもっとたくさんだった。それが、だんだん年老いて、いまではほんの少し。ぼくたちが、大きくなる頃には、海は死んでしまって、地球も太陽のように、自分からひからびるんだって」

「海はもうかえってこないのかしら?」

「もうすぐかえってくるよ。海はかえってくるけれど、海に出て行ったひとは、二度とかえってこないんだ」

「海は怖い……」と、少女は云いました。

少女の兄は海に死にました。

少女の兄は海に憧れていました。

難船の木ぎれは、いばらのように、ひとを傷つけます。


「海は怖い」

「海は素晴らしい。海は未知の世界だ」

遠くでゴーッと海の音がしました。

しかし、それは前よりももっと微かでした。

「海はもうかえってこないかもしれない。海は、ここまで、かえってこられないんだ」

少年の目から涙が落ちました。そして、白い砂の上にいくつもの砂紋をかきました。蒼い空がゆらいで見えました。海は消えて、少年は海の呪術に、しっかりと捉えられました。

「海はもうかえってこないのね」

太陽はいっそう強くなって、砂丘のかげりも消えました。

少年の白いヨットが風にのって砂の上を滑りました。少年と、少年の白いヨットは、少女の黒い影をよぎって、翼あるもののように、たちまち、砂の涯に見えなくなりました。

少女には、海がいっそう悲しいものになりました。

日没

ディオニュソスのような太陽。午後三時の太陽だ。

蹲った脚もとの土は、砂のように白く乾いて俺の眼を射す。砂紋が陽炎に揺れた。ベルトの辺りが、水をかぶった帆のように汗に濡れた。

叢に軀をひそめているので視界がきかぬ。一〇米ほどさきの山毛欅《ぶな》の大樹を仰いだ。その時、鋭い嘴《くちばし》の鳥が、俺をめがけてとんできたように思った。俺は、瞠《あ》いている眼を、閉じたままでいるもう一つの眼とおなじにつぶった。

眼の内側の朱色のカーテンに、山毛欅の大樹が黒々と映った。既に、鳥はいなかった。すべての影が消えた。太陽は真上だ。

カチッ。

汗ばんだ掌のなかで、ナイフが噴水のように勢よくたちあがった。俺はこのナイフを彼奴にふかぶかと突き刺すのだ。

彼奴の鋭く光った武器。俺のジャック・ナイフ。どちらも闘いにふさわしい。ナイフを陽にかざす。ああ、たのもしい白銀色だ。

やがて彼奴が来るだろう。老いた彼奴は暑さに渇えて、口から製鉄所の煙突のような紅い焔を吐きながら、ぜえぜえいって来るだろう。しかし、彼奴の軀には、まだ敏捷さが残っている。

俺は見たのだ。彼奴に刺されて潰れた眼の、もう一方の生残った眼で……。街の車道を、すばやく駆けぬける彼奴を見たのだ。

たぶん、彼奴は俺につけられていたことを気付いちゃいまい。だが、気を許してはならないのだ。この叢に俺がひそんでいることを、彼奴が気どったら、彼奴は此処にやっちゃあ来まい。もし、彼奴が来なければ、俺のながい忍耐も水の泡なのだ。俺は、この復讐の機会を永いあいだ待っていた。

俺は、太陽が頭上にのぼりつめる頃に、きまったように彼奴が此処へ来ることを知った。街の中で彼奴を刺すのは困難《むずか》しい。雑踏にまぎれてきっと見失ってしまう。そうでなくても、俺の視界は彼奴のために狭められているのだ。此処では、身を起せば、彼奴がどんなに疾く逃げようとも、俺の視界を遮るものは何ひとつない。

やがて彼奴が来る。肩をすぼめて歩いてくる。

がさっと音がして、野犬が一匹、俺の蹲っている叢に這入って来た。人馴れた眼をして、くんくん鼻を鳴らすのがいまいましい。小石を拾って投げようかと思うが、彼奴に気付かれたりしたのではどうにもならない。俺の復讐が、こんな馬鹿げた闖入者のために妨げられては。こいつ、この儘にはしておけぬ。

斑点のある顔を俺に向けて、犬は醜いすがたで糞をたれた。一瞬、俺はナイフで犬の咽喉ぶえを力まかせに突いた。血の中で手がぬめった。犬は声もあげずに、牙をむきだしてどっと倒れた。血が重く散って、シャツを汚した。犬は起きなかった。俺は、血の匂いがプーンとするなかで、眼を閉じ深く息を吸った。彼奴の気配を身近に感じたのだ。

彼奴の隙を襲うために、俺は叢から不意に立った。俺は草を薙いで、すばやく、ナイフを彼奴に向けてかまえた。ナイフは、二条も三条もの陽光《ひかり》の筋を放って、いっそう細身にみえた。彼奴はかすかに〈ぐうっ〉と、口のなかでうめきをおし殺した。

陽に曝された犬の屍体、のほかには何もない。闘いを阻むものはなにもない。

俺は、二三歩とんで彼奴に近づいた。彼奴は遁げもせずに、背をまるめ、摑みかからんばかりの恰好で俺を見た。

一つの眼と、二つの眼が凝視した。いや、彼奴の一方の眼は、まるで腐ったように洞《うつろ》だったのだ。そして、もう片方の眼は、殺意にたぎっていた。俺は事の意外にひるんだ。その隙に、彼奴の脚は俺に向って地上を跳ねた。俺はのけぞりながら、眼に熱い痛みを感じていた。その時、すでに彼奴は俺から退って山毛欅の根かたにいた。そして、勝ちほこった態で、俺のようすをうかがっていた。

太陽は頭上のままに、俺の視界のなかでは、はや日は暮れかけていた。白日の夕暮に、山毛欅の大樹が赫々と燃えたつ。生温い血が、頰をつたって滴り落ちる。脚もとにころがった野犬の屍体は、もう、黒く闇のなかに溶けかかっている。天は灰褐色にくすんできた。

真昼の世界に、俺にだけ夜がやってきた。

すっと消えかかる、意識の襞のあい間から、記憶の破片が浮んでくる。

彼奴と俺は、まるで、兄弟のように愛しあって暮していた。俺は彼奴を抱きながら、いつもやさしく愛撫してやった。彼奴の瞳は、まるで、ニューギニアの土人が冠る羽根飾りのように美しかった。それは、俺の空想を烈しくかきたてた。

俺は、彼奴のきらきらとひかる、瞳をのぞいてみるのが好きだった。耐まらなく好きだった。

それがある日、彼奴は俺をうるさそうにして、俺の眼を刺して出ていったのだ。それきり、彼奴は戻らなかった。俺は彼奴を探しつづけた。この潰れた眼の復讐のために。

血は止まらない。ごぼごぼと溢れ落ちている。太陽はまだ、俺の真上にあるのだろうか。

彼奴は俺の手をはらいのけて、俺に跳びかかった……。そして俺の眼を刺した。俺にはまったく従順だった彼奴が……。

しかし、今日出遭った彼奴の眼は、俺のように、一つはうつろで萎えていた。俺の手は彼奴の瞳を愛しながら、それを潰していたのだ。彼奴は痛みに耐えかねて、俺を襲ったのだろう……。

長い間、彼奴を狙っていたのに、ああ、待たれていたのはこの俺。

山毛欅の根かたの黒い猫は、踵《きびす》をかえすと、ひょいと闇の中へ消えた。

陽光の下で、俺の日没がおわった。あとは、ながいながい夜だけだ。

ああ、彼奴《きゃつ》！
oh！cat…………

（「宝石」'60年9月号）

骨月 ――あるいは a honey moon

―妻に―

永遠に横たわれるもの、そは死せるにあらず
未知なる時の流れをもってせば死を超越せり(1)
『ネクロノミコン』アブドル・アルハズレッド

骨色に月を穿つ夜の掌のおよばない闇の地底に、それは横たわっていた。

消しとめようもない涸渇の時が流れて、永いあいだ、傷ましいつぶやきを洩らしていた石たちも、いつか深い睡りの砂へ沈んでいた。黄塵が吹き荒れ、災厄の雨が降り、その繰りかえしのたえざる不眠を、明晳な意識と、堆肥のようにうずたかくもられた欲望の地層のはざまで、それは生きた。

だが、それもやがてうちふるえる地殻の絨毛につつみこまれて石と化した。

中国の山東省諸城県で、それが発見されたのは、偶然の事であった。白亜紀の後期を生きた鴨嘴《かものはし》恐竜（Trachodon）の化石が、少しの損傷をもみずに発掘されたのは、それにしても珍しいことである。

祠堂の石槨《せっかく》に刻まれた、浅い陽刻の法による画像石調査のために、数人の考古学者と画学生が諸城県に派遣されたのは、一九七×年冬のおわりであった。

墳墓の前方に設けられた祠堂は、石室と、そこに安置された石槨であり、糸杉の群を通す陽光の下に、そこだけは一点の黒い陥没湖のようにも見えた。

ひらかれた石扉から足を踏みいれた男たちの眼にさいしょに投じたのは、浅い陽刻の地文に、かすかに浮きでた連理木と比翼鳥の対であった。

暗さになれた眼に、石面はしだいに白さをまし、千年にもおよぶ忍耐にささえられて、それはいっそう厳粛な気配をかもした。画像のそばに記された文字は、いまは、判読することが困難なほどに風化して、手を触れるまでもなく、一条の砂と化してさらさらと床に毀《こぼ》れたが、それでもなお、宿星は天極もあきらかに、祥瑞《しょうずい》は細やかな陰影を留めていた。

「美麗《メイリ》——美しい——……」時が経って、誰からともなく呟きが洩れた。

室の中央に置かれた石槨が、射しこむ陽光をうけて、壁に濃いかげりをうつしていた。室内を動く男たちの靴音が、時おり、木霊のようにひびいたが、それとても現実の気配とは到底信じられなかった。西王母の伝説の彼方からきこえる木鉦《もくしょう》の音のように、その深い余韻に、男たちの魂は溶けいった。

陽が傾き、ひえびえとした冷気が、石室の内部を充たした。石槨の黯いかげりは、いまは室全体に拡がり、沈黙の量《かさ》はいっそう重々しかった。

老いた考古学者のひとりが意を決したように、再び、「美麗《メイリ》……」と、こんどは、やや、声にだして言った。

そのとき男たちは、闇のなかに、微かに、動物の咆哮のような音が聞こえるのを耳にした。それは、糸杉の群が鳴らす、かさかさというあの風の音とはまったく別の音であった。霧笛のように暗くもの哀しい、その音は、不気味にながい尾を曳いて消えた。それは、足もとに敷きつめられた岩板を通して聞こえて来たように思われる。それからも地底の音は、かなりの間をおいて二度三度くりかえされた。

沈黙は、困惑した男たちの心を、桎梏《しっこく》のように締めつけた。

若い画学生は、たまりかねて身を伏せ、つめたく湿った岩板に耳をあてた。かれは、地底に何かが蠢く気配を感じた。咆哮が深い地層を伝わってひびいて来た。

突然、石室全体が烈しい震動をうけて揺らいだ。

「那児有鬼《ナアルヨウグエイ》――そこに鬼がいる――暗闇に落ちる……暗闇に……」だが、その声は、地鳴りのように高まった咆哮に掻き消された。

絶え間なくいたるところが上下する地下の力の動きに、地盤は揺れ、それにつれこの祠堂は分断され、それから四散して、たちまちに埋没してしまった。

1

あなたは見過したかもしれないが、新聞のコラムが、中国の山東省諸城県で発見された恐竜の化石のことを報じていた。ただこの【中國通信】は、一夜のうちに姿を消した漢代の遺跡のことはなにも報じていない。

最近、わたしはこの事件に関してかなり詳しく記された『人民中國』を手に入れて読むことができた。それには、奇跡的に生存した遺跡調査団員の手記と併せて、古生物学者の学術的見解等が載せられている。

鴨嘴恐竜については説明するまでもないが、中世代に栄えた爬虫類の一種で、白亜紀末に絶滅したといわれている。水生または両生で、嘴《くちばし》のほかに火喰鳥《ひくいどり》式の冠が発達していた。後脚の肢間に蹼《みずかき》を張り前肢の爪は強く鋭かった。この化石が、漢代の遺跡からきわめて浅い地層にあらわれたことについて、古生物学者は、ここでも例によって、地殻の変動がその原因であろう、としている。『人民中國』の記事のなかで私の興味を惹いたのは、ソヴィエトの学者によってなされたつぎのような報告である。

「――この Trachodon の化石は、これまでに発見されたこの類のものとしては最大のものである。しかも感謝すべきことには、上下顎角および頭蓋の構造、蝶形骨《ちょうけいこつ》の翼部の微細な点にまで、なんらの損壊もみられないということである。さらに、学術的な新たな問題を示すであろうと思われるいくつかの重要な発見がなされた。それは、おそらく、この恐竜が啞えていたであろうと推測されるモクレン樹の化石が、中国種の Chinensis ではなく、アメリカ・モクレンの祖先として知られるヨーロッパ Procaccini 種と酷似した特徴をそなえていたことである。また、恐竜の右前肢の橈骨《とうこつ》が、石灰質とは異なって、ある種の合金――ああ、私は自分のこの考えがいかにも恐ろしくてならないのだが、その見解をためらわずに述べるならば、それは、プラトンの『クリティアス』に伝えられる、あの謎の金属オリハルコンではないか――によって接がれたものであるらしい痕跡が認められるのである。そこには、金属にしか起りようもない酸化によるかなりの腐蝕がみられ、不思議なことに、その骨は月のように晧《しろ》くみえたのであった。――」

以下、空想的なアトラントロジーが書き続けられている。

アトランチス大陸の存在について、世界がはじめて知ったのは、古代ギリシャの哲学者プラトン（紀元前四二七年〜三四七年）の言葉からである。一万二千年もの昔、ジブラルタル海峡の西に、両半球に跨がる巨大な島があった。その島は、自然の富に恵まれ、強力な民族が住んでおり、権力者は、無数の財宝を所有していたといわれる。想像を絶する文明が打樹てられ、支配者が、西方と東方に向って侵略戦争を進めていた。前アテネ人との戦いに敗れ去って間もなく、アトランチス大陸は、すべての住民とともに、一昼夜のうちに大洋の底に沈み滅亡したと謂われる。

プラトンの門弟であるアリストテレスは、このアトランチス伝説に懐疑的であり、「アトランチスを創った者が、それを破壊した」と、暗に師であるプラトンの説を非難している。

ソヴィエト学者が報告している『人民中國』の記事に興味をおぼえたのは、アトランチス伝説にまつわる謎の金属オリハルコンのことではない。その真偽はともかくも、いずれそれは確かめようもない事柄であるだろう。それよりも、私の注意をひいたのは、実は、そこに書かれていた「骨頭好像是潔白的月亮――骨ハ月ノヨウニシロクミエタ――」という一行であったのだ。

2

私に狂死した伯母がいたことは話したと思う。伯母は母の実姉で、顔つきや軀つきが不思議なほどあなたに似ていた。母方には男の係累がなく、それで、伯母は聟をとって家を継いだ。母方の家は、昔、蘭学の医者で、代々豊前中津藩に仕えた医官であった。後にそのうちのひとりは高名な蘭学者である前野良澤に私淑し、江戸へ上った。

私はある事情から伯母にひきとられて育ったのだが、空襲で焼けてしまった家の土蔵には、まだ夥しい医学書が埃にまみれて積まれていた。伯母の狂死の原因については、伯母の内面を訶《さいな》んだいくつかの出来事に思いあたるが、それはいずれ話そう。

伯母はよくこんなことを言った。

「肉体《からだ》のなかに骨があるのではありません。ほんとの肉体《からだ》は骨のなかにはいっているのです。この骨の周囲《まわり》にまといついているぶよぶよした肉はみせかけのものです。血は海水といわれているけれど、骨の中には、月を流れているのとおんなじ白いすきとおった水が流れているのです。血や肉はかならず腐るし、海の水はやがて涸れるでしょう。それでも骨は残ります。なぜなら、骨を流れているその流れは、血や海のようには波立たないからです。」

病む以前《まえ》の伯母は快活な質《たち》で、骨についての奇妙な神秘的な考えを臆せず口にだした。私が、時々それに意地悪い半畳をさしはさんだりすれば、いよいよ不思議な例証を挙げて、私を説きふせようとした。伯母は、骨にはそれ自体の生命《いのち》というものがあって――それこそが生命《いのち》そのものだという訳だが――骨は、その形態をとどめたまま、たえずそのなかに新しい生命を充たしているのだという。そして、骨は永遠の時を目指して白く白くその姿を変えてゆき、ついに、それは人間の眼には、確かめようもない透明となる。

「ほんとの変化というものは、そのように眼で認められるものではないでしょう。」

『人民中國』の一行の記事に心をとめたのは、たぶん、こうした伯母の影響もあってのことだろう。

『蘭学事始』を著した杉田玄白が、前野良澤、中川淳庵らと盟を結んで、オランダ医学の解剖書を、日本語にはじめて翻訳したことは、あなたも知っているだろう。この『解体新書』については、伯母とも関わりのあることなので書いておこう。

昔、母方の者が家を出て、豊前から江戸へ上り、前野良澤を訪うたことは、前に記した。前野良澤は、杉田玄白のようなリアリストではなく、学究に徹した人物であったようで、時には侍医としての役職をもおろそかにするようなことがあったらしい。良澤は、もともとは楽山《らくざん》と号していたが、老いて蘭花と称した。これは、良澤が仕えた中津藩公奥平昌鹿《まさか》から、良澤はまるで阿蘭《オランダ》人の化物だと、たわむれに言われたことに由来している。このように、良澤は特別の天分の人で、終生を蘭学に没頭した。玄白が、すぐ諦めたオランダ語の修得に、ひとり長崎に遊び、後に玄白、中川淳庵等と、『解体新書』の仕事に携わったおりには、第一の盟主として仰がれた。

『蘭学事始』には、このことが誌されている。

「同盟の人々毎会右の如く寄りつどひしことかくありしといへども、各々その志すところ異なり、これ実に人の通情なり。先づ第一の盟主とするところの良澤は、奇異の才ゆゑ、この学を以て終身の業となし、尽《ことごと》くかの言語に通達し、その力を以て西洋の事体を知り、かの群籍何にても読み得たきの大望ゆゑ、その目当とするところ康煕字典などの如きウヲールデンブックを解了せんといふことに深く意を用ひたり。それゆゑ世間浮華の人に多く交はることを厭ひたり(2)」

この文につづけて、玄白は、良澤という人は、生れつきの多病と称して、『解体新書』の翻訳のころからは、いつも門を閉めきって外出もせず、他人との交際を避けてこの仕事にかかりきり、それを楽しみとして日を送っていた、蘭学が開けるためには、これは天の助けのようなものであった、と書いている。

『解体新書』がついに完成し、室町の須原屋から出版されたのは、安永三年の八月だが、奇異なことにはこの仕事にもっとも心血をそそいだはずの良澤の名が無い。後世、『解体新書』が玄白だけの功のように伝えられ、この事実が詮索されないで済まされているのは、考えればおかしなことではある。このことについて一般では良澤の天性の奇人ぶりが発揮されたのだとしているようであるが、前野良澤という人物はそれほど偏屈な人物だったとは思えない。好き気儘に蘭学に没頭できたのも、主君からの格別な寵遇を得ていたからで、それ程ひとに好まれる人柄であった。私（たち）の先祖の蘭学医が良澤を慕って江戸へ上ったのもそれ故である。

一説に依れば、良澤は若年の機、天満宮に願《がん》立て、医官として名遂げぬうちはみだりに表面《おもて》立つことを嫌ったと謂われているが、当時既に名を成していた玄白等から、朋友の盟主として崇められていた事実を考えるなら、その説も、また納得いかぬ。

伯母は愚鈍な甥である私に、飽きもせず語った。

戦災に遇う前の家の土蔵は、家紋もすでに剝げ落ちて用いようもない調度、やけた桐箪笥、虫喰ったアストラカンの外套、浅黄色の蚊帖、木製の小箱にしまわれた誰のものとも知れない臍の緒、明治初期のシンガーミシン、そうした黴がはえたような「時」をしまいこんでいた。そのなかには、既に書いたが、日誌や和綴じの書籍、古い医学書等があった。私は、筆で描かれたその稚拙な人体解剖図を眺めたことがあるが、性器の箇処に「北」という一字が印され、その両側に糸で吊されたような二個の小さな繭のような形には、矢印で「睾丸」と書かれてあったのがおかしい。それは、前野良澤に私淑した先祖の蘭学医によって描かれたものである。私の母方は原姓《はら》を名乗るが、その蘭学医は原養澤といった。『蘭学者相撲見立番附』の末座にその名が見られるところからも、当時（寛政年間、西暦一七九〇年代）としては一応の人物であったといえよう。

伯母は、この原養澤が書残した日誌、その他の資料によって、前野良澤の謎を解こうとしたのではないかと思うが、それらの文献が悉《と》く焼失した現在ではそれは証しようもない。伯母によれば、前野良澤は、本来好奇心に富んだ人で、研究の余暇には一節切《ひとよぎり》や狂言の稽古に通ったりしたこともあった。つまり、良澤はかならずしも元からの人嫌いではない。杉田玄白の誘いで、鉄砲洲の役宅から早朝に『ターヘル・アナトミア』を携えて小塚原へおもむいたのも、そのような人柄の故と知ることができる。良澤が人間《ひと》を厭《いと》うようになったとすれば、それは『解体新書』の作業がかなり進んでからのことであり、良澤の内面に何らかの変化が起ったと考えるべきである。

「體という字の偏が月《にくづき》ではなく、骨であることはおもしろいですね。まこと骨こそは、肉体《からだ》の闇の中空に枝を張って人を支えています。骨は、永遠に、人間《ひと》の歴史の暮れることなき夜を凝視《みつめ》るものです。前野良澤は、骨がかけた謎にとらえられたのです。やがて、それが解きえぬものであると知った時に、良澤にとって、すべては虚しく思われたのです。」

杉田玄白、中川淳庵、前野良澤等が、はじめて人体解剖に立会ったのは明和八年の春である。千住小塚原――俗に骨ヶ原といわれていた。――の刑場で行なわれる腑分けの知らせを受けた玄白は、僚友の淳庵と、先輩である良澤にこれを知らせている。そして、「――よき折あらば翁も自ら観臓してよと思ひ居たりし。この時和蘭解剖の書も初めて手に入りしことなれば、照らし視て何れかその実否を試むべしと喜び、一かたならぬ幸の時至れりと彼処《かしこ》へ罷る心にて殊に飛揚せり。――」と、その喜びを書き表わしている。おりから、蘭学の気運が昂まっていたとはいいながら、玄白、良澤のふたりが共に同じオランダの解剖学書《ターヘル・アナトミア》を入手していたというのはおもしろい。「これ誠に奇遇なりとて、互ひに手をうちて感ぜり」というのももっともである。

伯母の話では、この時には他に数名が同道しているが、これまでに腑分けを実地に見学したものはひとりもいなかった。原養澤もその一人である。わが国では、人体は九臓とか、五臓六腑から成ると考えられていたが、オランダの解剖学書に描かれた人体図は、当時の医者の想像を絶するものであった。玄白ならずとも、実地に照らしあわせてこれを確かめたいと思ったのは当然であろう。

腑分けは、九十歳の老人によって行なわれた。処刑された罪人は「青茶婆《ばば》」と渾名されていた五十歳ほどの女であった。『蘭学事始』によれば、「良澤と相ともに携へ行きし和蘭図に照らし合せ見しに、一としてその図に聊か違ふことなき品々なり。古来医経に説きたるところの、肺の六葉両耳、肝の左三葉右四葉などいへる分ちもなく、腸胃の位置形状も大いに古説と異なり。」と、オランダの解剖図の精緻さに驚き、それまでの知識の誤まり帰途であった。

を省みている。玄白、良澤が『ターヘル・アナトミア』の翻訳を決意したのは、その日の

「原養澤の日誌には、その腑分けの模様が細心に描写されていました。朱色の布で目を蓋われた老婆の屍体は、腑分けに備えて、斬首の刑ではなく、細い革紐で縊《くび》られていたと謂います。刀を執った九十歳の老爺はこれまでにも腑分けを手がけた手練《てだれ》の者で、その手際にはすべてが瞠目したそうです。とりだされる臓器は、全てオランダの解剖図に照合されました。裂かれた腹部、抉ぐられた胸部、晒された臓器のひとつひとつを視ていた人間の眼は、いったいどんな眼だったかしらね――。原養澤は、臓腑、脈絡、骨節の様が、夷狄の図譜と寸分の違いなきことに驚愕《びっくり》しています。これによって人間の内外は共に明らかにされたのだと、昂ぶった筆で書いています。

人間は冥府よりも暗い闇を現世で背負っています。遠い過去から、そしてこれから先も、闇は緩慢に垂直な満干《みちひ》をくりかえしています。太陽の淫乱な力で闇は肉体に注がれるのです。

白日の砂の上で、寸断され虐げられた屍体は、どのように弔《とむら》われたんでしょうね――。」

血には瞬間の幻想もゆるされはしない。屍体は廃物のように静かに腐り、死者が負った罪の根ざす場所は真昼の闇のなかで見失われる。死は絶対的な不死であるように、屍体の

白濁した眼は夢みることをすら夢みたりはしないだろう。だが、生ある眼は、また、夢みつづけることで、夢みないのだ。

「前野良澤はのちに原養澤へ書き送った手紙に、身体内外のこと分明《ぶんみょう》を得しと覚えたのは悉く錯覚であったように思えてくる。身体のことが明らかになれば心の闇はいやさらに濃さをまし、私はまるで盲《めしい》のように真直ぐな迷路を手探りしている。なぜこのように業を曝らさねばならないのだろうか——、と書いています。そして、燈《あかり》をおとした部屋には、骨だけが皓《しろ》く月のようにみえる、と書かれていたともうします。」

骨ヶ原での解剖を見学した良澤等が、刑場に散乱する骨片を拾って観察したことについて、玄白は、「——さて、その日の解剖こと終り、とてものことに骨骸の形をも見るべしと、刑場に野ざらしになりし骨どもを拾ひとりて、かずかず見しに、——云々」と書いている。原養澤の日誌には、良澤が骨片を秘かに役宅に持帰り、観察をつづけていた様子が誌してある。

ある一日、良澤の役宅を訪ねた養澤に、良澤は、「いかにも呪い深き死である。骨に滲んだ血は、拭うほどに鮮かに、消えない。わたしはこれを眺めていると、事物の理《ことわり》のいっさいは虚しく思えてくる。自分でもいまわしい考えにとり憑かれたと思わないではないが、ひとつが明らかになると、その脚下《あしもと》で闇がすかさずぽっかと口をあける。玄白が申すように、この仕事が、今日治療の上の大益あるべきを疑うのではないが、さりとて人間《ひと》それぞれが負った業《ごう》は如何ともしがたい。」と語ったと謂う。良澤は、奇妙に白く透きとおる一片の骨をしめして、「骨は心の闇に懸《かか》る月、闇深い夜(世)に皓く冴える」という内容のうたを添えて、その骨片を養澤に手渡した。前野良澤は、その夜『解体新書』の訳業を終えると、なぜか頑なに自分《おのれ》の名を表面《おもて》に出すことを拒み、再び(安永三年・一七七四年)長崎へ旅立った。齢五十のことである。

原養澤が、その日良澤の役宅から持帰った骨片が、いつの頃まで母方の家にのこされていたかは知らない。日誌の同じ日附には、良澤が翻訳にあたって当惑した Zinnen という言葉のことが誌されてあり、自分もこの言葉の意味を是が非でも解きたいという存念が書かれていたという。玄白の『蘭学事始』にも、この言葉のことが書いてある。「――良澤のすでに覚え居し訳語書留をも増補しけり。その中にもシンネン (Zinnen) などいへること出でしに至りては、一向に思慮の及びがたきことも多かりし。これらはまた、ゆくゆくは解すべき時も出来ぬべし。――」

3

Zinnen という言葉には、たぶん精神という訳語が適当なのだろう。

子供の頃に伯母が私に話してくれた台湾の民話

むかし、日照りがつづいて、雨は一滴も降らず、田畠は枯れ、たくさんの人が飢えに苦しんでいた。

「あの傲岸な太陽を征伐しなければわたしたちは皆死にたえてしまう！」老いた村長《むらおさ》は、部族の中の勇敢な一族に太陽征伐を命じた。勇敢な一族は、背負えるかぎりの弓と矢をたずさえて、東からあらわれ西に没する天空の太陽をめざして旅立った。

歩けども歩けども太陽は遠かった。ながれる汗は乾いて塩となり、砂塵にまみれて山野を越す間に、曾祖父が死に祖父が斃れた。それでも太陽はいくらか父子に近づいたが、矢を射るには未だ遠い。数えようもない日が熱風とともに過ぎ去って、父は息絶えた。

　残された勇敢な一族の最後の子は、ひたすら太陽をめざして歩き、ついに太陽にもっとも近い涯にたどりついた。その時には若者はすでに老いていたが、持てるかぎりの矢を持てるかぎりの力で太陽めがけて射込んだ。しかし、矢は虚しくも天空に消えるばかりで、太陽はさらに輝きをました。いまは老いた勇敢な一族の最後の子は、すべての矢を射尽し、果しえないのぞみに涙した。覆いかぶさるような天空にはりついた巨大な太陽は、その涙をたちまちに乾《ほ》した。道も絶えた地の涯に立って、一族の最後の男は、自分の脚を切断して骨を抉りだした。そして、一滴の涙で骨を鋭い鏃《やじり》に磨《と》ぎあげると、太陽めがけてその最後の矢を射た。夥しい血が地の涯を濡らした。死に瀕した勇敢な一族の最後の子は、骨の鏃が深々と太陽を刺しつらぬくのを見た。うすれゆく意識のなかで、傲岸な太陽はしだいに輝きを失いやがて消滅した——。

その時、骨の鏃は燦々と陽に輝き、熱風に乗って天空を飛翔しつづけていた。

4

伯母の死は静かだった。伯母は窓に向いて坐したまま身罷った。部屋は西に面した二階で、鉄枠の塡められた窓からは、病院の正門へ抜ける舗装された細い道が見下ろせる。眼の高さに灰色の塀がめぐり、その向うから時おり電車の音が響いた。伯母は発病してから食事を拒みつづけたので衰弱がはげしく、病院へ移って間もなく他界した。

伯母の名は教《おしえ》というのだが、伯父はそれをひどく嫌い、しえとよんでいた。伯父は不在がちで家へ帰ることはまれだった。ある夏の強い風の夜に、不意に帰った伯父は、琴を弾く伯母を打擲した。琴柱《ことじ》のひとつが縁を滑って夜の庭へとんだ。伯父を遁れると、素足のまま庭へ降りた伯母は、落ちている琴柱を拾い、いとおしむように胸もとにささげて、風のなかに立ちすくんだまま伯父を見据えていた。家に伝わるその古い生田《いくた》の琴は、それから再《ま》た長い間土蔵にしまわれた。

私は伯父を憎んでいた。伯父さえ帰らなければ私はいつでも伯母と一緒に居たし、伯母の話を聞きながら眠ることは日々のよろこばしい慣習だった。伯父が家に在れば、私は仕方なく自分の勉強部屋に寝《やす》まなければならない。ふと目覚めて、伯父たちの部屋から怺《こら》えたような伯母の泣く声が洩れてくるのを聞くと、悲しみが膨れあがり憎しみが喉を塞いで、もう眠りに戻ることができなかった。

伯母は発病してからも私と話すことはよろこんでいるようにみえた。むろんそれは脈絡のない会話だったが、伯母が私だけを避けないでくれたことがうれしかった。それでも会話の最中に不意に怺えたように塞ぎこむと、なぜか一言も喋ろうとはしなかった。そして、言表わせないような悲しい目で私に部屋を出るように促した。伯母は、幾時間でもそうしてひっそりと閉めきった部屋のなかで坐していた。その頃、戦争はかなり悪化した局面に立入っていた。伯母は兇暴な発作を起すようなこともなかったので、病院は人手不足を理由に入院を容易に認めなかった。ようやく許可されて病院へ移そうという前日の夜に、長いこと弾かなかった琴が弾きたい、と云って土蔵にしまわれていた古い生田の琴を私にとりださせた。伯母の意識はけっして回復していたわけではないが、伯母にとっての最後の夜をなんとなく感じていたのだろう。明りをつけない暗い部屋で伯母は琴を弾きつづけた。幼児がつまびくような調子で音は鳴った。私は悲しみに耐えられなくなって伯母の部屋にはいった。暗い空間に、伯母の瘠せた琴を弾じる坐した姿がぼーっと浮かんで見えた。私は、現在《いま》でもそれが私の錯覚だとは思わない。闇の中空に伯母が浮かんだのは、琴の箱に脚《た》っている琴柱が皓くひかって伯母を照していたからだった。十三の琴柱は月のようにつめたい皓い光を発していた。そして、いつか白く白く透明になって真に深い闇がそこにたちこめると伯母の琴の音も止んだ。

「わたしは没くなった息子や、没くなった父母たちのためにわたしの琴をお聞かせしていたんです。」

5

病院の手配で、閑静な郊外の火葬場で伯母の遺体は荼毗《だび》に付された。白い手套をつけた制服姿の係員が火床から骨受皿をとりだした。私は骨をひろいながら涙を抑えきれなかった。涙が伯母の細い骨の上に落ちると、骨は白く白くやがて透明になった。骨壺を胸に抱いて、伯父と肩を並べて無言で郊外の道を歩いていると、骨壺がコトコトと軽い音をたてた。

それから二日後に伯母の家は空襲を受けて焼失した。三月十日の空襲で東京がどんなに酷い被害を受けたか、あなたも知っているだろう。混乱のなかで私は伯父を見失ってしまった。なぜか私は、現在《いま》でも伯父があの空襲の夜に焼夷弾に打たれて死んだとは思えない。落下する無数の火弾が撒きちらす白熱する燐光のなかで、伯父の姿は一瞬、黯い影のように私の網膜に映ったのだが、私は恐怖のあまり伯父の立つ場処へは戻らなかった。私が逃げて行った路上には焼死体が散乱していた。

あなたと似ている私の伯母のことについては、これであらまし話したはずだ。伯母のあの古い琴柱については調べようもなかったが、前野良澤が原養澤に渡した骨片で作られていただろうという私の想像は変らない。

骨はやすむことなく時を刻んでいる、こつ・こつ・ぽーん・ぽーんと。

将来、中国へ自由に旅行できるようになったら、あなたと恐竜の化石を探しに骨月の旅へ発《た》とう。

註

（1）H・P・ラブクラフトの小説『クートウリュウの呼び声』（仁賀克雄訳）に引用されている、狂疾のアラブ人アブドル・アルハズレッドの禁書『ネクロノミコン』からの孫引きである。

（2）『蘭学事始』に関する引用は、すべて、岩波文庫（新版）の緒方富雄氏校註のものによっている。

『骨月』第一部おわり

（私家版『骨月』〈限定二百部〉一九七三年十二月）E

海へ！

E♭、E、Aの三つの音は、ここ十五年程の、私の、音楽発想の基調音となっている。E♭は、独乙音名では、英語のS《エス》なので、この三音は、SEA、つまり（英語の）海ということになる。この音程はあくまでも私の音感が択んだもので、海という象徴的音名は偶然に過ぎない。

だが、この地上の異る地域を結ぶ海と、その千変万化する豊かな表情に、しだいに、こころを奪われるようになった。できれば、鯨のような優雅で頑健な肉体《からだ》をもち、西も東もない海を泳ぎたい。

（「波」'96年3月号　一九九六年一月執筆）F

解説

小沼　純一

武満徹の文章を多くのひとに読んでほしい。ずっとそう思っていた。かつては大学の入試問題となったり、名文として言及されたりすることもしばしばであった。だが特定の部分をとりだして、いい文章、名文というようなことだけではなく、一作曲家がどんなことを考えていたのか、音楽について、文化について、伝統について、未来について、まとめて触れる機会があったらいい。

『音、沈黙と測りあえるほどに』以来、おなじ版型で何年かおきに出版されていったエッセイ集は美しい。書棚にならべておくと、その少し大きい本たちから、武満徹がどう考えるか、それを「わたし」はどう捉えてゆくのかを問いかえされるように感じてきた。とはいえ、そのかたちの美しさゆえというべきか、かならずしも多くのひとに読まれず、ちょっと興味があるというくらいだと二の足を踏んでしまうようなことも少なくなかったのではないか。

わたし自身はといえば、武満徹の文章にどれだけ影響を受けたかわからない。十代から何かとこの作曲家を気にしつづけ、まわりまわって音楽をめぐる文章を書くようになったとき、音楽＝文化とふと言葉が浮かんだのは、この人物の書いたものの記憶があったからにほかならない。深い影響を受けているからこそ思わずにはいられなかったのである。亡くなってすでに十年を過ぎてはいても、武満徹の考えていたことは有効性を失ってはいない、いやむしろ、いつのまにか多くのひとが忘れたり、なおざりにしてしまったことも多いのではないか、だからこそ批判することも含め、あらためて読んでみる必要があるのではないか、と。そうした意味でも、文庫のサイズで、武満徹の複数の側面を見ることができるような本の刊行を願ってきた。こうして、ここにあるのが、『武満徹 対談選』につづく『武満徹 エッセイ選』である。

本書は『武満徹 エッセイ選』と題されているが、ジャンルとしてはエッセイだけではなく、創作も含む、いわば散文選とでも呼ぶべきものとなっている。選び方として、もちろん、作曲家としての武満徹が音楽をめぐって記した文章のみで構成することもありえた。その方が武満徹という音楽と文化をつねに思考＝試行しつづけた作曲家の姿をより鮮明にうちだすことができたろう。しかし、もしそうしたならば、武満徹の別の顔、多彩な側面が抜け落ちてしまうことになる。おそらくこのようなかたちで幾多の文章をアンソロジーとして出版する機会もけっして多くはないはずだ。だとしたら、武満徹が音楽以外の日常的なことどもについて書いたものや、言葉と戯れるようなもの、ユーモラスなものも収めたい。そう考えた。

全体は大きく六つの部分に分かれる。それぞれには、まとめとなるようなタイトルをつけ、さらに前奏と後奏とでも呼ぶべき位置に短い文章を配した。

〈音楽、土地と方位〉はバリ島やグルート島を訪れて作曲家が考えたことを中心とする。〈音楽、個と普遍〉は一作曲家としての考え方や作曲のやり方、日本において西洋楽器で作曲をするということ、などをめぐる文章。対して、作曲行為そのものともつながりながら、もっと文化論的なところに触れている〈音と言葉と〉を置いた。〈日常から〉は先の部分につながるものだが、より日常的であったり、個人的なことだったりすることどもである。武満徹にはじつに美しい映画随想『夢の引用』があるけれども、それとは別の機会に書かれた映画やジャズ、ロックをめぐっての文章を集めたのが〈映画／音楽〉である。そして、武満徹自身がきっと楽しみながら（もしかしたら苦しみも感じながら）書いたであろう短篇が〈フィクションの〉にある。ハードボイルド調の書き方から一転、思わず気のぬけたような笑いを誘発する掌篇は、きびしい音楽をペン先から生みだした作曲家とは別の顔をみせてくれる。はじめ私家版でつくられた『骨月』は、後に単行本に収められるまで読むことが容易ではなかった「小説」。私事にわたるが、高校生のときわたしは作曲家本人にこれが読めないものかと尋ねたことがあるのだが、困ったような、ぼくも持ってないんだ、と言った顔はいまだに忘れることができない。

読んでいくとわかることだが、幾つかのエッセイで何度かくりかえし述べられることがある。たとえば、バリ島で接した音楽の衝撃とそれに対する武満徹自身とヨーロッパの作曲家のあいだの距離。戦時中に耳にしたフランスのシャンソン〈パルレ・モア・ダムール〉について。あるいは琵琶と尺八をオーケストラと一緒のステージに配置した作品を書くことについて。こうした文章のうちひとつだけを採るというやり方もあった。あったけれども、ここではむしろわざとそうしたくりかえしを生かしている。おなじようなことが少しずつ違った文脈で現れ、言い回しも変わっているさまをわたしは感じたし、また手にする方々に感じてほしかったからだ。自らの音楽作品において、武満徹は、しばしば日本の庭園をモデルにしていた。オーケストラを庭に、ソロの楽器を歩くひとにみたてる。おなじ樹木や石が、歩いていると見え方が変わり、また、樹木や石はそれぞれに別の表情をあらわす。そうしたことが或る程度でもこの本のなかでできたらとのおもいがあった。それに、異なったところにあらわれるおなじようなことども、くりかえされることどもは、書き手にとって気になっているものだし、それを読み手もまた少しでも共有できるようにとも考えた。うまくいっているかどうかはわからないけれども。

また、この解説の「あと」に配された琵琶奏者、中村鶴城さんとわたしとの対談は、青山ブックセンターでおこなわれたトーク・イヴェントからおこされたものである。武満徹の文章を集めている本書のなかに、なぜこのような対談をいれてあるのかと疑問に思われる方も多かろう。わたし自身も必要はないと思っていた。だが、『対談選』に引き続き編集を担当された高田俊哉さんが主張されたのである。武満徹の書いていることを過去のこととしてしまうのではなく、現在においてもまだヴィヴィッドなものとして捉えるためにも、その作品のリアリゼーションに携わっていらっしゃる中村鶴城さんの話は重要ではないか。こうしたことはほとんど気づかれていないのではないか。たしかに、初演されて四十年経過し、オーケストラのレパートリーとしては一種「古典」となったかに思えなくもない《ノヴェンバー・ステップス》が、西洋由来のオーケストラの側ではなく、琵琶と尺八という日本の楽器の側に、楽譜とその演奏をめぐってどういうことがあるのかを浮かびあがらせることはけっして無駄なことではないだろう。そう判断して、「エッセイ」を集めた本の解説というよりは、現在から未来に対して開く意味もこめて、対談を収録することになった。ちなみに、こうした《ノヴェンバー・ステップス》をめぐることどもについては、そう遠くないうちに、あらたなかたちでわたし自身、中村さんともども、別の書籍で扱ってみたいと考えている。

最後になったが、幾つか謝辞を記しておきたい。

五巻からなる武満徹著作集の底本利用を快諾してくれた新潮社に。著作集には、当然、ここに収められていない多くのエッセイのほか、往復書簡や自作解説を含んでいるので、本書をきっかけにして、さらに読んでみようと手にされることを望んでいる。

青山ブックセンターの森さん、秋葉さん。『武満徹 対談選』が刊行された折、トーク・イヴェントをおこなわせていただいたのみならず、本書にも収録した中村鶴城さんとわたしとの対談の録画を提供してくださった。

そして、言うまでもなく、ご遺族の武満浅香さん、眞樹さん。

また、副題の案として幾つか提案したところ、「言葉の海へ」に落ちついた。そのときは忘れていたのだが、記憶の片隅に、船山隆さんの著作『武満徹 響きの海へ』があったのにちがいない。拝借したというのとも違うけれども、ここで一言つけくわえさせていただこう。

二〇〇八年七月　西早稲田

〈対談〉中村鶴城 ＋ 小沼純一「武満徹 音と言葉のあいだに」

武満徹の代表作『ノヴェンバー・ステップス』、琵琶と尺八とオーケストラによるこの作品を、長い間演奏してきた琵琶奏者・鶴田錦史は九〇年代に亡くなった。以後は、鶴田門下の中村鶴城が琵琶を担当し、作品の演奏がなされている。つまり、ある種の世代交代が起こっているわけである。武満徹自身は『ノヴェンバー・ステップス』という作品を、自らの想定したソリストがいなくなったとき、封印してしまおうかと考えてもいた。そこには、西洋楽器とは違った、日本の楽器の難しさ、といったことがある。単に楽譜にあるものを演奏するということではない〝それ以上のもの〟をどうやったら伝えていけるのか――【小沼記】

小沼　中村さんは『ノヴェンバー・ステップス（以下、ノヴェンバー）』をどれくらい演奏されているんですか？

中村　正確に数えたことはないんですが、演奏を始めて約十年、十五、六回以上にはなるともいます。

小沼　どういうきっかけでこの作品をやることになったのでしょう？

中村　鶴田先生がご病気で倒れられる直前に、先生が『ノヴェンバー』の初演からずっと使っていらした「朝嵐」（琵琶の銘）を、どういうわけか私に譲ってくださったんです。それと前後して「これも勉強しときなさい」と、先生から直接、譜面を書いていただき、一応勉強だけしておく、という形だったんです。

小沼　演奏するという気もあまり持っていらっしゃらなかった？

中村　私はクラシックが大好きで、カザルスの大ファンだったんです（笑）。オーケストラにも非常に憧れていましてね。ただ、私自身がまさかこういう形で演奏するようになるとは思っていませんでした。とはいえ、心のどこかでは「ああいう曲をやってみたらすごいだろうなぁ」という気持ちはあったのです。

小沼　鶴田さんから直接、指導は受けられたわけですね？

中村　オーケストラとの絡みとか、尺八との絡みもあるわけですが、そういう部分は一切除いて、琵琶の独奏曲という形で「ここはこういう弾き方でやりなさい」とか「ここはこういう撥使いだよ」ということだけですね。

小沼　『ノヴェンバー』のスコアを見てみますと、冒頭にオーケストラのステージ上の配置が出ていて、それぞれの楽器が、ちょっと特殊な奏法を使ったりするものですから、そういう指示の説明（インストラクション）があります。そして作品そのものはといえば、普通の五線譜に非常に細かく音符が書いてある。尺八と琵琶が出てくるところも、ちゃんと五線譜になっています。ただ小節線はなくて、波線《なみせん》になっているところは音が揺れるところであったり、琵琶の方は一応和音が書いてあったり、こうやって見ていくと、しっかりたどれはするわけです。

ところがこれが、ちょっと変わる局面がある。この前までは、ちゃんと五線になっているのに、いきなり〝カデンツァ〟と呼ばれる部分は、図形のような、あたかもカンディンスキーの絵

（笑）のようになってしまう。このグラフィックなところをどう演奏するのか、というのをお尋ねしたいのです。

そもそも、わざと初歩的な質問をさせていただきたいのですが、琵琶で、五線譜の部分をそのままに演奏できるのでしょうか？

中村　これは、慣れの問題がありますから、五線を見て弾ける部分も、もちろんあります。ただ、五線で指定されている音が、どこの弦のどのポジションで弾いたらいいのか？　というのは、やはり瞬時には判断できないので、あらかじめ、綿密に自分で研究して、どんな音で表現するのが一番いいのか、あるいは、運指上の問題もありますから、それを検討しないと、いい演奏はけっしてできない、ということだと思います。

小沼　その五線譜をどう弾くかというところから、さらに「カンディンスキー」部分をよく見ると、一種の〝タブラチュア〟ですね。〝タブ譜〟などとギターの場合はいいますが、弦を押さえるポジションを独特な書き方で表していることがわかる。

以前中村さんからは、じつはこれともまた違う楽譜があるとお聞きしました。カデンツァの部分で、出版されているのとは別に、武満さん自身が書いたものがある、と。

中村　そうですね、出版されているものとは別に、武満さんご自身が、直筆で書かれたものを、鶴田先生にお渡ししています。そういう、言ってみれば「裏の譜面」があり、じつはそっちの方が非常に重要で、私たちは、そっちの方を重要視するというわけです。それは、世間には知られていないことなんですけれども（笑）。

小沼　武満さんご自身でも琵琶については学ばれていたので、そういう琵琶のタブ譜みたいなものが書けたというわけでしょうか。

中村　ええ、そうですね。ちゃんと琵琶を求められて、ご自身で、どこのポジションを押さえたらどんな音が出るかというのを相当研究されたみたいで、おそらくそれがなかったなら、『ノヴェンバー』も『エクリプス』も、まったく違ったものに、なっていたんだと思います。

小沼　武満さんが書かれた、「裏のタブ譜」というのは、そのまま演奏できるものなのでしょうか?

中村　いえ、それも演奏できません(笑)。「カンディンスキーみたいな譜面」ですので、最初それを研究して、それを「琵琶譜」という、独特の図形的な楽譜に書き換えます。そうしないと、すぐには演奏できない。

小沼　鶴田さんが作られた譜面と、中村さんが作られた譜面というのは、また違うんですよね?

中村　結局、五線譜できっちりと書かれている部分は、もちろん変えようがないわけですけども、「カンディンスキーのような譜面」というのは、その解釈の仕方に幅があり、それは当然、その人の考え方で、(演奏上も)多少幅が出てくるということです。

小沼　そのためには、もう一回自分なりの楽譜にしなくちゃいけない、と。

中村　ええ、そういうことです。

小沼　鶴田さんから渡ってきた譜面を、そのまま弾くだけでなく、それをさらに、自分なりに書き変える。

中村　そうです。それで、鶴田先生、結構アバウトでしたので(笑)、もう、かなりの音符やそういった作業が必要になるんですね。

記号が抜けていたりしたわけです、もらった譜面に。ですから、当然、もう一度、武満さんの譜面に立ちかえらなければならない。先生ご自身が演奏されているときはちゃんと弾いてらっしゃるのに、譜面ではちっとも教えてくれていないというところがあったりするんですね。

小沼　そこが「教える」というか、口伝のいいところですかね？

中村　いいところであるし、自然に変化していく要素でもあるんです。

小沼　『ノヴェンバー』で、カデンツァの冒頭の部分が、武満さん、鶴田さん、中村さん、それぞれが演奏＝リアリゼーションとしてどう違ってくるのか？　もちろん「違う」こと自体は譜面を見ればわかることですが、音的にはどうなんでしょう。

中村　余韻の部分というのが琵琶の音楽ではとっても大事な部分で、その余韻をどういうふうに変化させていくかということを、私たちはものすごい、情熱と時間をかけて、練習するわけです。

それからたとえば、武満さんの譜面によると、どれくらいテンションをかければいいかというのが、「半音あげろ」というならば、はっきりわかるんですけれども、けしてそういう書き方がしてなくて、「1から3になるにしたがってテンションが高くなる」という表現なんですね。じゃあどれだけテンションが高くなるかというのは、その人の考え方でどうにでもなる、どこまで音を上げるかで、もう全然、音楽が違ってくるわけです。それを、なるべく、劇的に、面白くするために、私なりの解釈を加えて演奏しているということなんです。

小沼　『ノヴェンバー』という作品について、中村さんは「琵琶の余韻とか、本当の音というのを、じつは人々は聞いていないんだ」という話をされていました。

中村　オーケストラの会場というのは二千人なんていうキャパシティのところもあります。そういう場所で琵琶を弾いたときにどういうふうに聞こえるか？　おそらく〝最後に揺らして消えてゆくような余韻〟というのは、まったく、お客さんの耳には聞こえていないんです。ですから、琵琶に関しては、最初のアタックの〝音が起ち上がった瞬間の音〟しかお客さんには届いてない。だとすると、まあ、あんまりやりがいがないというか（笑）。努力のしがいがないというんでしょうか。

小沼　P・A・を使うというのは、現在まで、されてないわけですか？

中村　野外の会場でやったことがありまして、そのときは当然、尺八も琵琶もP・A・を付けたわけです。ないとなにも聞こえませんから。そのときは、P・A・を付けたことで、「『ノヴェンバー』というのは実はこんな琵琶の音がしていたんだ、これが本当の『ノヴェンバー』なんだ」という声を伺ったことがありました。

小沼　武満さんはちゃんと、琵琶の発する音を聞いていて、その音を生かしたいと思っているわけですよね、たぶん。

中村　たぶん（笑）。だと思います。身近に鶴田先生の音色があって、先生の余韻の出しかたというのは、本当にもう「これしかない」という素晴らしい演奏ですので、武満さんが、そういう音を求めないはずはないと思うのです。ただやはり、クラシックの伝統というか、通常のやり方においては、P・A・を使うことに対して、非常に抵抗があるんだと思います。で、使われなかった、ということだと思うし、またP・A・を使うとやり方によっては本当に嫌な音になってしまうので、とても難しい問題だとおもいますね。

小沼　〝カデンツァ〟なんですけど、琵琶譜があって、尺八の譜面があって。これ両方とも順番は自由にしていい。全部で琵琶演奏部分、尺八演奏部分が七つ、八つありますが、それを自由にしていいと最初の指示＝インストラクションにはあるわけです。
中村　はい。
小沼　でも、中村さん曰く、「順番はやっぱりあるんだ」と。
中村　あくまで推測なんですけど、おそらく武満さんは一通りの旋律の流れというものを自分で考えられた上で、それを区切って、バラバラにして、自由に組み合わせができて、そのときの演奏家の気分で選択できる、というふうにされたんだと思います。しかし何度考えても、どう考えても「これとこれは繋がりようがないな」というようなところはたくさんありまして、そして選択肢をどんどんせばめていくと、やっぱり、落ち着くところに落ち着く、といいましょうか。ですから、選択できるとは書いてありますが、また、実際に選択できるとしても、その日に突然変えるのは、それはもう無理です、演奏は不可能です。
ですから、「こういうふうに弾く」と決めたなら、それを暗譜してやるしかないので、私も現在は、一通りの流れを常に保って、尺八の方にもそれでお願いしているのです。
小沼『ノヴェンバー』や『秋』を演奏するコンサートに行くと、尺八と琵琶の奏者には譜面台がありません。そのせいもあって、二人のソリストは、ひじょうに自由に、そんなに楽譜にきっちりと沿ってやっているとは思えなかったりする。
中村　そう見えますね、きっと。
小沼　でもそんなことない。

中村　ええ、そんなこと絶対ないわけです。一方が勝手なことすれば、もう、しっちゃかめっちゃかになってしまいますので。それと、なぜ本番で譜面を見ないかというと、譜面に定着して練習用として作ったものというのは、(視覚上) 多少なりとも音符に間隔があるわけです。そうすると人間というのは (間隔が広ければ) 当然そこの間合いが長いように錯覚するので、譜面に捉われていると、相手 (尺八) に対応できなくなるんです。それよりも、譜面を自分の頭の中に入れて、あとは (譜面を見ずに) 自由な気分になっていると、相手が不意に入ってきたときでも、間を〝パッ〟と取ってそれに対応できるということになるので、自由にやっているようで、じつはものすごい準備をきちっとしているわけです。ですから、いい加減じゃないんです (笑)。

小沼　楽譜のグラフィックな部分、「カンディンスキーのような」タブラチュアの部分というのは、順番はないようで実はある、と。私たちが楽譜を買ってきてそれを見たときに「ああ、やっぱりかなり即興的なんだ」と勝手に思ってしまう。ジョン・ケージの作品でも、「勝手に演奏していいんだ」と思ってしまうことがあるわけです。でも、じつは全然そうじゃなくて、それを演奏するためには、懸命に、どういうふうにしたら一番いいかたちでリアリゼーションできるかを、準備しておかなければならない。まさに自分で「解釈」して作りあげていかなくちゃいけない。それは武満さんの作品とか、グラフィックな楽譜の作品が他にもいろいろありますけど、同じようなことを、演奏家の方はしっかりとしなくちゃいけないということですよね。作品を聴いているだけだと、そういうところはわかりにくい、というのがありますけれど。

されていました。

ところで、中村さんは、『ノヴェンバー』では、琵琶の音域が、ちょっと特殊だというお話も

中村　調弦の仕方も独特の調弦をするのです。古典の弾き語りでは、(三本調子の場合)五本ある弦の、一番太い弦を「A」または「E」に調弦しますが、『ノヴェンバー』の場合には、それが「D」まで下げられる。Dに下げた結果どういうことになったかというと、琵琶というのは、弦を締め込んで音程を出しているので、締めるためには弦の張りが強いと締め切るのがとても難しい。締め切れない。ですから非常にゆるいんです。もともと張りがゆるい上に、開放弦を非常に低く調弦しますと、もう本当に、なにかだらしない「べろーん」とした音になる。だからそれをカバーするために、弦の太さを、ものすごく太くするのです。普通、琵琶にはとても無理だろうという「十七弦箏」の糸を取り付けて。もう倍くらい太さが違う。

小沼　『ノヴェンバー』は一九六七年の作品ですから、もう作曲・初演されてから四十年経っているわけです。でも、その間に演奏家の側も、楽器の側も、いろいろ変化してくる、それを私たち、聴く側はあまりよくわかっていないのです。

中村　実際に琵琶の演奏家の方自身もそのへんはあまり理解してない方が非常に多くいるわけですから、よほど詳しく較べてみないとわかりにくい部分はあると思います。でも、変化するということは、ある意味当然のことだと思います。

小沼　伝統といいますが、いろいろな変化も含めての伝統、ということもあるし、あるいは弾いている人、作曲家の側も少しずつ、それに手を加えていく、というのが実際にはあったりします。それがなかなかわからない、ということはあります。その三十年の歴史を何らかのかたちで

残していかないと、それこそ中村さんは鶴田さんから引き継いでいらっしゃるわけですけれど、その先がどうなるか？　という問題もありますね。

中村　もちろんすべて変化しないものはないわけですから、変化するのは当然なんですけれど、「どこまでのことが許されるのか」という、そこのところだけはしっかりとおさえておかないと、それがでたらめに変化したらそれはもう、武満さんの曲ではなくなってしまうわけです。実際『ノヴェンバー』のコンサートで、これはもう絶対、武満さんの曲ではない、というような演奏もおこなわれ始めたということを、ちらほら聞いたりすると、やはりこれはどこかで、この曲のカデンツァの部分というのは「じつはこういう指定がきちっとしてあるんだよ、それを勝手に解釈しちゃダメなんだよ」ということを、誰かがはっきりと言っておかないといけない時期にきたのかな、という気も少ししております。

（二〇〇八年二月二十八日　青山ブックセンター本店にて）

・本書は二〇〇〇年に新潮社から刊行された『武満徹著作集』1、2、3、5巻を底本とした。付録対談は青山ブックセンターで行われたトークショウ「本屋の教室　音楽の時間　VOL.9」の一部を収録した。

・本書に収録した文章のなかには、今日の人権意識に照らして不適切な語句や表現を含むものもありますが、著者が故人であること、また作品の時代的背景にかんがみ、そのままとしました。

武満徹エッセイ選　小沼純一編

稀代の作曲家が遺した珠玉の言葉。作曲秘話、評論、文化論など幅広いジャンルを網羅したオリジナル編集。武満の創造の深遠を窺える一冊。

高橋悠治対談選　高橋悠治　小沼純一編

現代音楽の世界的ピアニストである高橋悠治。その演奏のような研ぎ澄まされた言葉と、しなやかな姿が味わえる一冊。学芸文庫オリジナル編集。

オペラの終焉　岡田暁生

芸術か娯楽か、前衛か古典か——。この亀裂を鮮やかに乗り越えて、オペラ黄金時代の最後を飾った作曲家が、のちの音楽世界にもたらしたものとは。

モーツァルト　礒山雅

彼は単なる天才なのか？　最新資料をもとに知られざる真実を掘り起こし、人物像と作品に新たな光をあてる。これからのモーツァルト入門決定版。

限界芸術論　鶴見俊輔

盆栽、民謡、言葉遊び……芸術と暮らしの境界に広がる「限界芸術」。その理念と経験を論じる表題作ほか、芸術に関する業績をまとめる。（四方田犬彦）

ダダ・シュルレアリスムの時代　塚原史

人間存在が変化してしまった時代の〈意識〉を先導する芸術家たち。二十世紀思想史として捉えなおす、衝撃的なダダ・シュルレアリスム論。（巖谷國士）

奇想の系譜　辻惟雄

若冲、蕭白、国芳……奇矯で幻想的な画家たちの大胆な再評価で絵画史を書き換えた名著。度肝を抜かれる奇想の世界へようこそ！（服部幸雄）

奇想の図譜　辻惟雄

北斎、若冲、写楽、白隠、そして日本美術を貫く奔放な「あそび」の精神と「かざり」への情熱。奇想から花開く鮮烈で不思議な美の世界。（池内紀）

幽霊名画集　辻惟雄監修

怪談噺で有名な幕末明治の噺家・三遊亭円朝が遺した鬼気迫る幽霊画コレクション50幅をカラー掲載。美術史、文化史からの充実した解説を付す。

ちくま学芸文庫

武満徹《たけみつとおる》 エッセイ選《せん》 言葉《ことば》の海《うみ》へ

二〇〇八年 九 月十日 第一刷発行
二〇二二年十二月五日 第六刷発行

編　者 小沼純一（こぬま・じゅんいち）

発行者 喜入冬子

発行所 株式会社 筑摩書房
東京都台東区蔵前二―五―三 〒一一一―八七五五
電話番号 〇三―五六八七―二六〇一（代表）

装幀者 安野光雅
印刷所 中央精版印刷株式会社
製本所 中央精版印刷株式会社

ISBN978-4-480-09172-7 C0173